KB170211

불특정 다수

불특정 다수

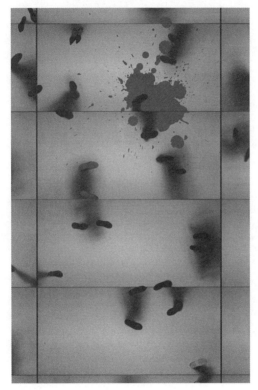

RE:NOVEL 03

염규창 장편소설

해피북스
투유

차례

불특정 다수 — 7

작가의 말 — 411

희미했지만 강렬한 단어가 귓가에 들러붙었다. 또 그 이야기다. 연쇄살인사건. 지겨우면서도 흥미가 동하는 건 어쩔 수 없었다. 채윤은 컵을 들어 올렸다. 물을 마시는 척하며 옆 테이블을 슬쩍 곁눈질했다. 일행 셋이 시야 끄트머리에 들어왔다. 남자 둘에 여자 한 명. 30대 초반에서 중반 사이로 보였다. 식사는 진작 마쳤는지 수저를 든 사람은 없었다. 그릇도 깨끗하게 비워져 있다. 포마드 스타일로 앞머리를 넘긴 남자가 대화를 주도하는 모양이었다. 그가 침을 튀기며 정신 사나운 제스처를 취했다.

"잡히기 전까지는 절대 안 멈춘다니까 그러네."

"조만간 또 다른 희생자가 나올 거란 소리야?"

옆에 있던 여자가 누가 들을세라 목소리를 낮췄다.

"당연하지. 범행 주기가 점점 짧아지고 있다고."

"그래도 당분간은 몸을 사리지 않을까. 경찰이 눈에 불을 켜고 잡으려고 하잖아."

맞은편에 앉은 남자가 안경코를 검지로 들어 올리며 말했다. 동의하기 힘들다는 뉘앙스다.

"언제는 경찰이 설렁설렁 수사했냐? 살인마는 경찰 따윈 눈곱만큼도 신경 안 쓴다니까 그러네. 설령 잡힌다 하더라도 자기만의 루틴은 깨뜨리지 않을 거야. 경찰이 뭘 하든 출근도장 찍듯 사람을 죽여왔으니까."

"뭣 때문에 그런 끔찍한 살육을 저지르는 걸까?"

"사이코패스한테 무슨 이유가 필요하겠어. 죽이고 싶으니까 죽이는 거겠지."

여자의 질문에 안경이 대꾸했다. 당연한 걸 말해 뭐 하냐는 투로.

"동기가 없다는 거야? 원한이나 돈 문제 같은?"

"그러니까 사이코패스지. 사이코패스는 공감 능력이나 죄의식이 결여돼 있다고 하잖아. 일반인과는 사고 구조 자체가 다르다고. 살인할 때 희열을 느끼는 걸지도 모르지."

"어우, 소름 끼쳐. 사람을 죽일 때 쾌감을 느낀다니."

여자가 닭살 돋은 팔뚝을 손으로 비벼댔다. 박학다식함을 뽐낼 타이밍만 재고 있었는지 포마드가 냉큼 자신의 견해를 피력했다.

"쾌락 추구형은 아닐 거야."

"사람을 무자비하게 때려죽였잖아. 칼로 찔러 죽인 게 아니라. 마구잡이로 패면서 쾌감을 느끼는 게 아닐까?"

"둔기를 사용하는 놈들은 쾌락 추구형과는 거리가 멀어. TV에 나온 저명한 프로파일러도 살인에 쾌감을 느끼는 유형은 아닌 것 같다고 했어."

"그럼 어떤 유형인데?"

"굳이 따지자면 분노형에 가깝다고 볼 수 있지. 근데 아직은 놈에 대한 정보가 빈약해서 어떤 유형인지 파악하기 힘들대. 그러면서도 조심스럽게 절제된 인상을 받았다고 하더라. 나름대로 규칙과 체계가 잡혀 있는 것 같다나."

"규칙과 체계? 불특정 다수를 상대로 한 무차별 살인 아니었어? 경찰도 그렇게 발표했잖아. 피해자들 사이에 어떤 접점이나 연결고리도 없다고."

수긍 못 하겠는지 안경의 말꼬리가 올라갔다.

"표적을 무작위로 선정한다는 게 현재로서는 정설이긴 하지. 그렇지만 진짜 그런 건지는 아무도 모르는 거잖아. 살인마의 입을 통해 듣기 전까지는. 희생자들 사이에 우리가 모르는 공통점이 있을 수도 있다고."

"그럴 수도 있겠지만 아무래도 그건 좀……."

"이건 순전히 내 생각일 뿐인데……."

포마드가 말하다 말고 주변을 살폈다. 채윤은 스마트폰을 보는 척했다. 이내 자신을 주목하는 사람이 없다고 여겼는지 그는 도로 일행을 향해 상체를 수그렸다. 그러더니 대단한 비밀을 밝히듯 은밀하게 소곤거렸다. 귀를 쫑긋 세울 필요도 없었다. 목소리 큰 사람이 대개 그렇듯 본인은 음량을 많이 줄였다고 생각하지만 듣는 사람 입장에선 거기서 거기니까.

"어쩌면 피해자는 네 명이 전부가 아닐지도 몰라."

"그게 무슨 말이야? 네 명이 전부가 아니라니?"

여자가 눈을 가늘게 뜨며 되물었다. 눈치 빠르게 알아챈 안경이 눈썹을 꿈틀거렸다.

"드러나지 않은 범행이 더 있을 거란 뜻이야?"

"그렇지! 물론 나만의 가설일 뿐이지만"

포마드가 손가락 끝을 딱 맞부딪쳤다. 가설이라는 걸 강조했지만 열띤 목소리로 말을 이어갔다.

"3주 전 시 외곽 야산에서 발견된 백골 변사체 뉴스 봤지?"

"폭우로 토사가 흘러내려 드러난 백골 변사체 말이야?"

"응, 암매장됐다가 발견된 신원 미상의 백골 변사체."

"설마 그 변사체도 연쇄살인마의 소행이라고 생각하는 거야?"

"난 그럴 거라고 봐. 그 백골도 타살된 후에 암매장됐으니까."

"에이, 그건 아닌 거 같은데. 경찰이 아무리 무능력하다고 욕을 먹어도 연쇄살인사건과 관련이 있다면 진작 알아냈겠지. 범행 주기도 차이 나고 뭣보다 시신 처리 수법이 완전히 다르잖

아. 연쇄살인마가 시신을 암매장한 적은 없었다고."

본의 아니게 엿듣던 채윤마저 무심코 고개를 끄덕일 뻔했다. 그만큼 안경의 지적은 날카로웠다. 이제껏 연쇄살인마가 시신을 은닉하거나 유기한 사례는 없었다. 무참하게 살육을 자행한 뒤 시신을 여봐란듯이 방치해놨다. 이와 같은 반론을 예상했는지 포마드는 막힘없이 입을 놀렸다.

"네 말대로 시신 처리 방식이 백팔십도 다르긴 하지. 그렇지만 놈이 수법을 바꿨다면?"

"왜 바꿨는데?"

호기심을 참지 못한 여자가 끼어들었다.

"바꿨다기보다는 진화했다는 표현이 더 적절하겠네. 초기에는 주먹구구식으로 사람을 죽였을 거야. 어설프고 서툴렀겠지. 초보자니까. 시신에 꼬리가 잡힐 만한 흔적도 무수히 남겼을 테고. 그래서 암매장한 거야. 잡히지 않으려고. 살인을 거듭함에 따라 점점 능숙해졌겠지. 증거를 남기지 않는 법도 터득했을 테고. 결국 시신을 숨길 필요가 없어진 게 아닐까. 그래서 보란 듯이 전시해놓기 시작한 거지."

"그러니까 백골 변사체는 초보 시절의 미공개 습작 같은 거다?"

여자의 비유에 포마드가 만족스럽게 누런 이를 드러냈다.

"이제야 말귀를 알아먹네. 백골 변사체뿐만이 아닐 거야. 모르긴 몰라도 몇 구는 더 파묻혀 있을걸. 꼭 암매장만 하란 법도 없지. 작년 초에 한원천에서 떠오른 토막 시체도 연쇄살인마의 작품일지 누가 알겠어."

그 뒤로도 한참 자신의 생각을 우쭐대며 떠벌리더니 난데없이 관심 이성으로 화제가 바뀌었다. 야산에 암매장된 백골 변사체와 하천에 유기된 토막 시체에 대해서는 채윤도 기사를 통해 알고 있었다. 한원시 시민이라면 모르려야 모를 수가 없었다. 단순히 잔혹한 사건이라서가 아니었다. 언젠가부터 시민들의 머릿속에 살인 이퀄 연쇄살인마라는 등식이 뿌리 깊게 박혀버렸다. 타살 시신이 발견되면 뇌세포가 연쇄살인마를 영순위로 호출했다. n번째 범행이 아닐까 지레 겁먹고 촉각을 곤두세웠다. 포마드의 말을 한 귀로 흘려들을 수만도 없었다. 연쇄살인마는 그야말로 정상의 범주를 아득히 벗어난 존재다. 본격적으로 네 건의 살인을 저지르기 전에 수많은 시행착오를 겪으며 실습 기간을 거쳤을지 누가 알겠는가. 그간 몇 명이나 죽였는지는 잡히기 전까지 파악 불가능할 것이다. 잡힌다 하더라도 모든 여죄를 자백할 거란 보장도 없다. 아니, 너무 많이 죽여서 본인조차 가물가물할지도 모른다. 드러나지 않은 피해자가 더 있을 수 있다는 가설은 수사 당국을 포함 많은 이들이 동의하고 있다. 백골 변사체와 토막 시체가 막 발견됐을 당시 수사본부도 바짝 긴장했었다. 조사 후 별개의 사건이라며 선을 그었지만. 그럼에도 포마드처럼 여전히 연쇄살인범의 초기 범행이라고 주장하는 이들도 적지 않았다.

채윤은 식당 내부를 둘러봤다. 몇 년 전부터 유명세를 타기 시작해 예약이 하늘의 별따기라던 식당이지만 한산하기 짝이 없다. 이곳만 그런 게 아니었다. 요즘은 어디를 가도 사정이 비슷했다. 인파로 미어터졌던 번화가도 각광받는 핫플레이스도 유동 인구가 부쩍 줄어들었다. 전국을 공포로 몰아넣은 연쇄살인마의 지분이 컸다. 작년 여름부터 올여름까지 약 1년간 네 명의 시민이 잔인하게 살해당했다. 연쇄살인마는 연령 무관, 남녀 불문하고 죽였다. 재수 없으면 누구든 살인마의 사냥감이 될 수 있다는 뜻이었다. TV와 신문은 연일 연쇄살인사건 기사로 도배됐다. 인터넷에서는 온갖 루머와 음모론이 떠돌았다. 각종 커뮤니티에서는 얼토당토않은 추리를 늘어놓는 방구석 탐정들이 활개를 쳤다. 시민들은 모이기만 하면 진저리를 치면서도 연쇄살인마에 대해 쑤군거렸다.

이렇게 온 세상이 흉악 사건으로 난리인데도 채윤은 그 분위기에 동참할 수가 없었다. 왠지 해외토픽을 보는 기분이었다. 분명 끔찍하고 소름끼치는 사건이기는 했다. 억울하게 죽은 피해자들도 이루 말할 수 없이 안타까웠다. 범인이 한시라도 빨리 잡혔으면 하는 바람도 크다. 그럼에도 자신과는 상관없는 일처럼 느껴졌다. 채윤 자신이나 주변의 지인들에게는 결코 일어나지 않을 흉악 범죄일 뿐이니까.

생각에 잠겨 있던 채윤은 테이블을 작게 두드리는 소리에 고개를 들었다. 눈앞에 고민호와 안주희 부부가 서 있었다. 늦은 게 미안한지 둘 다 입가에 민망한 웃음을 머금고. 고민호는 흰 머리와 주름이 부쩍 늘었지만 혈색은 좋아 보였다. 젠틀맨답게 오늘도 말쑥한 정장 차림이었다. 안주희는 백색의 고른 치아를 드러내며 우아하게 손을 흔들었다. 나이가 들수록 원숙미가 더 해지는 것 같았다. 채윤이 일어나서 허리를 숙였다.

"오셨어요?"

"미안하다. 오래 기다렸지?"

고민호가 겸연쩍게 사과했다.

"저도 온 지 얼마 안 됐어요. 차가 많이 막히죠?"

고민호가 빼준 의자에 앉으며 안주희가 푸념을 늘어놨다.

"교통 체증은 둘째치고 길을 잘못 들어서는 바람에 한참을 돌아왔단다. 늦었으면 좀 밟아야지, 속도 준수하면서 신호까지 다 지키고 앉았으니 속이 안 터지고 배기겠니."

"허허, 이 사람아. 아무리 급해도 교통법규는 지켜야지."

고민호가 착석하면서 혀를 찼다.

"아무튼 누가 바른생활 사나이 아니랄까 봐. 내가 음주 운전 을 하래요, 150킬로미터로 과속을 하래요? 급한 일이 있으면 무리하지 않는 선에서 속도 좀 내도 되잖아요. 이럴 줄 알았으 면 내가 운전하는 건데."

"당신은 운전이 험해서 안 돼. 불안해서 운전대를 못 맡긴 다고."

"아주머니가 대체 어떻게 운전하시길래……."

채윤이 운을 떼자마자 기다렸다는 듯이 고민호가 일러바쳤다.

"말도 마라. 과속은 기본에 틈만 나면 꼬리물기를 한다니까. 차선 변경할 때도 깜빡이를 안 켜요. 이러니 내가 어떻게 차 키를 주겠니."

"어머, 이이 좀 봐. 누가 들으면 내가 무슨 난폭 운전이라도 하는 줄 알겠네. 난 그저 원활한 교통 흐름을 위해 융통성을 발휘하는 것뿐이에요. 시내에서 당신처럼 답답하게 운전하면 주행에 방해만 되고 정체 현상만 일으킨다고요."

안주희가 억울하다는 표정으로 헛웃음을 켜며 반박했다. 부부가 아옹다옹하는 모습을 보고 있자니 채윤의 입가에 절로 웃음이 번졌다.

"두 분은 여전히 금슬이 좋으시네요."

"우리가?"

안주희가 콧방귀를 뀌었다. 말도 안 된다는 듯이 손사래를 쳤지만 듣기 싫지만은 않다는 표정이다. 고민호도 쑥스러웠는지 음식이나 빨리 시키자면서 메뉴판을 집어 들었다. 잠시 후 테이블 위에 똠양꿍과 뿌팟퐁커리, 팟타이와 쌀국수 등이 푸짐하게 차려졌다. 요리를 먹으면서 안주희가 축하 말을 건넸다.

"이직한 거 축하한다."

"고맙습니다. 근데 좀 부끄럽네요. 그렇게 대단한 일도 아닌데 이렇게 밥도 사주시고."

"무슨 소리야? 대단한 거지. 취업도 어렵지만 이직도 쉽지 않은 때인데 채윤이는 단번에 옮겼잖니."

"그럼. 대단하고말고."

고민호도 젓가락질을 하며 맞장구를 쳤다.

"그리고 이런 기회가 있을 때 겸사겸사 얼굴이나 보는 거지. 못 본 지 꽤 됐잖아."

"죄송해요. 제가 연락을 자주 드렸어야 했는데."

"죄송은 무슨. 그런 말 하지 마라. 많이 바빴을 텐데. 이렇게 가끔씩이라도 얼굴 보여주는 게 어디냐."

"그동안 어떻게 지냈니?"

안주희가 근황을 물었다.

"퇴사하기 전까지 정신이 좀 없었어요. 프로젝트 마감하고 인수인계하느라 바빠서요."

"건강은 괜찮은 거지?"

"그럼요."

"운동도 계속 하고 있고? 조깅 좋아했잖아."

"요즘은 거의 못 했어요. 바닥난 체력도 끌어올릴 겸 다시 시작하려고요."

"잘 생각했다. 젊다고 자만하면 안 돼. 지금부터 꾸준히 운동하고 건강에 신경 써야 나이 들어서 고생 안 한다."

"첫 출근은 언제냐?"

이번에는 고민호가 바통을 건네받았다. 두 사람의 애정 어린 질문 공세에 채윤은 코끝이 찡해졌다. 간만에 딸을 만난 부모가 사소한 일상까지 고주알미주알 캐묻는 기분이 이런 걸까.

"3주 후요."

"시간이 꽤 남았구나. 어디 여행이라도 다녀올 생각이니?"

"처음엔 그럴까 했는데 그냥 쉬려고요."

"아깝지 않아? 직장 생활하면서 이만큼 길게 여유 시간을 갖기도 쉽지 않을 텐데."

"아쉽기는 한데 지금은 쉬면서 재충전하는 게 나을 거 같아요. 준비할 것도 좀 있고요."

"그러면 시간 날 때 우리 별장에 놀러 오렴. 아저씨가 통돼지 바비큐 해줄 테니."

"통돼지 바비큐도 할 줄 아세요?"

채윤이 눈을 크게 떴다. 안주희는 못 말리겠다는 듯이 고개를 절레절레 저었지만.

"말도 말렴. 전에 이이가 뜬금없이 통돼지를 주문한 적이 있단다. 법무팀 회식으로 바비큐 파티를 한다면서. 그 큰 걸 굽는다고 장작불 앞에서 열 시간 넘게 봉을 돌렸다니까. 팔뚝이며 볼이며 살갗은 죄다 벌겋게 익지, 사방으로 날리는 불똥에 바지랑 셔츠에는 구멍이 숭숭 뚫리지. 고생도 그런 고생이 없었단다."

"바비큐는 원래 고생하는 맛으로 해 먹는 거야. 다들 맛있게 먹었으면 됐지. 심지어 어떤 직원은 이렇게 맛있는 고기는 태어나서 처음 먹어본다고까지 했다니까."

고민호가 가슴을 쭉 펴며 뻐기자 뭘 모른다는 듯이 안주희가 핀잔을 줬다.

"그걸 진심으로 믿어요? 상사 비위 좀 맞춰준 걸 갖고 아직까지 저렇게 자랑을 해대니, 원."

"비위를 맞추기는! 요즘 MZ세대가 어떤 친구들인데! 윗사람 눈치 따윈 일절 안 보는 세대라고. 입에 발린 소리는 한 마디도 못 한다니까. 당신도 내가 구운 바비큐 맛을 못 잊어서 통돼지를 또 주문한 거 아냐?"

고민호의 반격에 안주희가 눈을 흘겼다.

"그거야 손님 접대하려고 주문했던 거죠."

"채윤아, 아줌마가 이렇게 솔직하지를 못한단다. 맛있으면 맛있다고 할 것이지. 아무튼 날 잡아서 별장에 꼭 놀러 오렴. 아저씨가 바비큐 맛 제대로 보여줄 테니."

"네, 시간 보고 연락드릴게요."

그 후로도 갖가지 이야깃거리가 오고 갔다. 계획에도 없는 채윤의 연애담이라든가, 안주희의 새로운 취미생활이 된 별장의 인테리어 변경이라든가, 고민호가 새로 맡은 사건에 대한 평가라든가, 하는 것들이었다. 잡담 수준의 시답잖은 대화였지만 채윤은 진심으로 즐거웠다. 오랫동안 느껴보지 못했던 따스한 감정이 몸 구석구석으로 퍼져나갔다. 이게 바로 가족의 온기라는 걸까. 고민호의 이야기에 귀를 기울이면서 채윤은 앞접

시에 쌀국수를 담고 국물을 따랐다. 국수 위에 집게로 고수를 듬뿍 올린 순간 안주희가 무심코 말했다.

"채윤이 식성이 아버지를 똑 닮았구나. 고수를 좋아하는 걸 보니."

고민호가 즉각 안주희에게 눈짓을 줬다. 왜 쓸데없는 소리를 입에 올리냐고 꾸짖는 것처럼. 그녀도 아차 싶었는지 입술을 지그시 깨물고 채윤의 표정을 살폈다. 분위기가 대번에 껄끄러워졌다. 티슈로 입가를 훔친 채윤은 무미건조하게 말문을 열었다.

"아버지 얘기 하셔도 괜찮아요. 괜히 제 눈치 안 보셔도 돼요."

입에 손등을 대고 헛기침을 한 고민호가 조심스레 물었다.

"혹시 아버지한테서 연락이 오지는 않았니?"

"연락이 오겠어요? 하나뿐인 가족도 버리고 도망친 사람인데."

채윤이 억양 없는 목소리로 반문했다.

"채윤아, 아버지는 결코 너를 버린 게……."

두둔하듯 말문을 뗀 고민호의 팔뚝을 안주희가 넌지시 잡았다. 그만하라는 신호였다. 더 말해봤자 상처만 커지고 아버지에 대한 미움만 깊어질 테니. 훈훈했던 분위기는 어느새 차갑게 식어버렸다. 수저와 식기가 달그락대는 삭막한 소음만이 테이블 위를 기어 다녔다.

*

경찰청사 중앙 현관을 통과했을 뿐인데도 지한은 속이 거북해졌다. 발걸음도 덩달아 무거워졌다. 가기 싫다는 본심이 근육으로까지 전이된 모양이다. 지한은 고단한 어깻숨을 내쉬며 본관 로비를 가로질렀다. 강창규 제1부장이 눈코 뜰 새 없이 바쁜 지한을 호출한 이유는 단순했다. 수사 진행 상황을 현장 수사관의 입으로 생생하게 듣고 싶다는 명목이었다. 그것뿐이라면 이렇게까지 마음이 불편하지는 않았을 것이다. 분명 뭔가가 더 있겠지. 터놓고 지시하기 힘든 비공식적인 요구사항 같은 게.

수사본부는 물론이고 경찰청도 궁지에 몰려 있었다. 지난 1년간 경찰의 위신과 신뢰는 땅으로 추락하다 못해 바닥을 뚫고 들어갈 지경이었다. 언론과 국민으로부터 비난의 집중포화를 받고 있었다. 욕을 먹어도 싸긴 했다. 네 명의 희생자가 나오는 동안 변변한 단서 하나 찾아내지도, 제대로 된 용의자 한 명 특정하지도 못했으니. 가용 가능한 인력과 장비를 총동원했지만 티끌만 한 성과도 올리지 못했다. 1년 가까이 보이지 않는 연쇄살인범의 뒤꽁무니만 쫓고 있었다.

변명에 불과하겠지만 100퍼센트 경찰의 무능함 탓이라 보기도 힘들었다. 범인은 실수하는 법이 없었다. 흔적을 남기지도 않았다. CCTV나 목격자에게 꼬리를 밟히지도 않았다. 영리하면서도 침착했다. 불같으면서도 냉정했다. 인정하긴 죽도록 싫었지만 수사본부는 놈의 발끝도 따라가지 못하고 있었다. 제복을 입은 사람이라면 누구나 좌불안석이겠지만 강창규는 더할 것이다. 사건을 조속히 해결하지 못한다면 차기 청장 자리는 물 건너간 거나 다름없을 테니. 무슨 수를 써서라도 범인을 잡아야 하는 입장이었다. 추가 희생자가 나오는 순간 위태롭게 지키고 있는 자리마저 날아갈 공산이 컸다. 수사본부 역시 내일 당장 전원 물갈이가 된다 해도 이상할 게 없는 분위기였다.

지한은 엘리베이터를 지나쳐 계단으로 향했다. 머리가 뒤숭숭할 때면 조금이라도 몸뚱이를 굴리는 편이 낫다는 걸 경험으로 체득하고 있었다. 3층으로 올라선 후 발길을 재촉했다. 괜히 아는 얼굴과 마주쳐 뜬소문의 불씨가 되고 싶지 않았다. 복도 끝 모퉁이를 돌던 지한은 주춤했다. 경찰청 직원과 청소 노동자가 벽 쪽에 붙어서 이야기를 나누고 있었는데 심상찮은 분위기가 감지됐던 것이다. 주변을 의식해서인지 언성을 높이지는 않았지만 직원이 청소 노동자를 다그치는 것 같은 구도였다. 순간 이게 요즘 유행하는 갑질인가 싶었다. 한마디 하려고 입을 뗐던 지한은 그대로 다물었다. 딴 데 신경 쓸 때가 아니었다. 자세한 전후 사정도 모르지 않는가. 오지랖을 부리는 대신 헛기침으로 주의를 줬다. 적당히 하라는 무언의 경고를 알아먹은 모양이었다. 지한을 힐끗 본 직원이 청소 노동자에게 조그맣게 잔소리를 한 다음 돌아섰다. 어깨가 축 처진 청소 노동자는 힘없이 카트를 밀며 자리를 떠났다.

부장실에 도착한 지한은 허탈한 콧숨을 내쉬었다. 약속 시간에 늦지 않으려고 서둘렀건만 막상 부장은 자리를 비운 상태였다. 기다리라고 했다는 비서의 말을 따라 개인실로 들어갔다. 접객용 소파에 앉으니 책상에 산처럼 쌓여 있는 서류더미가 눈앞을 가로막았다. 계급장과 서류의 양은 비례하는 걸까. 온종일 책상머리에 붙어 앉아 저걸 다 훑어보는 상상만으로도 머리가 지끈거리는 느낌이었다.

강력범죄수사대가 광역수사대로 불리던 시절, 대장이었던 강창규는 지한에게 존경과 동경의 대상이었다. 흠결이 없는 건 아니었지만 수사에 관해서라면 모든 이가 한 수 접고 들어갈 정도로 유능했다. 조직의 안위나 상부의 압력이라는 비바람이 거세게 몰아쳐도 절대로 물러서거나 타협하는 법도 없었다. 보신이나 승진에 연연하지도 않았다. 독불장군 같은 면이 있긴 했어도 나름 지조와 뚝심을 지닌 상사였는데……. 자리가 사람을 변하게 만든 걸까. 아니면 잠자고 있던 욕망이 뒤늦게 눈을 뜬 걸까. 문이 달칵 열리는 소리에 지한의 등에 힘이 들어갔다. 강창규가 들어오자 벌떡 일어나 허리를 숙였다.

"오랜만에 뵙습니다."

"왔나?"

강창규가 날렵한 턱을 짧게 까딱였다. 50대 중반임에도 군살하나 없는 체형은 여전했다. 그가 책상에 바인더를 툭 던져놓더니 소파에 다리를 꼬고 앉았다. 지한도 소파 가장자리에 엉덩이를 붙이고 양손을 모았다.

"요즘은 어때?"

안부를 묻는 게 아니었다. 수사 진척 상황을 말해보라는 소리였다. 자신이 흡족해할 만한 성과가 있는지. 건강은 괜찮은지, 밥은 잘 먹고 다니는지 인사치레조차 생략하다니 조금은 서운했다. 그래도 같이 한솥밥을 먹은 게 몇 년인데.

"별다른 진전은 없습니다. 면목 없습니다."

"최 팀장만의 탓이라고 볼 수는 없지. 날고 기는 수사관들을 제대로 써먹지 못하는 윗대가리 잘못이 더 크니까."

수사본부장인 유기환을 돌려 까고 있었다. 현 한원중앙경찰서장인 유기환은 경찰청 내에서 아웃사이더로 통했다. 출세욕이나 공명심과는 거리가 먼 인물이었다. 조직에 맹목적인 충성을 바치지도 않았다. 정치질에도 무심한 원칙주의자라 변변찮은 연줄도 없었다. 공정한 발탁 인사를 추진하겠다던 전임 경찰청장의 공약이 아니었다면 진작 한직으로 밀려났을 것이다. 어찌 보면 결은 달라도 젊은 시절의 강창규와 비슷한 면이 있었다. 맞장구를 치기도 뭣해서 가만히 있으려니 그가 질책하듯 말을 꺼냈다.

"수사본부의 대응책은 뭐야?"

"사건 현장을 중심으로 영역을 넓혀가며 탐문을 계속하고 있습니다. 현장 근처에 있던 차량들의 블랙박스도 확인하고 있고요. 또, 인근 전과자들의 알리바이를……."

말이 끝나기도 전에 강창규의 입에서 쑵, 하고 못마땅한 소리가 새어 나왔다.

"그래서야 기존 방식을 답습하는 것뿐 아닌가?"

"그렇긴 합니다만 현재로서는 발로 뛰는 방법 외에는……."

"뾰족한 수가 없다는 소리로 들리는데. 변변한 전략도 없이 무식하게 뛰어만 다니면 뭐라도 하나 얻어걸리겠지 하는 심정인 건가?"

지한은 입술 안쪽을 깨물었다. 분했지만 뭐라고 반박할 말이 없었다. 돌파구를 찾지 못해 제자리를 맴도는 형국인 건 사실이니까. 강창규의 쓴소리가 이어졌다.

"특단의 대책을 강구해야지! 이렇게 안일하게 수사하다가 희생자가 또 나오면 어쩌려고 그래?"

애먼 사람을 야단쳤다고 여겼는지 그는 곧바로 언짢은 기색을 누그러뜨렸다.

"하기야 자네가 뭘 어쩔 수 있는 위치도 아니지. 본부장은 별말 없고?"

"열심히 최선을 다해달라고……."

"참, 갑갑하네. 막다른 곳에 부딪쳤으면 새 길을 모색하고 제시해줘야지, 그딴 하나 마나 한 얘기는 왜 하는 건데! 본부장이란 인간이."

지한의 상체가 절로 움츠러들었다. 별 내색은 안 했지만 유기환의 속도 까맣게 타 들어가고 있을 터였다. 잠깐 틈을 뒀던 강창규가 지나가던 투로 툭 내뱉었다.

"앞으로 변동사항이 생기면 내게 제일 먼저 보고해."

"그게 무슨 말씀이신지……."

지한은 머리를 퍼뜩 쳐들었다.

"뭘 그렇게 놀라고 그래? 특이사항이 생기면 나한테 보고하라는데."

"파견 나가 있긴 해도 전 지금 수사본부 소속입니다. 본부장님 지시를 받는 입장이고요. 지휘체계상 본부장님을 건너뛰고 부장님께 보고하는 건……."

강창규가 손을 들어 막았다.

"누가 본부장한테 보고하지 말래? 그쪽에 보고하기 전에 내게 먼저 연락해달라는 거야."

"이해가 잘 안 되는데요. 경찰청으로도 보고가 올라오잖습니까. 어차피 다 알게 되실 텐데 왜 굳이……."

"본부장 하는 짓이 하도 못 미더워서 그래. 시급하고 중대한 결정의 기로에 섰을 때 원칙이니 절차니 따지다가 범인을 놓칠까 봐. 지금도 시간이나 축내면서 영양가 없는 지시나 내리고 있잖아. 신중하다 못해 굼뜨다고. 현장 일선에 있는 최 팀장이 제일 절실하게 느낄 거 아냐. 여유 부릴 때가 아니라는 거."

"그렇긴 합니다만……."

"이상하게 생각할 필요 없어. 무슨 일이 생기면 전화 한 통

25

만 해주면 되는 거니까."

　결국 알겠다고 대답하는 수밖에 없었다. 예전의 상관이어서도 경찰청의 실세여서도 아니었다. 강창규에게는 갚아야 할 마음의 빚이 있었다. 지한이 아직까지 경찰 노릇을 할 수 있는 건 어찌 보면 강창규 덕분이랄 수 있었다. 광역수사대 시절 지한이 뒤쫓던 용의자가 도주하던 중 추락해 사망한 일이 있었다. 건수를 잡은 언론은 과잉 검거 작전이 부른 참사라며 경찰과 지한을 맹비난했다. 용의자의 유족도 살인 경찰을 파면하라면서 연일 압박을 가했다. 징계위원회에서 강창규가 앞장서서 비호해주지 않았다면 옷을 벗어야 했을 것이다. 딱히 거절할 명분도 없었다. 법에 저촉되는 일도 아니니. 비공식적인 보고 라인이 하나 더 개설된 것뿐이다. 대수롭지 않은 일이라고 되뇌었지만 스파이가 된 것 같은 꺼림칙함은 쉽게 가시지 않았다.

*

　옷장과 행거를 모조리 뒤졌는데도 조깅복은 나오지 않았다. 채윤은 입술을 깨물며 콧숨을 내쉬었다. 대체 어디에 처박아둔 걸까. 짜증이 치밀었다. 무릎 꿇은 자세로 서랍장 앞에 앉아 있다가 방바닥에 철퍼덕 주저앉았다. 느닷없이 엄마가 생각났다. 내 조깅복 어디 있어, 하고 물어보면 잔소리를 하면서도 귀신같이 찾아주실 텐데……. 교통사고로 돌아가시지 않았더라면……. 저도 모르게 눈시울이 뜨거워졌다. 채윤은 붉어진 눈을 연신 깜빡이며 손부채질을 했다.

마음을 추스르고 창가 앞 책상으로 시선을 돌렸다. 엄마와 함께 찍은 사진 액자가 귀퉁이에 서 있었다. 유일한 가족사진이지만 거기에도 아버지는 없었다. 채윤에게 아버지란 그런 존재였다. 지워진 존재. 어렸을 때부터 그랬다. 아버지란 있으나 마나 한 사람이었다. 엄마가 말해주기 전까지는 아빠가 있다는 사실을 미처 깨닫지 못할 때도 있었다. 서명찬은 워커홀릭이었다. 늘 바빴다. 새벽에 출근해 새벽에 퇴근했다. 주말이나 휴일도 알아서 반납했다. 출장도 잦아 며칠씩 집을 비우기 일쑤였다. 가정의 대소사는 물론이고 채윤의 생일이나 졸업식에도 얼굴을 비춘 적이 거의 없었다. 미안하다는 메시지가 든 돈 봉투나 선물만 덩그러니 참석했을 뿐.

아버지의 얼굴은 언제나 모호하고 흐릿했다. 아버지를 이해해보려 노력했던 시절이 없지는 않았다. 영세하긴 해도 나름 번듯한 중소 건설업체의 대표였다. 불황의 쳇바퀴 속에서 그런 사업체를 경영하려면 몸이 열 개라도 부족했을 것이다. 사원들의 생계를 책임지고 가족을 부양하기 위해 뼈 빠지게 동분서주하지 않았을까.

아빠라고 왜 채윤이랑 함께 있고 싶지 않겠니. 일이 많으셔서 도저히 오실 수가 없단다. 네가 이해해주렴. 토라지고 실망한 채윤을 달래는 건 늘 엄마의 몫이었다. 엄마 자신에게도 건

네는 말이었을지도 모른다. 그렇게 아버지를 편들고 감싸주던 엄마의 얼굴에도 언제부턴가 그늘이 지기 시작했다. 내색만 안 했다 뿐이지 엄마 속도 문드러지지 않았을까. 아버지를 두둔하고 변호해주던 말도 어느 순간부터 듣지 못하게 됐다. 아니, 아버지를 언급하는 일 자체가 드물어졌다. 엄마도 한계에 다다랐던 게 틀림없다. 사춘기를 지나자 부정에 대한 갈증은 흔적도 없이 증발돼버렸다. 아버지에게 딱히 악감정이나 불만도 없었다. 제법 풍족한 환경에서 자랄 수 있었던 건 아버지 덕분이니까. 오히려 그 나이 대에 으레 받는 간섭이나 참견이 없어 홀가분하기도 했다.

가족은 엄마만으로도 충분했다. 하나뿐인 가족마저 소멸된 건 대학에 입학한 지 얼마 안 됐을 때였다. 뺑소니 교통사고였다. 엄마가 돌아가신 날에도 아버지는 바로 달려오지 않았다. 그 망할 놈의 일 때문에. 첫날 홀로 빈소를 지키면서 채윤은 다짐했다. 부녀 관계를 깨끗이 청산하기로. 피만 섞인 남이 되기로. 가능하다면 아버지의 피를 몸속에서 싹 다 뽑아내고 싶었다. 아무리 서운하고 미워도 아버지는 아버지라고 추슬러왔던 감정조차 소멸됐다. 채윤에게 더 이상 가족은 없었다. 엄마는 세상을 떠나셨고 아버지는 원래부터 없던 사람이었으니까.

장례식이 끝나자마자 집을 나왔다. 어이없게도 아버지는 만류했다. 아직 독립하기에는 이른 데다 자신에게 하나밖에 없는 가족이라면서. 채윤은 냉담하게 쏘아붙였다. 지난 20년간 내가족은 엄마 한 사람뿐이었다고. 아버지가 종종 연락과 접촉을 시도했지만 그때마다 모질게 뿌리쳤다. 아버지가 몸담은 건설 업계에 대한 소식도 최대한 멀리했다.

5년쯤 지났을 때 한 남자가 채윤을 찾아왔다. 만백건설, 그러니까 아버지 회사의 직원이었다. 그는 사장님과 통 연락이 안 돼서 채윤을 찾아왔다고 초조하게 용건을 밝혔다. 출근을 안 한 지 벌써 일주일째라는 거였다. 월급도 몇 달 밀렸다며 울상을 지었다. 제발 아버지가 어디 있는지, 아니 연락처만이라도 알려달라고 애원했다. 딸만큼은 아버지의 소재를 당연히 알고 있을 거라 여기는 태도였다. 채윤은 당황스러웠다. 아버지와 의절한 거나 다름없어서 몇 년간 연락 한번 없었다고 설명했지만 믿지 않았다.

자신을 속인다고 여긴 건지 유순했던 직원의 태도가 돌변했다. 원하는 답을 듣기 위해서라면 폭력도 불사하겠다는 듯이 난폭해졌다. 봉변을 당하기 일보 직전 고민호가 등장했다. 그는 자신을 아버지의 친구이자 만백건설의 자문 변호사라고 소개했다. 그 또한 아버지를 찾는 중이었다. 흥분한 직원을 잘 타일러 보낸 그에게서 회사의 속사정을 자세히 들을 수 있었다.

만백건설은 오랜 기간 경영난과 자금난에 허덕여왔다. 하청의 하청을 받다 보니 공사 대금 지연은 기본이고 떼먹히는 경우도 부지기수였다는 것이다. 부도 위기를 밥 먹듯이 넘겼다고 한다. 현재도 부도만 안 났을 뿐이지, 망하기 일보 직전이라는 거였다. 아버지의 집에도 가봤는데 옷가지 몇 벌과 귀중품만 챙겨 급히 떠난 흔적만 남아 있었다고도 했다. 사고나 사건에 휘말린 걸 수도 있다고 했지만 그렇게 말하는 고민호 본인조차 믿지 않는 것 같았다.

아버지는 도망친 게 분명했다. 그다지 놀랍지는 않았다. 가족도 내팽개친 사람인데 하물며 그깟 회사쯤이야, 싶은 마음이었다. 고민호의 권유로 실종 신고를 했다. 담당 경찰은 단순 가출로 보인다며 시큰둥한 반응을 보였다. 극단적인 선택을 할 수도 있는 거 아니냐며 고민호가 강하게 어필하지 않았다면 접수도 받아주지 않았을 것이다. 대표가 사라진 회사는 결국 폐업의 수순을 밟았다. 만백건설과 거래했던 업체 몇 곳도 미수금을 회수하지 못해 적잖은 피해를 입었다.

고민호는 아버지 때문에 중간에서 입장이 난처해졌을 텐데도 채윤을 물심양면으로 돌봐줬다. 그의 도움이 없었다면 아직까지도 빚쟁이들에게 시달렸을 것이다. 자연스레 고민호의 아내인 안주희와도 가까워졌다. 그녀도 남편과 비슷한 종류의 사람이었다. 불쌍한 사람에게 기꺼이 손을 내미는 사람. 안주희도 채윤을 각별히 보살펴줬다. 반찬거리나 생필품을 보내주는 건 기본이고 수시로 연락해 채윤을 불러냈다. 심심하다는 핑계로 영화를 같이 보자거나, 옷이 잘 어울릴지 봐달라는 핑계로 쇼핑을 하자거나, 숍에 혼자 가기 쑥스럽다는 핑계로 네일을 받자거나, 하는 식이었다. 마치 외로워할 틈을 주지 않으려는 것 같았다.

초반에는 좀처럼 적응이 되지 않았다. 고맙다기보다는 부담스러운 마음이 더 컸다. 몇 번 이러다 말겠거니 싶었다. 연이어 거절하다 보면 알아서 나가떨어지겠거니 여겼다. 오산이었다. 그녀는 줄기차게 성가시게 굴었다. 끈질기게 들러붙었다. 희한한 일이었다. 언젠가부터 그녀의 연락과 만남이 기다려지기 시작했다. 남편 친구 딸에 대한 책임감의 발로 아니면 동정심에 기반한 친절일 테지만 그럼에도 그녀가 주는 관심과 애정이 싫지 않았다. 새엄마가 생긴 것 같았다. 이런 걸 엄마가 알면 싫어하겠지? 생각하면서도 안주희에게 서서히 마음의 문을 열었다. 그녀는 늘 구김살 없이 채윤을 대했다. 밝고 쾌활하게.

그럼에도 가끔씩 그녀의 눈에서 안쓰러움의 파도가 일렁거릴 때가 있었다. 언젠가 어머니가 보고 싶지 않느냐고 물어본 적이 있었다. 엄마 사진을 자주 본다고 말하자 잠시 뜸을 들이더니 아버지 사진도? 하고 물어봤다. 채윤은 대답했다. 사진은 고사하고 아버지와 관련은 물건은 먼지 한 톨 남아 있지 않다고. 추억 같은 것도. 잠적 당시 아버지가 거주했던 집의 가재도구와 생활용품은 하나도 남김없이 처분했다. 쓸 만한 전자제품은 복지 센터에 기부했고 옷가지들은 한데 모아 재활용 수거함에 집어넣었다.

채윤의 명확한 의사 표현에 안주희는 더는 아무 말도 하지 않았다. 그렇지만 안타까워하는 표정은 묻고 있었다. 아버지

31

가 그렇게 밉냐고. 채윤도 냉담한 표정으로 답을 대신했다. 아버지를 미워하지 않는다고. 티끌만큼의 증오도 남아 있지 않다고. 나와는 아무 상관 없는 타인이니까.

*

본부장 주재 수사 회의가 끝난 뒤에도 지한은 회의실을 벗어나지 못했다. 유기환이 대뜸 남으라고 했을 때 괜히 찔렸지만 별일 아닐 거라며 초조감을 억눌렀다. 팀장들이 전부 나가고 문이 닫히자 유기환은 의자에 등을 기댔다. 넥타이를 느슨하게 풀더니 눈을 지그시 감고 목덜미를 주물렀다. 피곤해 보였다. 낯빛도 좋지 않았다. 당연했다. 매일같이 회의를 하고 보고를 받아봤자 건질 게 없었으니까. 탐문 조사는 허탕만 쳤고 유의미한 제보도 들어오지 않았다. 감식 결과도 기대할 만한 게 없었다. 속이 바싹 타 들어가고 있을 터였다.

"강 부장님이랑은 인연이 깊지?"

"네?"

지한은 내심 당황했다. 저도 모르게 테이블 아래 둔 손톱 끝을 잡아 뜯었다. 이렇게 불쑥 치고 들어올 줄이야. 강창규와 만났다는 걸 알고 있다. 하기야, 경찰청에 워낙 보는 눈이 많으니 그의 귀에 들어갔다 해도 이상할 게 없겠지. 유기환은 평온하게 대화를 이어 나갔다. 날씨 이야기를 하는 것처럼.

"강창규 부장님 말이야. 자네랑 각별한 사이였다고 들었는데."

"광역수사대 근무 시절 상관이셨습니다."

"부장님 오른팔이었다고 하던데. 둘도 없는 심복이었다고."

지한은 쓴웃음을 지었다.

"부풀려진 이야기일 뿐입니다. 정말 그랬다면 지금도 강 부장님 곁에 있겠죠."

지한의 말이 일리 있다는 듯 유기환이 머리를 나직이 끄덕였다.

"간만에 뵈니 뭐라고 하시던가?"

지한은 마른침을 삼키지 않도록 노력했다.

"특별한 말씀은 없으셨습니다. 애초에 볼일이 있어 찾아뵌 게 아니라서요. 경찰청에 간 김에 잠깐 인사만 드리고 온 겁니다."

"그랬군."

유기환의 입꼬리가 보일 듯 말 듯 올라갔다. 이내 예의 그 덤덤한 표정으로 돌아왔지만. 속이 빤히 들여다보이는 거짓말이라는 걸 간파한 걸까.

"수사 상황에 대해서는 안 물어보시던가?"

"한시라도 빨리 범인을 검거할 수 있도록 최선을 다하라고 하셨습니다."

"그래야겠지."

유기환이 멋쩍게 입맛을 다셨다.

"내 욕은 안 하시던가?"

"본부장님 말씀은 딱히…….""

지한이 눈을 내리깔며 대답하자 유기환이 농담조로 말했다.

"그 양반이 내 뒷담화를 안 했을 리가 없을 텐데."

"본부장님 얘기는 정말 안 하셨습니다. 대화를 나눈 시간 자체가 5분 남짓밖에 안 됩니다."

"했다 해도 상관없네. 원래부터 날 싫어했던 양반이니."

지한은 용건을 물었다. 1초라도 빨리 가시방석에서 일어나고 싶었다.

"뭣 때문에 남으라고 하신 건지……?"

부드러웠던 유기환의 눈매가 단단해졌다.

"현재 우리 상황이 좋지 않다는 건 자네도 잘 알고 있을 거야."

"물론입니다. 뼈저리게 느끼고 있습니다."

"그렇다고 계속 답보 상태에 머무를 거라 생각하진 않네. 언제가 될지는 모르겠지만 분명 전환점을 마련할 계기가 올 거야."

본부장이 얘기하는 터닝포인트의 발판을 수사본부가 과연 마련할 수 있을까. 현 상황에서 그럴 확률은 희박해 보였다. 살인마가 후속 범행에서 실수하기를 바라는 쪽이 그나마 가능성이 높지 않을까. 추가 희생자가 나온다 해도 지금까지와 매한

가지로 속수무책으로 지켜봐야 할 수도 있었다. 무력감이 전신을 휘감았다.

"이럴 때일수록 중요한 게 뭔지 아나?"

대답을 듣기 위해 던진 질문이 아니었다. 아니나 다를까 유기환은 목소리에 힘을 줘서 스스로 답했다.

"외부의 입김에 휘둘려서는 안 된다는 거야. 외부의 범위가 어디까지일 것 같나?"

"언론 같은 경찰 이외의 조직을 말씀하시는 겁니까?"

"아닐세. 외부는 한원시 연쇄살인사건 수사본부 관계자 이외의 모든 사람과 조직이야. 거기에는 당연히 경찰청도 포함되고."

나와 강창규 부장 사이에 어떤 밀담이 오고 갔는지는 모를 것이다. 하지만 이렇게까지 주의를 주는 건 강 부장이 어떤 꿍꿍이를 품고 있는지 간파했기 때문이 아닐까.

"사공이 많으면 배는 산으로 갈 수밖에 없네. 목적을 위해서 수단이 정당화되어서도 안 되고. 어떤 일도 원칙에 위배되어선 안 된다는 말일세. 내 말 부디 명심해주게."

지한은 심란한 마음으로 자리로 돌아왔다. 유기환의 뼈 있는 한마디는 분명 경고였다. 처신을 똑바로 하라는. 씁쓸한 뒷맛이 목구멍 안쪽에서 느껴졌다. 터덜터덜 사무실로 돌아온 지한은 파티션 앞에서 멈춰 섰다. 책상 파티션 위로 머리가 둥둥 떠다니고 있었다. 잽싸게 파티션을 돌아 들어갔다. 지한의 책상을 뒤적이는 넓적한 등판이 보였다.

"지금 뭐 하는 겁니까?"

허기동이 뒤를 돌아봤다. 놀라지도 미안해하지도 않았다. 능글맞게 히죽거릴 뿐이었다. 지한은 밉살스러운 면상을 한 대 치고 싶은 충동에 휩싸였다.

"아, 오셨구먼."

"지금 제 자리에서 뭐 하는 거냐고요?"

"그게 말이지. 며칠 전에 팀장이 나눠준 자료가 안 보여서 말이야. 여분이 있나 싶어서 찾아보고 있었지."

"그럼 나한테 얘기를 했어야죠. 주인 허락도 없이 책상을 막 뒤져요?"

지한이 불쾌감을 드러내자 허기동은 적반하장 식으로 삐딱하게 나왔다.

"내가 무슨 좀도둑이라도 된 것처럼 말하네."

"동료 사이라 하더라도 최소한의 예의는 지켜달라는 겁니다."

"동료? 우리한테 허드렛일 아니면 단순 심부름만 시키고 정작 중요한 정보는 지들끼리 쏙 빼먹으면서 동료라고?"

거칠어진 언사와 적대적인 눈초리. 허기동은 처음부터 지한을 싫어했다. 마뜩잖게 여기는 정도가 아니라 범죄자 보듯 경멸했다. 굴러 들어온 돌이 사건을 빼앗은 것도 모자라 자신들을 들러리 취급한다고 여겼다. 나이 어린 상관에 대한 열등감이나 자격지심 같은 게 아니었다. 뿌리 깊은 악감정이 피부로 느껴졌다. 타 관할 형사에게 뒤통수라도 맞은 적이 있는 건가. 아니면 재주는 본인이 부렸는데 공로는 강수대에게 빼앗긴 경험이 있다거나. 안 그래도 머리가 복잡한데 허기동까지 시비를 걸어오니 편두통이 이는 것 같았다.

"수사 정보는 수사관들 전원이 공유하고 있잖습니까."

"진짜 중요한 기밀은 꽁꽁 숨겨두고 알려주지도 않잖아! 이렇게나 우리를 따돌리면서 동료라고?"

지한은 갑갑한 콧숨을 내쉬었다.

"그건 말 그대로 기밀 사항이잖습니까. 아는 사람이 많으면 많을수록 정보가 새어 나갈 확률이 높다고요. 알 만한 분이 왜 억지를 부리십니까?"

"근데 왜 하필 강수대 인간들만 기밀 정보에 접근할 수 있는 걸까?"

"그건 제 권한 밖의 일입니다. 제가 어떻게 할 수 있는 부분이 아니라고요."

"내 생각은 좀 다른데. 중간에서 누군가가 수작을 부린 거야. 그쪽들만 정보를 독점하겠다고. 그렇지 않고서야 정보의 불균형이 이렇게나 심화될 리 없지."

소설을 쓰고 앉아 있다. 더 말해봤자 입만 아프고 울화통만 터지리라. 지한은 인상을 구기며 손을 휘휘 내저었다.

"됐고, 다시는 제 책상에 멋대로 손대지 마십시오."

"네, 네. 그래야죠. 미천한 놈이 감히 높으신 분의 책상을 만

지다니, 죽을죄를 지었네요."

허기동이 한껏 비아냥대니 찬바람을 일으키며 자리를 떴다. 지한은 의자에 털썩 주저앉았다. 욱신대는 관자놀이를 누르는데 파티션 위로 김범석의 더벅머리가 빠끔 올라왔다.

"담배 한 대 피우러 가시죠."

역시나 눈치가 빠른 녀석이다. 저기압인 지한의 기분을 풀어주려고 담배 친구를 자처한 것이다. 빠릿빠릿한 데다 일 처리도 능숙해 지한이 아끼는 부하였다. 수사본부로 파견 나올 때 지한이 강수대에서 직접 선발한 인원 중 한 명이었다. 김범석과 함께 건물 밖으로 나와 외부 흡연실로 걸어가는데 한 무리의 사람들이 앞을 막아섰다. 성별과 연령대, 차림새도 각양각색이었다. 민원인들인가. 범석이 보자마자 눈살을 찌푸리는 걸보니 이미 상대한 전력이 있는 모양이었다. 무리의 대표로 보이는 50대 남자가 따지는 톤으로 말을 걸었다.

"연쇄살인사건 담당 형사님이죠?"

"그렇습니다만 누구신지?"

"오정길이라고 하오. 연쇄살인마는 대체 언제 잡을 수 있는 거요?"

무능력한 경찰을 꾸짖으려고 내방한 시민단체였나. 오늘은 일진이 사나운 날인가 보다.

"최선을 다하고 있습니다. 조금만 기다려주시면⋯⋯."

"대체 언제까지 기다리라는 거요? 그놈에게 죽은 내 동생의 억울한 원혼은 언제 달래줄 수 있느냐고?"

오정길이 목에 핏대를 세우며 항의했다. 동행한 사람들도 전염된 듯 저마다 원성의 목소리를 냈다. 지한은 무슨 말을 하는지 영문을 알 도리가 없었다.

"동생이라니요? 무슨 말씀이신지?"

"저 양반한테 얘기 못 들었어요? 연쇄살인마가 내 동생을 납치했다니까!"

오정길이 범석을 향해 삿대질을 했다.

"납치요?"

"팀장님, 잠깐 얘기 좀."

넌더리가 난다는 표정으로 머리를 긁적이던 범석이 지한의 옷깃을 넌지시 잡아끌었다.

"잠깐만 기다려주시겠습니까?"

지한이 양해를 구하며 자리를 떠났다. 오정길이 볼멘소리를 냈지만 못 들은 척하며 돌아섰다. 대화 소리가 들리지 않을 만큼 멀어지자 지한이 캐물었다.

"납치라니? 대체 무슨 소리야? 저 사람들은 다 누구고?"

"실종자 가족들입니다."

"실종자 가족들이 왜 우리한테 와서 클레임을 거는 건데?"

"저 사람들은 실종된 가족이 연쇄살인범의 희생자가 됐을 거라고 믿고 있거든요."

"뭐? 그렇게 생각하는 이유가 뭔데?"

"무슨 수를 써도 찾지를 못하니까 연쇄살인범에게 살해당한 뒤 어딘가에 유기됐다고 여기는 것 같습니다. 일종의 음모론 같은 거죠."

지한의 입에서 실소가 삐져나왔다.

"설명 안 해줬어? 연쇄살인범은 시신을 은닉한 적이 없다고?"

"말했죠! 귀에 못이 박이도록 얘기했는데도 제 말은 듣지도 않아요. 쫄따구인 저한텐 말해봤자 소용없다고 여긴 건지 팀장 님한테까지 찾아온 것 같습니다."

"실종 담당 형사들은 뭐 하고 있는 거야?"

"안 그래도 얘기해봤는데 그쪽에서도 두 손 두 발 다 든 거 같더라고요. 심지어 저 오정길 씨 동생이라는 분은 사건성도 거의 없어 보인다고 했고요."

"단순 가출이라는 거야?"

"네, 돈 문제로 잠수 탄 적이 한두 번이 아니라는 거예요. 원 래 신고 요건에 맞지도 않는데 하도 지랄을 해서 어쩔 수 없 이 접수를 받아줬다고 하더라고요. 그쪽에서도 상대하기 귀찮 으니까 우리한테 떠넘긴 거 같습니다."

실종자 가족들을 힐끔 쳐다보는데 서슬 퍼런 눈과 마주쳤다. 오정길은 지한에게서 한시도 눈을 떼지 않았다. 만족할 만한 답변을 듣지 못하면 사생결단을 내고야 말겠다는 눈빛이었다. 골치가 아파 왔다.

"어떻게 하죠?"

"내가 알아서 얘기할게."

지한은 마음을 굳게 먹고 그들에게 돌아갔다. 애매하게 돌려 말해 어설픈 희망을 주느니 고통스럽더라도 진실을 일깨워주는 편이 낫다. 있는 사실 그대로. 지한이 다가오자 웅성거리던 소음이 일시에 뚝 끊어졌다. 지한은 망설이지 않고 입을 뗐다.

"가족분들이 실종된 건 진심으로 안타깝게 생각합니다. 그렇지만 실종은 연쇄살인사건과 아무런 관련이 없습니다."

아우성이 빗발치는 가운데 오정길이 사람들에게 조용히 하라고 손짓했다.

"관련이 없다고? 그럼 내 동생은 어떻게 된 건데?"

"집에 가서 기다려보시죠. 조만간 연락이 오거나 돌아오실 수도 있잖습니까?"

"내 동생이 가출이라도 했다는 거야?"

아까는 그래도 반말과 존대를 섞더니 이젠 아예 말이 짧아졌다.

"동생분이 범죄에 휘말렸다는 정황도 없지 않습니까?"

"그걸 밝혀내는 게 경찰이 할 일 아니야! 당신네들이 할 일 아니냐고?"

오정길이 막무가내로 호통을 쳤다.

"그럼 담당 형사한테 문의를 하셔야지요. 저희를 찾아오실 게 아니라."

"그 인간들이 이쪽으로 가보라고 한 거야! 연쇄살인마에게 당했을지도 모르는 거 아니냐고 하니까 당신네들을 찾아가보라고 했다고. 게다가 그놈들은 통 믿음이 안 가. 무능한 건 둘째치고 동생을 찾으려는 의지 자체가 안 보인다니까. 신원 불명의 변사체랑 비교해본다고 DNA만 달랑 채취해 간 뒤로는 감감무소식이라고. 완전히 손을 놔버린 거지!"

지한은 속이 부글거렸다. 가뜩이나 바빠 죽겠는데 아무 상관도 없는 실종 사건까지 떠안게 생겼다. 안 봐도 훤했다. 진절머리 나게 만드는 민원인이 연쇄살인사건을 들먹이자 잘됐다 싶어 냉큼 진상을 떠넘긴 것이리라.

"다시 한번 분명히 말씀드리죠. 동생분 실종과 연쇄살인사건과는 아무 상관이 없습니다. 뒤에 계신 분들도 똑똑히 들으세요. 납치는 범인의 수법이 아니에요. 만약 가족분들이 연쇄살인사건에 휘말린 거라면 진작 시신이 발견됐을 겁니다. 그게 범인의 습성입니다. 저희를 찾아오셔봤자 아무 소용 없다고요. 더는 드릴 말씀이 없으니 이만 실례하겠습니다."

지한은 주저 없이 자리를 떴다. 어디를 내빼느냐며 악다구니를 쓰는 오정길을 뒤로하고.

*

채윤은 가쁜 숨을 고르며 무릎과 발목을 돌려줬다. 스트레칭을 끝내고 손목에 찬 러닝 워치를 확인했다. 거리는 10.1킬로

미터, 소요 시간은 59분이 찍혀 있었다. 기록 경신이다. 물론 한 시간 내내 달린 건 아니었다. 뛰다 걷다를 반복했다. 그럼에도 10킬로미터를 한 시간 안에 주파했다는 사실이 뿌듯했다. 돌아갈 길이 걱정되긴 했지만. 호흡이 안정되자 다리를 크게 뻗어 성큼성큼 걷기 시작했다. 하늘은 벌써 먹물을 엎지른 듯 어둑어둑했다. 대로변으로 쭉 전진하다가 주택가로 난 샛길로 빠졌다. 조금이라도 귀가 시간을 단축해볼 생각이었는데 금세 무턱대고 낯선 길로 들어선 걸 후회했다. 미로 같은 골목길에서 한참을 헤맸던 것이다. 뛸 때 거치적거릴까 봐 휴대폰을 두고 나온 탓에 앱으로 길 찾기를 할 수도 없었다.

20여 분 만에 주택가를 벗어나자 드디어 익숙한 전경이 나타났다. 채윤은 눈가로 흘러내리는 진땀을 훔치며 주변을 휘둘러봤다. 2차선 도로 건너편에 우뚝 솟은 고층 아파트가 보였다. 뒤편으로는 아파트 단지를 산자락이 병풍처럼 감싸고 있었다. 단지 입구 아래쪽에는 몇 년 전 폭우로 산사태가 발생했던 장소도 눈에 들어왔다. 주택 서너 채가 매몰되며 인명 피해까지 났지만 지금은 언제 그런 일이 있었냐는 듯 말끔했다. 아파트 외벽에 새겨진 로고를 채윤은 애써 외면했다. 청려건설의 고품격 아파트 브랜드 '드웰러'였다. 한원시에서 가장 비싼 아파트이자 사람들이 가장 살고 싶어 하는 아파트 중 하나였다. 드웰러는 서민들에게 선망과 질시의 대상이었다. 2차선 도로는 드웰러와 구시가지를 구분 짓는 경계선 같았다. 넘어갈 수도 없고 넘어가서도 안 되는 계급의 경계선.

채윤은 보도를 따라 달리기 시작했다. 우레탄 바닥에 시선을 내리깐 채 심박수와 근육의 움직임에만 신경을 집중하려고 노력했다. 그러나 이미 머릿속에 들러붙은 잡념은 쉽게 떨어지지 않았다. 아버지를 자신과는 무관한 사람이라고 정의 내린 지 오래지만 그럼에도 아버지와 연관된 것들은 몹시 거슬렸다. 드웰러 시공에는 청려건설의 하청업체 중 하나였던 만백건설도 참여했었다. 저딴 콘크리트 덩어리를 짓느라 가족을 해체시켰던 것이다.

채윤은 속력을 높였다. 힘에 부친다는 폐와 종아리의 하소연을 무시하고. 1초라도 빨리 서명찬의 피조물을 시야에서 떨쳐내고 싶었다. 언덕 중턱에 진입했을 즈음에야 드웰러가 시야 가장자리에서 완전히 사라졌다. 그제야 발을 멈추고 허리를 숙였다. 손으로 무릎을 짚은 뒤 가쁜 숨을 몰아쉬었다. 오르막길에서 무리해 페이스를 올렸더니 심장이 입 밖으로 튀어나올 것 같았다.

호흡을 고르며 고개를 들었다. 숲을 관통하는 굽이진 도로가 보였다. 양쪽 인도를 따라 벚꽃나무와 은행나무들이 주르륵 심어져 있다. 개화 시기에는 벚꽃 잎들이 눈발처럼 흩날려 주민들이 제법 많이 찾는 명소다. 가을에는 똥내 나는 은행 열매가 도처에 지뢰처럼 깔려 있는 곳이지만. 여름인 지금은 무성한 나뭇잎들이 하늘을 촘촘하게 가려 안 그래도 어두침침한 곳이 더 음침해 보였다. 듬성듬성 가로등이 켜져 있는데도 터널에 들어온 기분이었다.

맥박이 정상으로 돌아오자 채윤은 워밍업하듯 가볍게 뛰기 시작했다. 1분 정도 달렸을 때 맞은편에 둘레길로 통하는 계단이 나타났다. 채윤이 뛰는 인도변에도 오솔길이 군데군데 나 있다. 1년 전만 해도 운동을 하거나 강아지를 데리고 산책하는 주민들이 꽤 많이 보였지만 지금은 인적이 거의 없다. 연쇄살인마 때문이었지만 채윤은 무섭지 않았다. 오히려 홀로 코스를 독점할 수 있어 좋았다. 누구에게도 방해받지 않고 달릴 수 있으니까. 펄떡거리는 심장과 리드미컬한 발놀림에 오롯이 집중할 수 있다. 완만한 커브길이 끝나는 구간에 다다랐을 때 전방에 중년 여성이 나타났다. 그녀는 팔을 앞뒤로 크게 휘두르며 경보하듯 빠르게 채윤을 지나쳤다.

내리막길이 시작되는 지점에서 잠깐 쉬려고 멈춰 섰다. 허리에 양손을 얹고 제자리에서 잔발을 구르며 심호흡을 했다. 그때였다. 무슨 소리가 난 것 같았다. 아까처럼 보행자이겠거니 싶어 별생각 없이 뒤를 돌아봤다. 아무도 보이지 않았다. 인도와 도로는 텅 비어 있었다. 사위스럽게 서 있는 울창한 나무들과 을씨년스러운 풍경뿐이었다. 채윤은 어깨를 으쓱였다. 바람에 나뭇잎들이 부대끼는 소리였다. 심장과 다리에 시동을 걸고 서서히 출발했다. 가파르진 않아도 내리막길이라 보폭을 좁히고 속도를 줄였다. 얼마 가지 않아 러닝을 중단했다. 뭔가 께름칙한 느낌이 들었던 것이다. 고개를 돌려 지나온 뒷길을 살폈다. 방금 전과 달라진 건 없었다.

이곳에 살아 숨 쉬는 생명체는 오직 채윤뿐이었다. 그러나 누군가가 자신을 훔쳐보는 것 같은 기분이 들었다. 눈을 가늘게 뜨고 어둠 너머를 빤히 응시했다. 어떤 움직임도 감지되지 않았다. 기분 탓인가. 밤늦은 시각, 외진 곳에 혼자 있다 보니 예민해진 건지도 모른다. 그렇게 여기고 몸을 돌린 순간 자지러지게 놀라 외마디 비명을 내질렀다. 정체불명의 뭔가가 발밑을 획 지나갔던 것이다. 겁에 질려 헐떡이면서도 눈으로 괴생명체를 쫓았다. 우거진 잡목 사이를 파고드는 길고양이가 보였다. 채윤은 벌렁대는 가슴에 손을 얹고 맥 빠진 콧숨을 토해냈다. 어쩌다 이렇게 겁쟁이가 된 거지. 고양이에 기절초풍한 스스로가 한심했다. 한편으로는 으스스하기 짝이 없는 장소를 얼른 벗어나고 싶다는 마음도 간절해졌다.

급히 출발하려는 찰나 인도변 가장자리에 벽처럼 빽빽하게 조성된 수풀이 요란하게 흔들렸다. 그쪽으로 시선을 돌리기도 전에 검은 그림자가 무시무시한 기세로 튀어나왔다. 무슨 일이 벌어진 건지 알아챌 틈도 없었다. 시꺼먼 형체가 채윤을 덮쳤다. 동시에 무지막지한 고통이 머리를 강타했다. 시야가 흐려졌고 다리가 풀렸다. 채윤은 그대로 쓰러지며 의식을 잃었다.

*

벌레가 피부를 기어 다니는 감촉에 납덩이 같은 눈꺼풀을 들어 올렸다. 정신이 몽롱했다. 그때 축 늘어져서 덜렁거리던 팔이 나뭇가지를 치고 지나갔다. 자다가 막 깬 것처럼 어디에 있는 건지, 어떤 상황인지 파악이 되지 않았다. 현실인지 꿈인지조차도 불분명했다. 힘겹게 눈을 깜빡였다. 초점이 맞지 않았다. 뒤늦게 후두부에서 강렬한 통증이 일었다. 자세도 불편하기 짝이 없었다. 코앞에서는 누릿한 땀 냄새가 풍겼다. 짐을 나르며 끙끙대는 신음 소리도 희미하게 들렸다.

그제야 기절하기 직전의 일이 떠올랐다. 거대한 그림자가 자신을 덮쳤던 일이. 상반신이 거꾸로 매달려 있어 피가 머리로 쏠렸다. 접힌 골반은 누군가의 어깨에 걸쳐져 있다. 비로소 상황 파악이 됐다. 채윤을 공격했던 괴한에게 끌려가는 중이었다. 납치라는 단어가 뇌리를 스쳤다. 주변은 온통 암흑천지였다. 가로등 불빛 하나 보이지 않았다. 어둠과 나무와 수풀 모양의 짙은 음영만이 뒤로 물러나고 있을 뿐이었다. 문명이나 안전과는 동떨어진, 야만과 폭력의 세계로 끌려가고 있었다. 발끝에서부터 날것 그대로의 공포심이 솟구쳤다. 겁에 질린 근육이 본능적으로 경련을 일으키려는 걸 초인적인 의지로 버텨냈다. 깨어난 걸 놈이 알아채는 순간 무슨 끔찍한 일을 당할지 몰랐다.

이자의 정체는 뭘까. 성폭행범? 정신이상자? 강도? 강도는 아닐 것이다. 강도라면 주머니를 뒤져보고 수중에 지갑이 없다는 걸 알아차렸을 때 그대로 자리를 뜨지 않았을까. 기절한 줄 알고 방심하고 있을 때 반격하는 게 나을까. 내가 괴한을 이길 수 있을까. 어림없을 것이다. 성인 남성의 완력을 당해낼 재간은 없다. 흉기를 갖고 있을 공산도 크다. 승산 없는 게임이다. 개죽음만 당하겠지. 게다가 정신을 잃을 정도로 뒤통수를 세게 가격당한 탓인지 손가락 하나 까딱할 기운도 없었다. 조금이나마 기력을 회복하면서 기회를 엿보기로 했다.

놈은 쉬지 않고 계속 숲 안쪽으로 들어갔다. 어디쯤인지, 어디로 가는 건지, 도망칠 곳은 있는지 주변 지형과 위치만이라도 파악해보려 애썼지만 허사였다.

얼마쯤 지났을까. 놈이 돌연 멈추더니 제자리를 맴돌았다. 그러더니 채윤을 짐짝 부리듯 바닥에 내던졌다. 충격이 제법 컸지만 채윤은 시체처럼 꿈쩍도 하지 않았다. 놈은 거친 호흡을 토해내며 숨을 골랐다. 채윤은 온 신경을 귀에 쏟아 상대의 동향을 살폈다. 옷에서 뭔가를 꺼내는지 부스럭대는 소리가 희미하게 들렸다. 퍼뜩 끔찍한 상상이 뒷골을 파고들었다. 주머니를 뒤진 게 아니라 바지를 벗은 게 아닐까. 소름이 끼쳤다. 뭔 짓을 하는 중인지 보고 싶기도 했지만 절대 눈을 뜨고 싶지도 않았다. 이윽고 그림자가 얼굴 위를 뒤덮는 게 느껴졌다. 심장이 폭발 직전의 엔진처럼 쿵쾅거렸다. 당장이라도 달아나야

한다는 생존 본능이 머리끝까지 치밀었다.

그때였다. 놈이 갑자기 오른쪽 손목을 덥석 잡았다. 하마터면 비명을 지를 뻔했지만 가까스로 목구멍을 틀어막았다. 다행히 정신을 잃은 척 연기 중인 걸 들킨 것 같지는 않았다. 감은 눈 위로 뭔가가 획획 허공을 가르는 기척이 느껴졌다. 뭘 하고 있는 거지. 장갑 낀 놈의 손아귀에 힘이 들어간 순간 격한 통증이 손등을 엄습했다. 예리한 흉기로 살갗을 긋고 있는 것 같았다. 고통이 손에서 몸 구석구석으로 퍼져 나갔다. 어금니를 악물고 견디려 했지만 생체반응까지 막을 수는 없었다. 반사적으로 팔이 흠칫 떨렸다. 동시에 놈의 몸이 굳는 게 느껴졌다. 별안간 놈이 손목을 놓고 일어섰다. 들통 난 줄 알았는데 아니었다. 도로가 쪽에서 무슨 기척을 들은 모양이었다. 주변을 경계하며 조심조심 멀어지는 발소리가 들렸다.

놈이 딴 데 정신이 팔린 사이 채윤은 실눈을 떴다. 오른손을 살짝 들어봤다. 피투성이가 된 손등이 보이자 울음이 터져 나오려 했다. 공포를 간신히 집어삼키고 시선을 돌려봤다. 10여 미터 떨어진 곳에 거무스름한 인영이 있었다. 생각보다 가까운 곳에 있어 움찔했다. 어두워서 잘 보이지는 않았지만 놈이 숲 너머를 주시하고 있는 것 같았다. 채윤은 소리가 나지 않게 목만 들어 재빨리 주변을 휘둘러봤다. 어디서도 반짝이는 불빛 하나 눈에 띄지 않았다. 도와달라고 소리쳐봐야 누구의 귀에도 닿지 못할 것이다. 놈만 자극하는 결과만 불러올 터였다. 일어나서

도망쳐봤자 몇 걸음 가지도 못하고 붙잡힐 테고. 추격을 뿌리치려면 일시적이라 하더라도 발을 묶어놓을 필요가 있었다.

채윤은 바닥으로 왼손을 뻗었다. 무기로 쓸 만한 게 있는지 더듬어봤지만 손에 잡히는 건 잡초와 콩알만 한 돌멩이, 그리고 흙뿐이었다. 좌절감이 밀려왔다. 통할지 어떨지 알 수 없었지만 손끝으로 흙을 긁어모았다. 놈이 돌아오는 발소리가 들렸다. 채윤은 재빨리 흙더미를 손안에 그러쥐고 허벅지에 붙였다. 아까보다 조심성이 없어진 걸 보니 청설모 같은 야생동물의 기척이라고 판단한 듯했다. 채윤 앞에 선 놈이 숨을 죽였다. 채윤을 빤히 관찰하는 송곳 같은 시선이 느껴졌다.

순간 공기의 흐름이 변했다. 놈이 감지한 게 틀림없다. 눈치챈 것이리라. 자세가 미묘하게 바뀌었다는 걸. 채윤이 실신한 척 연기 중이란 걸. 놈이 검은 손을 뻗는 순간 채윤은 눈을 번쩍 떴다. 눈만 허공에 둥둥 뜬 모습이 포착됐다. 기괴한 얼굴에 멈칫했지만 이내 발라클라바를 뒤집어쓰고 있다는 걸 알아차렸다. 채윤은 눈구멍을 향해 힘껏 흙을 뿌렸다. 놈의 입에서 짧은 괴성이 터져 나왔다. 놈이 눈을 못 뜨고 허우적대며 괴로워하는 사이 채윤은 번개처럼 몸을 일으켰다. 머리가 핑 돌며 무릎이 꺾였지만 젖 먹던 힘을 다해 다리를 끌었다. 어디가 어딘지 분간이 가지 않았지만 무작정 내리막을 향해 내달렸다.

시간을 잠깐 벌긴 했지만 오래가지는 못할 터였다. 그 생각을 입증하기라도 하듯 등 뒤에서 성난 포효가 들려왔다. 힐끗 돌아보니 검은 그림자가 맹수처럼 무서운 속도로 질주해오고 있었다. 채윤은 미친 듯이 숲을 가로질렀다. 나뭇가지가 뺨을 할퀴고 발이 돌부리에 채였지만 속도를 늦추지 않았다. 잡히면 죽는다는 두려움이 몸속의 아드레날린을 마구 분출시켰다. 숲은 달려도 달려도 끝이 보이지 않았다. 죽을힘을 다해 뛰었는데도 격차는 금세 좁혀졌다. 씨근덕대는 숨결과 흉포한 괴성이 점점 가까워졌다. 금방이라도 흉악한 손길이 뒷덜미를 잡아챌 것 같아 오금이 저렸다. 폐와 허벅지는 이미 한계상황을 넘어선 상태였지만 정신력으로 버텼다.

기를 쓰고 50미터가량 더 전진했을 때 마침내 문명 세계의 입구에 다다랐다. 도로와 연결된 작은 돌계단이 눈에 들어왔다. 돌계단 옆에는 가파른 경사의 콘크리트 배수로가 깔려 있었다. 놈은 고작 10여 미터 뒤에서 맹추격 중이었다. 계단으로 가면 필시 반도 내려가지 못하고 따라잡힐 게 뻔했다. 생각하고 자시고 할 것도 없었다. 절벽 못잖은 급경사였지만 놈에게 잡히느니 추락사하는 게 나을 것 같았다.

채윤은 배수로로 몸을 날렸다. 떨어지면서 내벽에 허리를 호되게 부딪쳤지만 아픔을 느낄 새도 없었다. 콘크리트 배수로 홈에 누운 자세로 안착하자마자 워터 슬라이드를 탄 것처럼 급강하하기 시작했다. 엉덩이와 등이 불붙은 것처럼 쓰라렸다. 배수로에 쓸리며 팔뚝의 맨살도 심하게 까졌다. 정신없이 미끄러져 내려온 채윤은 배수로 덮개 위로 내동댕이쳐졌다. 고층 빌딩에서 추락한 것처럼 무지막지한 충격에 일순간 숨이 턱 막혔다. 한동안 누운 자세 그대로 꼼짝도 할 수 없었다. 입을 크게 벌려 가까스로 막혔던 호흡을 토해냈다. 다친 곳이 있는지 몸을 살필 경황도 없었다. 얼른 바닥을 짚고 일어섰다. 발로 딛고 서자마자 발목을 칼로 쑤시는 듯한 통증에 주저앉을 뻔했다. 뼈가 부러진 걸까. 왼발에 체중을 실어봤다. 발목이 화끈거리는 고통에 눈물이 핑 돌았다. 뛰기는커녕 제대로 서 있기도 힘들었지만 가만히 앉아서 죽기를 기다릴 수는 없었다. 이를 악물고 절뚝대며 뛰기 시작했다.

돌계단 쪽을 올려다보니 눈덩이처럼 무서운 기세로 내려오는 그림자가 보였다. 속도를 내보려 했지만 망가진 발목으로는 무리였다. 고통스러운 신음만 잇새로 새어 나왔다. 이대로라면 따라잡히는 건 시간문제다. 그런 두려움이 머리를 떠나기도 전에 뒤쪽 인도에서 쿵 하며 놈이 착지하는 소음이 울려 퍼졌다. 곧이어 스프린터가 전력질주하는 듯한 요란한 뜀박질 소리도 뒤따랐다. 채윤은 피가 날 정도로 입술을 질끈 깨물었다. 젖 먹던 힘을 다해 발을 놀렸지만 다람쥐 쳇바퀴를 도는 기분이었다. 급기야 울음을 터뜨리며 굽이진 도로를 돌았을 때 섬광이 눈을 찔렀다. 타이어가 끼이익, 급제동하는 마찰음도 밤공기를 찢었다. 헤드라이트 불빛을 손으로 가리고 있는데 운전자가 차문을 벌컥 열고 나오더니 씩씩거렸다.

"당신 미쳤어? 죽으려고 환장했냐고? 갑자기 도로 한가운데로 튀어나오면 어떡해? 죽으려면 혼자 죽든가!"

채윤은 운전자에게 달려가 애걸복걸했다.

"도와주세요! 제발 도와주세요!"

"뭐야? 도와달라니? 대체 뭔 소리를……."

어안이 벙벙했던 남자의 눈이 휘둥그레졌다. 뒤늦게 채윤의 험한 몰골이 눈에 들어온 모양이었다. 그가 놀란 얼굴로 물었다.

"무슨 일이야? 교통사고라도 당한 거야?"

채윤은 거세게 도리질을 쳤다.

"저를, 저를 죽이려고 해요."

순간 말문이 막힌 운전자가 더듬대며 입을 뗐다.

"누, 누가?"

채윤은 운전자 뒤에 몸을 숨긴 채 도망쳐 온 곳을 가리켰다. 손가락이 허공에서 방황했다. 도로는 텅 비어 있었다. 야차처럼 악착같이 채윤을 뒤쫓던 괴한은 흔적도 없이 사라져 있었다. 도로 위쪽의 계단과 숲 쪽으로 얼른 시선을 돌렸다. 필사의 추격전이 벌어졌던 숲에서도 어떤 움직임도 포착되지 않았다. 언제 그런 일이 있었냐는 듯 고요하기 짝이 없었다. 긴장이 풀린 채윤은 무너지듯 그 자리에 주저앉았다.

*

앰뷸런스를 타고 병원 응급실로 온 채윤은 엑스레이와 CT

를 찍고 치료를 받았다. 둔기로 맞아 찢어진 뒷머리와 칼에 베인 손등을 꿰맸다. 배수로를 타고 내려올 때 생긴 등과 허벅지의 찰과상도 소독하고 연고를 발랐다. 퉁퉁 붓고 욱신거리는 발목은 인대가 좀 늘어나긴 했지만 뼈에는 이상이 없다고 했다. 죽을 뻔한 것치고는 그나마 경미한 부상뿐이었다. 운이 좋았다. 의사가 사흘 정도 입원해 안정을 취하는 게 좋겠다고 해서 그러기로 했다.

신고를 받고 출동한 경찰에게 사정청취도 받았다. 대부분 개인적인 질문이었다. 원한이나 앙심을 품을 만한 사람이 있는지, 최근 시비나 다툼에 휘말렸던 적은 없는지, 현재 만나는 사람은 있는지, 수상쩍은 사람을 본 적은 없는지, 금전 관계는 어떤지 등등. 채윤은 질문을 받을 때마다 주저 없이 고개를 내저었다. 면식범의 짓일 리는 없다고 생각했다. 인간관계 자체가 넓지 않았다. 주기적으로 연락하는 친구도 한 손으로 꼽을 정도였다. 사회생활을 하며 적을 만든 기억도 없다. 자신을 향한 증오나 원망을 의식 못 했을 수도 있지만 폭력을 행사하게 만들 정도로 막 살지는 않았다고 자부한다. 범인은 일면식도 없는 자일 거라고 확신했다. 성범죄자나 사이비 광신도 혹은 정신이상자 같은 부류의 소행이 아닐까. 손등에 이상한 칼자국을 낸 것도 비정상적으로 느껴졌다. 그런 견해를 드러내자 경찰은 조사를 해봐야 안다면서 시니컬하게 대꾸했다. 주제넘게 참견하지 말고 전문가에게 맡기라는 듯이. 형식적인 사정청취는 금방 끝났다. 빠른 시일 내에 담당 형사로부터 연락이 갈 거라고 전한 경찰은 그동안 회복 잘하시라는 인사치레를 남기고 돌아갔다.

입원 수속을 하려고 보니 지갑을 안 갖고 나왔다는 사실이 뒤늦게 떠올랐다. 휴대폰도 없었다. 조깅할 때는 거치적거리는 게 싫어서 늘 주머니를 비우고 나온다. 카운터 앞에 선 채윤은 선뜻 전화기로 손을 뻗지 못했다. 보호자도, 병원으로 와달라고 부탁할 만한 친척도 없었다. 뜨거운 설움을 목구멍 안쪽으로 집어삼키고 수화기를 들었다. 염치없지만 도움을 청할 사람이 그분밖에 떠오르지 않았다. 병상에 누운 지 30분쯤 지났을까, 안주희가 헐레벌떡 응급실 입구로 들어섰다. 걱정과 충격으로 범벅된 얼굴이었다. 응급실 내부를 두리번거리던 그녀는 벽 쪽 침상에 있던 채윤을 발견하더니 뛰듯이 달려와 손을 더럭 잡았다.

"아이고, 이게 대체 무슨 날벼락이라니? 몸은 좀 어떤 거야? 많이 다친 거니?"

"괜찮아요. 많이 안 다쳤어요."

채윤의 상태를 요모조모 뜯어본 안주희의 눈시울이 붉어졌다.

"괜찮긴 뭐가 괜찮아. 몸이 성한 데가 한 군데도 없어 보이는데."

"보기보다 심하지 않아요. 꿰맨 거 말고는 크게 다친 데는 없어요. 의사 선생님도 삼사 일 정도 있다가 퇴원해도 된다고 했고요."

그녀가 코를 훌쩍이며 가슴을 쓸어내렸다.

"다행이다. 이만하길 천만다행이야."

"죄송해요. 괜히 저 때문에 번거롭게 여기까지 오시게 해서."

"죄송하긴? 그게 무슨 소리야? 당연히 와봐야지. 네가 폭행당해서 병원에 있다는 아저씨 연락 받고 얼마나 놀랐는지 아니?"

고민호는 지방 출장 중이라고 했다. 그 또한 채윤이 겪은 일을 듣더니 적잖게 놀랐다. 크게 걱정하며 당장이라도 달려오겠다는 걸 말리느라 진땀을 빼야 했다. 대신 아내를 보내겠다고 해서 안주희가 달려온 참이었다. 채윤은 고마운 한편으로 미안하기 짝이 없었다.

"걱정 끼쳐드려서 죄송해요."

"뭐가 자꾸 죄송하대? 채윤이 네가 무슨 잘못을 했다고. 넌 피해자야. 아무 잘못도 없어."

말하면서도 미지의 범인에 대한 분노가 점점 치솟는 모양이었다. 안주희가 벌겋게 상기된 얼굴로 앙칼지게 내뱉었다.

"어떤 놈인지 잡히기만 해봐라. 절대 가만 안 놔둘 테니까."

채윤은 울컥했다. 살았다는 안도감이 뒤늦게 몰려온 것도 있지만 친엄마처럼 걱정해주는 안주희의 태도에 감정이 벅차올랐다. 채윤이 눈가를 훔치자 안주희가 등을 부드럽게 쓸어줬다.

"혼자서 얼마나 무섭고 힘들었을까. 괜찮아. 이젠 아줌마가 곁에 있잖니. 무서워할 필요 없어."

마음이 어느 정도 진정되자 안주희가 조심스럽게 운을 뗐다.

"원룸에서 혼자 지낼 수 있겠니?"

"그럼요. 애도 아니고. 괜찮아요."

"정말 괜찮겠어? 불안하지 않겠어? 집 근처에서 그런 몹쓸 짓을 당했는데……."

무서웠다. 불안했다. 두 번 다시 그 숲길 쪽으로는 얼씬도 하지 못할 터였다. 인적이 없는 밤거리나 으슥한 장소 근처로는 발도 내딛지 못하겠지. 생각만으로도 섬뜩한 한기가 돌았다. 목소리가 떨려 나오지 않게 배에 힘을 줘야 할 지경이었다.

"괜찮을 거예요……. 별일이야 있겠어요."

"당분간만이라도 다른 데서 지내는 게 좋지 않을까 싶은데……. 우리 집에서 지내는 건 어떠니? 출근하기 전까지만이라도."

채윤은 손사래를 치며 사양했다.

"아니에요! 정말 혼자 지내도 괜찮아요. 두 분께 더 이상 폐를 끼치고 싶지도 않고요."

"폐는 무슨! 그래야 내가 안심이 될 것 같아서 그래. 우리랑 같이 지내는 게 불편할까 봐 그러니?"

"불편한 게 아니라…… 도망치고 싶지 않아서 그래요. 이깟 일로 거처까지 옮기면 왠지 이 일에서 영영 벗어나지 못할 것 같은 기분이 들어서……."

어떤 심경인지 알겠다는 듯이 안주희의 입에서 낮은 탄식이 흘러나왔다.

"무슨 말인지 알겠다. 더 이상 권하지 않을게. 나중에 생각이 바뀌면 편하게 말해주렴. 아줌마는 언제든 환영이니까."

"신경 써주셔서 감사드려요. 그리고 너무 걱정하지 마세요. 경찰도 왔다 갔으니 범인이야 금방 잡히겠죠."

채윤의 말에 안주희가 득달같이 물어봤다.

"금방 잡을 수 있대? 범인 얼굴이라도 본 거야?"

"얼굴은 못 봤어요. 복면을 쓰고 있었거든요."

"그럼 범인이 남긴 흔적 같은 거라도 발견했다니?"

"그런 건 아니에요. 아직 본격적으로 수사를 시작하지도 않았을걸요. 그래도 우리나라는 범인 검거율이 높은 편이니까 수사가 진행되면 금방 잡히지 않을까요?"

채윤은 애써 웃어 보였다. 안주희의 근심을 덜어주기 위한 말이었지만 스스로를 안심시키기 위한 발언이기도 했다.

"제발 그래야 할 텐데."

안주희가 시름에 젖은 어조로 중얼거렸다. 채윤이 그녀의 팔뚝을 쓰다듬는데 남자 세 명이 침상 쪽으로 다가왔다. 하나같이 다부진 체격에 눈빛도 면도날처럼 예리했다. 한눈에도 일반인처럼 보이지 않았다. 그중 가운데 선 남자가 대장인 것 같았다. 그가 냉철한 눈빛으로 채윤을 빤히 주시했다. 낯선 남자들의 등장에 안주희는 노골적으로 경계심을 내보였다. 채윤을 보호하듯이 앞을 막고 앉아 그들을 쩨려봤다.

"누구시죠? 여기는 무슨 일로?"

대장 격인 남자가 정중하게 머리를 숙였다.

"실례합니다. 저는 경찰청에서 나온 최지한이라고 합니다. 서채윤 씨 맞으십니까?"

범상치 않은 기운을 뿜어낼 때부터 경찰이 아닐까 짐작했는데, 역시 예상이 맞았다. 채윤은 안주희에게 괜찮다는 제스처를 취한 뒤 대답했다.

"제가 서채윤인데요. 제 사건 담당 형사님이신가요?"

할 말을 고르는지 최지한이 뜸을 들이다가 대답했다.

"뭐, 그렇다고 볼 수 있습니다. 괜찮으시다면 사건 당시의 정황에 대해 자세히 듣고 싶은데요."

"좋아요."

바라 마지않던 바라 채윤도 흔쾌히 협조하기로 했다. 하지만 그는 펜과 수첩을 꺼내지도, 침대 옆으로 다가오지도 않았다.

"죄송하지만 여기 말고 서로 같이 가주셨으면 합니다."

다소 겸연쩍어하면서도 강경한 어조였다. 거부는 용납지 않겠다는 듯.

"지금요?"

"네."

안주희가 어이없다는 헛웃음을 치더니 항의했다.

"이것 보세요, 형사님! 지금 채윤이 상태를 보고도 그런 말이 나와요? 채윤이는 절대 안정을 취해야 되는 환자예요. 가뜩이나 몸도 안 좋고 심리적으로 불안정한 상태에서 진술을 듣겠다는 것도 못마땅해 죽겠는데, 뭐라고요? 당장 경찰서로 데려가겠다고요? 채윤이는 피해자예요! 용의자가 아니라고요!"

최지한은 눈 하나 깜빡하지 않고 양해를 구했다.

"안정과 휴식을 취하셔야 한다는 건 잘 알고 있습니다. 그렇지만 채윤 씨가 급하게 확인해주셔야 될 게 있어서요. 힘드시더라도 부탁드리겠습니다."

"뭐가 얼마나 급하길래 이 늦은 시각에 환자를 경찰서까지 끌고 가겠다는 건데요? 정 급하면 여기서 물어보면 되잖아요."

"죄송합니다. 기밀을 요하는 사안이라 여기서는 곤란합니다. 혹시 채윤 씨 어머님 되시나요?"

"그런 건 왜 묻는데요? 엄마가 아니면 입 닫고 가만히 있어라, 뭐 그런 뜻이에요? 친엄마는 아니지만 채윤이는 내 딸이나 마찬가지예요. 내가 채윤이의 보호자라고요."

얼굴까지 붉히며 언성을 높이는 안주희의 팔을 채윤이 슬며시 잡았다.

"아주머니 저 괜찮아요. 이분들하고 금방 다녀올게요."

"괜찮긴 뭐가 괜찮아? 낯빛도 이렇게 창백하고 몸도 제대로 못 가누는데."

"많이 좋아졌어요. 제 진술로 사건이 빨리 해결됐으면 하는 마음도 있고요."

안주희가 안쓰러운 표정을 지으며 채윤의 머리를 쓰다듬었다. 아픈데도 불구하고 채윤이 적극 협조하겠다는 이유가 범인이 다시 자기를 해칠지도 모른다는 막연한 공포심에서 기인한다고 여기는 것 같았다.

"네 마음이 그렇다면 같이 다녀오자꾸나."

"채윤 씨만 동행했으면 합니다만."

최지한의 말에 안주희가 도끼눈을 떴다.

"뭐라고요? 아픈 애를 혼자 보내라는 거예요? 보호자도 없이?"

"저 혼자 다녀와도 괜찮아요. 제 걱정은 마세요. 기력도 많이 회복됐고요. 힘드시게 아줌마까지 같이 갈 필요가 뭐가 있겠어요. 이만 댁에 들어가서 쉬세요. 끝나면 연락드릴게요."

그럼에도 안주희는 끝까지 따라가겠다고 고집을 피웠다. 언제 끝날지도 모르는데 밖에서 아줌마가 장시간 기다리시면 마음이 너무 불편할 거라고 채윤이 설득하고 조사가 끝난 후 안전하게 병원에 데려다주겠다는 최지한의 다짐을 받은 끝에 겨우 마음을 돌렸다. 안주희는 채윤을 끌어안고 몇 시라도 좋으니 병원에 돌아오면 꼭 연락하라고 신신당부했다. 작별 인사를 건넨 채윤은 형사들을 따라 응급실을 나섰다.

*

이동하는 내내 세 명의 형사들은 한 마디도 꺼내지 않았다.

새벽까지 쉬지도 못하고 일하고 있으니 그저 피곤해서 그런 건지도 모른다. 그럼에도 차 안에 묘한 긴장감이 감돌았다. 병원에서 경찰서까지는 20여 분 만에 주파했다. 평소라면 삼사십분 정도 걸릴 거리였다. 새벽이라 도로가 뻥 뚫린 점도 한몫했지만 운전을 맡은 김범석이란 형사가 제한속도를 무시하고 액셀을 밟았다. 뭐가 이리 조급한 걸까. 작은 의문이 샘솟았지만 깊이 생각하지는 않았다.

중앙경찰서 후문 주차장에서 조사실로 이동할 때도 요인 경호를 방불케 했다. 셋이 채윤을 사방에서 둘러싸고 주변을 쉼없이 경계하며 빠른 걸음으로 움직였다. 본인들의 홈그라운드에서까지 이토록 조심하는 게 의아했지만 한편으로는 그저 몸에 밴 습관이나 직업병일 거라고 여겼다. 3층 계단참에서 마주친 까칠한 인상의 형사가 무슨 일이냐고 물었지만 아무도 대꾸하지 않고 그대로 지나쳤다. 무시당한 형사의 뾰족한 시선이 뒤통수에 느껴져 채윤은 괜히 마음이 불편해졌다.

화이트 톤으로 마감된 조사실은 예상대로 삭막했다. 책상 하나와 그에 딸린 의자들. PC 한 대가 놓여 있을 뿐이었다. 최지한의 안내에 따라 의자에 앉자마자 채윤 또래의 단발머리 여자가 클리어 파일을 갖고 들어왔다. 말없이 목례를 건네고 맞은편에 앉은 그녀는 민망할 정도로 채윤을 빤히 쳐다봤다. 최지한은 컴퓨터 앞에 자리를 잡고 전원을 켰다. 김범석이 조사실문을 닫고 나가자 최지한이 말문을 뗐다.

"그럼 시작해볼까요?"

"네."

최지한이 여자부터 소개시켜줬다.

"이쪽은 경기남부경찰청 소속 범죄행동분석요원 이은경 경사입니다."

채윤의 얼떨떨한 표정에 이은경이 보충 설명을 해줬다.

"항간에서는 프로파일러라는 명칭으로 많이 불러요."

"아…… 프로파일러시구나."

영화나 시사 프로그램에서나 보던 프로파일러까지 출동하다니, 단순 폭행 사건에 연루된 게 아니었나. 프로파일러를 대동한 사실이 마음에 걸렸지만 부차적인 사안으로 딴죽을 걸 때가 아닌 것 같아 넘어가기로 했다.

"이 경사가 채윤 씨에게 여러 가지 조언을 해줄 겁니다. 병원으로 온 경찰에게 범인의 얼굴은 못 봤다고 진술하셨던데요."

시작한다는 말도 없이 다짜고짜 본론으로 들어갔다. 다소 당황스러웠지만 채윤은 순순히 대답했다.

"네, 얼굴에 눈구멍만 뚫려 있는 발라클라바를 쓰고 있었어요."

"외형적 특징은요? 키나 체격 같은."

"범인을 제대로 본 건 몇 초에 불과해서…… 잘 모르겠어요."

"옷차림도 못 보셨습니까?"

"워낙 경황이 없었던 데다 숲속이 너무 어두워서……."

"목소리도 못 들으셨고요?"

"네, 흙을 뿌렸을 때 잠깐 비명을 지른 게 다예요."

최지한이 쓰게 입맛을 다셨다. 실망스러울 법도 했다. 몽타주를 그릴 정도는 아니더라도 외형에 대한 최소한의 정보조차 나오지 않으니. 그가 턱 주변을 문지르더니 말했다.

"당시 상황에 대해 다시 한번 자세하게 말씀해주시겠습니까?"

채윤도 물어보고 싶은 게 많았지만 그의 요구부터 들어주기로 했다. 주는 게 있어야 오는 것도 있을 테니. 조깅하러 외출했을 때부터 시간 순으로 차근차근 이야기를 풀어나갔다. 같은 스토리를 반복하다 보니 응급실에서 처음 진술했을 때보다 말이 일목요연하게 잘 나왔다. 그러나 습격을 받고 정신을 잃었던 대목부터 평정심을 유지하기가 힘들었다. 최대한 침착하게 이야기하려 했지만 저도 모르게 가슴이 떨리고 눈물이 차올랐다. 단지 겪었던 일을 말하는 것뿐인데도 면도칼을 삼키는 것처럼 괴로웠다. 그때로 되돌아간 것만 같은 공포가 물밀듯이 밀려들었다. 중간에 몇 번이나 말을 멈추고 흐트러진 마음을 추슬러야 했다. 형사들은 재촉하지 않고 진득하게 채윤을 기다려줬다. 마침내 진술을 마쳤을 땐 온몸의 진이 쭉 빠졌다. 육체적으로 힘든 건 둘째치고 정신마저 너덜너덜해지는 느낌이었다. 거의 숨도 안 쉬고 채윤의 진술을 경청했던 지한이 입을 뗐다. 채윤의 손등에 시선을 못 박은 채.

"손등에 난 상처를 보여주시겠습니까?"

"상처는 왜요?"

"확인이 필요해서요."

"무슨 확인이요?"

"음⋯⋯. 채윤 씨를 공격한 자가 저희가 찾는 놈인지 확인하고 싶습니다."

채윤은 혀로 마른 입술을 핥았다.

"저 말고 다른 피해자가 더 있는 건가요?"

"그렇습니다."

채윤은 왼손으로 서툴게 오른손의 붕대를 풀었다. 상처와 직접 맞닿은 마지막 한 겹을 벗겨낼 때는 피부를 벗겨내는 듯한 통증에 이맛살을 찌푸렸다. 상처가 드러나자 조사실의 시간이 멈춘 것 같은 기분이 들었다. 채윤도 상처를 제대로 본 건 처음이었다. 상처는 'ㄱ'자나 'ㄴ'자 혹은 꺾쇠 기호처럼 보였다. 터지기 직전의 긴장감 속에서 최지한과 이은경이 마주보더니 의미심장하게 고개를 끄덕였다. 궁금증을 참지 못하고 채윤이 입을 열었다.

"다른 피해자 손등에도 이런 모양의 상처가 있는 건가요?"

지한의 턱짓에 이은경이 클리어 파일을 열었다. 그녀는 사진을 몇 장 꺼내 채윤의 앞쪽에 깔았다. 네 장의 사진 속에 담긴 피사체는 모두 오른손이었다. 채윤의 손등에 난 칼자국과 같은 모양의 상처가 눈에 들어왔다.

"손등에 남기는 꺽쇠 모양의 칼자국이 범인의 트레이드마크예요. 범행 수법도 동일해요. 둔기로 머리를 내리쳐 정신을 잃게 만든 다음 칼로 손등을 그어버리죠."

"뭣 때문에요?"

"그건 아직 몰라요. 이 기호가 뭘 의미하는지도 알아내지 못했고요. 범인의 이름 약자일 수도 있어요. 수학 기호일지도 모르고요. 특정 집단의 표식이나 종교적 상징일 수도 있죠. 혹은 아무 의미가 없을 수도 있고요. 어린아이들의 낙서처럼. 피해자의 손등을 스케치북이라고 여기는 건지도 모르죠."

뒷덜미의 잔털이 쭈뼛 곤두섰다. 범상치 않은 놈일 거란 예감이 맞았다. 채윤의 반응에 아랑곳하지 않고 이은경이 설명을 이어갔다.

"원한이나 금전 혹은 치정 관계에 의한 범행으로 보이지는 않아요. 정신이상자의 소행으로 보기에도 무리가 있고요. 특정 집단에 대한 증오범죄로 보기도 힘들어요. 불특정 다수를 상대로 무차별 범행을 저지르고 있거든요. 피해자들 간에 어떤 공통점이나 접점도 발견하지 못했고요. 기존 피해자들과 채윤 씨와의 관계도 철저하게 조사할 테지만 어떤 연결고리도 없을 공산이 커요."

"사람 몸에 칼 장난을 하면서 희열을 느끼는 걸까요?"

그때까지 잠자코 있던 최지한이 나섰다.

"그게 범인의 목적은 아닐 겁니다."

"범인의 목적이 뭔데요?"

"살인이요."

채윤은 저도 모르게 손으로 자신의 입을 틀어막았다. 도저히 말이 나오지 않았지만 가까스로 쥐어짜냈다.

"피해자들을…… 죽였다는 건가요?"

"네, 둔기로 무자비하게 때려서 살해했습니다."

"네 명…… 전부 다요?"

최지한의 머리가 묵직하게 앞뒤로 움직였다. 다섯 명의 피해자 중 채윤 홀로 살아남았다는 소리였다. 그제야 왜 그렇게 진술을 들으려고 안달했는지, 왜 그렇게 채윤을 과보호했는지 깨달았다. 단순 폭행 사건이 아니었다. 네 명이나 죽은 연쇄살인 사건이었다. 그 와중에 다섯 번째 피해자이자 유일한 생존자가 등장했던 것이다. 그때 전혀 생각지도 못했던 사건이 강렬하게 뇌리를 강타했다. 채윤의 목소리가 뒤집어져 나왔다.

"설마…… 이게…… 그…… 한원시 연쇄살인사건인가요?"

"맞습니다. 채윤 씨는 한원시 연쇄살인사건의 유일한 생존자입니다."

물속에 빠진 것처럼 귀가 먹먹했다. 최지한이 계속 뭐라고 말했지만 한쪽 귀로 들어와 한쪽 귀로 빠져나갔다. 날 공격했던 자가 전국을 공포에 떨게 만든 연쇄살인마라고? 내가 연쇄살인범의 사냥감이 됐다고? 내게는 절대 이런 불상사가 찾아오지 않을 줄 알았는데……. 나와는 상관없는 일인 줄 알았는데……. 도무지 현실감이 느껴지지 않았다. 악몽을 꾸고 있는 것 같았다. 아니, 이 모든 게 악몽이었으면 싶었다. 넋이 나간 상태로 멍하게 앉아 있던 채윤이 가까스로 입을 벙긋거렸다.

"확실해요? 저를 공격한 자가 진짜 연쇄살인범이냐고요?"

"아직 100퍼센트 단정할 수는 없습니다. 하지만 동일한 범행 수법과 트레이드마크로 보건대 채윤 씨를 공격했던 자가 연쇄 살인사건의 진범일 확률이 높습니다. 연쇄살인범의 범행 수법과 트레이드마크는 이제껏 한 번도 공개된 적이 없습니다. 특별수사본부 내에서도 소수만 알고 있는 극비 사항이고요. 일종의 비밀의 폭로라고 할 수 있죠."

"비밀의 폭로요?"

이은경이 부연 설명을 해줬다.

"진범이 아니면 알 수 없는 결정적인 사건 정보를 비밀의 폭로라고 해요. 향후 유력한 용의자를 검거했을 때 자백을 받아 내거나 진범을 가리기 위한 정보로 이용하죠."

"그러니까 그 악명 높은 연쇄살인마가 저를 노렸다가 놓쳤다는 말씀이시군요."

최지한이 말했다.

"채윤 씨도 잘 아시겠지만 수사는 장기간 교착상태에 빠져 있었습니다. 부끄럽지만 작은 실마리 하나 건지지 못했어요. 후속 범행도 막지 못했죠. 속수무책으로 당할 수밖에 없었습니다. 그러던 차에 유일한 생존자인 채윤 씨가 나타난 겁니다. 채윤 씨로 인해 정체됐던 수사는 급물살을 타게 될 겁니다. 채윤 씨가 저희를 많이 도와주셔야 합니다."

당혹스러웠다. 마른하늘에 날벼락 같았던 폭행 사건의 여파가 채 가시지도 않았는데 범인이 연쇄살인마란다. 그것도 모자라 네가 우리를 구해줄 구세주라는 중압감까지 더해주고 있다. 토할 것처럼 뱃속이 울렁거렸다.

"아까도 말씀드렸지만 전 아무것도 못 봤어요. 직접 대면한 시간도 찰나에 불과했고요. 뭣보다 겁에 질려서 제정신이 아니었어요. 제가 도움이 될지 잘 모르겠어요."

"이해합니다. 당연한 반응이에요. 굉장히 혼란스럽고 무서웠을 겁니다. 밤이었고 숲이라는 환경적인 조건도 좋지 않았고요. 그렇지만 무의식 속에는 채윤 씨 생각보다 그때의 기억이 훨씬 많이 남아 있을 겁니다. 저희가 그걸 끄집어낼 수 있게 도와주시면 됩니다."

"어떻게요?"

채윤이 떨떠름하게 물었다.

"최면 수사를 진행하고 싶습니다."

"저한테 최면을 건다는 건가요?"

이은경이 나섰다.

"미디어에서 소개된 최면은 왜곡되거나 과장된 면이 많아요. 최면을 걸면 사람을 마음대로 조종할 수 있다거나 전생의 기억조차 끄집어낼 수 있다는 식으로 표현해놨으니까요. 최면 수사는 마법 같은 게 아니에요. 집중력을 높일 수 있도록 편안한 환경을 조성해준 다음 여러 가지 질문을 통해 휘발됐거나 흩어진 기억을 되살려주는 보조 기법이죠."

채윤은 입술 안쪽을 깨물었다. 내키지 않았다. 아니, 하기 싫다는 게 솔직한 심정이었다. 진술만 해주면 된다더니 점점 더 깊은 늪으로 잡아끌고 있었다. 더는 살인이니 뭐니 하는 것들과 엮이고 싶지도 않았다. 하지만 마냥 나 몰라라 해도 괜찮은 걸까. 만약 또 다른 피해자가 나온다면……. 과연 책임에서 자유로울 수 있을까. 내가 방관한 탓이 아니라고 말할 수 있을까. 미래의 비난과 죄책감이 세차게 등을 떠밀었다. 채윤은 마지못해 수락했다.

"알았어요. 할게요."

최지한의 안색이 밝아졌다.

"협조해주셔서 감사합니다. 일정은 차후에 말씀드리겠습니다. 많이 피곤하실 텐데 오늘은 이만하시죠. 김 형사가 병원까지 모셔드릴 겁니다. 채윤 씨에게 경호 인원도 붙일 거고요."

경호라는 단어가 불안감을 부채질했다.

"경호를 받아야 될 만큼 위험한 상황인가요?"

"범인이 또 채윤 씨를 노리지는 않을 겁니다. 외부와의 접촉을 최소화하고 만약의 사태에 대비하기 위한 조치일 뿐이니 걱정하지 않으셔도 됩니다."

그렇다면 사양할 이유는 없어 보였다. 경찰의 신변 보호를 받는다면 심적으로도 크게 안정이 될 것이다. 그가 마지막으로 주의를 줬다.

"더불어 한 가지만 더 당부드리겠습니다. 채윤 씨가 연쇄살인마의 피해자라는 사실을 비롯해 여기서 나눴던 모든 대화 내용은 비밀에 부쳐주십시오. 추가 범행 및 생존자가 있다는 사실도 당분간 공개하지 않을 계획입니다. 친구든 가족이든 누구에게도 절대 발설하시면 안 됩니다."

*

새벽 6시, 지한의 요청으로 본부장실에서 긴급회의가 열렸다. 참석자는 본부장인 유기환을 포함 팀장급 네 명이었다. 팽팽한 긴장감이 본부장실에 가득했다. 새벽 긴급회의 소집에 다들 뭔 일이 터졌나 싶어 전전긍긍하는 기색이 역력했다. 다섯 번째 시신이 발견된 게 아닐까 지레 염려하는 것처럼 보이기도 했다. 조만간 들이닥칠 폭풍 같은 비난과 압박을 생각하니 벌써부터 질렸다는 표정들이었다.

지한의 보고가 시작되자 분위기는 크게 술렁였다. 하지만 이내 기류는 복잡 미묘하게 바뀌었다. 조만간 범인을 검거할 수 있겠다며 상기된 표정으로 전의를 불태우는 이도 있었지만 생존자의 존재가 과연 유의미한 성과로 이어질지 모르겠다며 아리송하게 고개를 갸웃대는 이도 보였다. 좀처럼 감정 변화가 없는 유기환마저 어떤 표정을 지어야 할지 갈피를 못 잡는 것 같았다. 길었던 보고가 끝난 뒤에도 아무도 쉽게 입을 떼지 못했다. 심각한 표정으로 생각에 잠겼던 유기환이 한참 만에 말문을 열었다.

"판도를 뒤집을 수 있는 중대한 기로에 선 것만은 분명하군."

"저도 그렇게 생각합니다."

"생존자로부터 건질 만한 게 있을 것 같나?"

"낙관적인 상황은 아닙니다. 범인은 발라클라바를 착용하고 있었고 목격자는 도망치기 직전까지 눈을 감고 있었다고 합니다. 깜깜한 밤인 데다 나무가 우거진 숲속이어서 시야 확보도 어려웠고요."

유기환이 테이블을 손끝으로 두드렸다.

"진술에서 아무 실마리도 얻지 못한 건가?"

"진술 조사를 겨우 한 번 진행했을 뿐입니다. 계속 조사하다 보면 뭐든 나올 거라 생각합니다. 최면 수사도 진행할 예정이고요."

"그래, 해볼 수 있는 건 다 시도해봐야지."

뜸을 들인 지한은 유기환의 눈을 똑바로 쳐다보며 말을 꺼냈다.

"다섯 번째 범행 사실과 생존자의 존재에 대해서는 당분간 비밀로 했으면 합니다."

"비밀로 하자고? 어차피 나중에 다 알게 될 텐데? 그러다 정보가 새어 나가기라도 하면 뒷감당을 어떻게 하려고? 뭔가 찔리는 게 있어서 숨긴 거 아니냐는 식으로 언론이 떠들어대면 어쩌려고 그래?"

2팀장이 말했다. 우려를 표명하는 척했지만 사실상의 반대였다. 유기환이 물었다.

"2팀장 말대로 비밀로 부치면 괜한 오해를 사기 십상일 텐데. 그렇게 해야 될 특별한 이유라도 있나?"

"연쇄살인범의 다섯 번째 피해자가 살아남았다는 사실이 알려지면 생존자가 과도한 취재 경쟁에 노출될 겁니다. 온갖 방송 매체와 기자들이 파리 떼처럼 몰려들겠죠. 그뿐만이 아닙니다. 별의별 관종과 정신 나간 놈들이 들러붙을 가능성도 있습니다. 악의적인 장난이나 살인 협박을 받을지도 모릅니다. 그렇게 되면 생존자는 극심한 스트레스에 시달리게 될 겁니다. 지금도 매우 불안정한 상태입니다. 최면 수사는 최상의 컨디션일 때도 실패하는 경우가 부지기수입니다. 생존자로부터 범인의 단서를 뽑아내려면 외부 자극을 최소화해야 합니다."

지한은 팀장들과 일일이 눈을 마주치며 설득에 열을 올렸다.

"그리고 정보를 통제함으로써 범인보다 우위에 설 수 있습니다."

"어떻게?"

유기환이 눈썹을 추켜세웠다.

"범인은 분명 이상하게 여길 겁니다. 자신의 첫 실패를 언론에서 대서특필하지 않으면요. 방송과 신문에서 생존자에 대해서 보도하지 않으면요. 생각이 많아질 겁니다. 경찰이 쉬쉬하는 걸까. 아니면, 일반 폭행 사건으로 처리된 걸까. 어쩌면 답답함을 참지 못해 스스로 알아보려 할지도 모릅니다. 사건 현장을 배회한다거나, 정보를 얻으려 여기저기 기웃거릴 수도 있습니다. 그렇게 꼬리가 길어지다 보면 우리 수사망에 걸려들 가능성도 높아질 테고요."

2팀장이 또 태클을 걸었다.

"반대로 불안해할지도 모르잖아. 그러다 자취를 완전히 감춰버리기라도 하면?"

"한동안 몸을 사릴 수도 있지만 아예 종적을 감추지는 않을 겁니다. 범행을 멈추지도 않을 거고요."

"놈이 어디로 어떻게 튈지 아무도 모르는 거 아닌가? 도리어 폭주해서 희생자가 급격히 늘어날 수도 있지 않을까?"

3팀장도 참전했다.

"폭주하지는 않을 겁니다. 놈은 상당히 계획적으로 범행을 저질러왔어요. 마치 잘 짜인 스케줄이 있는 것처럼요. 느긋한 것도 아니지만 조급해하지도 않는다는 느낌이에요. 충동적으로 움직이지는 않을 겁니다. 목표를 향해 차근차근 나아갈 뿐."

2팀장이 핀잔을 줬다.

"또 그 소리야? 신기루 같은 그놈의 목표가 대체 뭔데?"

"그건 놈을 잡아야만 알 수 있겠죠. 놈에게는 명확한 목표

의식이 있습니다. 저뿐만이 아니라 이 경사도 그렇게 추정하고
있고요."

잠자코 의견들을 취합하던 유기환은 결국 지한의 손을 들어
줬다.

"최 팀장 의견을 따르기로 하지. 별도의 지시가 있을 때까진
이번 범행과 생존자의 존재를 기밀에 붙이도록."

2팀장은 황당하다는 표정을 지었고 3팀장은 콧잔등을 찡그
렸지만 더 이상 이의를 제기하지는 않았다.

"한 가지 더 부탁드릴 것이 있습니다."

"뭔가?"

"수사본부 내 정보 공유도 최소한으로 제한했으면 합니다."

쐐기를 박는 지한의 제안에 2팀장이 말도 안 된다는 듯이 버
럭 소리쳤다.

"뭐라고? 그게 무슨 소리야? 수사본부 내에서 정보 공유를
안 하면 수사를 어떻게 하라고?"

"기밀이 외부로 새어 나가는 걸 막기 위해서입니다."

그 말이 3팀장의 심기를 건드린 모양이었다. 그가 발끈해서
삿대질을 했다.

"지금 우리 애들을 못 믿겠다는 거야?"

"못 믿겠다는 게 아닙니다. 아는 사람이 많으면 많을수록 보
안 유지가 어렵다는 걸 말씀드리고 있는 겁니다."

"말장난하냐? 그게 그 소리잖아."

"그만두지."

유기환이 손을 들어 제지했지만 지한을 바라보는 2팀장과 3팀장의 눈에서 불길이 이글거렸다.

"이 건은 담당자 의견을 따르도록 하지. 하지만 길게 끌지는 못한다는 거 자네도 잘 알 거야. 최대한 빨리 범인에 대한 단서를 확보하게."

"알겠습니다."

회의가 끝난 후 지한은 본부장실을 나와 복도로 나섰다. 등에 따가운 눈총이 느껴졌다. 안 봐도 훤했다. 팀장들이 사나운 눈초리로 노려보고 있겠지. 들으라는 듯이 욕설을 씨불이며 옆을 지나치는 이도 있었다. 꼭 필요한 일이고 누구나 납득할 만한 조치임에도 지한의 입에서 나오면 저들에게는 차별이 되고 만다. 이럴 땐 경찰청 강수대 소속이라는 게 낙인이나 다름없다. 모퉁이를 돌아 화장실로 가는데 허기동이 불쑥 나타나더니 길을 막고 건들거렸다. 마치 통행세를 받는 불량배처럼.

"뭔 일이라도 터졌나 보네. 본부장 주재하에 팀장들이 새벽같이 모인 걸 보면?"

지한은 지긋지긋한 콧숨을 내쉬었다.

"터질 일도 없습니다. 앞으로의 수사 계획을 보고한 것뿐이에요."

"누구를 바보로 아나? 밤에 응급실에서 데려온 여자 때문에 모인 거 아냐? 그 여자 대체 누구야? 누구길래 예정에도 없는 회의까지 하는 거냐고?"

눈치 하나는 귀신같이 빠른 인간이었다. 잡아떼는 수밖에 없었다.

"두 번째 피해자의 친구입니다. 참고인으로 불렀을 뿐이라고요."

"그딴 말을 나보고 믿으라고? 지나가던 똥개도 안 믿겠다."

"믿든 말든 허 형사님 마음대로 생각하십시오."

"이것 봐. 또 중요 정보를 지네들끼리 독점하려고 하잖아. 이러면서 동료는 개뿔! 좋아, 어디 한번 계속 그딴 식으로 해봐! 그런다고 내가 못 알아낼 줄 알아?"

허기동이 콧방귀를 뀌더니 돌아섰다. 지한은 꽉 움켜쥔 주먹을 풀었다. 손바닥에 손톱자국이 깊게 패어 있었다. 허기동이 애먼 데를 들쑤시고 다니며 재를 뿌리는 건 아닐지 걱정됐다. 팀장 중 한 명을 구워삶을지도 모른다. 아니면 이미 알아냈는데 모른 척하는 것일 수도 있다. 저 골칫거리를 어떻게 처리해야 될까. 고심하며 걸어가는데 주머니가 부르르 떨렸다. 휴대폰을 꺼내 액정을 본 지한의 표정이 굳었다. 퍼뜩 정신을 차린 지한은 주위를 두리번거린 다음 빈 회의실로 들어갔다. 문을 닫고 통화 버튼을 누르자 질책의 목소리가 흘러나왔다.

"내 의중이 정확하게 전달된 줄 알았는데. 왜 즉시 보고하지 않았지?"

젠장, 지한은 눈을 질끈 감았다 떴다. 벌써 강창규 부장의 귀에 들어가다니. 대체 누가 흘렸을까. 2팀장? 아니면 3팀장? 끓어오르는 화를 삭이며 핑계를 입에 주워 담았다.

"죄송합니다. 상황이 급박하게 돌아가서 연락드릴 경황이 없었습니다. 생존자의 진술을 듣고 진위를 파악한 뒤에 막 전화드리려던 참이었습니다."

"이제 막이라……. 사건이 발생한 지 반나절이 다 돼가는데? 어물쩍 넘어가려 했던 건 아니고?"

의표를 찌르는 말에 지한은 뜨끔했다.

"그럴 리가요. 앞으로는 제일 먼저 보고드리겠습니다."

"좋아, 이번만 봐주지. 누구나 당황할 만큼 특수한 상황이었으니까. 자네도 정신이 없었겠지. 대응 방침은 어떻게 정했지?"

"생존자에게 최면 수사를 실시할 예정입니다. 연쇄살인범의 다섯 번째 범행과 생존자의 존재에 대해서는 당분간 공개하지 않기로 했고요."

"비공개라……. 그래, 그게 나을 수도 있겠군. 알겠네."

인사를 하기도 전에 신호 끊김음이 귓전을 때렸다. 휴대폰을 귀에서 뗀 지한은 초췌해진 얼굴을 손바닥으로 쓸어내렸다.

*

채윤은 몸부림을 치며 새된 비명을 내질렀다. 상체를 벌떡 일으키고 공포에 질린 눈으로 재빨리 주변을 휘둘러봤다. 쨍한 조명이 병실 내부를 환하게 비추고 있었다. 채윤이 부탁했다. 잠들더라도 병실 불을 끄지 말아달라고. 불을 끄고 잠들면 예의 그 어두운 숲속에서 깨어날 것만 같아서. 채윤은 가쁜 숨을 몰아쉬며 머리를 떨궜다. 환자복과 병상 시트가 부슬비를 맞은 것처럼 축축했다. 목이 꺽쇠 'ㄱ' 모양으로 꺾인 괴물에게 밤새 쫓겨 다니는 악몽을 꿨다. 채윤은 무릎을 세워 모으고 팔로 감싼 다음 얼굴을 파묻었다. 흐느끼는 소리가 희미하게 새어 나왔다.

회진 때 의사가 모레 정도에 퇴원해도 될 것 같다는 소견을 밝혔다. 당분간 무리한 운동이나 활동은 삼가라는 권고도 덧붙였다. 점심을 먹고 나자 밤에 제대로 못 자서 그런지 졸음이 밀려왔다. 병상을 눕히고 한숨 자려는데 복도에서 말다툼하는 소리가 들렸다. 일어나서 문을 살짝 열고 복도를 내다봤다. 의료진 외에는 아무도 병실에 들이지 말라는 명령을 충실히 이행 중인 순경과 왜 못 들어가게 막느냐며 항의하는 고민호가 옥신각신하는 중이었다. 채윤은 목이 멘 목소리로 그를 불렀다.

"아저씨."

채윤을 본 고민호가 한걸음에 달려왔다.

"채윤아! 이게 무슨 일이냐! 몸은 좀 괜찮은 거니?"

"네, 많이 좋아졌어요."

득달같이 고민호를 쫓아온 순경에게 채윤이 강하게 말했다.

"이분은 들어오시게 해도 괜찮아요. 제게는 가족이나 다름없는 분이세요."

곤란한 표정을 짓던 순경은 이내 막을 수 없다고 여겼는지 자기 자리로 돌아갔다. 고민호는 병실로 들어오자마자 괜찮다는데도 얼른 침대에 누우라고 채근했다. 채윤은 병상을 높여 침대에 기대앉았다. 고민호는 보조 의자를 가져와 옆에 앉았다. 그의 얼굴은 안타까움과 연민으로 점철돼 있었다.

"정말 몸에 큰 이상은 없는 거지?"

"네, 이제 거의 다 나았어요. 병원에서도 모레쯤 퇴원해도 된다고 했고요."

"그나마 천만다행이구나. 어제 바로 와봤어야 했는데 늦어서 미안하다."

채윤이 손사래를 쳤다.

"무슨 말씀이세요. 저야말로 죄송한걸요. 바쁘신데 괜히 연락해서 신경 쓰게 해드리고. 그리고 이렇게 와주셨잖아요."

"당연히 와봐야지. 집사람도 같이 오려고 했는데 갑자기 일이 생기는 바람에 못 왔다. 미안하다고 전해달라더라. 내일은 꼭 들르겠다고 했어."

"이제 안 오셔도 돼요. 어제 새벽에 와주신 것만으로도 충분해요. 그리고 금방 퇴원할 텐데요, 뭘."

"그나저나 대체 어떻게 된 거니? 어떤 놈이 널 이렇게 만든 거야?"

한없이 자상하고 부드럽기만 했던 고민호의 말투가 험악해졌다. 눈에서도 사납게 불꽃이 튀었다. 채윤은 머뭇거렸다. 이렇게까지 자신을 걱정해주고 챙겨주는 분에게만큼은 사실대로 말해야 되지 않을까. 거짓말로 둘러대면 왠지 그의 호의를 배신하는 꼴이 될 것 같은 기분이 들었다. 믿을 수 있는 사람에게 속 시원히 털어놓고 심적으로나마 의지하고 싶은 마음도 간절했다. 하지만 채윤은 끝내 진실을 밝히지 못했다. 어떤 누구에게도 연쇄살인사건에 휘말렸다는 사실을 발설해선 안 된다고 했던 최지한의 명령이나 다름없는 당부가 혀끝을 잡아당겼다.

"저도…… 어떻게 된 건지 잘 모르겠어요. 워낙 순식간에 당해서……."

"경찰은 뭐라고 하는데?"

"단순 폭행 사건 같다고 하더라고요."

갸웃대는 고민호의 시선이 채윤의 붕대 감은 손에 꽂혔다. 채윤은 침을 삼키며 손을 슬그머니 담요 밑으로 집어넣었다. 다행히 그의 관심사는 이내 채윤이 임시방편으로 지어낸 말로 옮겨갔다.

"단순 폭행 사건이라고? 기절한 널 납치까지 했는데? 네가 기지를 발휘해 도망치지 않았으면 무슨 짓을 당했을지 모르는데 단순 폭행이라고?"

"그런 것 같다고만 했어요. 경찰도 아직 본격적으로 수사에 돌입한 건 아니라서 자세히는 모를 거예요."

"중요 단서나 용의자가 나와서 널 데려갔던 게 아니니?"

"그런 건 아니고요. 진술만 했어요."

"고작 진술을 받으려고 안정을 취해야 될 환자를 경찰서까지 데려가 몇 시간씩 잡아뒀단 말이냐? 이거 도저히 안 되겠구나. 사건 담당 형사 이름이 뭐냐? 내가 직접 한번 통화를 해봐야겠다."

따끔하게 혼을 내줘야겠다는 듯이 고민호가 주머니에서 휴대폰을 꺼냈다. 번호를 알려주면 최지한에게 전화를 걸어 참고인의 권리를 줄줄 읊어주면서 일을 대체 어떻게 하는 거냐고 대차게 항의하리라. 채윤이 넌지시 말렸다.

"제가 알아서 잘 얘기할게요. 형사님들도 이제 막 사건을 배정받았을 텐데 벌써부터 클레임이 들어오면 힘 빠지지 않을까요? 아저씨 도움이 필요한 일이 생기면 꼭 말씀드릴게요."

"흠…… 알았다. 내가 너무 조급하게 굴었구나. 채윤이 네가 어련히 알아서 잘하겠지. 만약 그쪽에서 조금이라도 불편하게 만들면 바로 아저씨한테 얘기하렴."

갑자기 뭔가가 생각났는지 고민호가 의아한 얼굴로 말했다.

"근데 병실 밖에 대기 중인 순경은 뭐니? 단순 폭행 사건에 순경을 왜 배치한 거지?"

채윤은 아차 싶었다. 상식적으로 생각해도 단순 폭행 사건에 신변 경호를 붙일 리 없다. 대충 급조하다 보니 앞뒤가 맞지 않았다. 내심 당황했지만 그럴듯하게 핑계를 덧붙였다.

"아, 제가 무섭다고 징징댔거든요. 범인이 또 저를 찾아오면 어떡하냐면서. 그랬더니 입원해 있는 동안만 경호 인원을 배치해준다고 한 거예요."

"보통 쉽게 경호 인력을 배치해주지는 않을 텐데…… . 아무튼 경찰이 지키고 있으니 좀 안심이 되는구나."

완전히 납득한 것 같지는 않았지만 더 이상 그 문제를 거론하지는 않았다. 고민호가 헛기침을 하더니 운을 뗐다.

"사양했다고 집사람한테 듣긴 했는데, 다시 한번 생각해보는 건 어떠니? 당분간 우리 집에서 머무는 거 말이다. 새 회사로 출근하기 전까지 만이라도. 아저씨가 불안해서 그래."

안주희에 이어 고민호까지 진심 어린 제안을 해오자 채윤은 마음이 흔들렸다. 솔직히 자취집에서 혼자 지낼 수 있을지 자신이 없었다. 이들의 제안을 못 이기는 척 받아들이고 싶었다. 문제는 함께 지내면 비밀을 지키기가 어렵다는 점이었다. 별수 없이 거절해야 했다.

"말씀은 정말 감사하지만 혼자서도 잘 지낼 수 있어요."

"네 아버지만 있었어도 내가 이런 얘기를…… ."

무의식중에 서명찬 얘기를 꺼낸 고민호가 미간을 찡그리며 뒷말을 삼켰다. 금기어를 입에 올린 사람처럼. 채윤은 무미건조한 억양으로 대꾸했다.

"아버지가 계셨어도 별반 달라지지는 않았을 거예요. 일하느라 바빠서 병원에 와보지도 못했겠죠."

"그렇지 않았을 거야. 예전에 아버지가 네 걱정을 얼마나 많이 했는데. 네가 병원에 있다는 걸 알았으면 당장 달려왔을 거다."

고민호가 안타까운 어조로 서명찬을 두둔했지만 채윤의 가슴에는 조금도 와닿지 않았다. 채윤은 말을 돌렸다.

"제 걱정은 안 하셔도 돼요. 집 주변 순찰을 강화해준다고 했어요. 당분간 외출도 자제할 생각이고요."

"하나만 약속해다오. 아주 사소한 일이라도 무슨 일이 생기면 아저씨한테 바로 연락하겠다고."

"그렇게 할게요."

고민호는 그 어느 때보다 진지하게 다짐을 받았다.

*

지한은 회의실에 모인 수사관들의 면면을 쭉 둘러봤다. 다섯 번째 범행에 대한 수사와 생존자 케어를 맡을 특별팀이었다. 대부분 강력범죄수사대에서 파견 나온 형사들로 지한과 한 번 이상씩은 손발을 맞춰본 사이였다. 본부장의 승인하에 지한이 직접 팀원을 선발했다. 모두의 눈빛에 굳은 각오가 서려 있었다. 1년 넘게 우리들을 엿 먹인 놈을 이번에야말로 붙잡고 말겠다는 독기도. 지한은 결의에 찬 어조로 운을 뗐다.

"인사는 생략하지. 사건이 급박하게 돌아가고 있다는 건 대충 들어서 알고 있을 거야. 뭣보다 이 방에서 오고 간 얘기는 절대 외부로 유출돼선 안 돼. 수사본부 내 타 팀원에게도. 알 겠나?"

"네!"

모두가 짧지만 명확하게 대답했다.

"좋아. 이 경사부터 시작하지."

지한의 오른쪽에 앉은 이준희가 허리를 곧게 폈다. 그는 자 료를 보면서 보고를 시작했다.

"현장에서 피해자의 것 외에 범인의 것으로 보이는 족적을 다수 발견했습니다. 감식 결과 이전 사건에서 나온 족적과 동 일한 것으로 판명됐습니다."

"신발로는 추적이 어렵다고 했지?"

"네, 상당히 많이 팔린 모델이라 구매자로 용의자를 좁히는 건 사실상 불가능할 것 같습니다."

"지문이나 모발, 의복 섬유는?"

"현장 근처에서 몇 점 수거하긴 했는데 오래된 걸로 봐선 등 산객이나 동네 주민의 것으로 보입니다. 큰 기대는 하지 않는 게 좋을 것 같습니다."

"처음으로 실수를 해서 흔적을 남겼을지도 모를 거라 기대 했는데 여지없군. 반경을 대폭 넓혀서 조사해봐. 현장 주변뿐 만 아니라 예상 도주로까지 염두에 두고."

"알겠습니다."

김기웅에게 눈길을 던지자 그가 기다렸다는 듯이 대답했다.

"현장 근처 위주로 탐문을 실시하고 있습니다만 아직까지 별다른 성과는 없습니다. 수상쩍은 자를 봤다는 목격 제보를 몇 건 입수했지만 확인 결과 사건과 무관하거나 오해에서 비롯된 제보였습니다."

"인근 CCTV 확인은 어떻게 돼가고 있어?"

"사건 현장으로부터 반경 500미터 내에 설치된 CCTV를 모조리 확인 중입니다만……."

말끝을 흐리는 걸 보니 그쪽에서도 건질 게 없다는 뜻이었다. 그럴 수밖에 없는 게 사건 현장인 숲에 CCTV가 설치돼 있을 리 없다. 도로가로 나와야 그나마 띄엄띄엄 CCTV가 있는데 둘레길 근처라 시내보다 현격히 숫자가 적었다. 게다가 유동 인구가 적고 외진 곳에 설치된 CCTV는 관리 소홀로 작동이 안 되는 것도 많다. 지한은 추가 지시를 내렸다.

"CCTV에만 매달리지 말고 그 일대에 주차하는 차량들의 블랙박스도 싹 다 확인해봐."

"알겠습니다."

"서채윤 씨 퇴원은 언제지?"

김범석이 대답했다.

"내일이면 퇴원해도 된답니다."

"보호 인력은 배치해뒀겠지?"

"그게…… 현재는 철수시킨 상태입니다."

김범석이 떨떠름하게 말했다.

"왜?"

"서채윤 씨가 요청했습니다. 보호자 격인 사람이 병문안을 왔었는데 병실 밖에 배치된 경찰을 보고 이상하게 여긴 모양입니다. 단순 폭행 사건인데 신변 보호까지 해주냐면서요. 병원에서 험한 일을 당할 리도 없고 보는 눈도 많고 하니 철수시켰으면 좋겠다고 해서 그렇게 했습니다. 미리 보고드리지 못해서 죄송합니다."

지한은 볼펜 끝으로 책상을 툭툭 두드렸다. 생각이 짧았다. 병실 앞에 경찰을 배치하면 주위의 이목을 끌기 마련인데 그 사실을 간과하다니.

"잘했어. 어차피 내일이 퇴원이니까 일찍 철수시켜도 상관 없겠지. 병원에서 이상한 소문 돌지 않게 조심하고."

"퇴원 수속 밟자마자 데려올까요?"

"그래야지. 내일 최면 수사를 진행할 거야. 서채윤 씨와도 일정 공유해. 이 경사한테도 준비해놓으라고 전달하고."

"알겠습니다."

더 나올 안건은 없는 것 같아 회의를 끝내기로 했다.

"이쯤에서 마치도록 하지. 다들 잘 알겠지만 우리에겐 다시 없을 천금 같은 기회야. 마지막이라 생각하고 실수 없도록 정신들 바짝 차려. 뭣보다 입단속 확실히 하고. 더 할 얘기가 없으면……."

지한은 말을 끝맺지 못했다. 테이블 위에 올려둔 휴대폰이 진동했기 때문이었다. 발신자를 확인하고 재깍 전화를 받았다. 휴대폰에서 유기환의 질책하는 목소리가 튀어나왔다.

"이게 대체 어떻게 된 일인가?"

"네? 무슨 말씀이신지?"

"아직 상황 파악조차 못 하고 있는 건가?"

한심하다는 듯이 읊조리던 유기환이 이내 체념조로 말했다.

"얼른 TV나 켜보게."

전화를 끊자마자 지한은 고갯짓으로 TV를 가리켰다. 진작 날쌔게 일어선 범석이 리모컨을 갖고 와 TV를 켰다. 채널을 돌릴 필요도 없었다. 모든 방송사가 동일한 뉴스 속보를 내보내고 있었다. 병원 건물을 배경으로 수많은 중계차와 취재진의 모습이 보였다. 하단에는 굵은 글씨로 된 제목이 떠 있었다.

'[속보] 연쇄살인마 5번째 범행 실패. 생존자 극적 탈출.'

지한은 어금니를 악물었다. 제기랄, 어떻게 기밀이 새어 나간 걸까.

*

채윤은 진저리를 치며 눈을 번쩍 떴다. 겁먹은 눈으로 주위를 휘둘러보다가 병실이라는 걸 깨닫자 경직됐던 몸이 서서히 이완됐다. 휴대폰으로 웹서핑을 하다가 어느새 낮잠에 빠졌던 모양이었다. 혀로 마른입을 축이며 상체를 일으키는데 머리맡에서 부르르 진동이 느껴졌다. 휴대폰 액정이 번쩍이고 있었다. 고민호나 안주희 그도 아니면 최지한일 줄 알았는데 모르는 번호였다. 채윤은 잠시 망설이다 휴대폰을 귀에 가져가 댔다.

"여보세요."

"서채윤 씨? 서채윤 씨 되십니까?"

긴박하면서도 묘한 흥분이 전해지는 남성의 목소리였다. 채윤은 얼떨떨하게 응답했다.

"그런데요. 누구……시죠?"

"안녕하세요. 전 NBS의 유광현 기자라고 합니다."

"네? 기자요?"

채윤은 어안이 벙벙했다. 기자가 왜 내게 전화를 했지……. 기자가 대뜸 안부를 물었다.

"몸은 좀 괜찮으십니까?"

"네……. 괜찮아요."

얼떨결에 대답하자마자 질문이 쏟아졌다.

"연쇄살인범으로터 극적으로 탈출해 유일하게 살아남으셨는데 심경이 어떠신가요?"

뭐라고 대답해야 될지 알 수가 없었다.

"연쇄살인마의 얼굴은 보셨습니까? 그가 전언 같은 걸 남기지는 않았나요? 시민들을 연쇄적으로 죽이는 이유 같은 거요."

갑자기 와락 구역질이 치밀었다. 기자는 채윤, 즉 피해자에게는 손톱만큼의 관심도 없었다. 그의 관심사는 오로지 연쇄살인마에게 쏠려 있었다. 조회수를 폭발적으로 높일 수 있는 자극적이고 선정적인 기삿감에게. 견딜 수 없어진 채윤은 일방적으로 전화를 끊었다. 휴대폰을 노려보며 사태 파악을 해보려고 노력했다. 대체 내 번호를 어떻게 안 거지? 아니, 그 전에 생존자의 존재는 극비에 부칠 거라고 하지 않았나. 또 벨소리가 울리기 시작했다. 액정에 뜬 번호는 방금 전과 다른 번호였다. 받을지 말지 고민하다가 경찰서일까 싶어서 통화 아이콘을 옆으로 밀었다.

"안녕하세요. 공민일보 연종열이라고 합니다. 서채윤 씨께 정식으로 인터뷰 요청을 드리고 싶은……."

대꾸 없이 곧장 전화를 끊어버렸다. 연이어 전화가 걸려 왔다. 또 다른 번호다. 이윽고 문자메시지와 메일 수신음도 독촉하듯 울려댔다. 채윤은 빗발치는 전화와 메시지를 견디지 못해 휴대폰 전원을 아예 꺼버렸다. 하룻밤 새에 무슨 일이 벌어진 건지는 모르겠지만 기밀이라던 정보가 새어 나간 게 틀림없었다. 그렇지 않고서야 휴대폰에 불이 날 리 없다.

병상에서 일어난 채윤은 슬금슬금 창가로 다가갔다. 밖에서는 보이지 않도록 벽에 붙어서 창문 너머를 비스듬히 내다봤다. 한산했던 본관 앞 잔디밭과 인도는 어느새 보도 차량과 보도진들로 발 디딜 틈이 없었다. 병원 직원들과 안전 요원들이 환자와 보호자 외에는 들어올 수 없다며 기자들과 실랑이를 벌이고 있었다. 인간 바리케이드는 금방이라도 무너질 것처럼 허약해 보였다. 채윤은 병상으로 돌아와 힘없이 주저앉았다. 결코 원치 않았던 비운의 스포트라이트를 받게 되니 모골이 송연해졌다. 상상도 못 했던 봉변 탓에 일상이 도미노처럼 연쇄적으로 무너지고 있었다. 하긴, 연쇄살인범의 표적이 된 것부터가 비현실적이긴 했다.

그때 복도에서 다급한 구둣발 소리가 병실 쪽으로 달려왔다. 설마 취재진이 여기까지 뚫고 올라온 건가. 채윤은 반사적으로 문을 향해 튀어 나갔다. 재빨리 문을 잠그자마자 문고리가 거칠게 달가닥거렸다. 뚫어질 듯 문고리를 주시하며 주춤주춤 물러나는데 누군가가 밖에서 다급하게 문을 두드렸다.

"채윤 씨! 안에 있죠? 서채윤 씨!"

숨소리도 내지 않고 촉각을 곤두세우는데 상대가 신원을 밝혔다.

"채윤 씨! 접니다. 최지한. 채윤 씨를 데리러 왔습니다. 문 좀 열어주세요."

채윤이 안도하며 문을 열어주자 최지한과 김범석이 안으로 잽싸게 들어왔다. 반가웠던 마음도 잠시뿐, 채윤은 따지기 바빴다.

"이게 다 어떻게 된 거예요? 제 정보는 기밀로 취급한다고 하지 않았나요? 나한테는 절대 말하면 안 된다고 그렇게 신신당부하더니 어떻게 하룻밤 새 온 세상이 다 알고 있느냐고요. 저 앞에 있는 취재진들은 그렇다 쳐요. 어떻게 제 번호까지 알아낸 거죠?"

지한이 면목 없다는 듯이 시선을 떨궜다.

"죄송합니다. 정보가 샌 것 같습니다."

책임 소재를 가려봤자 무슨 소용이 있겠냐 싶었다. 채윤은 한숨을 내쉬며 향후 대책을 논의했다.

"그건 그렇고 앞으로 어떻게 되는 거죠?"

"일단 이곳을 벗어나는 게 좋을 것 같습니다. 바로 퇴원 수속을 밟겠습니다."

"집으로 가는 건가요?"

"저희가 제공하는 임시 숙소로 옮기시죠. 기자들이 벌써 집 앞에 진을 치고 있을지도 모릅니다. 어디든 채윤 씨가 머무를 만한 장소를 알아내 들이닥치는 것도 시간문제일 테고요."

채윤은 깊게 고민하지 않고 지한의 제안을 받아들였다. 현재로서는 그 외에는 마땅한 대안이 없어 보였다. 파파라치에 쫓겨 다니며 만천하에 얼굴이 팔리느니 사회와 격리되는 게 백번 나았다. 문득 피는 못 속이는 건가 싶어 자조적인 쓴웃음이 나왔다. 동기야 천지차이지만 어찌 됐든 아버지처럼 자취를 감추려 하니까. 떠날 채비를 마치고 계단을 통해 지하 주차장으로 내려갔다. 최지한과 김범석이 양옆에 바짝 붙어 서서 사방을 경계하며 채윤을 에스코트했다. 주차장 최하층에는 면회객이나 외래 환자들뿐 기자들의 모습은 보이지 않았다.

병원을 빠져나온 차량은 시내 중심가로 향했다. 중심가를 지나쳐 교외로 빠질 거란 예상은 빗나갔다. 약 20분을 달려 차가 들어선 곳은 술집과 식당 등이 밀집된 유흥가였다. 모텔촌 골목으로 진입해 서행하던 차는 한 모텔의 주차장으로 미끄러져 들어갔다. 뜻밖의 장소에 도착한 채윤은 어리둥절했다. 임시 숙소라기에 교외의 단독주택이나 종교 시설 혹은 보호 시설로 올 줄 알았는데 모텔이라니. 모텔치고는 제법 규모가 있고 호텔이란 이름이 붙어 있었지만 누가 봐도 모텔은 모텔이었다. 미리 연락을 해놨는지 현관으로 들어가자마자 카운터에서 키를 내줬다. 401호였다. 범석은 1층에서 대기하고 채윤은 지한과 함께 엘리베이터를 탔다. 채윤의 미덥지 못한 눈길을 느꼈는지 지한이 해명조로 말문을 열었다.

"안타깝게도 임시 숙소는 이곳처럼 숙박업소인 경우가 대부분입니다. 긴급 피난처나 종교 시설, 수련원 같은 곳도 있긴 하지만 그 수가 많지는 않습니다. 그런 장소는 대개 시내에서 멀찌감치 떨어져 있기도 하고요. 그쪽도 검토해봤는데 거리 탓에 신속 대응이 어렵고 기밀이나 사생활 보호도 쉽지 않습니다. 그래서 여기로 정했으니 불편하더라도 양해 부탁드리겠습니다."

"제가 지금 찬물 더운물 가릴 처지인가요. 기자한테 시달리지 않을 곳이라면 어디든 감지덕지죠."

"이해해주셔서 감사합니다."

엘리베이터에서 내려 모퉁이를 돌자마자 401호가 나왔다. 비상계단도 코앞이었다. 401호를 임시 숙소로 선정한 건 비상구와 가장 가까워서가 아닐까, 하는 생각이 들었다. 모텔이 대개 그렇듯 복도의 조명은 어두침침했다. 바닥에 깔린 카펫은 발자국 소리를 남김없이 먹어치웠다.

카드키로 문을 열고 401호로 들어갔다. 인테리어를 새로 했는지 실내는 외관에 비해 넓고 쾌적했다. 지한이 룸 내부를 체크하는 사이 채윤은 간이 의자에 앉아 휴대폰 전원을 켰다. 부재중 전화 수십 통이 쌓여 있었다. 문자와 SNS 메시지도 스팸메일함이나 다를 바 없었다. 오물 테러를 당한 것처럼 불쾌했다. 일일이 메시지를 삭제하고 번호를 차단하는데 익숙한 이름이 눈에 띄었다. 안주희였다. 채윤은 입을 비틀며 자책했다. 뒤늦게 오늘 병문안을 오겠다고 했던 말이 생각났던 것이다. 부랴부랴 통화 버튼을 누르려다 멈칫했다. 고의는 아니었지만 두 사람을 속인 게 마음에 걸렸다. 뭐라고 사과를 해야 할지 고민하면서 통화를 눌렀다. 채윤의 연락을 기다렸던 건지 안주희는 신호가 가자마자 받았다.

"여보세요? 채윤이니? 어디 있는 거니? 대체 언제 퇴원한 거야? 병원에 갔더니 퇴원했다고 해서 깜짝 놀랐잖니!"

"죄송해요. 아주머니. 헛걸음하시게 만들어서. 미리 연락드렸어야 했는데 경황이 없어서……."

"아무튼 괜찮은 거지? 연락도 안 되고 휴대폰도 꺼져 있어서 한참 걱정했단다."

"사정이 좀 있었어요. 걱정 끼쳐드려서 죄송해요."

"별일 없으면 됐지. 참, 병원에 기자들 몰려오고 난리 났던 데. 연쇄살인범의 생존자가 거기 입원해 있다고 하더라. 너도 알고 있었니?"

안주희가 호들갑을 떨며 물었다. 장안의 화제인 데다 채윤도 같은 병원에 있었으니 호기심을 갖는 것도 당연했다. 채윤은 겸연쩍게 진실을 밝혔다.

"아주머니, 실은…… 그 생존자가 저예요."

정적이 흘렀다가 경악스러운 외침이 튀어나왔다.

"채윤이 네가 연쇄살인마의…… 유일한 생존자라고?"

"솔직하게 말씀드리지 못해서 죄송해요. 경찰이 당분간 비밀로 해달라고 요청해서……."

"네가 왜 사과를 해! 잘못한 것도 없는데. 아이고, 우리 채윤이가 연쇄살인마의 피해자였다니 어쩌면 좋니. 그렇게 무섭고 끔찍한 일에 휘말렸던 건 줄도 모르고……. 세상에 얼마나 힘들었을까. 그동안 혼자서 마음고생했을 걸 생각하니……."

목이 멘 안주희는 말을 잇지 못했다. 채윤도 덩달아 감정이 울컥 북받쳤다.

"저 괜찮아요. 이렇게 잘 살아 있잖아요."

안주희가 코를 훌쩍이며 명랑하게 조잘댔다.

"내가 주책을 부렸네. 우리 채윤이 이렇게나 씩씩하게 잘 지내고 있는데. 지금 집에 있는 거니? 병원으로 몰려든 기자들 피하려고 일찍 퇴원한 거야?"

"집은 아니고 딴 데 있어요."

"경찰서니?"

"아니요, 경찰이 제공해주는 임시 숙소로 왔어요."

"임시 숙소? 거기가 어딘데? 아저씨랑 같이 찾아갈게. 네 얼굴을 봐야 안심이 될 거 같구나."

무심코 대답하려던 채윤 앞에 최지한이 얼굴을 드밀었다. 그가 두 팔을 교차시켜 X자 표시를 해 보였다. 바늘로 찔러도 피 한 방울 안 나올 것 같은 엄격한 태도였다. 채윤은 어깨를 늘어뜨리며 양해를 구했다.

"죄송해요. 여기 위치는 말씀드릴 수 없어요. 임시 숙소 위치는 기밀이라 공개되면 안 된다고 하네요. 사정이 나아지면 제가 찾아뵐게요."

"뭐라고? 보호자에게도 어디 있는지조차 못 알려준다니, 대체 이런 법이 어디 있다니?"

한바탕 불만을 쏟아내려던 그녀는 어쩔 수 없다고 여겼는지 못내 서운한 투로 안부를 물었다.

"임시 숙소라는 데는 안전한 거지?"

"그럼요. 걱정하지 않으셔도 돼요."

무심코 모텔이라는 말을 꺼냈다가 또 한소리를 들었다. 어떻게 그런 데를 보호 시설이라고 할 수 있느냐며 툴툴대는 그녀를 진정시키느라 한동안 곤욕을 치렀다.

"아줌마가 그쪽으로 생필품 좀 보내주고 싶은데. 먹을 거랑 옷 같은 거. 그 정도는 받을 수 있는 거지?"

"그건 아마 될 거예요. 근데 안 그러셔도 돼요. 귀찮으실 텐데……."

"하나도 안 귀찮아. 오늘 당장 보낼 테니까 필요한 거 있으면 얘기하고."

"감사합니다. 아저씨한테도 잘 말씀해주세요."

전화를 끊자마자 지한의 잔소리가 날아왔다.

"앞으로도 이곳 위치가 노출되지 않도록 각별히 신경 써주십시오."

"걱정 안 해도 돼요. 두 분 말고는 딱히 연락할 만한 사람도 없으니까."

"최면 수사는 내일 진행할 겁니다. 오늘은 푹 쉬세요. 아침 일찍 데리러 오겠습니다."

"이제는 부탁도 안 하네요. 일방적인 통보인가요?"

채윤의 부루퉁한 대꾸에도 지한은 기계적으로 응했다.

"일정이 빠듯한 점은 양해 부탁드리겠습니다."

"제게 선택의 여지는 없나 보군요."

채윤이 포기하듯 내뱉자 지한은 말없이 목례를 하더니 룸을 나갔다. 홀로 남겨진 채윤은 침대에 몸을 파묻었다. 일상이란 궤도에서 완전히 탈선해버렸다. 언젠가 제 궤도를 찾아갈 수 있을까. 영영 주행 불능 상태가 돼버리는 건 아닐까. 그렇게 될까 봐 두려웠다. 연쇄살인범의 사냥감이 됐던 일만으로도 까무

러칠 지경인데 온 세상이 그런 나를 발가벗기려 하고 있으니. 아직까지는 이름이나 사진이 공개되진 않았지만 인터넷이나 찌라시에 신상이 까발려지는 건 시간문제일 것이다. 채윤은 시트를 손으로 꽉 움켜쥐었다.

*

"집에 누워 있다 생각하고 긴장을 풀어요. 몸에서 최대한 힘을 빼고 코로 숨을 깊게 들이마셨다가 입으로 천천히 내뱉어볼게요."

귓가를 간질이는 이은경의 지시를 따라 채윤은 느리게 심호흡을 했다. 전신의 근육이 이완되면서 심신이 나른해졌다. 편안한 안락의자에 눕듯이 앉아 자장가처럼 나긋나긋한 목소리를 듣고 있자니 잠이 솔솔 왔다. 이곳은 한원경찰서 지하에 있는 조사실 중 하나였다. 최면 수사를 실시하려고 방음벽이 설치된 예전 조사실을 임시로 꾸몄다고 한다. 뒤쪽에선 지한과 범석이 숨소리도 내지 않고 채윤을 주시하고 있었다.

"좋아요. 잘하고 있어요. 뭣보다 마음을 편안하게 먹는 게 중요해요. 기억을 되살리려면 어쩔 수 없이 괴로운 일을 겪었던 당시로 돌아가야 해요. 그걸 기억 퇴행이라고 하는데 많이 힘들고 고통스러울 거예요. 그렇지만 채윤 씨는 안전한 곳에 저와 함께 있다는 걸 명심해요. 범인은 채윤 씨를 해칠 수 없다는 점도요. 진행 중에 상태가 나빠지면 즉시 최면을 중지할 거예요. 알겠죠?"

채윤이 나른하게 고갯짓을 했다.

"이제 눈을 감아볼게요."

그녀의 말을 따라 눈을 지그시 감았다. 세상이 암흑으로 뒤덮였다. 맥박 뛰는 소리가 들릴 만큼 주변도 고요해졌다.

"뭐가 보이죠?"

"아무것도 안 보여요. 깜깜해요."

"좋아요. 이제 조깅 중이던 때로 돌아가 볼게요. 제가 셋을 세면 채윤 씨는 언덕길에 서 있을 겁니다. 준비되셨죠?"

채윤은 보일락 말락 고개를 끄덕였다.

"하나, 둘, 셋."

이은경이 한 템포 쉰 다음 질문을 던졌다.

"주변에 뭐가 보이죠?"

"아파트 단지요."

"단지 이름이 보이나요?"

"네, 드웰러예요."

"보행자나 채윤 씨처럼 운동하러 나온 사람은요?"

주변을 확인하듯 채윤의 고개가 좌우로 아주 살짝 돌아갔다.

"아무도 없어요. 저 혼자예요."

"좋아요. 이제 숲을 관통하는 도로로 진입했어요. 채윤 씨는 입구에서 잠깐 쉬었다가 계속 인도를 달리고 있어요. 여전히 아무도 없나요?"

"여자 한 명이 반대편에서 걸어오고 있어요."

"어떤 모습이죠?"

"운동하러 나온 것 같아요. 트레이닝복 차림으로 경보하듯 빠르게 걷고 있어요. 팔도 위아래로 힘차게 내젓고 있고요."

"얼굴이 보이나요?"

채윤이 희미하게 미간을 찌푸렸다.

"잘 안 보여요. 후드에 달린 모자를 뒤집어쓰고 있어서."

"연령대는요?"

"40대 중후반 정도 돼 보여요."

"계속 이동해볼게요. 채윤 씨는 평지를 지나 내리막길로 진입하는 지점에서 달리기를 멈췄어요. 왜 멈췄죠?"

"무슨 소리가 난 거 같아요. 뒤를 확인했는데 아무도 없어요. 다시 달리려는데……."

채윤이 별안간 어깨를 움찔 떨었다.

"왜요? 무슨 일이에요?"

"고양이요. 고양이가 발밑을 스쳐 지나갔어요."

"뭔가 께름칙한 기분이 들었던 것도 고양이 때문인 줄 알았겠군요."

"네, 안심하고 다시 출발하려는데 갑자기 뭔가가 튀어나와서……."

채윤이 숨을 헉 들이켰다. 상체는 뻣뻣하게 굳었다. 마치 고양이 앞의 쥐처럼. 괜찮은 거냐는 지한의 눈짓에 이은경이 나지막하게 고개를 끄덕였다.

"채윤 씨, 진정해요. 이건 실제 상황이 아니에요. 숨을 깊이 들이 마셨다가 천천히 뱉어볼게요."

심호흡을 몇 번 반복하자 나무토막 같던 신체가 서서히 풀렸다.

"고마워요. 한결 나아졌어요."

"무리하지 말고 힘들면 언제든지 얘기해요. 그럼 방금 전으로 되돌아가볼게요. 수풀에서 놈이 튀어나올 때 뭘 봤나요?"

"아무것도 못 봤어요. 시선을 돌리기도 전에 머리를 얻어맞고 정신을 잃었으니까요. 죄송해요."

"그런 말 하지 말아요. 채윤 씨가 미안해할 일이 아니에요. 이제 의식을 되찾았을 때로 가볼게요. 서서히 눈을 떠봐요. 제일 먼저 눈에 들어온 게 뭐죠?"

채윤의 목울대가 꿀렁거렸다. 불안해하는 기색이 역력했다.

"아무것도 안 보여요. 너무 깜깜해요."

"눈이 어둠에 적응하면 조금씩 보이기 시작할 거예요. 지금은 어때요? 사물들의 윤곽이 조금씩 눈에 들어오지 않나요?"

"네, 눈앞에 괴한의 등이 있어요."

"무슨 옷을 입었는지 알아보겠어요? 브랜드나 로고, 이니셜 등 뭐든 괜찮아요. 보이는 건 아무거나 말해줘요."

채윤의 미간에 주름이 잔뜩 잡혔다. 망각과 당시의 어둠 속

에서 뭐라도 끄집어내려 기를 썼지만 아무것도 눈에 들어오지
않았다.

"무리예요. 어두운 데다 너무 가까이 있어요."

"괜찮아요. 실제로도 못 봤을 확률이 높아요. 그럼 다른 쪽
은요? 다리 쪽에 눈길을 주지는 않았나요? 범인의 신발을 봤
다거나."

"음⋯⋯. 아니오, 못 봤어요. 그쪽으로는 눈길을 줄 여력도
없었던 거 같아요. 거꾸로 매달린 자세라 시야가 미치는 범위
도 아니었고요."

"알겠어요. 그럼 이제 냄새를 맡아볼까요. 뭐든 냄새가 날 거
예요. 무슨 냄새가 나죠?"

채윤은 실제로 코를 벌렁대며 냄새를 맡는 제스처를 취했다.

"땀, 진한 땀 냄새가 나요. 그리고 숲 내음."

"담배나 향수 냄새 같은 건요?"

채윤이 코 평수를 넓히더니 공기를 더 세게 빨아들였다.

"잘 모르겠어요. 미안해요."

"잘하고 있으니까 그런 말 하지 말아요. 목적지에 도착한 범
인이 채윤 씨를 바닥에 내려놨어요. 이때부터 도망치기 전까지
눈을 감고 있었죠? 지금부터는 온 신경을 귀에 집중해볼게요.
뭐라도 괜찮으니까 조금이라도 들리는 게 있으면 서슴없이 말
해줘요."

"헐떡거리는 소리요. 절 메고 오느라 지쳤나 봐요. 숨을 고르

고 나선 부스럭대는 소리가 들려요. 뭔가를 꺼내는 것 같아요. 옷을 벗는 거 같기도 하고요. 아, 그리고 무슨 희미한 소리가 나요……. 시름시름 앓는 것 같기도 하고……. 아기가 옹알이를 하는 것 같기도 해요……. 아니면 무슨 주문을 외우고 있는 것 같은 소리예요. 이게 무슨 소리지?"

은경과 지한은 재빨리 의미심장한 눈빛을 교환했다. 진술 시에는 한 번도 언급한 적이 없었던 내용이기 때문이었다. 최면 수사로 얻어낸 최초의 결실이었다. 이맛살을 잔뜩 찌푸리고 귀를 쫑긋 세워 소음의 정체를 알아내려고 애쓰던 채윤이 갑자기 외마디 비명을 내질렀다. 문가에 있던 범석이 펄쩍 뛸 정도였다.

"채윤 씨 괜찮아요?"

이은경이 어깨를 잡고 진정시키려 했지만 소용없었다. 패닉 상태에 빠진 채윤의 얼굴이 공포로 흉하게 일그러졌다. 상체는 감전된 것처럼 바들바들 떨렸다. 보다 못한 은경이 최면 수사를 중단시키려는데 지한이 조금만 더 지켜보자고 손짓했다. 오른손을 보호하듯 왼손으로 포갠 채윤이 어깨를 들썩이며 흐느꼈다.

"내 손을…… 내 손을 잡았어요……."

"괜찮아요. 다 지나간 일이에요. 채윤 씨는 안전해요. 그놈은 절대 채윤 씨를 해치지 못해요."

이은경이 채윤의 팔뚝을 쓸어주며 달랬다. 눈물이 잦아들고 다소 안정을 되찾자 의사를 물었다.

"오늘은 그만할까요?"

한결 후련해진 듯 숨을 후, 뱉어낸 채윤이 스스로에게 다짐하듯 말했다.

"아니에요. 계속할게요."

"알겠어요. 다시 눈을 감아볼게요."

채윤은 도로 등을 대고 누운 다음 자리를 잡았다. 눈을 감고 정신을 집중해 재차 그날 밤으로 돌아가려고 노력했다.

"범인이 채윤 씨의 손을 잡은 다음 어떻게 했죠?"

"칼 같은 걸로 제 오른손등을 그었어요."

"칼로 손등을 그을 때 아까처럼 혼잣말을 중얼거리거나 하진 않았어요? 주문 같은 걸 다시 외웠다거나."

"아무 말도 하지 않았어요. 다만 그 전에 허공에서 뭔가 획획 지나가는 것 같은 느낌을 받았어요."

"허공에서 뭔가가 획획 지나갔다고요?"

그 대목에서 범석이 옆에 있던 지한에게 귓속말을 했다.

"범인이 허공에다 대고 성호 같은 거라도 그었던 걸까요?"

지한도 범석과 같은 생각을 하고 있었다. 채윤이 들었다던 중얼거림, 혹은 앓는 듯한 소리, 혹은 주문을 외는 것 같다고 했던 소리도 신경 쓰이던 참이다. 어쩌면 놈은 살인 전에 종교 의식을 치른 건지도 모른다. 기도문이나 염불 같은 걸 읊은 걸 수도 있다. 범인은 광기에 사로잡힌 종교인이나 비틀린 신앙심을 가진 광신도인 걸까. 아직 단정 짓기엔 이르다. 종교의식을 치르는 장면을 직접 본 것도 아니니까. 그와는 전혀 상관없는 엉뚱한 제스처일 수도 있다. 이은경이 질문을 계속했다.

"범인이 숲 너머를 살피고 돌아왔어요. 자, 이제 눈을 뜰 거예요. 제일 처음 눈에 들어온 게 뭐죠?"

"검은 사람의 형상이요."

"키나 체형을 가늠할 수 있겠어요?"

"엉거주춤한 자세라 잘 가늠이 안 돼요. 어둠에 잠겨 있었던 데다 그를 본 건 아주 찰나였고요……. 극도로 무섭기도 했고 어떻게든 도망쳐야 한다는 생각뿐이어서 다른 데 주의를 기울일 겨를이 없었어요. 하지만…… 그렇게 눈에 띄는 체형은 아니었던 것 같아요. 너무 크지도 너무 왜소하지도 않았던 느낌이에요."

"일반적인 성인 남성의 체격이란 말이죠?"

채윤이 작게 머리를 끄덕였다.

"얼굴은 어때요? 눈에 띄는 특징 같은 게 보이지는 않나요?"

"눈만 뚫린 발라클라바를 쓰고 있어서……."

"눈썹이나 눈동자 혹은 눈매 같은 건요?"

"너무 어두워요. 게다가 흙을 뿌리자마자 범인이 고개를 숙이고 눈가에 손을 대서 뭘 볼 틈이 없었어요."

지한은 실망 어린 콧숨을 내뿜었다. 수확은 전무했다. 피해자를 둘러싼 환경과 조건이 최악이긴 했다. 채윤이 눈을 뜬 상태로 범인과 대치한 건 몇 초에 불과했다. 나뭇가지가 무성한 한밤의 숲속으로 끌려갔고 범인은 발라클라바를 썼다. 인상착의는커녕 기본적인 외형조차 뽑아내지 못했다. 이어진 숲속의 추격전에서도 단서가 될 만한 정보는 나오지 않았다.

최면 수사로 완벽한 몽타주를 그릴 수 있을 거라 기대한 건 아니었다. 최소한 억양이라든가, 걸음걸이 혹은 입고 있던 옷의 종류 같은, 용의자를 조금이라도 특정할 수 있는 자투리 정보는 나오지 않을까 싶었는데 어림도 없었다. 옹알이인지, 주문인지, 그도 아니면 신음 소리인지도 모를 이상한 소리를 냈다는 것, 그리고 손등을 칼로 긋기 전 어떤 모션을 취했다는 점이 최면 수사로 얻어낸 전부였다. 그마저도 언제든 무너질 수 있는 모래성처럼 빈약하고 불확실한 정보였다.

기도나 주문을 외우면서 종교의식을 행한 게 아니냐는 범석의 추측은 일견 그럴듯해 보였다. 문제는 피해자들과 종교 사이에 어떤 교집합도 없다는 점이었다. 피해자 네 명의 종교 성향은 제각각이었다. 두 명은 무교, 한 명은 기독교, 나머지 한 명은 불교 신자였다. 특정 종교와 갈등을 겪은 적도 없었다. 사이비 종교의 광신도에게 재수 없게 걸린 걸까? 그렇지만 희생자들을 인신공양용 제물이라고 보기에도 일관성이 없다. 피해자의 면면들이 백팔십도 다르다. 최면 수사가 종료되고 서채윤이 안락의자에서 상체를 일으켰을 때 지한은 옆으로 다가가 물었다.

"종교가 있으신가요?"

"저는 무신론자예요."

"1년 사이에 종교 시설을 찾은 적은요? 교회라든가 절 같은데? 아니면 종교인과 아주 짧게라도 교류한 적은요? 사이비라 불리는 단체 혹은 그쪽 인물과 엮였던 적도 없어요?"

"최근에는 길거리를 지나가다 '얼굴에 복이 많으시네요'라는 말도 들어본 적이 없는데요."

"그렇군요. 이쪽으로 오시죠."

지한이 맞은편에 있는 테이블로 가 앉았다. 테이블 위에는 클리어 파일 두 개가 올려져 있었다. 채윤은 이제 그만하고 싶었다. 기진맥진했다. 쓰러질 것 같았다. 거기다 당시의 처참했던 사건을 재현하느라 정신적으로도 피폐해진 상태였다. 채윤의 낯빛과 컨디션이 좋지 않은 걸 알아챈 이은경이 건의했다.

"브리핑은 내일 하는 게 어떨까요? 최면 수사만으로도 녹초가 됐을 텐데."

"많이 힘드시겠지만 이왕 시작한 거 오늘 다 마무리하는 게 좋을 것 같습니다. 시급을 다투는 사안이라서요."

나지막한 부탁이었음에도 거절은 용납지 않겠다는 태도였다. 채윤은 앞머리를 쓸어 올리며 그의 테이블 맞은편으로 가 앉았다.

"제가 싫다고 해도 강행할 거잖아요."

"채윤 씨도 빨리 끝내고 쉬는 편이 나을 겁니다."

"무슨 브리핑인데요?"

지한이 파일을 열더니 안에서 자료를 꺼냈다. 사진과 함께 누군가의 신상 정보가 깨알같이 나열돼 있었다.

"네 명의 피해자에 대해서 설명드릴 겁니다. 한 다리 건너 아는 사이거나 업무적으로 엮여 있을 수도 있으니 체크해보려 는 겁니다."

채윤의 뺨이 절로 경직됐다. 네 명의 희생자에 대해서는 아는 바가 전무했다. 알 리가 없었다. 일찍이 비공개 수사로 전환한 경찰은 피해자 신상을 공개한 적이 없었다. 언론은 프라이버시 보호를 빌미로 A씨나 20대 여자라는 두루뭉술한 대명사로만 피해자들을 지칭해왔다.

왠지 죄스러운 마음이 들었다. 그들은 모두 처참하게 살해당했는데 혼자만 살아남아서. 죽은 자들의 얼굴을 보고 싶지 않았다. 이름도 알고 싶지 않았다. 보고 듣는 순간 그들의 망령이 밤마다 채윤을 찾아올 것 같았다. 왜 너만 지옥으로 오지 않냐고. 왜 나만 억울하게 죽어야만 했냐고. 채윤은 무릎 위에 올려둔 손을 꽉 맞잡으며 떨리는 마음을 다잡았다. 피해자들의 얼굴을 봐야 했다. 이름을 들어야 했다. 어디서 어떻게 죽었는지도. 그래야 그들의 억울한 원혼을 풀어줄 수 있다. 그래야 그들 같은 피해자가 나오지 않게 막을 수 있다. 채윤의 불안한 심리를 알아챈 이은경이 표정을 살피며 조심스럽게 접근했다.

"힘들면 무리하지 않아도 괜찮아요. 뭣보다 중요한 건 채윤 씨의 건강 상태니까요."

"괜찮습니다. 브리핑해주세요."

채윤은 의자를 끌어당겨 앉아 허리를 곧게 폈다. 지한은 사무적인 억양으로 브리핑을 시작했다.

"2021년 10월 15일 새벽 5시 45분, 한원시 외곽에 위치한 공장단지에서 첫 번째 희생자가 나왔어요. 근처 주물 공장에서 일하는 직원이 새벽에 출근하다가 발견했죠. 피해자는 28세 이선미 씨. 전날인 10월 14일 19시경 퇴근하겠다는 메시지를 마지막으로 연락이 끊겼어요. 창편동에 위치한 신나유치원에서 교사로 일했고 원유동 자택에서 부모님과 함께 살았습니다. 이선미라는 이름 들어본 적 있습니까?"

"처음 들어보는 이름이에요."

"친구나 지인 중에 유치원에서 일하는 사람은요? 혹은 유치원에 다니는 조카나 친척 아이가 있다든가."

"제 가족관계는 이미 조사해보셨을 텐데요. 천애 고아나 마찬가지예요. 지인의 자녀 중에는 물론 유치원에 다니는 아이도 있었어요. 하지만 그 아이들은 본 적도 없어요. 어느 유치원에 다니는지도 몰랐고요. 아는 사람 중에 창편동이나 원유동에 사는 사람도 없고요. 그쪽에 가본 적도 거의 없어요."

지한이 클리어 파일에서 종이를 한 장 꺼내더니 채윤의 앞에 돌려놔줬다. 단아하고 청순해 보이는 긴 머리의 20대 여자 사진이었다. 채윤은 입을 앙다물고 사진을 비스듬히 쳐다봤다.

"이선미 씨입니다. 본 적 있습니까?"

채윤은 말없이 도리질을 했다.

"비슷하게 생긴 사람도 본 적 없어요?"

"네."

지한은 쉴 틈도 주지 않고 연이어 다음 사람으로 넘어갔다.

"2022년 1월 20일 두 번째 사건이 발생했습니다. 한원시 중부 하천에 있는 하수도에서 권석천 씨의 시체가 발견됐죠. 나이는 58세, 건축시공업자예요. 남명이앤씨라는 사업체를 운영했어요. 업자와 새벽까지 술을 마신 뒤 실종됐죠. 하루 종일 연락 두절 상태였지만 집에서는 크게 걱정하지 않았다고 합니다. 술 마시고 남의 집이나 사우나에서 자는 경우가 부지기수여서. 그러다 3일이 지나도 집에 안 들어와 실종 신고를 했고 그다음 날 죽은 채 발견됐습니다."

지한이 이번에는 50대 남자의 사진을 들이밀었다. 야외 현장에서 주로 일하는 직업을 갖고 있어선지 피부가 까맣고 거칠었다. 역시나 채윤은 처음 보는 남자였다.

"한 번도 본 적 없는 사람이에요."

"남명이앤씨라는 업체는요?"

"처음 들어봐요."

"채윤 씨 아버님도 건축업체를 운영하셨었죠? 동종업계니 채윤 씨 아버님과 아는 사이였거나 협력업체였을 가능성은 없을까요?"

"아버지 사업에 대해선 전혀 아는 바가 없어요."

"아버님을 통해 비슷한 이름이나 업체명도 들은 기억이 없습니까?"

채윤의 입에서 자동으로 냉소적인 대답이 튀어나왔다.

"글쎄요. 아버지와 대화 비슷한 걸 해본 적이 없어서요."

"그렇군요."

"어쩌면 아저씨는 아실지도 몰라요."

"아저씨라면?"

지한의 눈이 반짝였다.

"저번에 응급실에서 뵀던 아주머니의 남편이세요. 아버지 회사의 고문 변호사셨죠. 회사 고문이셨으니 저보다는 거래처나 협력업체에 관해서는 잘 아실 거예요. 필요하다면 제가 여쭤봐드리고요."

팔짱을 낀 채 손끝으로 본인의 팔뚝을 두드리며 고민에 빠졌던 지한이 말했다.

"그럼 고민호 씨한테 물어봐주십시오. 권석천 씨가 연쇄살인사건의 희생자라는 사실은 밝히지 마시고요."

채윤은 혀를 찼다.

"권석천 씨에 대해서 왜 물어보냐고 하면 뭐라고 대답하고요?"

"핑계는 알아서 적당히 둘러대주십시오."

그딴 일은 자기 알 바 아니라는 듯한 지한의 무신경한 태도가 거슬렸다. 그 전부터 피해자와 같은 업계에 종사했다는 이유만으로 떠올리고 싶지 않은 아버지를 소환했던 것부터가 영 못마땅했던 참이다. 채윤 안의 삐딱한 녀석이 고개를 쳐들었다.

"실수로 말해도 저는 책임 못 져요."

"일부러 정보를 흘리겠다는 소리처럼 들리는군요."

두 사람의 신경전을 지켜보던 이은경이 중재에 나섰다.

"이러는 건 어떨까요? 다른 부서에서 채윤 씨 아버님 실종 사건을 재수사하고 있다고 하는 거예요."

그 정도로는 어림도 없다는 듯이 채윤이 목을 뒤로 젖혔다.

"사건성이 보이지 않는다고 했던 게 경찰이었어요. 담당 형사가 실종이 아니라 회사가 파산 직전이라 잠적한 게 아니냐는 식으로 돌려 말했었다고요. 아저씨가 강하게 요구하지 않았다면 실종 신고 접수도 받아주지 않았을걸요. 근데 이제 와서 재수사 핑계를 대라고요?"

지한이 말했다.

"담당이 바뀌거나 미제 사건팀으로 넘어가면 이전 사건들을 재검토하는 경우도 많습니다. 여쭤보기 껄끄러우시면 저희가 직접 만나보겠습니다."

채윤은 포기했다는 듯이 손을 들어 보였다.

"됐어요, 제가 알아서 할게요."

"그럼 나머지 두 명의 희생자에 대해서도 말씀드리죠."

세 번째 피해자는 정기수라는 남자였다. 43세에 독신인 그는 중소 규모의 게임회사에서 개발팀장으로 재직 중이었다. 근월동의 빌라에서 여섯 살 터울인 남동생 정상진과 함께 살았다. 당시 정기수는 신규 게임 오픈이 얼마 남지 않은 상태라 야근과 철야를 밥 먹듯이 했다. 그날도 새벽 3시까지 일하다 퇴근했지만 집에는 돌아오지 않았다. 정상진은 형이 또 회사에서 밤을 새우는 줄 알고 대수롭지 않게 여겼다고 한다. 그날 점심 무렵 형의 회사에서 연락을 받기 전까지는. 말도 없이 출근도 안 하고 전화도 안 돼서 혹시 어디 아픈 거냐는 내용의 연락이었다. 백방으로 수소문을 하다가 끝내 경찰에 신고하기에 이르렀다. 정기수의 사체는 하루 만인 3월 11일 한원시 남쪽에 있는 오민동의 한 공사장에서 발견됐다. 회사에서 그리 멀지 않은 곳이었다.

네 번째 희생자는 35세 여성 김진희였다. 전업주부로 두 살 연상의 남편과 여섯 살 된 딸이 있었다. 그녀는 동창과의 저녁 약속을 마치고 귀가하는 도중 행방이 묘연해졌다. 버스 정류장에서 내린 것까지는 확인됐지만 그 뒤의 모습은 어디서도 잡히지 않았다. 휴대폰 전원도 꺼진 상태였다. 버스 정류장부터 집으로 오는 모든 경로를 이 잡듯이 수색하다 3일 차인 6월 1일 근처 공원의 수풀에서 숨진 그녀를 발견했다.

정기수와 김진희 또한 채윤은 난생처음 보는 사람이었다. 일면식도 없었고 그들의 생활 반경은 채윤과 조금도 겹치지 않았다. 지한이 온갖 자질구레한 질문을 던졌지만 아주 사소한 공통점도 나오지 않았다. 그럼에도 지한이나 범석 그리고 은경은 그다지 실망한 기색이 아니었다. 도리어 자신들의 이론, 즉 범인이 희생자들을 무작위로 고른다는 가설이 이번에도 들어맞았다는 사실을 재확인시켜줬다고 생각하는 것 같았다. 한편으로는 초조해 보였다. 유일한 생존자로부터 실마리나 단서를 어떻게든 뽑아내야 한다는 강박감이 그들을 짓누르는 게 여실히 느껴졌다. 이어서 이은경이 나섰다. 살인범에 대한 대략적인 프로파일링을 해주겠다며.

"사실 처음에는 망설였어요. 채윤 씨에게 과연 프로파일링을 해주는 게 득이 될지 실이 될지 판단이 서지 않았거든요. 괜한 선입견만 주입하는 결과를 초래할 수도 있으니까요. 고민 끝에 하는 게 낫겠다는 결론을 내렸어요. 이를 통해 더 많은 기억을 끌어낼 가능성도 무시할 수 없으니까요. 현재로서는 지푸라기 같은 정보라도 모아야 할 때거든요."

무슨 수를 써서라도 범인을 잡아야 한다는 수사관들의 절박한 심정이 전해졌다. 그게 성과를 올리려는 공명심이든, 경찰에 대한 비판을 피하기 위해서든, 더 이상의 피해자를 막기 위한 사명감이든, 혹은 살인마에 대한 분노든 간에.

"범행 수법부터 얘기해줄게요. 범행 수법은 범행 동기 즉, 사람들을 왜 죽이느냐는 범인의 심리 상태와도 맞물려 있기 때문이에요."

새삼 오싹해졌다. 과연 연쇄살인마에게 사람을 죽이는 데 동기나 이유가 있을까, 하는 생각이 들었기 때문이었다.

"채윤 씨도 알겠지만 범인은 무방비 상태에 있는 피해자를 습격해요. 둔기로 머리를 강하게 내리쳐 정신을 잃게 만든 다음 피해자를 인적이 없는 장소로 끌고 가죠. 그리고 피해자 오른손 손등에 칼로 꺽쇠 기호를 새겨 넣어요."

"그다음에는요……."

"둔기로 무자비하게 때려죽여요. 특히 머리와 복부 쪽을요. 두개골이 함몰되고 갈비뼈가 산산조각 나고 내장이 터질 때까지. 살인 무기는 쇠파이프처럼 단단한 소재로 추정되고요."

듣기만 하는데도 심장이 오그라들고 피가 마르는 기분이었다. 운 좋게 정신을 차려 도망치지 못했다면 자신도 그처럼 참혹하게 삶을 마감할 뻔했다는 사실에 몸서리가 쳐졌다.

"저처럼 중간에 의식을 되찾은 사람은 없었나요?"

"네, 다른 네 명의 피해자는 첫 일격에 거동 불능 상태에 빠졌던 것 같아요."

"제가 운이 좋았던 거군요."

"채윤 씨가 잘 피한 덕에 빨리 정신을 차린 걸 수도 있어요. 놈이 평소와 다르게 실수한 건지도 모르고요. 어쩌면 둘 다일 수도 있죠."

불쑥 자기혐오가 솟구쳤다. 어느새 망자가 된 희생자들과 다르게 살아남았다고 내심 안도하는 자신을 발견했기 때문이었다. 더불어 무력감과 허무함도 밀려왔다. 단지 우연과 운이라는 한끝 차이가 생사를 갈라놨으니까.

"손등에 남긴 트레이드마크는 피해자의 시선으로 보면 이런 'ㄷ' 꺾쇠 모양이에요. 보는 위치에 따라 자음 'ㄱ'이나 'ㄴ' 혹은 알파벳 'L'처럼 보이기도 하고요. 이걸 보고 연상되거나 떠오르는 게 있나요?"

"음……. 딱히 생각나는 게 없는데요……."

"괜찮아요. 트레이드마크는 피해자가 아닌 범인과 관련된 상징일 수도 있거든요."

"종교적인 표식 같은 건 아닐까요? 십자가나 만(卍) 자 같은?"

"그럴 가능성도 고려해 성직자와 종교학자들에게도 문의를 해봤어요. 이런 모양의 종교 표식은 본 적이 없다고 하더군요. 세간에 거의 알려지지 않은 희귀 종교나 생긴 지 얼마 안 된 신흥 종교, 혹은 사이비에서 쓰는 상징일 가능성도 배제할 수는 없지만요."

"희생자의 손등에 이딴 기호를 새기는 까닭이 뭘까요?"

"저희는 세 가지로 해석하고 있어요. 첫 번째는 채윤 씨가 말한 대로 종교적인 의미가 아닐까 하는 거예요. 칼이 있는데도 희생자를 무자비하게 때려죽이는 범행 수법도 그 가설을 뒷받침하는 근거일지도 몰라요. 고대나 중세의 근본주의적 종교에서는 규율을 어기거나 이단 행위 시 돌이나 몽둥이로 때려죽이는 형벌을 종종 찾아볼 수 있거든요. 신에게 인간을 제물로 바치는 인신공양 풍습도 심심치 않게 존재했고요."

꽤 그럴듯하게 들렸다. 종교적인 이유로 손등에 꺽쇠 기호를 새기고 어떤 의식을 치른 거라면 그나마 납득이 간다.

"두 번째는 시그니처예요."

"시그니처라면?"

"말 그대로 살인범이 사인을 한 거죠. 희생자를 자신의 소유물이나 창작물이라고 여겨서."

채윤은 숨이 막히는 것 같았다. 싸늘한 전율이 배 속을 쑤셔댔다. 만약 내 몸에 사인을 남긴 거라면 언젠가는 자신의 소유권을 주장하러 찾아오지 않을까.

"노예의 표식을 새긴 걸 수도 있어요. 작품에 낙관을 찍은 걸지도 모르고요. 뭐가 됐든 간에 범인은 병적인 소유욕과 집착성을 갖고 있을 확률이 높아요. 어쩌면 살인을 자행하면서 유명세를 타려는 미치광이 관심 종자일 수도 있고요."

"그렇다면 꺽쇠 표식이 이니셜일 수도 있겠네요. 자음 'ㄱ'이나 알파벳 'L' 같은."

"그럴 수도 있죠. 하지만 아무리 그럴듯해 보이는 가설이라도 섣불리 결론을 내리는 건 위험해요. 처음부터 정답을 정해버리면 거기 빠져서 다른 가능성에는 눈길도 안 주게 되거든요."

이은경이 손가락 세 개를 들어 보이며 설명을 계속했다.

"세 번째는 주홍글씨예요. 한마디로 죄인의 낙인을 찍은 거죠. 조선 시대에 중죄를 저질렀던 자의 이마에 문신을 새겼던 자자형처럼. 이 가설은 종교적 상징과도 상통하는 부분이 있어요. 죄인에 대한 처벌이라는 점에서요."

저도 모르게 지난 나날들을 되돌아보게 됐다. 손가락질을 받을 만한 짓을 저질렀던 적이 있었던가.

"피해자들 중에 죄를 저지른 사람이 있었나요?"

"아니요. 피해자들의 범죄 이력 조회를 해봤지만 전과가 있는 사람은 없었어요. 담배꽁초 투기나 신호위반 같은 미미한 경범죄를 제외하면요. 악행을 일삼았는데 법의 심판을 받지 않았다든가, 범죄 행위를 은폐했을 가능성도 염두에 두고 뒷조사까지 해봤지만 다들 깨끗했어요. 범인이 심각한 피해망상에 빠져 있는 건지도 몰라요. 본인만의 잣대로 별것도 아닌 일을 크게 부풀려 죽어 마땅한 죄를 저질렀다고 믿는 거죠. 채윤 씨는 어때요?"

꿰뚫어보는 듯한 예리한 눈매가 채윤을 향했다.

"누군가의 가슴에 대못을 박은 적은 없는지 궁금하신 건가요? 타인에게 단 한 번도 상처를 주지 않았다고 하면 거짓말이겠죠. 그렇지만 사람을 대하는 데 있어 나름 선은 지키면서 살았다고 자부해요. 평생 잊지 못할 증오나 원망을 심어줬던 적도 없다고 생각하고요."

"그럴 줄 알았어요. 네 명의 피해자도 채윤 씨와 마찬가지예요. 다들 범죄나 원한과는 거리가 먼 평범한 소시민이죠. 조사를 더 면밀히 해봐야 알겠지만 현재까지는 채윤 씨를 포함한 다섯 명의 피해자 사이에 아무런 연결고리가 없어요. 공통점도 찾아내지 못했고요. 그렇기 때문에 저희는 이 사건을 불특정 다수를 대상으로 한 무차별 살인으로 규정하고 있어요. 지금부터 제가 추정한 범인상에 대해 말씀드릴게요."

채윤은 마른침을 삼키고 귀를 기울였다. 온 세상이 연쇄살인마가 누군지 알고 싶어 한다. 추정일 뿐이더라도 전문가인 프로파일러의 입을 통해 연쇄살인마의 정체를 듣는다고 생각하니 손에 땀이 배어났다. 놈의 모습을 수백, 수천 번 자신의 머릿속에서 그려보고 또 그려봤을 것이다. 이은경이 신중하게 입을 뗐다.

"범인은 30대에서 40대 사이 남성으로 추정돼요. 완전히 의식을 잃은 피해자들을 메고 갈 수 있을 정도니 보통 이상의 체격일 거예요. 족적을 봐도 그렇고요. 키는 175센티미터에서 185센티미터에, 체중은 70킬로그램 이상 정도로 보여요. 살인에 가장 효율적인 도구는 흉기예요. 일반적으로 칼이죠. 범인은 칼을 갖고 있으면서도 왜 번거롭게 둔기를 썼을까요? 손에 익은 도구라서 쓴 걸 수도 있어요. 따라서 공사장 인부나 목수처럼 공구를 사용하는 직업에 종사하는 사람일지도 몰라요. 물론 쾌감이나 분노 혹은 특별한 의미 때문에 둔기를 사용하는 걸 수도 있지만요. 외상 범위가 두부가 아니라 전신에 골고루 퍼져 있는 점도 그 가설을 뒷받침하고 있고요. 죽이는 게 목적이라면 머리만 노리면 될 테니까요. 활동 시간이 야밤이나 새벽인 걸 보면 혼자 살고 있을 확률이 높아요. 가족이나 동거인이 있더라도 외출을 하든 말든 신경을 안 쓰거나 그렇게 해도 이상하게 여기지 않을 직업을 갖고 있을 거예요. 사건 현장 주변의 지리를 꿰고 있는 걸 보면 외지인은 아닌 거 같아요. 한원시 토박이거나 타 도시에서 이주했더라도 거주한 지 오래됐을 거예요. 범인에 대한 프로파일은 이 정도예요."

채윤은 손끝으로 콧잔등을 문질렀다. 어떻게 반응해야 될지 알 수가 없었다. 프로파일링은 생각보다 막연하고 모호했다. 솔직히 말해 고작 이게 다인가, 싶은 심경이었다. 범인의 신상을 탈탈 털어줄 거라 기대한 건 아니지만 어느 정도의 윤곽은 나올 줄 알았는데 상당히 빈약했다. 그런 속내가 표정에 드러난 모양인지 이은경이 쓴웃음을 지었다.

"좀 허접하죠?"

"아니요, 그런 게 아니라……."

"괜찮아요. 제가 봐도 허술한 건 사실이니까요. 구차한 변명처럼 들리겠지만 범인을 분석할 만한 재료가 그리 많지 않았어요. 일부러 러프하게 프로파일링을 하기도 했고요. 디테일하게 범인상을 그려놓으면 거기에 매몰돼서 다른 관점을 놓칠 우려도 있거든요. 애먼 사람을 용의자로 몰수도 있다는 소리죠. 방향을 엉뚱하게 잡아버리면 수사에 일대 혼란을 초래할 수도 있고요. 그래서 채윤 씨의 존재가 굉장히 중요한 거예요. 채윤 씨는 생존자이면서 범인과 접촉했던 유일한 목격자이기도 하니까요."

채윤의 마음이 돌덩이를 매단 것처럼 무거워졌다. 난 그저 재수 없게 연쇄살인범의 먹잇감이 됐을 뿐인데. 왜 내게 이런 가혹한 족쇄를 채우는 걸까. 채윤이 말없이 눈을 내리깔자 최지한이 몸을 일으켰다.

"오늘은 여기까지 하죠. 고생 많으셨습니다."

*

텅 빈 조사실에서 지한은 뒤통수에 깍지를 끼고 의자에 등을 기댔다. 담배 생각이 간절했지만 같이 피우러 갈 일행이 없었다. 범석은 채윤을 임시 숙소에 데려다주러 갔다. 혼자 가기는 꺼려졌다. 이동 중이나 흡연 구역에서 누군가와 마주칠 게 뻔했고, 만난 인간이 누구든지 간에 조사 내용에 왕성한 호기심을 드러낼 테니까. 그것보다 더 속이 타는 건 숨길 만한 내용조차 없다는 사실이었다. 최면 수사까지 진행했건만 전보다 나아진 게 없었다. 물론 첫날이긴 했지만 서채윤의 머리를 더 쥐어짜낸다고 해서 획기적인 실마리가 나올지는 의문이었다. 비관적인 미래만 그려졌다. 뾰족한 수가 없을지 전전긍긍하는데 조사실 문이 벌컥 열렸다. 상대의 낯짝을 보자마자 뒷목을 잡고 싶어졌다.

"여기서 혼자 뭐 해?"

허기동이 뱀 같은 눈초리로 조사실 내부를 훑었다. 지한은 대꾸하지 않았다. 귀찮게 굴지 말고 꺼지라는 의사를 침묵으로 대신했건만 허기동은 물러날 기미가 없어 보였다.

"뭐 좀 건졌어?"

묵살하고 조사실을 나가려는데 허기동이 허를 찔렀다.

"건졌을 리가 없지."

지한이 째려보자 그가 히죽거렸다.

"피해자에게서 원하는 정보를 뽑아내기가 그리 쉬운 줄 알아?"

"아직 첫날일 뿐입니다."

"첫날에 안 나오면 끝까지 안 나오게 돼 있어. 90퍼센트가 그래."

허기동에게 말려드는 기분이 들었지만 묻지 않을 수가 없었다.

"나머지 10퍼센트는요?"

"피해자를 조사하는 수사관의 역량에 따라 달라지지. 기대 이상의 결과물이 나오거나 아예 헛짓거리만 한 게 되거나."

"제 능력 부족 탓을 하고 싶으신 겁니까?"

지한의 말투가 뾰족해졌다. 허기동이 진정하라는 듯이 워워, 소리를 내며 능청맞게 웃었다.

"능력은 차고 넘치지. 경험이 부족해서 그렇지."

"서채윤 씨 조사에 끼워달라고 이러는 겁니까?"

허기동이 코웃음을 쳤다.

"착각하지 마. 수사본부의 일원으로서 당연한 권리를 행사하려는 거야."

"인원을 보강할 생각은 없습니다. 피해자의 혼란만 가중시킬 수 있어서요."

지한이 딱 잘라 거절하자 허기동이 본색을 드러냈다.

"어디서 말 같지도 않은 핑계를 대고 있어. 툭 까놓고 말해. 끼워주기 싫다는 거잖아. 지들끼리 다 해 처먹겠다는 거지. 우리는 강수대 따까리나 하라는 거고, 안 그래?"

"해 처먹을 것도 없지만 해 처먹을 생각도 없습니다. 저는 범인만 잡으면 됩니다. 지금의 방식을 바꿀 생각도 없고요. 뭣보다 어디서 정보가 샜는지 모르는 마당에 조사팀에 아무나 들일 수는 없습니다."

허기동이 눈을 부라렸다.

"뭐? 아무나? 지금 날 의심하는 거야?"

"그게 아니라 검증된 인사만 기밀 정보를 취급할 수 있도록 하겠다는 겁니다."

"그러니까 나는 검증이 안 됐다? 내가 정보를 흘렸을지도 모르니 절대 끼워줄 수 없다?"

긍정도 부정도 하지 않았지만 둘 다 알고 있었다. 침묵의 의미를. 허기동이 지한을 씹어 먹을 듯이 노려봤다.

"언제까지 그렇게 기고만장할 수 있는지 두고 보자고."

그가 문짝이 떨어져 나갈 만큼 세차게 문을 쾅 닫고 나갔다.

열 오른 눈두덩을 손가락 끝으로 주무르던 지한은 휴대폰을 꺼내 전화를 걸었다. 신호가 가자마자 강창규가 전화를 받았다.

"진전은 좀 있나?"

"별다른 진전은 없습니다. 생존자에게서 범인에 대한 단서를 얻어내기는 쉽지 않을 것 같습니다."

"아무것도 못 본 거야?"

"네, 겁에 질려 있었던 데다 너무 어두웠다고 합니다. 의식을 되찾은 걸 들킬까 봐 눈을 계속 감고 있었다고도 하고요. 범인도 신원이 드러날 만한 부분은 철저하게 가린 상태였다고 합니다."

"그래, 알았어. 어쨌든 수고했어. 생존자에게서 얻어낼 게 없다면 다른 방안을 강구해봐야겠군."

"다른 방안이시라면?"

"별거 아냐. 최 팀장은 신경 쓸 거 없어. 지금처럼 그때그때 상황 보고만 잘해주면 돼."

입술을 앙다물었던 지한은 머뭇대며 입을 뗐다.

"저 혹시……."

"뭐? 할 말이라도 있나?"

"아닙니다. 다시 연락드리겠습니다."

"그래, 수고해."

지한은 통화를 끝내고 휴대폰을 멍하니 내려다봤다. 미처 묻지 못했던 말이 머릿속에서 계속 맴돌았다.

'생존자의 존재를 언론에 흘린 게 부장님입니까?'

*

흠칫 놀라며 잠에서 깬 채윤은 비몽사몽간에 주위를 빠르게 두리번거렸다. 이내 임시 숙소라는 걸 깨닫고 안도했다. 화장실에서 찬물로 세수를 한 다음 냉장고에서 생수를 꺼내 벌컥벌컥 들이켰다. 시간을 보니 새벽 3시 20분이었다. 떠들썩했던 바깥도 어느새 잠잠해졌다. 어디선가 밤새 들려왔던 신음 소리나 고성방가도 더 이상 들리지 않았다.

어제 오후 최면 수사와 브리핑을 마치고 숙소로 돌아오자마자 뻗어버렸다. 장시간의 조사는 진을 쫙 빼게 만들기에 충분했다. 파김치가 된 심신을 쉬게 한다고 잠깐 침대에 눕는다는 게 세 시간이나 자버렸다. 일어난 후에 안주희가 한 보따리 보내준 선물을 풀어봤다. 이삿짐 박스로 두 박스나 됐다. 첫 번째 박스는 햇반, 라면, 인스턴트식품, 과자 및 건강보조제 등 먹을거리로 꽉 차 있었다. 두 번째는 속옷을 비롯한 의류와 샤워 및 생활용품 그리고 화장품이 대부분이었다. 심심할까 봐 걱정됐는지 태블릿과 블루투스 스피커도 들어 있었다. 박스 밑바닥을 뒤적이는데 작은 파우치가 손끝에 걸렸다. 파우치를 꺼내 들고 입구를 벌렸다. 립스틱과 정체를 알 수 없는 소형 플라스틱 제품이 보였다. 파우치를 뒤집어 손바닥 위에 내용물을 떨어뜨렸다. 자세히 들여다보니 립스틱인 줄 알았던 물건의 정체는 호신용 스프레이였다. 뚜껑을 열고 시험 삼아 스프레이 버튼을 꾹 눌러봤다. 최루액이 이삼 미터가량 힘차게 뿜어져 나갔다. 허공에 분사했는데도 알싸한 기운이 콧속과 눈가를 톡톡 쏘아대 한동안 창문을 열고 환기를 시켜야 했다. 소형 플라스틱 제품 또한 호신용품인 버튼식 경보기였다. 무심코 버튼을 누르자마자 놀라서 어깨를 흠칫 떨었다. 사이즈는 아담한데 경보음은 귀청이 떨어져 나갈 정도로 컸다. 스프레이와 경보기를 스마트폰 스트랩에 연결해놓고 보니 벌써부터 천군만마를 얻은 기분이었다. 자신을 이토록 챙겨주고 신경 써주는 안주희의 세심한 배려도 눈물 나게 고마웠다. 한편으로는 사무치게 엄마가 그립기도 했다.

저녁을 먹은 후 고민호에게 연락했다. 그는 전화를 받자마자 어떻게 지내는지, 건강은 괜찮은지, 밥은 잘 챙겨 먹는지, 경찰 조사는 힘들지 않은지 등을 숨도 쉬지 않고 물어봤다. 통화가 끝날 때까지 귀에 박히도록 한 당부를 되풀이했다. 도움이 필요하면 언제든지 연락을 달라고. 특히 경찰 조사 시 부당한 대우나 강압적인 질문을 받으면 즉각 변호사인 자기를 부르라고 얘기했다. 임시 숙소가 불편하거나 안심이 되지 않으면 자기 집은 항상 열려 있으니 언제든지 오라고도 했다. 채윤이 지낼 만반의 준비를 다 해놨으니 부담 갖지 말고 몸만 오라고 했다는 안주희의 말도 전해줬다. 채윤이 올지도 모른다며 며칠에 걸쳐 손님방을 깨끗이 청소하고 꾸몄다고 한다.

감사 인사를 전한 채윤은 잠깐 뜸을 들였다. 할 말이 있으면 편하게 하라는 고민호의 한 마디에 용기를 내 조심스럽게 운을 뗐다. 남명이앤씨의 권석천이란 사람을 아느냐고. 잠깐 생각에 잠겼던 고민호는 처음 듣는 이름과 회사라고 답했다. 곧이어 그가 권석천이 누구냐고 물었다. 채윤은 수차례 연습한 대로 침착하게 대꾸했다. 경찰이 아버지의 실종 사건을 재수사하고 있는 것 같다고. 그 말에 고민호는 잘됐다고 반기면서도 어리둥절해하는 것 같았다. 훨씬 긴급한 사건을 놔두고 왜 과거 사건을 뒤적이는지 이해가 안 가는 모양이었다. 채윤은 대충 얼버무린 뒤 인사를 건네고 전화를 끊었다.

그렇게 통화를 마치고 침대에 누워 있다가 어느새 또 잠에 빠졌던 모양이다. 초저녁에 자다 깼더니 잠이 오지 않았다. TV라도 볼까 해서 리모컨을 찾았지만 보이지 않았다. 사실 웃으며 TV를 볼 기분도 아니었다. 불 꺼진 방 안에서 멍하니 누워 있는데 머리맡 협탁에 놔둔 핸드폰에서 메시지 수신음이 울렸다. 이 늦은 시각에 누구일까. 딱히 연락 올 사람도 없는데. 확인하기도 귀찮아서 가만히 있다가 지한이나 안주희일지도 모르겠다는 생각에 팔을 뻗었다. 휴대폰을 확인한 채윤의 고개가 한쪽으로 기울어졌다. 모바일 메신저에 알 수 없는 친구로부터 메시지가 와 있었다.

— 서채윤?

누구지? 또 기자인가. 지긋지긋했다. 차단하려던 순간 얼굴 하나가 머릿속에 떠올랐다. 혹시 아버지가 아닐까. 내가 연쇄 살인마에게 죽을 뻔했다는 소식을 어디선가 전해 듣고 연락을 취한 건지도 모른다. 만약 이런 일을 겪기 전이었다면 대꾸도 하지 않고 차단해버렸을 것이다. 원망과 기대라는 복잡 미묘한 감정을 품은 채 손가락을 어색하게 움직였다.

— 누구……세요??

숫자 1이 바로 사라졌다. 답문은 금방 오지 않았다. 기다리다 못해 채팅창에 문자를 입력하던 채윤은 도로 지워버렸다. 뭐라 고 쓸지 고민하는데 메시지가 떴다.

— 놈을 봤어?

갑자기 무슨 뚱딴지같은 소리지?

— 네? 놈이라뇨? 무슨 말씀이세요?

— 연쇄살인범 말이야.

대뜸 사건 얘기를 꺼내 김이 팍 샜다. 동시에 부아가 치밀었 다. 역시나 기자인 모양이다. 정말 대단한 언론인 납셨네. 이런 새벽에 메신저로 말을 다 걸어오다니. 더욱 화가 치미는 건 이 작자가 아버지이길 기대했다는 점이었다. 채윤은 신경질적으 로 자판을 터치했다.

— 인터뷰는 사절이에요. 차단합니다.

차단 메뉴로 손가락을 뻗는데 메시지가 떴다.

— 난 아니야.

채윤은 눈살을 찌푸렸다. 기자가 아니라는 뜻인가. 아니면 자신은 자극적이고 원색적인 취잿거리를 쫓는 기레기가 아니라 참 언론인이라는 건가. 무시하고 차단하려다 한마디 쏘아붙여야 직성이 풀릴 것 같았다.

— 그쪽은 뭐가 아닌데요? 다른 건 몰라도 매너가 없는 사람이라는 건 잘 알겠네요. 이 새벽에 대뜸 메시지를 보내는 게 엄청난 실례라는 건 모르시나 보죠?

이번에도 1은 생길 틈도 없이 사라졌지만 대꾸가 없었다. 뭐지? 내 얘기에 자존심이 상한 건가. 열 받아서 화를 주체 못하고 있나. 아무리 피해자라 한들 국민의 알 권리를 우습게 보면 안 된다느니, 피해자라 해서 갑질을 부리면 안 된다느니 하는 기사를 보게 될지도 모르겠다. 그런 생각을 한 순간 답신이 왔다.

— 널 죽이려 했던 건 내가 아니라고.

난해한 문장이 아닌데도 곧바로 독해가 되지 않았다. 실눈을 뜨고 글자를 뚫어지게 쳐다봤다. 고개가 사선으로 삐딱하게 기울어졌다. 이윽고 행간의 의미가 오롯이 파악되자 채윤은 얼어붙었다. 요동치는 눈동자로 재차 메시지를 곱씹어봤다.

해석해보면 이런 뜻이었다. 채윤은 연쇄살인마에게 죽을 뻔했다. 채팅 상대가 채윤을 죽이려 했던 건 본인이 아니라며 부인하고 있다. 즉, 채윤과 채팅을 주고받는 자가 연쇄살인마란 소리였다. 오금이 저려왔다. 한편으론 터무니없는 소리라고 이성이 아우성을 쳐댔다. 채윤을 공격한 자가 연쇄살인마가 아니라면 그자는 대체 누구란 말인가? 퍼뜩 메시지를 보낸 인간의 정체를 알 것 같았다. 악질적인 장난을 치고 있는 거다. 그것도 엄청난 트라우마를 겪고 있는 범죄 피해자를 상대로. 인터넷의 익명성에 숨어서만 비열하고 추악한 본심을 드러내는 찌질이가 틀림없다. 채윤은 혐오가 실린 타이핑을 날렸다.

— 장난치지 마!

— 왜 장난이라고 생각하지?

— 당신이 연쇄살인마일 리 없으니까.

— 널 공격한 자가 연쇄살인마일 거라고 확신하는 근거는?

차라리 유치하게 장난조로 나왔다면 상대하지 않고 차단했을 것이다. 진지하게 사이코패스 연쇄살인마 연기를 하는 걸 보고 있자니 속에서 열불이 일었다. 그게 상대의 노림수라면 제대로 걸려든 것이겠지만. 채윤은 이를 갈며 대꾸했다.

— 적당히 하고 꺼지는 게 좋을 거야. 경찰에 신고하기 전에.

— 널 죽이려 했던 놈이 누군지는 몰라도 모방범일 뿐이야. 진짜가 아니라고.

— 끝까지 이렇게 나오시겠다 이거지? 그럼 본때를 보여주는 수밖에. 각오하는 게 좋을 거야. 나중에 울며불며 잘못했다고 빌어도 선처는 없을 테니까.

— 손등에 난 상처. 꺽쇠 모양이지?

채윤은 하마터면 휴대폰을 떨어뜨릴 뻔했다. 앞니가 서로 맞부딪치며 딱딱거렸다. 휴대폰을 쥔 손도 의지와 무관하게 떨리고 있었다. 연쇄살인범의 트레이드마크를 아는 자는 나와 경찰 그리고 연쇄살인마 본인뿐이다. 이자가 어떻게 진범만 아는 비밀의 폭로에 대해 알고 있는 거지. 연쇄살인마의 범행 수법은 수사본부 내에서도 극소수만 알고 있는 기밀 사항이라고 했잖은가. 이자가 정말 연쇄살인마라는 건가? 채윤은 거세게 도리질을 쳤다. 바보 같은 생각이다. 연쇄살인마가 뭣 때문에 내게 연락한단 말인가. 뭐라고 답할지 끙끙대다가 시치미를 떼기로 했다. 좀처럼 마음이 진정되지 않아 연속으로 오타를 낸 후 가까스로 답장을 보냈다.

— 손등? 꺽쇠? 무슨 소리를 하는 거야?

— 둔기로 머리를 내리쳐 행동 불능 상태에 빠뜨린다. 이미 반죽은 상태나 다름없는 인간을 끌고 가 오른쪽 손등에 꺽쇠 모양의 칼자국을 낸다. 그리고 때려죽인다.

한기가 등줄기를 타고 올라왔다. 옴짝달싹할 수가 없었다. 코앞에 연쇄살인마가 있는 것처럼. 상대는 연쇄살인마의 수법을 정확하게 묘사하고 있었다.

— 당신이…… 그걸…… 어, 어떻게?

— 말했잖아. 내가 진짜라고.

— 그럼…… 날 공격한 사람은 누군데?

— 그건 나도 모르지. 아무튼 어지간히 내 흉내를 잘 낸 모양이야. 경찰마저 내 짓이라고 판단한 걸 보면.

채윤은 반신반의하면서도 손끝에 힘을 주고 반박했다.

— 당신 주장이 사실이라면 모방범은 당신 수법을 어떻게 알고 똑같이 따라 한 거지?

— 나도 그게 궁금하더라고. 경찰이 내 수법은 꽁꽁 숨겨왔으니까. 아마 히든카드로 남겨둔 거겠지. 나중에 용의자를 검거하면 자백을 받거나 진범 여부를 확인할 때 쓰려고. 누가 내 수법을 알고 있을까 생각해봤지. 금방 결론이 나오더군.

— 누군데?

— 어렵게 생각할 필요 없어. 정답은 이미 나와 있으니까. 나 말고 내 범행 수법을 훤히 꿰고 있는 자들이 누구겠어?

머리를 굴리던 채윤은 눈을 휘둥그레 떴다.

— 설마 경찰을 의심하는 거야?

— 의심하면 안 될 이유라도 있나? 나만큼, 아니 어쩌면 나보다 더 내 범행 수법을 잘 아는 자들인데.

황당무계한 소리라고 메시지를 치다가 지워버렸다. 논리적으로는 틀리지 않는 주장이었다. 채윤의 속내를 읽은 것 같은 메시지가 이어서 떴다.

— 경찰 제복은 작업복에 불과해. 경찰 중에 살인자가 없을 거라 100퍼센트 자신할 수 있나? 경찰이 기밀 정보를 누설하거나 팔아먹지 않았다고 확신할 수 있냐고?

선뜻 손가락을 움직여 그렇다고 쓸 수가 없었다. 채윤이 아는 수사 관계자들의 얼굴이 하나둘 스쳐 지나갔다. 최지한과 김범석 그리고 이은경, 이름 모를 수많은 형사들. 과연 그들을 전적으로 신뢰할 수 있을까. 혼란스러운 와중에 또 다른 폭탄이 채팅방에 투하됐다.

— 경찰 말고도 의심 가는 자들이 없는 건 아니야.

— 범행 수법을 아는 사람들이 또 있다고?

— 시신을 볼 수 있는 자들이지.

— 장의사를 말하는 거야? 아니면 부검의?

— 그쪽은 경찰과 한 묶음으로 봐야지. 수사 관계자 외에 피해자 시신을 볼 수 있는 사람들이 누구일지 생각해봐.

— 설마…… 피해자 유족들을 의심하는 거야?

— 그래.

상대는 한술 더 떴다. 경찰도 모자라 유족까지 의심하다니. 채윤의 잇새로 어이없는 헛웃음이 새어 나왔다.

— 유족 중에 모방범이 있다고? 너무 생각 없이 내뱉는 거 아냐? 유족이 왜 그런 짓을 저지르겠어? 가족을 잃은 비탄과 범인에 대한 분노로 제정신이 아닐 텐데.

— 네 말대로 제정신이 아닐 테니까. 비뚤어진 복수심이 딴 방향으로 표출된 걸 수도 있지. 혹은 혈육의 시신을 본 후 새로운 세계에 눈을 뜬 걸 수도 있고. 모방범은 아니라 해도 시신 상태에 대한 정보를 팔아먹거나 흘렸을 가능성도 있어. 그만큼 돈의 힘은 막강하니까.

— 설령 그럴 수 있다 쳐도 자기 가족의 시신만 본 거잖아. 나머지 세 구의 시신을 보지도 않고 범행 수법과 트레이드마크를 정확하게 파

악해낸다고?

— 연쇄살인사건이니까 한 사례만 보고도 유추해낸 걸 수도 있지. 아니면 경찰이 입단속을 시켰을 테니 아, 이게 연쇄살인범의 수법이구나 어림짐작했을 수도 있고. 네 말대로 허점이 많은 건 사실이야. 유족보다는 경찰 쪽이 더 유력한 용의자로 보이긴 해. 수사본부조차 모방범의 범행을 내 짓이라고 판단했을 정도니 범행 수법과 트레이드마크에 대해 속속들이 안다는 뜻이겠지.

일리는 있지만 도저히 수긍하기 힘든 가설이다. 뭣보다 가장 큰 의문은 연쇄살인범이 왜 채윤에게 접촉해 이런 사실을 알려주는가, 였다.

— 내게 왜 이런 얘기를 해주는 거지?

— 네가 해줘야 할 일이 있거든.

— 무슨 일?

— 모방범이 누군지 알아내는 일. 경찰이나 유족 중에 모방범이 없다면 정보가 새어 나간 경위를 파악하는 일.

상상도 못 한 요구에 채윤은 아연실색해서 입을 다물지 못했다. 위험을 무릅쓰고 굳이 모방범을 색출해내려는 이유가 뭘까. 경찰이 착각하도록 놔두는 편이 본인에게 훨씬 유리하지 않나? 억울한 건가. 자기가 한 짓도 아닌데 덤터기를 써서? 아니면 괘씸한 건가. 어설픈 흉내로 자신의 명성에 먹칠을 해서? 혹은 자존심이 상한 건가. 자신의 먹잇감을 빼앗겨서?

— 모방범을 찾으려는 이유가 뭐지?

― 선을 넘었으니까.

아리송한 대답에 생각이 더 뒤엉켰다.

― 선? 대체 무슨 선을 넘었는데?

― 그건 알 필요 없어.

채윤은 일침을 날렸다.

― 당신이야말로 한참 선을 넘은 거 아닌가? 법이라는 선을, 공생이라는 선을, 인간이 지켜야 될 선을 넘었잖아. 무고한 시민들을 네 명이나 잔인하게 도륙해서.

― 그렇게 생각하는 것도 당연해. 누구에게나 각자의 선이 있기 마련이니까. 선이 그어진 위치도 그 선을 침범당했을 때의 대응 방식도 제각각이지만.

모욕적으로 들릴법한 언사일 텐데도 상대의 대응은 의외로 차분했다. 화를 내지도 변명하지도 않았다.

― 모방범을 찾으면 어쩔 건데? 선을 넘은 대가를 치르게 할 거야?

채팅창에 정적이 흘렀다. 과연 뭐라고 대답할까. 숨 쉬는 것도 잊고 채팅창을 뚫어져라 쳐다보는데 문장이 떴다.

― 그건 네가 상관할 바가 아냐. 넌 모방범을 찾는 일에만 집중하면 돼. 수사본부 관계자와 매일 같이 붙어 있을 테니 그 기회를 잘 살려보라고.

그의 명령에 채윤의 몸 안에서 욕지기와 함께 반발심이 강하게 솟구쳤다.

― 내가 왜 당신 말을 따라야 하지? 사람을 네 명이나 죽인 연쇄살인

마를 내가 왜 도와야 하냐고?

— 그게 네가 살 수 있는 길이니까.

머리카락은 물론이고 온몸의 잔털이 쭈뼛 솟았다. 겁에 질린 손가락을 쥐었다 폈다 하며 피를 돌게 한 뒤에야 간신히 휴대폰 액정에 손을 댈 수 있었다.

— 협박하는 거야? 협조하지 않으면 죽이겠다고?

— 내가 굳이 손쓸 필요도 없지. 모방범은 널 연쇄살인범의 피해자로 위장해 죽이려 했어. 수사본부가 기밀에 붙인 범행 수법까지 알아내서 말이야. 널 죽이기 위해 그만큼이나 공을 들였다는 소리야. 무작위로 선택된 게 아니라는 뜻이지. 그건 곧 널 죽여야만 하는 절실한 이유가 있다는 거고. 첫 번째 시도는 실패했지만 잠잠해지면 다시 널 노릴 거야. 다음에는 어떤 죽음으로 위장할지는 모르겠지만. 한마디로 모방범을 잡지 못하는 한 넌 죽은 목숨이라는 거야.

채윤의 낯빛이 창백하게 질렸다. 현기증이 일면서 눈앞이 캄캄해졌다. 터무니없는 이야기로 겁을 주려는 것뿐이야. 허무맹랑한 거짓말로 날 갖고 노는 것뿐이라고. 이렇게 온몸으로 부정해봤지만 한번 뇌리에 박힌 그의 말을 떨쳐낼 수가 없었다.

— 모방범이 나를 계획적으로 노린 거라고? 뭣 때문에?

— 이유는 그놈한테 직접 물어봐야지. 어때? 궁금증을 풀기 위해서라도 놈을 찾아야 하지 않겠어?

— 당신 얘기를 뭘 보고 믿으라는 거야? 당신이 진짜 연쇄살인범인지 아닌지도 확실치 않은데!

— 범행 수법과 트레이드마크를 알고 있는 것만으로는 부족하다는 건가?

— 당신이 그랬잖아. 경찰이나 유족에게서 정보가 새어 나갔을 수도 있다고. 유출된 정보를 당신도 어디선가 주워들은 건지 누가 알겠어.

— 틀린 말은 아니네. 내가 진짜라는 걸 증명하라는 얘기인가. 그건 어렵지 않아. 진짜 다섯 번째 희생자를 만들어줄까. 안 그래도 희귀한 놈 하나를 점찍어둔 상태였는데 잘됐네.

순간 사고 회로가 마비됐다. 경솔한 한마디로 억울한 희생자가 생길지도 모른다는 생각에 미친 듯이 액정을 두드렸다.

— 그러지 마! 아무도 건들지 말라고!

— 그럼 어떡해서든 모방범을 찾아내. 그동안에는 나도 모방범 색출에만 전념할 생각이니까. 너도 손해 볼 것 없는 장사야. 아까 말했다시피 네 목숨도 살리는 길일 테니. 일석이조 아닌가.

모방범이 채윤을 콕 집어서 연쇄살인마의 피해자로 위장해 죽이려 했다는 가설은 실로 충격적이었다. 만약 그게 사실이라면 모방범을 찾아야만 한다. 뭣보다 연쇄살인범의 명령을 거부한다면 시체 한 구가 더 늘어난다. 그렇게 된다면 내가 죽인 거나 다름없다는 죄책감에 평생 몸부림칠 것이다. 음험한 수작에 말려드는 기분이었지만 어쩔 도리가 없었다.

— 모방범을 무슨 수로 찾아내란 거야?

— 방법이야 네가 잘 궁리해봐야지. 그쪽 내부 사정은 나보다 네가 훨씬 잘 알 테니까.

놈이 경고를 덧붙였다.

— 경찰에게 괜한 얘기는 하지 않는 게 널 위해서도 좋아. 명심하라고. 경찰 중에 모방범이나 스파이가 존재할 수도 있다는 사실 말이야.

— 아무도 믿지 말라는 건가?

— 인간은 원래 뒤통수치는 데 특화된 동물이야.

— 연쇄살인범은 믿어도 되고?

— 날 믿을 필요는 없어. 지금은 그저 상호 이익을 추구하는 일시적인 동맹 관계라고 생각해.

— 연락할 일이 생기면? 이 채팅방에 얘기하면 되나?

— 아니, 대화가 끝나면 이 방은 없어질 거야. 도용 계정이거든. 연락은 내가 하지. 매번 다른 아이디로 접속할 거고. 해외 IP로 우회해서. 경찰한테 찔러도 날 잡을 수 없다는 소리야. 그러니 괜히 헛수고하지말고. 아무쪼록 건투를 빌지.

그 말을 끝으로 자칭 연쇄살인범이 채팅방에서 퇴장했다. 채윤은 덩그러니 남겨진 메시지들을 빤히 쳐다봤다. 너무나 비현실적인 장면이었다. 오늘이 만우절이 아닌가 달력을 확인하고 싶을 지경이었다. 하긴, 연쇄살인범의 다섯 번째 희생양이 될 뻔했다가 극적으로 탈출해 살아남은 것도 영화 같은 이야기 아닌가. 잠이 올 턱이 없었다. 머리는 온갖 불안과 고민으로 터져버릴 것 같았다. 자칭 연쇄살인범의 말을 어디서부터 어디까지 믿어야 될지 알 수도 없었다. 상대가 진짜 연쇄살인범이 맞는지조차도 불확실했다. 무작정 허언증 환자로 치부할 수만은 없었다. 진범만 아는 기밀 사항을 상세하게 알고 있었으니까. 지한에게 섣불리 자칭 연쇄살인마라는 자가 접촉해 왔다는 사실을 알리기도 두려웠다. 경찰에 모방범이나 스파이가 있을지도 모른다는 경고가 머릿속을 맴돌았다. 그렇다고 연쇄살인마와 손을 잡을 수도 없는 노릇 아닌가. 손을 잡는다 치더라도 동등한 조력자가 아니라 놈의 꼭두각시로 전락할 게 뻔했다. 뭐가 어찌 됐든 아무 잘못도 없는 시민들을 넷이나 잔악무도하게 살해한 괴물을 도울 수는 없었다. 그러나 놈의 명령을 따르지 않으면 누군가가 또 잔인하게 희생될지도 모른다. 내가 죽는 게 문제가 아니다. 채윤은 이러지도 저러지도 못하고 밤새 번민과 고뇌에 시달렸다.

*

지한은 우거진 수풀을 헤치며 발을 내디뎠다. 저만치 잡목과 수풀 사이에 빙 둘러 쳐진 폴리스라인이 보였다. 제자리에 서서 눈으로 사건 현장 주변을 주의 깊게 훑어봤다. 빽빽하게 뻗은 나뭇가지와 나뭇잎들이 하늘을 뒤덮고 있어 해가 쨍쨍한 한낮인데도 음산한 분위기를 풍겼다. 사건 현장은 비탈진 주변 지형과 달리 대체로 완만하고 평평했다. 살인범이 이곳을 고른 게 언뜻 이해가 갔다. 이목을 피해 살인 의식을 치르기에는 이만한 장소도 없었겠지. 사전 답사를 통해 선정한 걸까. 아니면 즉흥적으로 결정한 걸까. 뭔가 발견할 거란 기대는 없었다. 이미 감식반과 수색팀이 이 일대를 샅샅이 뒤졌다. 그럼에도 현장에 들른 건 범인의 이동 경로를 추정해보고 싶어서였다. 어떤 루트로 어떻게 왔는지, 어디에 숨어서 서채윤을 기다렸는지. 사냥감을 놓친 다음 어떤 도주로를 통해 이 지역을 빠져나갔는지. 대략적인 이동 경로라도 그려낼 수 있다면 수사에 큰 도움이 될 것이다. 경로를 추적해가다 보면 CCTV나 목격자를 통해 놈의 꼬리를 잡을 확률도 있다.

범석은 채윤이 차량과 조우했던 아래 도로가 쪽을 살피고 있었다. 지한은 느릿느릿 걸음을 옮기며 신중하게 바닥과 수풀을 살폈다. 감식반이 놓친 족적이나 유류품을 발견할지도 모르니까. 숲을 가로질러 인도로 올라와 차도를 둘러봤다. 개미 새끼 한 마리도 보이지 않았다. 연쇄살인마가 출몰한 장소라는 소문이 들불처럼 번졌겠지. 채윤이 습격당했던 지점에는 사람 형상의 스프레이 자국이 남아 있었다.

도로를 건너 반대편으로 향했다. 아파트 단지 쪽으로 걸어가다 보니 계단 하나가 나왔다. 옆에 둘레길로 올라가는 길이라는 작은 팻말이 꽂혀 있었다. 놈은 어쩌면 이 길을 통해 도주했을 수도 있다. 이쪽에는 CCTV도 인적도 없으니까. 둘레길을 쭉 따라가면 시 외곽이 나온다. 등산로를 타고 정상을 넘어가면 이웃 도시로도 이동 가능하다. 눈에 띄지 않고 어디로든 갈 수 있다는 뜻이다. 계단을 오르려던 지한은 벨소리에 발을 내리고 전화를 받았다. 통화 내용을 들은 지한의 안색이 파리해졌다.

*

채윤의 임시 숙소로 부리나케 들어선 지한은 누구에게랄 것도 없이 큰소리를 쳤다.

"어떻게 된 거야? 갑자기 사라졌다니?"

이 형사가 면목 없는 표정으로 고개를 떨궜다. 채윤의 신변 경호를 담당하는 인원 중 한 명이었다.

"죄송합니다. 잠깐 생필품을 사러 마트에 다녀오겠다고 해서……."

"설마 혼자 보낸 건 아니겠지?"

이 형사가 손사래를 쳤다.

"그럴 리가요. 당연히 동행했죠. 물건을 사서 밖으로 나오는데 갑자기 뭘 깜빡 잊고 안 샀다면서…… 저한테 짐을 맡기고 다시 들어갔는데……."

"안 따라갔단 말이야?"

지한이 언성을 높이며 나무라자 이 형사가 잔뜩 풀 죽은 투로 대답했다.

"코앞이기도 했고 설마 마트에서 무슨 일이 생길까 싶어서……."

지한이 옆구리에 손을 얹고 한숨을 푹푹 쉬었다.

"그래서?"

"기다려도 안 오기에 들어가서 찾아봤는데 보이질 않았습니다."

"휴대폰은?"

"전원이 꺼진 상태입니다."

"마트 CCTV는 확인해봤어?"

"그게 오래된 동네 마트라 계산대 쪽에만 CCTV가 있고 다른 데는 설치를 안 했더라고요."

"뭐 하고 있어? 출동 가능한 인력 다 호출해. 무슨 수를 써서라도 찾아야 돼. 알겠어?"

지한의 급박한 지시에 이 형사와 범석이 쏜살같이 튀어 나갔다. 숙소에 홀로 남은 지한은 손으로 머리를 쥐어뜯으며 욕설을 내뱉었다. 낭패였다. 대체 서채윤은 어떻게 된 걸까. 설마 연쇄살인범에게 끌려간 건 아니겠지. 그럴 가능성은 거의 없어 보였지만 아예 무시할 수만도 없었다. 그게 아니면 채윤이 종적을 감출 까닭이 없으니까. 채윤은 놈의 유일한 오점이나 마찬가지다. 독이 바짝 올라서 채윤의 뒤를 쫓았을지 어찌 알겠는가. 자존심 회복을 위해 놓친 먹잇감을 재차 사냥한 건지도 모른다. 아니면, 자신의 발목을 잡을지도 모를 유일한 목격자를 제거하려는 걸 수도 있고.

기자들이 따라붙은 게 아닐까. 어딘가의 카페에서 열심히 설득 중인 건지도 모른다. 인터뷰에 응해달라고. 또 다른 피해자가 나오지 않으려면 당신의 경험담을 시민들에게 알려줘야 한다는 궤변으로 꼬시고 있는 건 아닐까. 휴대폰 전원이 꺼진 건 배터리가 다 돼서 그런 걸 수도 있다. 차라리 그런 상황이라면 다행일 텐데. 부디 그런 거여야만 했다. 만약 경찰의 보호 아래 있던 유일한 생존자가 변사체로 발견된다면 어마어마한 후폭풍이 불 터였다. 가루가 되도록 까이고 욕을 얻어먹는 선에서 끝날 문제가 아니었다. 수사본부 전원이 물갈이되는 건 당연지사고 윗선 몇 명은 책임지고 옷을 벗어야 될 엄청난 사안이었다. 이러고 있을 때가 아니었다. 성급히 몸을 돌리는데 벨소리가 울렸다. 저장돼 있지 않은 번호지만 날래게 전화를 받았다.

"여보세요!"

속삭이듯 작은 목소리로 상대가 말했다.

"서채윤이에요. 저한테 전화 받은 티 내지 말고 아무도 없는 곳으로 가주시겠어요?"

괴상한 요구에 지한은 콧잔등을 찡그리며 말을 쏟아냈다.

"혼자 있습니다. 채윤 씨 숙소예요. 그보다 괜찮은 거예요? 무사한 거냐고요?"

"전 괜찮아요. 걱정 끼쳐드려서 죄송해요."

"옆에 누가 있는 건 아니죠? 사실대로 말하기 곤란한 상황이라거나……."

"그런 거 아니에요. 저 혼자 있어요."

경직됐던 지한의 어깨가 느슨해졌다.

"어떻게 된 겁니까? 마트에서 왜 홀연히 종적을 감춘 거예요? 휴대폰은 또 왜 꺼놨고요? 채윤 씨 신변에 위험이 닥친 줄 알고 얼마나 놀랐는지 알아요? 수사본부가 발칵 뒤집혔다고요."

말하다 보니 점차 흥분해서 언성이 높아졌다. 채윤이 겸연쩍은 어조로 사과했다.

"미안해요. 실은 마트에서 수상한 사람을 봤거든요."

그 말에 지한은 촉각을 곤두세웠다.

"수상한 사람이라니요? 그 사람이 뭘 어쨌는데요?"

"저를 따라다니면서 힐끗힐끗 훔쳐보더라고요. 마치 저를 감시하는 것처럼."

"그래서요? 설마 그 남자를 혼자 미행한 겁니까?"

"네⋯⋯. 혼자서 몰래 따라갔는데 알고 보니 제 오해였어요. 애를 찾고 있던 아빠더라고요."

어딘가 석연찮은 변명이었다. 지한은 추궁조로 캐물었다.

"그럼 휴대폰은 왜 꺼놓은 겁니까?"

"미행하다가 들킬까 봐서요."

"채윤 씨가 얼마나 무모한 짓을 한 건지 알기나 해요? 수상 쩍은 사람을 봤으면 이 형사한테 전달하고 맡겼어야죠. 형사 흉내를 낼 게 아니라! 일반인이었기에 망정이지 위험한 자였으면 어쩔 뻔했어요! 왜 멋대로 단독행동을 하냐고요?"

지한이 격한 어조로 꾸짖자 채윤은 말이 없어졌다. 너무 심했나 싶어 목청을 누그러뜨리고 좋게 타이르려는데 그녀가 불쑥 말했다.

"아무한테도 말하지 말고 팀장님 혼자 저를 데리러 와주실 수 있어요?"

"혼자 오라고요? 왜요?"

"오시면 다 말씀드릴게요. 아직 저를 찾았다고 하지 마시고 혼자만 와주세요. 제발요."

뜬금없는 부탁이 몹시 이상하게 느껴졌지만 목소리에 깃든 절박함 때문에 거절할 수가 없었다.

"휴, 알겠습니다. 지금 어디 있습니까?"

장소를 들은 지한의 눈이 커졌다.

*

숲길 도로는 아까와 마찬가지로 정적이 흘렀다. 지나다니는 사람 한 명 보이지 않았다. 해 질 녘 붉은 노을이 숲을 붉게 물들이며 스산하고 불길한 분위기를 자아내고 있었다. 트라우마가 장난이 아닐 텐데. 무섭지도 않은 건가. 참 간도 크다 싶었다. 한편으로는 장소를 알려주지 않았다면 찾기가 엄청 까다로웠을 거란 생각도 들었다. 연쇄살인범에게 습격당해 죽을 뻔한 장소에 혼자 왔을 줄은 상상도 못 했으니까. 채윤은 그녀가 구조됐던 곳 인도에 앉아서 멍하니 산비탈을 쳐다보고 있었다.

인기척이 나자 어깨를 움찔대며 뒤를 돌아봤다. 지한이라는 걸 확인하자마자 뻣뻣했던 목이 풀리는 게 보일 지경이었다. 여전히 저렇게 겁에 질려 있는데 왜 여길 왔을까. 그녀의 곁으로 간 지한은 연석 귀퉁이에 앉았다.

"하고 많은 장소 중에 왜 하필 여기 있는 겁니까?"

"정말 혼자 오신 거죠?"

채윤은 지한이 온 길을 초조한 눈으로 거듭 살폈다.

"약속한 대로 혼자 왔습니다. 지금 채윤 씨 때문에 얼마나 많은 형사들이 똥개훈련을 하면서 시간을 허비하는 줄 압니까? 아무한테도 말하지 말고 혼자 오라고 한 이유가 뭡니까? 무슨 일이기에 이런 수선을 피우는 거냐고요?"

채윤은 대답 없이 한동안 둘레길을 올려다봤다. 연쇄살인마와 죽음의 추격전을 벌였던 장소를. 기다리다 조바심이 난 지한이 말문을 떼려는데 그녀가 대뜸 엉뚱한 얘기를 꺼냈다.

"그런 생각 안 해봤어요? 놈이 아닐지도 모른다는 생각이요?"

영문 모를 소리에 지한은 눈살을 찌푸렸다.

"놈이 아닐지도 모른다니요? 그게 무슨 소립니까?"

채윤의 진지한 눈빛이 지한을 향했다.

"저를 죽이려 했던 자는 연쇄살인범이 아닐지도 몰라요."

지한은 옆머리를 벅벅 긁적였다. 음모론은 이제 신물이 날 지경이었다.

"채윤 씨 심경은 충분히 이해합니다. 채윤 씨를 공격한 놈이 연쇄살인마라는 사실을 받아들이기 힘들 겁니다. 그런 끔찍한 일을 겪었다는 현실 자체를 부정하고 싶겠죠. 그렇지만……."

"좀 이상하지 않아요? 연쇄살인마는 실패한 적이 없잖아요."

"이런 비유가 적절하지는 않겠지만 맹수가 늘 사냥에 성공하는 건 아닙니다. 먹잇감을 놓치고 빈손으로 돌아갈 때도 많아요. 연쇄살인범도 마찬가지예요. 피해자가 맹렬히 저항한다거나, 별안간 보행자가 나타난다거나, 본인이 실수를 저지르는 등 갖가지 변수 때문에 실패하는 경우도 적지 않습니다."

알아듣기 좋게 타일렀음에도 채윤은 망상에 가까운 얘기를 계속 주절댔다.

"놈의 습격에도 금방 의식을 차린 게 솜씨가 미숙해서 그런 거라면요? 이전 피해자들은 첫 일격에 완전히 빈사 상태에 빠졌다면서요. 진범이 아니기 때문에 서툴렀던 건지도 몰라요. 그리고 성호를 긋는 것 같았던 모션. 어쩌면 그건 트레이드마크를 새기기 전 허공에 연습해본 게 아니었을까요? 진범이라면 리허설 따위는 할 필요가 없겠죠."

아무리 설명해도 통할 분위기가 아니었다. 지한은 일단 그녀의 말을 들어보기로 마음먹었다.

"채윤 씨를 죽이려 했던 자가 연쇄살인범이 아니면 대체 누군데요?"

"모방범이 아닐까요?"

"연쇄살인마를 추종하는 놈이라도 있다는 소리예요?"

"그것까진 모르겠어요. 하지만 진범 외에 제2의 인물이 있다면요? 네 명의 피해자가 발생한 연쇄살인사건과 제 사건은 별개의 사건일 수도 있잖아요. 동일범의 소행이 아니라."

"채윤 씨의 주장은 근거가 전혀 없습니다. 억지에 불과하다고요. 설령 모방범이 존재한다 한들 범행 수법과 트레이드마크를 그렇게 완벽하게 재현해낼 수는 없어요. 그건 진범만이 알고 있다고요."

"기밀에 대해 아는 사람들이 연쇄살인범 말고도 더 있잖아요."

"누구요? 그 정보는 수사본부 내에서도 극히 소수의 인원만……."

반론을 펼치던 지한의 입이 그대로 굳어버렸다. 채윤이 무슨 얘기를 하고 싶은지 알아차렸기 때문이었다. 동시에 그녀가 왜 형사를 따돌렸는지, 지한에게 왜 아무에게도 알리지 말고 혼자 오라고 했는지도. 지한의 목소리가 갈라져 나왔다.

"설마…… 경찰을 의심하는 겁니까?"

"경찰뿐이잖아요. 진범의 범행 수법을 아는 건."

지한의 목덜미가 벌겋게 달아올랐다. 황당하다 못해 부아가 치밀었다. 1년 넘게 온갖 고생을 하며 죽기 살기로 범인만 쫓았는데 용의자 취급까지 당하니 속에서 모멸감이 뻗쳤다. 침착하게 대응하라고 속으로 되뇌었지만 다짐과 달리 날 선 말투가 튀어나왔다.

"지금 경찰이 살인자라고 주장하는 겁니까? 아무리 피해자라 해도 할 말이 있고 못 할 말이 있죠. 뭐, 인정할 건 저도 인정합니다. 진범 외에 기밀 정보를 아는 건 경찰이 유일하죠. 그렇지만 그 이유만으로 경찰 중에 모방범이 있다고요? 아니, 애초에 모방범의 존재 근거 자체가 너무 빈약해요! 다섯 번째 범행만 실패했다고 모방범의 소행이라뇨, 이게 말이 된다고 생각합니까?"

"경찰이 꼭 모방범이란 뜻은 아니에요. 모방범에게 기밀을 누설했을 수도 있죠."

"기밀 정보를 팔아먹었단 소리예요?"

"그럴 가능성도 있죠. 그뿐만이 아니에요. 경찰만큼은 아니겠지만 트레이드마크를 봤거나 범행 수법을 어느 정도 유추할 수 있는 사람들이 또 있어요."

"그 사람들이 누구인데요?"

"피해자 유족이요."

지한은 혀를 찼다. 경찰도 모자라 유족까지 용의자로 들먹이다니. 어쩌다 이렇게 황당무계한 음모론에 심취하게 된 건지 모르겠다. 사이비 종교의 교리를 맹목적으로 신봉하는 광신도나 다를 바 없지 않은가. 지한은 앞머리를 신경질적으로 쓸어넘겼다.

"하다 하다 이제는 유족까지 의심하는 겁니까? 자신의 가족을 끔찍하게 죽인 살인마의 수법을 흉내 내 무고한 시민을 죽인다고요?"

"유족이 모방범일 거라 단정하는 건 아니에요. 다만 모든 가능성을 열어두고 조사해야 한다는 거죠. 유족이 시신 상태나 트레이드마크에 대해 누군가에게 말했을 수도 있잖아요."

지한이 단언했다.

"그럴 리 없습니다. 유족들에게는 단단히 다짐을 받아놨습니다. 시신 상태 등에 대해서는 함구해달라고요. 어느 누구보다 범인 체포를 열망하는 유족이 함부로 수사 기밀을 떠벌렸을 리 없다고요."

"그거야 모르는 거죠. 경찰의 수사가 지지부진한 탓에 답답해서 직접 여기저기 수소문해봤을지 누가 알겠어요. 울분에 차서 술김이나 홧김에 말했을 수도 있고요. 혹은 돈의 유혹을 이겨내지 못했거나 기자의 꾐에 넘어갔을 수도 있죠."

"유족들은 본인 가족의 시신만 확인했습니다. 다른 피해자들의 상태에 대해서는 아무것도 모른다고요. 네 명의 피해자 유가족들 모두에게서 정보를 빼내지 않는 이상, 연쇄살인범의 범행 수법과 트레이드마크를 파악하기는 불가능합니다."

지한이 맹점을 정확하게 찔렀지만 그 점에 대해서도 충분히 검토해봤는지 채윤은 막힘없이 논리를 펼쳤다.

"꼭 모든 정보를 취합할 필요는 없어요. 한 명한테만 들어도 충분히 추정 가능하니까요. 더구나 경찰이 쉬쉬하는 걸 보니 피해자 손등에 격쇠 모양의 칼자국을 내고 때려죽이는 게 연쇄 살인범의 수법이구나, 하고 추측할 수 있죠."

지한은 딱한 눈길로 채윤을 바라봤다. 그녀에 대한 감정은 어느새 짜증에서 연민으로 바뀌었다. 얼마나 충격이 컸으면 망상이나 다름없는 음모론에 빠졌을까 싶었던 것이다. 정신과 진료가 필요한 건 아닌지 진지하게 고민해봐야 될 것 같았다. 이럴 때일수록 피해자를 탓하거나 나무라선 안 된다. 그럴수록 망상의 수령으로 더 깊이 빠져들 테니까. 지한은 아이를 어르는 투로 말을 꺼냈다.

"채윤 씨 심경을 모르는 게 아닙니다. 본인에게 벌어진 비참한 사태를 외면하고 싶겠죠. 그렇다고 누구나 인정하는 현실을 부정해선 안 됩니다. 힘들더라도 받아들여야 한다고요."

채윤이 지한을 쏘아봤다.

"저를 망상병 환자 취급하시는군요. 경찰이 범인에게 질질 끌려다니는 이유를 알겠네요."

채윤의 신랄한 도발에 지한은 안쪽 입술을 질끈 깨물었다. 어이없다 못해 성질이 나서 받아쳤다.

"그럼 저는 믿을 수 있습니까? 채윤 씨 주장대로라면 내가 모방범일 수도 있는 거잖습니까. 기밀 정보를 팔아먹은 스파이거나."

"제가 왜 팀장님 혼자만 오시라고 했겠어요? 다른 장소도 아닌 이곳으로. 팀장님이 범인이라면 들키지 않고 날 없앨 수 있는 절호의 기회를 놓치지 않을 테니까 그랬던 거예요."

"그러니까 이게 일종의 테스트였던 겁니까? 내가 모방범이나 스파이가 아닌지 가려내기 위한?"

"그래요."

채윤의 인정에 지한은 헛웃음을 쳤다.

"테스트치고는 허술하기 짝이 없네요. 제가 진짜 모방범이라면 이렇게 호박이 알아서 굴러들어온 것 같은 기회는 노리지 않을 겁니다. 뭔가 작위적인 느낌이 들거든요. 함정일지도 모른다고 의심했겠죠."

"미안하네요. 너무 허접한 테스트라. 하지만 제가 할 수 있는 게 이것밖에 없었어요. 지푸라기를 잡는 심정으로 팀장님과 수사본부를 속인 거라고요. 절 도와주실 거죠? 아니, 도와주셔야만 해요."

채윤이 간절하게 부탁했다.

"뭘 도와달란 겁니까?"

"경찰 중에 모방범이 있는지, 혹은 기밀 자료를 유출시킨 자가 있는지 뒷조사를 해주세요."

다시 원점으로 돌아왔다. 지한은 지끈거리는 관자놀이를 짚었다. 말도 안 되는 얘기를 듣고 있자니 골치가 다 쑤셨다.

"모방범 같은 건 존재하지 않는다니까요."

"경찰 중에 모방범은 없을지도 모르죠. 그렇지만 정보가 새어 나갔을 가능성이 제로라고 할 수는 없잖아요."

"말씀드렸잖아요. 철저하게 보안 유지가 이뤄지고 있다고요. 수사본부 내에서도 극소수만이 알고 있다니까요."

"그럼 왜 제 존재와 신상은 하루도 안 돼 온 세상에 까발려진 거죠?"

지한은 말문이 막혔다. 그 점에 대해서는 입이 열 개라도 할 말이 없었다. 극비로 다뤘던 생존자 정보가 속절없이 새어 나갔으니 수사본부 내에서 다른 기밀 정보가 새어 나가지 말란 법이 없지 않느냐는 지적은 뼈아플 만큼 논리 정연했다.

"그건…… 다른 문제죠."

"뭐가 달라요? 경찰에서도 정보가 새어 나갈 수 있다는 훌륭한 사례인데. 이게 제 문제만이 아닐 텐데요. 수사본부도 꼭 짚고 넘어가야 할 심각한 사안 아닌가요?"

반박할 수가 없었다. 조직 내부에 정보 유출자가 있다는 건 의심할 여지가 없었다. 생존자의 정보가 언론으로 새어 나갔으니까. 지한은 심사숙고 끝에 채윤의 무리한 요청을 들어주기로 했다. 그렇다고 해서 모방범의 존재를 인정하는 건 아니었다. 연쇄살인범의 범행 수법이 유출됐을 가능성에 대해서만 확인해볼 작정이었다.

"좋습니다. 한번 알아보기는 하죠. 대신 오늘 우리끼리 나눈 대화는 그 누구도 알아서는 안 됩니다."

"당연하죠. 제가 떠벌리고 다닐 이유가 없잖아요. 어쨌든 도와주겠다고 해서 고마워요. 한 가지 더 부탁이 있어요."

"또 무슨 부탁이요?"

지한이 학을 떼며 되물었다.

"유족들을 만날 수 있게 해주세요."

*

여기저기서 코 고는 소리들이 오케스트라처럼 쩌렁쩌렁 울려댔다. 눈을 말똥말똥 뜬 채 숙직실 천장을 올려다보던 지한은 간이침대에서 상체를 일으켰다. 침대 밖으로 다리를 내리고 난간에 걸터앉았다. 무릎에 팔꿈치를 대고 주먹으로 이마를 받쳤다. 짬이 날 때 한두 시간이라도 눈을 붙여두려고 숙직실로 왔건만 잠을 이룰 수가 없었다. 코 고는 소리 때문이 아니었다. 수면 시간이 턱없이 부족한 수사관에게 코 고는 소리는 달콤한 자장가나 다를 바 없다. 포탄이 떨어지는 전쟁터에서라도 누울 장소만 있다면 바로 곯아떨어질 수 있었다. 불면의 원인은 딴데 있었다. 채윤이 했던 얘기들이 토네이도가 되어 머릿속을 쑥대밭으로 만들었다.

임시 숙소로 복귀한 채윤은 이 형사와 범석에게 제멋대로 행동한 것에 대해 사과했다. 다른 형사들은 채윤이 무사한 것만으로도 고마워했다. 의심하는 기색은 없었다. 실종 해프닝은 그렇게 지한이 주의를 주는 선에서 일단락됐다. 모방범 가설에 대해서는 일체 함구하기로 합의했다. 수사본부에 채윤의 주장에 대해 말했다가는 일대 혼란만 불러올 것이다. 비웃음과 조롱은 덤이고. 모방범 가설은 너무 나간 측면이 있다 해도 기밀 유출 가능성에 대한 문제 제기는 그냥 넘길 수가 없었다. 비밀에 부쳤던 다섯 번째 범행과 생존자의 정보가 언론으로 새어나간 건 명백한 사실이니까.

수사본부 내에 기자의 정보원이 있을 수도 있다. 예전에는 기자와 모종의 뒷거래를 하는 경찰들도 적지 않았다. 들키지 않는 선에서 중요 정보를 넘기고 그 대가로 돈이나 금품 혹은 그에 상응하는 향응을 받는 것이다. 의식 개선과 내부 감찰 등을 통해 이제는 그런 밀월관계를 찾아보기 힘들어졌지만 완전히 근절됐느냐고 묻는다면 그렇다고 자신 있게 말하기도 어려웠다. 대가성이 있는 유착관계까지는 아니더라도 여전히 기자들과 과할 정도로 친밀하게 지내는 형사들이 있다는 뒷소문이 심심찮게 들려왔다. 어디선가는 뒷거래가 은밀하게 오갈 수도 있다. 수사본부 내 공식적인 인력만 해도 200여 명에 달한다. 일시적으로 동원되거나 차출된 사람은 제외한 숫자다. 그중 기밀 정보에 접근할 수 있는 사람은 약 30명 정도지만 그보다 많은 사람이 비밀의 폭로에 대해 알고 있을 것이다. 형님, 동생 하며 끈끈한 유대관계를 맺은 형사들끼리는 알게 모르게 정보를 공유한다. 수사본부에 기밀을 누설할 형사가 있을 리 없다고 채윤에게 큰소리치긴 했지만 지한 스스로도 못 미더웠다.

내심 의심이 가는 사람도 있었다. 다름 아닌 허기동이었다.

이제까지는 단순히 텃세를 부리거나 피해의식 때문에 사사건 건 꼬투리를 잡는 줄 알았는데 그게 아닐 수도 있겠다는 생각이 들었다. 지한이 자리를 비운 사이 책상을 뒤진 일도 의심에 불을 붙였다. 말로는 나눠줬던 자료의 여분이 있나 찾아본 거라지만 빼돌릴 기밀을 뒤지고 있었던 거라면? 물론 그것만 갖고 그를 정보 유출자라고 단정 지을 순 없다. 그렇지만 그가 수상쩍은 짓을 한 것도 사실이다.

아무튼 더 확실한 증거가 필요했다. 어떤 방법이 꼬리를 잡는데 가장 효과적일까. 아무도 눈치채지 못하게 스파이를 색출해내려면 어떻게 해야 할까. 섣불리 뒷조사에 나섰다가 들키기라도 하면 그 고약한 성깔에 가만히 있을 리 없었다. 그뿐만이 아니다. 지한이 동료의 뒤를 캤다는 사실이 드러나면 배신자로 낙인찍혀 설 자리가 없어지게 될 것이다. 뭣보다 어설프게 움직였다가 상대가 눈치챌 경우 경계심을 키우거나 증거인멸을 하도록 돕는 꼴이나 마찬가지였다. 신중하고 조심스럽게 접근해야 했다. 뾰족한 수가 없을까. 지한은 생각에 골몰했다.

*

채윤은 손에 쥔 휴대폰을 빤히 응시했다. 그날 이후로 연락은 오지 않았다. 역시 누군가 장난친 게 아니었을까. 범행 수법도 얼마든지 유출될 수 있지 않을까. 오프라인에서는 입도 벙

굿 못 하면서 온라인에서만 독설과 악담을 퍼붓는 키보드워리어가 아닐까. 연쇄살인범을 사칭하며 액정 앞에서 희희낙락거렸던 게 아닐까. 그렇게 믿고 싶지만 직감은 상대가 진짜라고 말하고 있었다. 모방범은 실재하는 걸까. 아니면, 이 또한 상대방의 수작일까. 선택의 여지가 없긴 했지만 경찰을 상대로 사기 행각을 벌이고 있는 것도 조마조마하기 짝이 없었다. 언제까지 양쪽을 상대로 아슬아슬한 줄타기를 할 수 있을까. 그 생각만 하면 명치 부근이 뻐근해졌다. 가슴이 답답해져 냉장고에서 생수를 꺼내 물을 마셨다. 뚜껑을 닫는데 벨소리가 울려 흠칫 놀랐다. 최지한이었다. 목청을 가다듬고 전화를 받자 대뜸 스케줄부터 확인했다.

"오후에 시간 괜찮아요?"

"왜요? 오늘도 조사가 있나요?"

"유족을 만나게 해달라고 했잖아요."

채윤의 목소리가 기대감으로 높아졌다.

"유족을 만날 수 있게 해줄 거예요?"

"네, 김 형사와 이 경사도 동행할 겁니다."

"고마워요."

"근데 꼭 유족들을 만나야겠어요?"

"유족들이 저를 보면 힘들어할 것 같아서 그래요? 가족은 돌아오지 못했는데 저 혼자만 살아남아서?"

"거기까지는 생각 못 해봤는데 그럴 수도 있겠네요."

지한의 냉정한 대답에 채윤은 입을 앙다물었다.

"참, 솔직하시네요. 아니라고 비위라도 좀 맞춰주시면 어디 덧나시나. 아무튼 저도 가야 해요. 유족 중에 모방범이나 정보 유출자가 있다면 저를 보고 미약한 반응이라도 보일 수도 있으니까요."

"반대로 굳이 안 와도 될 채윤 씨를 보고 경계를 강화할 수도 있죠."

"최 팀장님은 어차피 제 가설은 믿지도 않잖아요. 그러니 제가 가든 말든 상관없는 거 아닌가요?"

채윤이 받아치자 지한은 반쯤 포기한 어조로 단서를 달았다.

"채윤 씨는 듣기만 하는 겁니다. 유족에게 어떤 질문도 하지 마세요. 대화는 김 형사와 이 경사가 주도할 겁니다."

그런 법이 어디 있느냐는 듯이 채윤이 볼멘소리를 냈다.

"얘기도 안 해보고 모방범과의 연관성을 무슨 수로 알아내라는 거예요?"

"그건 채윤 씨가 신경 쓸 일이 아닙니다. 김 형사랑 이 경사가 알아서 할 겁니다."

"두 분은 모방범의 존재에 대해서는 모르잖아요. 속사정을 아는 사람이 떠봐야죠!"

채윤이 이의를 제기했지만 지한의 고집을 꺾지는 못했다.

"괜히 어쭙잖게 나섰다가 상대가 미심쩍은 낌새라도 느끼면 어쩌려고 그럽니까. 유족은 어찌어찌 상대한다 쳐도 김 형사랑이 경사의 눈은 쉽게 못 속입니다. 채윤 씨가 이상하게 굴면 금방 눈치챌 거라고요. 어렵게 잡은 면담입니다. 팀장들이 쓸데없는 일이라며 반대하는 걸 지푸라기라도 잡자면서 밀어붙인 거라고요. 애써 만든 기회를 날려버리지 않도록 주의해주십시오."

*

"다 온 거 같은데요. 저 집이네요."

조수석에 앉은 이은경이 오른쪽에 있는 이층집을 가리켰다. 김범석이 운전석 창밖을 두리번대며 속도를 늦췄다. 뒷좌석에 앉은 채윤도 바깥을 내다봤다. 특색 없는 회색톤의 단독주택이었다. 어디서나 볼 법한 형태의 가옥이지만 유독 음울해 보이는 건 거주자 한 명이 비참하게 삶을 마감했다는 걸 알기 때문이겠지. 채윤과 이은경이 차에서 내린 후 김범석이 비어 있는 거주자 주차구역에 차를 댔다. 집 앞에 서서 천천히 안쪽을 둘러봤다. 대문이 없어 훤히 들여다보이는 작은 마당에는 검은색 고급 세단이 세워져 있었다. 돌바닥이 건물 외벽에 비해 말끔한 걸 보니 원래 정원 형태였던 마당을 차고지로 개조한 것 같았다. 이은경이 앞장섰지만 채윤은 선뜻 따라갈 수가 없었다. 막상 희생자 유족과 대면한다고 생각하니 발이 떨어지지 않았다. 주차하고 온 김범석이 나타나고서야 떠밀리듯 마당으로 들어섰다. 마당을 지나 짧은 계단을 올라 현관문 앞에 섰다. 이은경이 문을 두드렸다. 잠시 후 안쪽에서 맥없는 목소리가 들렸다.

"누구……세요?"

"어제 연락드렸던 경찰이에요."

정적이 흘렀다가 현관문이 천천히 열렸다. 다소 후덕한 체형의 중년 여성이 서 있었다. 그녀의 얼굴을 보자마자 채윤은 가슴이 조여들었다. 생기라고는 손톱만큼도 찾아볼 수 없는 낯빛이었다. 오지 말아야 할 곳을 왔다는 생각부터 들었다. 불순한 의도를 갖고 방문한 스스로가 혐오스럽게 느껴질 지경이었다. 그녀는 말없이 꾸벅 고개를 숙이더니 일행을 집 안으로 들였다. 음료수를 놓은 테이블을 중심으로 거실 바닥에 네 사람이 둘러앉았다. 채윤은 흘낏흘낏 자신을 곁눈질하는 김정숙의 시선을 느꼈다. 그녀가 메마른 목소리로 입을 뗐다.

"서채윤 씨라고 했죠?"

"네……."

"우리 선미랑…… 비슷한 또래로 보이는데 몇 살이에요?"

"서른둘……이에요"

"그렇군요……. 다행이네요. 이렇게 살아 있어서……."

마지막 한마디는 마음에도 없는 말을 억지로 쥐어짜낸 것 같았다. 본인도 혼란스러운 모양이었다. 그런 일을 겪었으니 안쓰러워하거나, 목숨이라도 건졌으니 천만다행이라고 여기거나, 끔찍했던 악몽은 어서 잊고 새 출발을 하라고 격려해야 하는데 그런 마음이 들지 않으니 괴로운 것 같았다. 자기 딸은 죽었는데 채윤만 살아난 사실이 불공평하다는 게 본심에 가까우리라. 죽지 않고 살아남은 채윤은 죄인이 된 기분이었다. 편한 자리가 될 거라 생각한 건 아니지만 예상보다 훨씬 거북했다.

"감사합니다."

껄끄러운 분위기를 감지한 이은경이 서둘러 용건을 꺼냈다.

"어제 연락드린 대로 몇 가지 질문을 드리고 싶어서 찾아뵀어요. 선미 씨와 채윤 씨 사이에 접점이나 공통점이 있을지도 몰라서요. 그걸 찾아내면 수사에 큰 도움이 될 거예요. 협조 부탁드리겠습니다."

보일락 말락 하게 김정숙이 고개를 끄덕였지만 큰 관심은 없어 보였다. 세상만사에 흥미를 잃은 사람 같았다. 먼저 채윤이 아는 사람들의 이름들을 나열했다. 가족과 친구, 예전 직장 동료 등. 대답은 단답형의 연속이었다. 아니오, 라거나 모른다, 라는. 학교와 직장 그리고 이선미가 속했던 모임도 채윤과 일절 겹치지 않았다. 자주 방문했던 장소도 마찬가지였다. 예상대로였다. 다음으로 김범석이 바통을 이어받았다.

"장례식장이나 화장터에서 낯선 사람이나 수상쩍은 사람을 본 적이 있습니까?"

김정숙이 처음으로 범석의 얼굴을 마주 봤다. 왜 그런 걸 묻는지 모르겠다는 표정으로.

"상갓집에 오는 사람 태반이 낯선 사람 아닌가요? 일가친척 중에 누가 조문을 왔었는지도 잘 기억나지 않아요. 그런 걸 기억할 정신이 아니었거든요."

김범석이 민망한 표정을 지었다.

"물론 그러셨겠지만 혹시나 해서 여쭤봤습니다."

"왜 그런 걸 궁금해하시는 거죠?"

"일종의 노파심이랄까요. 범인이 피해자 주변을 어슬렁거리는 경우도 없지는 않아서요."

그 말을 들은 김정숙의 눈에 핏발이 섰다.

"선미를 죽인 범인이 장례식장에 왔을지도 모른다는 건가요?"

"말이 그렇다는 거지 그런 일은 없었을 겁니다. 아주 작은 가능성이라도 확인해봐야 하는 게 저희 일이라서요."

범석이 쩔쩔매며 수습하더니 얼른 화제를 돌렸다.

"혹시…… 따님의 사인이나 시신 상태를 누군가에게 말씀하신 적이 있으신가요?"

"입도 벙긋 안 했어요. 절대 말하면 안 된다고 한 건 그쪽 분들이잖아요. 제가 딸의 끔찍한 모습을 여기저기 떠벌릴 엄마로 보이는 건가요?"

"아닙니다. 혹시나 해서 여쭤본 겁니다."

"그때 봤던 딸아이의 참혹한 모습은…… 죽을 때까지 잊어버리지 못할 거예요. 제 망막에 영원히 들러붙어 있겠죠."

김정숙이 손으로 입을 가리고 흐느꼈다. 채윤은 무거운 죄책감을 느꼈다. 모방범 혹은 모방범과 관련된 자를 찾는다는 명목으로 유족들의 가슴을 또다시 찢어놓고 있었으니까. 김정숙이 어느 정도 진정된 다음 은경이 준비해온 자료를 꺼냈다. A4용지에는 꺾쇠 기호 '┌'가 인쇄돼 있었다.

"그때도 여쭤보긴 했었는데 다시 한번만 봐주실 수 있을까요?"

김정숙의 시선이 자료로 내리깔렸다.

"어떠세요? 여전히 생각나는 게 아무것도 없으신가요?"

"네, 그때나 지금이나 생소한 건 마찬가지예요. 딱히 떠오르는 게 없네요. 근데 이게 중요한 건가 보죠? 계속 여쭤보시는걸 보니"

"아직 조사 중이라 자세한 건 말씀드리기 어렵습니다. 양해 부탁드리겠습니다."

김정숙의 반응이나 답변을 보건대 꺾쇠 기호가 연쇄살인범의 트레이드마크라는 사실은 모르는 것 같았다. 딸의 몸에 난 상처에 대해서도 동네방네 떠들고 다녔을 것 같지도 않았다. 김정숙의 남편도 한 달 전부터 해외 출장 중이었다. 일단 이쪽 가족은 용의자 리스트에서 지워도 되지 않을까.

*

두 번째 피해자 권석천의 아내 임성희는 그녀가 사는 아파트에서 만났다. 그녀는 자리에 앉기도 전에 눈물을 글썽이며 한

탄을 쏟아냈다.

"언젠가 이런 날이 올 줄 알았어요. 그렇게 술 좀 작작 마시라고 했는데. 아니, 술을 마시는 것까진 좋다 이거예요. 마셨으면 곱게 집에 들어와야 될 거 아니에요. 허구한 날 길바닥에서 쓰러져 자니 이런 봉변을 당하지."

채윤에게 그다지 관심이 없는 게 다행이라면 다행이었다. 아이고, 많이 힘들었겠네, 라고 한마디 위로 같은 감탄사를 내뱉더니 바로 자신의 신세 한탄으로 돌아갔다. 그녀의 푸념이 끝날 기미가 보이지 않자 이은경이 조심스럽게 말을 끊고 본론으로 들어갔다.

"남편분 거래처 중에 만백건설이란 회사에 대해 들어보신 적 있나요? 아니면 남편분이 언급한 적이 있으셨거나."

"만백건설이란 회사는 처음 들어보는데요. 우리 회사 거래처도 아니고요."

임성희가 주저 없이 대답했다.

"혹시 임성희 씨도 회사 경영에 참여하고 계신 건가요?"

"네, 제가 경리 업무를 담당하고 있어요. 영세업체라 직원을 많이 쓸 형편이 안 되거든요. 저희와 돈거래나 계약을 했으면 제가 모를 리 없죠."

"서명찬이란 이름은요? 들어보신 적 없나요?"

임성희가 이번에는 잠깐 생각을 해보더니 고개를 내저었다.

"처음 들어보는 것 같아요. 우리 바깥양반 친구 중에도 그런 사람은 없고요."

저도 모르게 굳어졌던 채윤의 뺨에서 힘이 빠졌다. 첫 번째 유족에게 했던 동일한 질문을 던졌고 임성희의 답변 또한 대동소이했다. 그녀 역시 남편의 손등에 새겨진 꺽쇠 기호에 대해서는 아는 바가 없다고 했다. 그것에 대해 누군가에게 말한 적도. 수상쩍거나 낯선 사람이 접근한 적도 없다고 진술했다. 임성희에게서도 딱히 의심스럽거나 미심쩍은 구석은 찾아볼 수 없었다. 이 모든 게 거짓 연기라면 아카데미 여우주연상감이겠지만 그렇게 치밀하고 영악한 사람처럼 보이지는 않았다.

*

"팀장님이 왜 갑자기 유족을 만나보라고 했을까요? 관련 질문도 좀 이상하지 않아요? 사인이나 시신 상태에 대해 말한 적은 없는지, 수상쩍은 사람이 주변에 나타난 적은 있는지를 왜 궁금해하시는 걸까요?"

전방을 주시한 채 김범석이 대뜸 말을 꺼냈다. 세 번째 희생자의 유족을 만나러 가는 차 안에서였다. 채윤은 뒷좌석에 상체를 수그리고 앉아 귀를 쫑긋 세웠다. 이은경이 대꾸했다.

"이상하기는 하더라고요. 희생자를 무작위로 노리는 연쇄살인범이 피해자의 장례식장을 기웃거릴 리는 없다고 생각했거든요. 여쭤봐도 그럴 만한 까닭이 있다며 애매하게 대답하시더

165

라고요."

"뭔가 다른 의도가 있을 것 같은데……."

김범석의 호기심은 사그라질 기미가 보이지 않았다. 가만히 놔뒀다간 의문을 여기저기 퍼 나를 것 같아 채윤이 슬쩍 끼어들었다.

"정보 유출자를 찾고 싶으신 건지도 모르죠?"

"정보 유출자요?"

김범석이 백미러로 채윤을 힐끗 쳐다봤다.

"제 정보가 하루 만에 언론으로 새어 나갔잖아요. 그걸 보고 범행 수법이나 시신 상태 같은 극비 정보도 유출되지는 않았을지 염려하시는 게 아닐까요?"

"뭐, 그럴 수도 있겠네요."

이은경이 동의의 뜻을 내비쳤다. 김범석도 입을 오므린 채 나직하게 머리를 끄덕였다. 궁금증이 완전히 해소된 것 같지는 않았지만 그나마 정답에 가까운 답변이라고 여긴 건지 말없이 운전에 열중했다. 채윤은 남몰래 가슴을 쓸어내렸다.

*

세 번째 희생자 정기수의 남동생 정상진은 이전 두 명의 유족과 달리 덤덤해 보였다. 난 괜찮으니 어쭙잖은 위로나 배려는 하지 말라고 시위하는 것 같았다. 어디를 응시하는지 알 수 없는 눈동자에만 깊은 상실감과 비애의 흔적이 드리워져 있었다. 대화는 이전의 두 번과 크게 다르지 않게 흘러갔다. 그래서 정상진이 트레이드마크에 대해 조사해봤다고 밝혔을 때 채윤뿐만 아니라 은경과 범석도 놀란 눈치였다. 범석이 콧구멍을 벌름대며 되물었다.

"손등에 난 상처에 대해 조사해봤다고요?"

"네, 형의 손등에 왜 그런 표식을 새겨놨는지 이해가 안 가서요. 담당 형사님이 그것에 대해 꼬치꼬치 캐묻더니 절대 함구해야 된다고 신신당부한 걸 보면 분명 중요한 단서가 아닐까 싶어서……."

"그래서 그 기호에 대해서 뭔가 알아내신 게 있나요?"

이은경이 궁금증을 참지 못하고 재촉했다.

"아니요, 인터넷에서 검색도 해보고 도서관에서 자료도 뒤져봤는데 이렇다 할 만한 건 찾지 못했어요. 다만…… 불현듯 그게 연쇄살인범의 사인 같은 게 아닐까 싶더라고요. 형 말고 다른 세 명의 피해자 손등에도 껵쇠 모양의 칼자국이 나 있지 않나요?"

김범석과 이은경은 즉답을 피하고 서로 눈짓을 교환했다. 채윤은 정상진을 뚫어지게 쳐다봤다. 이제껏 만나봤던 유족과는 확연히 달랐다. 껵쇠 기호에 흥미를 보이는 것도 모자라 조사까지 해본 사람은 처음이었으니까. 그 기호가 연쇄살인범의 트레이드마크일 거라고 정확하게 추론해낸 사람 또한 최초였다.

정상진이 모방범에 제일 근접한 사람이 아닐까. 한편으로는 정상진이 진짜 모방범이나 정보 유출자라면 이렇게 의심 살 만한 얘기를 군이 떠벌릴 필요가 없을 거라는 생각도 들었다. 다른 유족들처럼 모른다고 하면 그만이다. 이은경은 말해줘도 될 거라 판단했는지 순순히 시인했다.

"맞아요. 네 명의 희생자 손등에 전부 꺽쇠 모양의 칼자국이 있어요."

"역시 그랬군요."

정상진이 그럴 줄 알았다는 듯이 머리를 까딱였다.

"그 상처에 대해 알아보실 때 누군가에게 문의하거나 의견을 구한 적도 있으신가요?"

"그럴 리가요. 사건에 관련된 내용은 일절 발설하면 안 된다고 주의를 주셨잖아요. 그래서 아무에게도 묻지 않았습니다."

"정기수 씨가 이런 기호에 대해 언급한 적은요?"

"없었어요."

"이런 걸 본 적도 없으시고요?"

"네, 혹시 몰라서 형의 유품들도 뒤져봤는데 이 기호와 관련돼 보이는 건 찾지 못했어요."

정상진의 답변에 애석한 기류가 세 사람 사이를 통과해 지나갔다. 정상진 또한 채윤이 찾는 자라고 볼 만한 구석은 없어 보였다. 그는 그저 형의 죽음을 납득하지 못하고 슬픔에 잠겨 있는 동생이었다. 그 비애와 분노를 다른 곳, 즉 사건 조사로 표출했을 뿐이다. 용무가 끝나고 집을 나서는데 그가 채윤을 향해 깊이 허리를 숙였다.

"꼭 좀 도와주십시오. 부디 범인을 잡을 수 있도록."

*

김준희의 남편 천준식은 자택이 아닌 그의 회사 근처 카페에서 만났다. 약속 시간보다 10분가량 늦은 그는 머리를 연신 굽실대며 사과했다. 외근을 나갔다 오느라 차가 좀 막혔다면서. 지나치게 공손한 사람이었다. 처음에는 차분하게 이야기를 시작했던 그는 말을 하면 할수록 범인에 대한 분노가 맹렬하게 치솟는지 핏발 선 눈으로 울분을 토했다. 주먹을 쥔 손도 부들부들 떨렸다. 눈앞에 범인이 있다면 갈가리 찢어 죽일 기세였다. 첫인상과는 달리 욱하는 면이 언뜻언뜻 엿보였다. 문답이 오가던 중 그가 대뜸 채윤에게 물었다.

"범인은 어떤 놈이었습니까?"

"죄송해요. 저도 얼굴을 보지는 못했어요."

"다시 만나면 알아볼 수는 있을 것 같습니까?"

왜 이런 질문을 던지는 걸까. 설마 이자가 모방범인가. 자신을 알아볼 걸 우려해 떠보고 있는 걸까. 그의 눈을 보려던 채윤은 저도 모르게 눈을 내리깔았다. 공포의 갈고리가 심장을 덜컥 움켜쥐었다. 진짜 모방범이면 어쩌지. 겁이 났지만 용기를 냈다. 발라클라바 속의 그 눈인지 확인해야 한다. 채윤은 마음을 굳게 먹고 시선을 들었다. 그의 눈을 마주봤다가 이내 입술 안쪽을 깨물었다. 모방범인지 아닌지 분간할 수가 없었다.

"모르겠어요. 자신은 없어요. 근데 왜 그런 질문을……."

"전 알아볼 수 있었으면 좋겠습니다. 그러면 즉시 그 악마 새끼를 죽일 수 있을 테니까요."

또 의심병이 도진 모양이다. 천준식의 얘기를 듣고 보니 왜 이런 질문을 했는지 충분히 이해가 갔다.

"아내분을 잃으신 심정을 저희가 어떻게 다 알겠어요. 원통하고 노여우시겠지만 범인 검거는 부디 저희한테 맡겨주세요."

이은경이 측은한 어조로 위로했다. 범인을 잡는답시고 엉뚱한 짓을 할까 염려해 미리 주의를 주는 것 같았다. 천준식은 가타부타 대답하지 않았다. 일종의 No, 라고 볼 수 있었지만 그냥 홧김에 내지른 말인 듯했다. 본격적인 진술이 시작된 후로는 한결 감정이 수그러진 상태로 대화에 임했다. 아내의 손등에 난 상처에 대해서는 아무에게도 말하지 않았다고 진술했다. 자신에게 사건 경위를 물어보는 사람도 없었다고 한다. 모두가 쉬쉬하며 언급 자체를 피했다는 것이다. 일견 이해가 갔다. 천준식은 누구 한 명 걸리기만 해봐라, 하는 듯 잔뜩 벼르는 얼굴을 하고 있었으니까.

대화 막바지에 천준식이 돌연 반문했다. 범인의 몸에 꺽쇠 모양 문신이 새겨져 있는 건 아니겠냐고. 신선한 발상이었다.

범석과 은경도 구미가 당기는지 눈을 빛내며 '문신'이라는 단어를 몇 번이고 읊조렸다. 경찰서로 복귀하자마자 데이터베이스를 검색해보고 검문검색시 유의 사항에도 포함시켜달라고 요청하겠지. 그 외에는 다른 유가족의 답변과 다를 바가 없었다. 귀가 솔깃할 만한 이야기는 나오지 않았다. 별 성과 없이 탐문을 마치고 나온 카페 앞에서 천준식은 채윤에게 부탁했다. 아내의 몫까지 오래오래 살아달라고. 뭐라고 대답해야 될지 몰라 채윤은 꾸벅 머리만 숙였다. 마음이 좋지 않았다.

그의 차가 멀어지는 모습을 지켜보는데 별안간 위화감이 느껴졌다. 뭘까? 천준식이 한 말이나 행동 중에 석연찮은 점이 있었던가. 곰곰이 지난 시간을 되짚어봤지만 끝내 위화감의 원인은 찾아내지 못했다.

*

네 명의 유가족 중 모방범이나 기밀 유출자는 없다. 채윤은 그렇게 결론을 내렸다. 단 한 번의 만남이었고 섣부른 판단일 수도 있겠지만 그들은 아니라는 직감이 들었다. 유족들은 그저 가족을 잃은 고통에 몸부림치는 가여운 영혼일 뿐이었다. 딱히 혐의점을 둘 만한 부분도 없었다. 유족에게 남몰래 씌웠던 혐의는 벗겨내도 될 것 같았다. 잠자리에 들기 전 그렇게 생각을 정리하고 있는데 메시지 수신음이 들렸다. 채윤은 아무도 없는

데도 룸 내부를 살핀 뒤 메시지를 확인했다. 처음 보는 친구였지만 누군지 알 것 같았다.

— 일은 잘 진행되고 있나?

뭐라고 대답할지 고민하다 있는 그대로 알리기로 마음먹었다. 아직까진 솔직히 밝힌다 해도 그에게 이득이 되지도, 누군가에게 위험이 닥치지도 않을 테니까.

— 유족들을 만났어.

— 그래? 그들을 만나본 소감은?

왠지 놈이 히죽거리고 있을 것만 같았다. 자신의 뜻대로 채윤이 움직인 것에 신이 나서.

— 유족 중에 모방범으로 보이는 사람은 없었어. 정보를 흘린 것 같은 사람도. 의심스러운 점도 발견하지 못했고.

— 거짓말 탐지기를 이용한 것도 아닐 텐데 성급한 결론 아닌가? 타인은 물론이고 자기 자신조차 속일 수 있는 게 인간이야.

— 거짓말을 하는 것 같지는 않았어. 거짓말을 할 이유도 없고. 난 내 감을 믿어. 정말 그쪽이랑은 아무 관련도 없는 눈치였어. 당신이 내 감을 못 믿는다면 할 말은 없지만.

— 못 믿겠다는 소리는 아니야. 유족이 모방범이나 스파이일 가능성은 희박하다고 생각하긴 했으니까.

뻔뻔한 그의 말이 마음속 불씨를 툭 건드렸다. 몸 안에서 솟구친 증오가 손끝으로 격렬하게 전달됐다.

— 당신도 유족들의 얼굴을 봤어야 해. 당신이 저지른 짓으로 인해

남겨진 사람들은 살아도 산 게 아니었어! 유족들도 당신이 죽인 거나 다름없다고!

채윤은 주체할 수 없는 비난을 연이어 날렸다.

— 아무 죄도 없는 사람들을 죽이는 당신은 살인에 미친 괴물일 뿐이야!

후련하게 쏟아붓긴 했지만 아무 대꾸가 없자 금방 후회가 밀려왔다. 상대를 너무 자극한 게 아닐까 싶었다. 광기의 도화선에 불을 붙인 거면 어쩌지. 내 말에 폭발해서 애먼 사람한테 화풀이를 하는 건 아닐까.

— 난 살인에 미치지 않았어. 살인을 즐기지도 않고.

뜻밖에도 얌전한 대응이었다. 채윤은 일단 한숨을 돌렸다. 그가 쓴 말에는 절대 수긍이 되지 않았지만.

— 사람을 그렇게나 많이, 잔인하게 죽였으면서 살인을 즐기지 않는다고?

— 생명을 앗아가는 일은 내게도 괴롭고 고통스러운 일이야.

어처구니없는 실소가 채윤의 입을 뚫고 나왔다.

— 그렇게 괴롭고 고통스럽다면서 왜 네 명이나 되는 인명을 해친 건데?

— 바늘을 찾아야 하거든.

해괴한 대답에 채윤은 이맛살을 찌푸렸다. 갑자기 웬 바늘? 생뚱맞은 단어에 머리가 복잡해졌다.

— 바늘이라니? 대체 무슨 말이야?

— 더 이상의 질문은 사절이야. 유족이 아닌 것 같으면 빨리 핸들을 틀어야지. 수사본부 쪽을 조사해봐.

더 이상 그 얘기는 하고 싶지 않은지 말을 돌렸다.

— 안 그래도 그쪽도 조사해볼 거야.

— 그래야지. 괜한 의심 사지 않게 조심하고.

지한에 대한 언급은 굳이 하지 않는 편이 나을 거라 판단했다.

— 한 가지 궁금한 게 있어.

— 뭐지?

— 모방범을 찾으면 어쩔 속셈이야?

— 모르는 게 나아. 쓸데없는 데 신경 쓰지 말고 본인 할 일이나 잘하시지.

그 메시지를 끝으로 놈이 퇴장했다.

*

지한은 저린 다리를 손으로 주물렀다. 가려운 팔뚝과 목덜미도 쉼 없이 긁어댔다. 윙윙대며 몸 주위를 선회하다 피를 빨아먹는 약삭빠른 모기 탓이었다. 수풀더미에 쪼그려 앉아 잠복한 지 반나절이 다 돼가고 있었다. 잡목 사이로 계단과 배수로가 빠끔히 보였다. 채윤이 필사의 탈출을 감행했던 장소였다. 어제 유족들과 만났던 일에 대해서도 전해 들었다. 그쪽은 모방범이나 유출범과는 거리가 멀어 보인다고 채윤이 확신에 찬 어조로 말했다. 모방범의 존재 자체가 갈수록 회의적으로 느껴졌다. 신기루를 쫓는 기분이랄까. 시간 낭비를 하고 있다는 생각이 강했지만 마무리는 지어야 했다.

생존자 정보 유출 및 허기동에 대한 의혹도 어떤 식으로든 해소시켜야 했다. 미끼는 어제 던져놨다. 허기동이 사무실에 들어올 때를 노려 자료를 보다가 급히 숨기는 척을 했다. 서랍 안에 자료를 넣고 잠그는 장면을 놓치지 않았을 것이다. 그를 주시하지는 않았지만 강렬한 시선이 느껴질 정도였으니까. 지한이 숨긴 자료 안에는 범인이 배수로 근처에서 뭔가를 떨어뜨리는 장면을 채윤이 최면 수사 도중 기억해냈다는 내용이 적혀 있었다. 지한이 만들어낸 허위 정보였다. 내일 오전부터 병력을 풀어 대대적으로 배수로를 수색하겠다는 계획도 포함돼 있었다. 팀원들에게는 경찰청과 국과수 쪽을 돌겠다며 오늘 하루 종일 자리를 비울 거라는 뉘앙스도 넌지시 흘렸다. 허기동이 이런 기회를 놓칠 리 없었다. 지한의 외근을 틈타 서랍을 뒤질 거라 자신했다. 강력계에서 잔뼈 굵은 형사에게 서랍 따는 일 따위는 식은 죽 먹기일 테니. 만약 허기동이 극비 정보를 유출시킨 장본인이라면 분명 이곳에 모습을 드러낼 것이다. 가짜 증거를 가로채려면 오늘밤에 시간이 없으니까.

그러나 허기동은커녕 개미 새끼 한 마리 나타날 기미가 보이지 않았다. 역시나 채윤의 가설은 피해망상이었던 걸까. 그런 생각을 하는 순간 머리 하나가 계단 위로 불쑥 솟구쳤다. 지한은 목을 움츠리고 숨을 죽였다. 뚫어질 듯이 미지의 인물을 주시했다. 등을 진 자세여서 얼굴은 보이지 않았지만 남자였다. 그가 경계 섞인 눈으로 주위를 두리번거릴 때 비로소 낯짝이 드러났다. 지한은 두 눈을 의심했다. 생각지도 못했던 인물이었다. 그가 여기 나타난 까닭을 기를 쓰고 짐작해봤지만 딱히 떠오르지 않았다. 이윽고 주변에 아무도 없다고 판단했는지 배수로 근처를 뒤지기 시작했다. 이곳에 가짜 증거가 있다는 건 지한 말고는 아무도 몰랐다. 책상 서랍에 넣어둔 가짜 자료를 보지 않은 이상에는.

10여 분쯤 허리를 굽히고 배수로 근처 바닥을 헤집던 그가 상체를 쭉 폈다. 원하는 걸 찾아낸 게 분명했다. 주워든 걸 유심히 관찰하더니 증거물 채집 봉투에 집어넣었다. 지한이 심어둔 가짜 증거, 단추였다. 그가 어딘가로 전화를 걸었다. 나에게 거는 걸까. 증거를 발견했다고. 그런 기대는 여지없이 부서졌다. 지한의 휴대폰은 잠잠했다. 누군가와 짧은 통화를 마치더니 발걸음을 재촉해 계단을 내려갔다. 지한은 뒤를 밟기 시작했다. 상대는 차를 이용하지 않고 공원을 내려가 근처에 있는 상가 골목길로 향했다. 어디로 가는 걸까. 모방범과 접선하러 가는 걸까. 당신이 흘린 증거물을 주웠다고. 돈과 증거를 맞교환하려고? 도저히 믿기지 않지만 그의 행동이 몹시 수상쩍은 건 사실이었다. 의심받을 짓을 하고 있다. 휴일인 데다 외진 상가 안쪽이라 골목길에는 인적이 거의 없었다.

상대가 눈치채지 않도록 일정 거리를 유지한 채 따라가던 지한은 모퉁이를 돌자마자 당황했다. 그의 모습이 보이지 않았던 것이다. 재빨리 주위를 휘둘러보는데 등 뒤에서 후다닥, 돌진해오는 발소리가 났다. 몸을 돌려 공격에 대비할 새도 없이 상대가 먼저 손목을 잡고 꺾어 올렸다. 지한은 날쌔게 상체를 돌리고 팔을 빼내면서 남자의 멱살을 잡았다. 지한을 본 남자의 눈이 튀어나올 것처럼 커졌다.

"팀장님! 여기서 뭐 하시는 거예요?"

지한이 경멸에 찬 눈으로 범석을 노려봤다.

"너야말로 여기서 뭐 하는 거야? 누구를 만나러 온 거냐고?"

"네? 전…… 탐문 중인데요…….''

"현장에서 습득한 증거물을 넘기려고 온 건 아니고?"

"증거물이라니요? 그게 무슨 말씀이신지?"

시치미를 뗐지만 당황한 기색이 역력했다.

"사건 현장에는 왜 갔지?"

"놓친 게 있나 싶어서 둘러봤을 뿐입니다."

끝까지 발뺌할 작정인가. 어쩌다 꼬리를 밟힌 건지 파악하려고 머리를 굴리는 게 눈에 보일 지경이었다. 지한이 쐐기를 박았다.

"그건 가짜야."

"네?"

"네 오른쪽 주머니에 들어 있는 단추, 가짜라고. 이제 상황 파악이 되나? 넌 함정에 빠진 거야."

김범석의 입가가 미세하게 경련했다. 지한은 말문이 막힌 그를 사정없이 몰아붙였다.

"서랍 안에 넣어둔 자료는 내가 만든 덫이었어. 정보 유출자를 잡기 위한. 그리고 네가 미끼를 물었지. 네가 배수로에서 가짜 증거를 빼돌리는 걸 모조리 지켜봤고. 그걸 어쩔 작정이었지? 누구에게 넘기려 했던 거야? 어떤 놈을 만나러 온 거냐고?"

김범석은 난감하기 짝이 없는 표정으로 입을 꽉 다물었다. 묵비권을 행사할 모양인 듯했다. 거세게 추궁하려는 찰나 뒤에서 권위적인 목소리가 불쑥 끼어들었다.

"날 만나러 왔네."

지한은 뒤를 돌아봤다. 강창규가 산책이라도 하듯이 느긋하게 걸어왔다. 기가 찼다. 철판을 뚫을 기세로 지한이 노려봤지만 아랑곳하지 않고 마주 서더니 뻔뻔하게 입을 놀렸다.

"저 친구를 쥐 잡듯 잡아봤자 소용없어. 내 명령을 따른 것뿐이니까."

"제가 못 미더워서 이 녀석까지 매수한 겁니까?"

지한이 한 단어씩 씹어서 내뱉었다.

"보험 하나 들어둔 것뿐이야. 자네는 모질지 못한 면이 있거든. 일 처리는 나무랄 데 없지만 시답잖은 양심이나 동정심 때문에 일을 그르치곤 했으니까. 감시와 통제가 필요한 캐릭터지."

"가짜였기에 망정이지 진짜 증거였으면 어쩔 뻔했습니까? 이건 엄연한 수사 방해 공작입니다! 왜 이렇게까지 하시는 겁니까?"

"전에도 말했을 텐데. 사건을 조속히 해결하기 위한 일이라고. 유기환이 진작 범인을 검거했으면 내가 번거롭게 나설 필요도 없었겠지."

"생존자 정보를 흘린 것도 부장님이었습니까?"

강창규의 입가에 의미심장한 웃음이 흘렀다.

"그건 청장님 뜻이었어."

머리가 땅했다. 기가 막혀서 말도 제대로 나오지 않았다.

"청장님이…… 왜 그런 지시를……?"

"자네도 알다시피 경찰청은 그동안 과도한 압박과 비난을 받아왔어. 본연의 업무에 엄청난 지장을 받을 정도로. 그런 비난과 압박의 무게를 분산시키기 위한 조치였네. 생존자를 노출시키면 모든 관심이 그쪽으로 쏠릴 테니까. 어차피 공개될 거 시점을 좀 더 앞당긴 것뿐이라고 여기게."

지한은 입에 거품을 물었다.

"뭐라고요? 그 일로 저희 조사는 막대한 차질을 빚었습니다. 생존자는 불안과 스트레스에 시달렸고요. 만약 흘러나간 생존자의 정보가 악용됐으면 어쩔 뻔했습니까? 생존자의 신변에 위협이 닥쳤을 수도 있다고요!"

"자네가 우려했던 상황은 벌어지지 않았으니 그걸로 된 거 아닌가?"

지한은 붉으락푸르락해진 얼굴로 대들듯이 경고했다.

"무책임하기 짝이 없으시네요. 두 번 다시 이런 식으로 수사에 개입하지 마십시오. 알려달라는 건 뭐든 알려드릴 테니까 수사를 망치지 마시라고요!"

"내가 참견하는 게 싫으면 하루 속히 사건을 해결해! 범인을 잡아서 내 앞에 대령하라고! 알겠나?"

그 말을 끝으로 강창규는 돌아섰다. 분을 못 이긴 지한은 씩씩대며 그의 뒷모습을 쏘아봤다. 집행을 기다리는 죄수처럼 고개를 푹 숙이고 있던 범석이 용서를 구했다.

"죄송합니다."

"됐다. 네가 무슨 죄가 있겠냐? 위에서 까라면 까야 하는 신세일 텐데."

"저를 수사팀에서 배제하셔도 군말 없이 받아들이겠습니다."

"그냥 있어. 어차피 넌 더 이상 스파이로서는 쓸모가 없어. 정체가 탄로 났으니까. 강 부장이 더 이상 널 부르는 일은 없을 거다. 대신 죽을 각오로 수사에 전념해. 알겠어?"

"감사합니다! 최선을 다하겠습니다."

*

"스파이의 꼬리를 잡기는 했는데 모방범과는 관련이 없었어요."

지한이 단언하자 채윤의 눈이 가늘어졌다.

"경찰 조직 내의 알력 다툼으로 인한 정보 유출일 뿐이었어요. 수사본부 기밀인 비밀의 폭로는 어디로도 새어 나가지 않았습니다."

채윤은 곰곰이 따져봤다. 연쇄살인마의 추측이 틀린 걸까. 기밀이 새어 나간 게 아니라면 모방범은 어떻게 비밀의 폭로를 알아낸 걸까. 하긴, 내가 받은 메시지의 진위조차 판별할 수 없다. 연쇄살인범을 사칭해 장난을 치는 건지 누가 알겠는가. 아니면 연쇄살인범이 존재하지도 않는 모방범 캐릭터를 창조해 날 희롱하는 건지도 모른다. 갖고 놀다 지겨워지면 죽일 속셈일 수도 있다. 퍼뜩 지한이 자신을 빤히 응시하고 있다는 걸 알아챘다.

"유족 측도 수사본부 측도 아니라면 극비 정보가 어디서 새어 나갔을까요?"

지한은 작심하고 말문을 뗐다.

"채윤 씨, 이제 그만해요. 모방범은 어디에도 존재하지 않습니다. 채윤 씨는 지금 신기루를 좇고 있는 거라고요."

"그럼 나한테……."

채윤은 홧김에 입을 뗐다가 다물었다. 하마터면 '내가 받은 메시지는 뭔데요?'라는 말이 튀어나올 뻔했다.

"나한테 뭐요?"

"아니에요. 아무것도."

눈을 피하며 얼버무리자 지한이 미심쩍은 눈초리로 쳐다 봤다.

"뭔가 숨기는 게 있군요."

"없어요. 그런 거."

황급하게 부인한 모습이 더 켕기는 게 있는 것처럼 보였을 까. 지한의 추궁이 더욱 집요해졌다.

"진짜 없어요? 뜬금없이 모방범 가설을 입에 올릴 때부터 좀 이상했다고 생각했어요. 어쩌다 이런 음모론에 빠지게 된 걸 까, 싶었죠. 처음에는 그저 공포와 트라우마의 산물인 줄 알았 는데 그게 아닐지도 모르겠다는 생각이 들더군요. 이제껏 모방 범의 존재를 언급한 사람이 한 명도 없었으니까. 온갖 루머와 음모론이 나도는 인터넷에서조차 말이죠. 그런 걸 갑자기 피해 자가 생각해낸다? 이상할 수밖에 없죠."

뜨끔했지만 채윤은 태연한 척 기를 썼다.

"말하고 싶은 게 뭐예요? 요점이 뭐냐고요?"

"모방범이 존재할지도 모른다는 가설, 누구한테 들은 거 아 닙니까?"

"듣긴 누구한테 들어요. 여기 아니면 경찰서 조사실에만 갇혀 지내느라 사람 만날 기회조차 없었는데."

"꼭 만나야만 대화가 가능한 건 아니죠."

지한이 테이블 한쪽에 놔둔 휴대폰을 가리켰다. 채윤은 뺏기기라도 할세라 휴대폰을 냉큼 챙겼다. 그 장면을 본 지한의 눈매가 더 매서워졌다.

"그냥 던져본 말이었는데 예민하게 반응하시네요. 설마 했는데 진짜 뭔가 있는 모양이군요."

"있긴 뭐가 있다는 거예요? 전 아무것도 숨기는 게 없어요."

채윤이 큰소리쳤지만 말과는 다르게 어깨가 움츠러들었다.

"그럼 저한테 휴대폰 좀 보여주시겠습니까?"

"싫은데요. 제 사생활을 형사님께 공개해야 할 이유는 없어요."

"숨기는 게 없다면서요. 떳떳하다면 못 보여줄 것도 없지 않습니까. 휴대폰을 압수하고 싶지는 않습니다. 채윤 씨가 직접 말해주시죠."

"압수요? 지금 저를 용의자 취급하시는 건가요?"

채윤이 앙칼지게 눈을 치떴다. 쳇바퀴 도는 대화가 지겹다는 듯이 지한은 콧잔등을 찡그렸다.

"솔직하게 말해주지 않으면 채윤 씨를 돕기 힘들다는 얘기입니다."

"은근슬쩍 협박하는 건 아니고요?"

"조직에서 배신자로 낙인찍히면 어떤 대우를 받는 줄 아십니까? 경멸이나 멸시라도 받으면 운이 좋은 축에 속한 겁니다. 상대라도 해주는 거니까요. 대부분은 직급을 막론하고 투명인간 취급을 당합니다. 눈앞에 있어도 보이지 않는 척, 말을 해도 들리지 않는 척한다고요. 그렇게 되면 대부분 오래 못 버팁니다. 옷을 벗는 수밖에 없어요. 전 그런 위험을 무릅쓰고 동료들의 뒷조사를 하고 다녔습니다. 근데 채윤 씨는 저한테 숨기는 게 있어서야 쓰겠습니까."

채윤은 아랫입술을 깨물었다. 할 말이 없었다. 그의 지적대로 형평성에 맞지 않는 처사이긴 했으니까. 이미 눈치를 챈 상태에서 모르쇠로 일관해봤자 불신과 의혹만 더 커질 터였다. 또한 언제까지고 연쇄살인범과의 접촉 사실을 감출 수도 없었다. 더구나 지한은 그동안 믿음을 심어줬다. 누군가에게 가장 먼저 털어놓아야 한다면 지한만큼 안성맞춤인 사람도 없으리라. 작게 심호흡을 하며 마음의 준비를 끝낸 채윤은 침착하게 입을 뗐다.

"좋아요. 솔직히 털어놓을게요. 팀장님 말이 맞아요. 저를 공격한 자는 연쇄살인범이 아니라 모방범이라고 말해준 자가 있었어요."

"그게 누구입니까?"

"연쇄살인범 장본인이요."

잘못 들었다는 듯 지한이 미간을 찡그리더니 되물었다.

"뭐라고요?"

"연쇄살인범이 직접 알려줬다고요. 날 죽이려다 실패한 건 모방범이라고."

헛웃음을 친 지한의 얼굴이 단숨에 딱딱하게 변했다.

"저는 지금 장난칠 기분이 아닙니다."

예상했던 반응이라 채윤은 말없이 휴대폰의 채팅 내용을 보여줬다. 지한의 동공이 놀라움과 경악으로 확장됐다. 이윽고 그가 흥분한 어조로 격하게 다그쳤다.

"이렇게 중대한 일을 그동안 왜 숨긴 겁니까? 연락이 왔을 때 즉각 알렸어야죠!"

"어쩔 수가 없었어요. 상대방이 경찰 내부에 모방범이나 스파이가 있을 수도 있다고 경고했다고요. 자신과 접촉한 사실을 발설하면 다른 피해자가 생길 거라는 협박도 했고요."

"그래도 저한테는 털어놨었어야죠! 위험한 일이라도 당했으면 어쩔 뻔했습니까?"

"왜 그렇게 저를 못 잡아먹어서 안달이죠? 난 피해자라고요! 제 입장은 생각해본 적 있어요? 연쇄살인범한테 죽을 뻔했는데 진짜라는 자가 나타나서 그놈은 가짜고 날 위해 그놈을 잡으라고 협박당하면 어떻겠느냐고요. 얼마나 혼란스럽고 끔찍할지 생각은 해봤어요?"

채윤이 그간 쌓였던 설움을 쏟아내자 잠시 어색한 정적이 흘렀다. 본인이 생각해도 다소 지나쳤다고 여긴 건지 지한이 사과했다.

"몰아붙여서 미안합니다. 채윤 씨도 많이 힘들었을 텐데."

"휴, 저도 죄송해요. 팀장님한테 짜증 내면 안 되는 건데."

서먹한 분위기를 깨고 싶어 서둘러 본론으로 돌아왔다.

"이자가 정말 연쇄살인범이 맞을까요?"

"글쎄요. 아직 뭐라고 단언할 수는 없지만 진범일 가능성이 높아 보입니다. 너무 잘 알고 있어요. 범행 수법에 대해서."

"앞으로 어떻게 해야 하죠?"

"진짜든 가짜든 자칭 범인이 등장했으니 새롭게 대책을 강구해봐야죠."

"수사본부에 보고하겠다는 건가요?"

"그래야죠."

채윤이 극렬하게 반대하고 나섰다.

"절대 안 돼요! 그러다 연쇄살인범이 알게 되면 어쩌려고요."

"그럴 일은 없을 겁니다. 약속드리겠습니다. 보안 유지를 철저히 하겠다고."

"수사본부 내에 모방범이나 유출범이 있으면요?"

"채윤 씨는 우리보다 그자를 더 신뢰하나 보군요."

지한이 쓴웃음을 짓자 채윤은 민망한 듯 재빨리 부인했다.

"그런 게 아니라 중대한 사안이니만큼 신중하고 조심스럽게 접근했으면 좋겠다는 거죠."

"이 일은 수사본부 내에서도 극소수만 공유할 겁니다. 우리 둘만으로는 이 문제를 해결하지 못해요."

채윤은 결국 그의 뜻을 받아들이는 수밖에 없었다. 조직의 지원 없이 단둘만으로 머리 꼭대기에 앉은 연쇄살인범을 상대하기에는 역부족이었으니까.

*

본부장실에는 유기환과 지한 그리고 2팀장과 3팀장 단 네 명만 모여 있었다. 지한의 얘기를 들은 그들은 다들 아연실색한 표정이었다. 믿을 수 없다는 얼굴로 입을 반쯤 벌리고 있었다. 2팀장이 째진 목소리로 말문을 뗐다.

"다섯 번째 범행이 모방범의 소행이라고? 연쇄살인마가 생존자에게 접근해 모방범을 찾아내라고 협박했다고? 이걸 믿으라는 거야? 누가 장난치는 거 아냐?"

"장난이라고 보기에는 범행 수법에 대해 매우 자세하게 알고 있습니다."

3팀장도 가세했다.

"상대가 진짜 연쇄살인범이란 증거도 없잖아."

"그렇기는 합니다만 진범일 가능성도 배제해선 안 된다고 생각합니다."

"이거 참 엎친 데 덮친 격이네. 그놈이 진짜여도 문제고 가짜여도 문제인 거잖아. 진짜라면 연쇄살인범만으로도 골치가 아플 지경인데 모방범까지 쫓아야 되는 상황이 되는 거고, 가짜라면 이게 어떤 놈의 장난질인지 뭔지 밝혀내느라 수사력만 낭비하게 될 테니까."

3팀장의 한탄에 유기환의 시름도 깊어진 듯 보였다. 가뜩이나 좋지 않은 상황에서 예상치 못한 악재가 터졌으니 오만 가지 근심으로 머릿속이 터질 법도 했다.

"아무리 봐도 말이 안 되는 것 같은데. 모방범이 실재한다 한들 연쇄살인범이 뭣 때문에 모방범을 쫓겠어? 모방범을 잡으려고 생존자한테 접근한다고? 이렇게 본인을 노출시키면 잡힐 확률만 높아질 텐데. 위험을 감수하고 모방범을 잡을 이유가 없잖아. 굿이나 보고 떡만 먹어도 본인한테 훨씬 유리할 텐데."

2팀장의 의견에 3팀장은 물론이고 유기환도 동의한다는 듯 보일락 말락 하게 턱을 까딱였다. 지한이 말했다.

"2팀장님 말씀도 옳습니다. 굳이 범죄자들의 심리를 따져보지 않더라도 누가 봐도 가만히 있는 게 유리한 상황이니까요. 하지만 우리가 쫓는 자는 정상적인 사람과는 궤를 달리하는 놈입니다. 모방범을 쫓는 이유는 모르지만 그게 그놈한테는 그만큼 중요한 일일 수도 있습니다. 저는 놈이 진짜일 확률이 높다고 생각합니다."

유기환이 처음으로 입을 열었다.

"그놈이 진짜인지 아닌지 가려낼 수는 있겠나?

"쉽지는 않을 겁니다. IP로 추적하는 건 불가능하고, 웬만해선 모습을 드러내진 않을 테니까요."

"그럼 어떻게 대응해야 된다고 보나?"

"일단 서채윤 씨 곁에 저와 이 경사가 상시 대기할 예정입니다. 메시지가 오면 대화를 길게 유도해 놈에 대한 정보를 조금이라도 많이 끌어내려고 합니다."

마음에 들지 않는다는 듯 쯥, 하고 잇새로 공기를 빨아들이는 소리가 들렸다. 2팀장이었다.

"그렇게 소극적으로 기다리기만 해서 어느 세월에 놈을 잡으려고. 세월아 네월아 채팅만 하다 진위도 판별 못 하고 놈에게 휘둘리기만 할 거야?"

"무슨 좋은 생각이라도 있는 건가?"

유기환의 말을 기다렸다는 듯이 2팀장이 상체를 기울이며 눈을 빛냈다.

"기다리기만 해서는 될 것도 안 됩니다. 그놈이 알아서 제 발로 나오게 해야 됩니다."

"어떻게요?"

3팀장이 궁금증을 참지 못하고 물었다.

"연쇄살인범을 유인해내는 거지. 모방범이 누군지 알아냈다고 해서."

"가짜 미끼를 던지자는 겁니까?"

지한이 미간을 찡그리며 물었다.

"그렇지. 가짜 모방범을 미끼로 던지면 놈이 나타날 거 아냐. 우리는 미끼 주위에 잠복했다가 놈이 접근했을 때 잡아들이기만 하면 되는 거고. 놈이 가짜라면 혼쭐을 내주면 되고, 진짜라면 대어를 낚는 거지."

"안 됩니다. 그건 너무 위험합니다. 모방범 행세를 할 가짜를 누구로 정할 거며, 지원자가 나온다 해도 목숨을 담보로 그런 짓을 시킬 수는 없습니다. 만에 하나 일이 잘못되면 목숨을 잃을 수도 있습니다."

지한이 정색하며 반대했다. 2팀장은 개의치 않고 주장을 폈다.

"그럼 언제까지 연쇄살인범에게 놀아날 건데? 그놈이 진짜 범인이라는 보장도 없잖아. 만약 가짜라면 사기꾼 장난질에 휘둘리며 허송세월만 하게 되는 셈 아닌가? 이런 일은 속전속결로 처리해야 된다고."

"느닷없이 모방범을 찾아냈다고 하면 의심할 수도 있습니다. 어설프게 덫을 놓으면 눈치채고 아예 잠적할 수도 있다고요."

소파 가장자리를 손끝으로 두드리던 유기환은 지한의 말에 힘을 실어줬다.

"나도 1팀장과 같은 생각이네. 2팀장의 제안은 리스크가 너무 큰 도박이야. 아직은 그럴 때가 아닌 것 같군. 지금은 1팀장 말대로 놈과의 대화와 정보 수집에 집중하고 추이를 좀 더 지켜보는 걸로 하지."

떫은 기색이 다분했지만 2팀장은 더는 토를 달지 못했다.

*

403호 문을 두드리자 이은경이 문을 열어줬다. 채윤은 복도 좌우를 살핀 뒤 안으로 들어갔다. 수사본부에서 가져온 장비와 서류들이 방 한쪽에 어수선하게 널려 있었다. 서류를 읽고 있던 최지한이 채윤에게 목례를 하면서 일어섰다.

"이쪽으로 앉으시죠."

채윤은 룸 가운데 마련된 회의 테이블 앞 의자에 앉았다. 놈에게서 언제 연락이 올지 몰랐기 때문에 403호에 임시본부를 차리고 402호에는 이은경이 묵었다. 이은경도 노트를 가져와 옆자리에 앉자 최지한이 말했다.

"채윤 씨에게 접근했던 계정과 아이디들을 조사해봤는데 별 성과는 없었습니다. 전부 도용 아니면 허위 계정이었어요. 해외 IP로 우회해 접속했기 때문에 추적도 불가능하고요. 추적한다 해도 놈의 위치를 찾아낼 수는 없을 겁니다."

"잡을 방법이 없다는 건가요?"

채윤의 질문에 지한이 목을 긁적였다.

"현재로서는 놈과 대화를 하면서 정보를 최대한 많이 수집하는 수밖에 없어요."

은경이 노트를 펼치며 나섰다.

"채팅 내용을 토대로 프로파일링을 다시 해봤어요. 기존 것과는 상당 부분 달라졌어요. 앞으로의 대화 내용에 따라 백팔십도 바뀔 여지도 많고요. 그러니 가볍게 참고만 해주세요. 우선 가장 먼저 눈에 띈 부분은 어휘 구사력이었어요. 한자어를 남발하지도 유식해 보이는 단어를 쓰지도 않지만 의미 전달이 명확해요. 문장이 긴 편인데도 글이 술술 읽히고요. 맞춤법도 틀린 곳이 한 군데도 없더군요."

"그렇다면 고학력자에 글을 쓰는 직업군을 추려보는 건 어떨까?"

최지한이 의견을 내놨다.

"고등교육을 받은 건 확실해 보이지만 글을 쓰는 직업을 가졌다고 단정 짓기는 일러요. 고학력자인지도 불분명하고요. 학교를 다니지 않고도 활자를 접할 기회는 많으니까요. 책이나 신문 같은 걸로요."

아쉽다는 듯이 최지한이 입맛을 다셨다.

"일리 있군. 계속하지."

"전반적으로 본인의 행동에 굉장한 집념을 갖고 있는 것처럼 느껴져요."

"집념이요? 살인에 집착한다는 건가요?"

채윤의 질문에 이은경은 애매하게 부정했다.

"집착보다는 당위성이나 사명감에 가까운 느낌이에요. 살인이 쾌락이나 충동에 기반을 둔 행위처럼 보이진 않아요. 본인이 꼭 해야만 하는 임무에 가까워 보여요. 마치 독립운동을 하는 투사처럼요. 제 느낌으로는 거짓말을 하는 것 같지도 않고요."

"이자가 정말 연쇄살인사건의 진범이란 거예요?"

채윤이 물었다.

"그럴 확률이 높아 보여요. 말하는 걸 보면 희생자를 불특정 다수 중에서 그때그때 무작위로 선정한 것 같지도 않아요. 희생자들 사이에 우리가 찾지 못한 접점이나 공통점이 있을지도 모르겠어요. 그리고……."

뭔가 결정적인 얘기를 꺼내려는지 이은경이 한 템포 뜸을 들였다가 덧붙였다.

"잡히지 않는 한 멈추지 않을 거예요."

그녀의 말에 채윤은 속이 메스꺼워졌다. 과연 그런 살인귀를 상대로 원하는 정보를 끄집어낼 수 있을까. 자신이 없었다.

*

일주일이 다 지나도록 놈에게서는 아무 메시지도 오지 않았다. 실은 장난이나 간 보기에 불과한 건 아니었을까 하는 생각이 들었다. 한편으로는 이대로 영영 연락이 오지 않았으면 좋겠다는 마음도 컸다. 온종일 긴장 상태에서 눈이 빠지도록 휴대폰만 주시하고 있으려니 고역이 따로 없었다. 오늘도 역시 허탕인가 싶어 진이 빠진 몸을 막 침대에 눕혔을 때였다. 휴대폰에서 알람 메시지가 울렸다. 잔뜩 뻣뻣해진 손으로 휴대폰을 확인한 채윤의 표정이 눈 녹듯 풀어졌다. 안주희였다.

— 요즘은 어떻게 지내니? 통 소식이 없어서 걱정돼서 연락해본다.

— 잘 지내고 있어요. 자주 연락 못 드려서 죄송해요.

— 죄송하긴? 너도 어쩔 수 없을 텐데. 아무튼 잘 지낸다니 다행이구나. 그때 보내준 건 잘 받았지?

— 네, 잘 받았어요. 그렇게 꼼꼼하게 많이 챙겨주실 줄은 몰랐는데. 정말 감동했어요. 이 은혜를 어떻게 갚아야 될지 모르겠어요.

— 은혜는 무슨. 우리 사이에. 아줌마는 채윤이만 건강하게 잘 지내면 더 이상 바랄 게 없단다.

아줌마가 엄마 같아요, 라고 쓰다가 지웠다. 내심 부담스러워할지도 모른다. 게다가 왠지 돌아가신 엄마가 서운해할 것 같았다.

— 감사해요. 아저씨는 잘 지내시죠?

— 그이야 늘 바쁘지. 오늘도 지방으로 출장을 갔단다.

— 이제 출장 다니기도 힘드실 텐데, 일 좀 줄이시면 좋으련만.

— 누가 아니라니. 근데 그 사람 성격에 일 안 하고 가만히 있으면 몸이 더 아플걸. 아무튼 얼른 한번 봤으면 좋겠구나.

— 저도요. 외출 가능하게 되면 연락드릴게요. 건강 주의하시고 아저씨께도 안부 전해주세요.

— 그래, 알았다. 그럼 푹 쉬고.

— 아줌마도 푹 쉬세요.

간만에 좋아하는 사람과 메시지를 주고받으니 가슴 한구석이 따뜻해졌다. 기분 좋게 잠을 청하려는 순간 알림음이 또 울렸다. 할 말이 남으셨나? 깜빡 잊은 얘기가 있어 메시지를 보냈나 싶었다. 미소를 지으며 협탁에 올려둔 휴대폰을 집어 들었다. 메시지를 보자마자 뱃속이 오그라들었다.

— 진행 상황을 보고받고 싶은데.

침대에서 벌떡 일어선 채윤은 뛰듯이 복도로 나왔다. 403호로 달려가 문을 마구 두드리자 지한이 피곤에 쩐 얼굴로 문을 열어줬다. 이 시각까지 일을 하고 있었는지 셔츠 소매를 팔꿈치까지 올려 입고 있었다.

"연락이 왔어요."

느슨했던 지한의 태도가 즉시 긴박해졌다.

"빨리 들어와요."

30초도 되지 않아 이은경도 작전본부로 달려왔다. 세 사람은 회의 테이블에 머리를 맞대고 앉았다. 휴대폰을 든 채윤이 안절부절못하며 이은경을 쳐다봤다.

"뭐라고 할까요?"

"사실대로 얘기하는 게 좋을 것 같아요."

채윤은 굳은 손을 꼼지락대며 휴대폰 자판을 터치했다. 경찰과 함께 있다는 걸 알아채지는 않을까. 초조함으로 맥박이 파닥거렸다.

— 조사해봤는데 수사본부에도 모방범이나 정보 유출범으로 보이는 자는 없었어.

— 그럴 리가 없을 텐데. 제대로 조사한 것 맞아?

— 난 할 만큼 했어. 경찰 쪽에서 기밀이 유출된 게 확실해? 아니, 그보다 모방범이 진짜 존재하기는 한 거야?

"상대를 너무 도발하는 발언은 좋지 않아요."

지한이 충고했다. 반면 이은경의 의견은 달랐다.

"이 정도 질문은 나쁘지 않은 것 같아요. 놈의 의도를 파악해볼 수도 있으니까요."

그사이 답문이 도착했다.

— 모방범이 진짜 존재하냐니? 그게 무슨 뜻이지?

— 당신이 날 죽이려다 실패해놓고 연극을 하는 걸 수도 있잖아. 애초에 모방범 같은 건 없었는데.

— 그딴 장난을 칠 만큼 내가 한가해 보이나?

— 그럼 대체 모방범이 어디 있다는 건데? 정보가 어디서 샌 거냐고?

채윤은 따지듯이 세게 몰아붙였다. 즉각 응수할 거란 생각과 달리 대화가 뚝 끊어졌다. 대꾸가 없자 채윤은 불안해졌다. 도움을 갈구하는 눈빛으로 이은경을 바라봤다.

"제가 너무 자극한 걸까요? 화가 많이 났을까요?"

"그런 것 같진 않아요. 상대방 페이스에 끌려가지 않는 게 중요해요. 채윤 씨는 잘하고 있어요. 좀 기다려보죠."

힘을 보태주는 이은경의 격려에 한결 시름을 덜었다. 잠시 후 메시지가 작성 중이라는 말이 하단에 떴다. 뭐라고 할까. 침을 삼키며 지켜봤다.

— 범위를 넓혀봐.

— 무슨 범위?

— 이제까지는 수사본부 내 형사들만 조사해봤을 거 아냐, 그렇지?

맞는다는 뜻으로 지한이 머리를 작게 앞뒤로 까딱였다.

— 그래.

— 경찰서에서 일하는 행정직원, 사무직원 그리고 허드렛일을 하는

노동자까지 깡그리 조사해보라고.

채윤과 이은경의 시선이 동시에 지한에게 꽂혔다. 그의 반응

은 뜨뜻미지근했다.

"일반 직원들이 근무하는 공간과 형사들이 머무는 수사본부

는 완전히 독립돼 있어요. 서로 볼 일도 거의 없거니와 원천적

으로 기밀 정보에 접근이 어렵습니다."

"일단 알겠다고 해요."

이은경이 말했다.

— 그렇게 해볼게. 성과가 있을지 어떨지는 모르겠지만.

— 널 의심하는 형사는 없나?

허를 찌르는 돌발질문에 채윤의 볼이 씰룩거렸다. 이은경이

옆에서 재빨리 코치를 해줬다.

"다소 석연찮게 여기는 구석도 있지만 대놓고 추궁하거나

감시하지는 않는다고 하는 게 좋을 것 같아요."

— 누가 날 의심하겠어. 난 가련한 피해자일 뿐인데. 더구나 연쇄살

인범이 피해자에게 접근할 거라고는 상상조차 못 할 텐데.

— 하긴, 그렇겠군.

놈은 더 이상 캐묻지 않았다. 딱히 의심하는 기색도 없었다. 가슴을 쓸어내리는데 이은경이 새로운 주문을 했다.

"채윤 씨가 질문을 던져봐요."

"제가요? 뭐라고요?"

"채윤 씨가 궁금한 거라면 뭐든지."

"경사님이 질문을 정해주시면 안 될까요? 제가 아무 말이나 던졌다가 신경을 긁기라도 하면 어떡해요."

이은경은 위축돼 소극적으로 나오는 채윤을 꿋꿋이 부추겼다.

"제가 정하면 뭔가 미묘하게 달라졌다는 걸 캐치할 수도 있어요. 다른 사람이 옆에서 코치해준다는 걸 눈치챌지도 몰라요. 채윤 씨가 알아서 하는 게 가장 자연스럽게 보일 거예요."

지한이 우려를 표했다.

"불필요한 질문을 했다가 괜한 의심만 사지 않을까?"

"꼭 그렇지만은 않을 거예요. 전에도 두 사람 사이에 사적인 대화가 오간 적이 있으니까요."

지한은 잠시 고민해보더니 상체를 의자 등에 기대고 팔짱을 꼈다. 이은경의 의견을 받아들이겠다는 자세였다. 이제 채윤의 차례였다. 뭐라고 질문을 해야 하지. 머릿속이 하얗게 돼버렸다. 내가 쓴 한 문장으로 일을 망칠 수도 있다. 그런 부담감도 폐를 짓눌렀다. 이은경은 잘할 수 있을 거라며 쉼 없이 용기를 북돋워줬다. 채윤은 심호흡을 한 뒤 손가락을 놀렸다.

— 나도 궁금한 게 있어. 당신이 죽인 사람들을 악인이라고 생각해? 그들을 악인이라고 여겨서 응징하고 있는 거야?

머리를 쥐어짜내 쓴 질문이 아니었다. 채윤 스스로도 왜 그런 질문을 했는지 알 수가 없었다. 무의식 깊은 곳에서 지령을 받은 손가락이 알아서 움직인 느낌이었다. 진공 상태가 된 것처럼 룸 안이 고요했다. 자칭 연쇄살인범이 뭐라고 자음과 모음을 조합할지 모두가 쥐 죽은 듯이 기다렸다. 응답은 생각보다 빨리 왔다. 답변이 아닌 질문에 대한 질문으로.

— 성악설, 성선설 중에 어느 쪽이 맞는다고 생각하지?

채윤은 반사적으로 이은경을 쳐다봤다.

"채윤 씨가 생각하는 대로 대답해요."

땀이 밴 손을 바지에 닦은 뒤 답장을 보냈다.

— 성악설과 성선설, 두 개의 이론만으로 인간의 본성을 규정할 수는 없다고 생각해.

놈이 맞장구를 쳤다.

— 이런 면에서는 마음이 잘 맞는군. 맞아. 100퍼센트 선인도 없고, 100퍼센트 악인도 없지. 인간의 마음속에는 선과 악이 공존하고 있어. 선악의 비율은 개개인마다 다르지만. 선악이 어느 정도 균형을 이루는 자도 있고, 어느 한쪽으로 치우친 자도 있지. 환경이나 조건에 따라 선악의 비율이 순간적으로 역전되는 경우도 있고.

— 희생자들은 어느 쪽에 포함되는데? 악의 비율이 더 높았던 사람들인가? 아니면 평소에는 선의 비율이 높았지만 특정한 계기로 악의

비율이 치솟은 사람들인가?

— 그건 나도 모르지. 그자들이 선인인지 악인인지 알고 싶지도 않고 관심도 없어.

— 결국 마구잡이로 죽였다는 말이네.

— 그건 아니야. 계속 얘기했을 텐데. 그들은 선을 넘었다고.

또 그 얘기다.

— 대체 무슨 선?

— 모르는 게 약일 때가 있지. 지금이 바로 그런 때야. 조사에나 심혈을 기울이라고.

놈이 나가버렸다. 채윤은 기진맥진한 손으로 휴대폰을 내려놨다. 겨드랑이가 식은땀으로 축축했다. 이은경이 채윤의 팔뚝을 쓰다듬으며 다독였다.

"고생했어요. 정말 잘했어요."

대꾸할 기운도 없어 힘없는 미소만 흘리는데 지한은 곧장 회의 모드로 돌입했다.

"어떻게 생각해?"

"선을 넘었다, 라는 말을 반복해서 언급하는 걸 보면 범인에게 굉장히 의미 있는 말인 게 분명해요."

"무슨 선을 넘었다는 걸까?"

"보통 선을 넘었다는 건 어떤 한도나 허용 범위를 넘어섰다는 뜻이잖아요. 규범에 어긋난 짓을 하거나 정도가 지나친 행동을 했을 때 많이들 쓰는 표현이죠. 희생자들이 어떤 규칙을 깨뜨린 게 아닐까요?"

"무슨 규칙이요?"

채윤이 물었다.

"그건 저도 모르겠어요."

"규칙을 깼기 때문에 피해자들의 손등에 꺾쇠 기호를 새긴 걸까요?"

"그럴 수도 있어요. 이를테면 자자형처럼 죄인의 표식 같은 걸 수도 있죠."

지한은 수긍하기 어렵다는 표정이었다.

"희생자들 중에 전과 기록이 있는 사람은 없었어. 가벼운 범법 행위를 저지른 적도 없다고."

"범인이 정한 규칙을 깨뜨린 건지도 몰라요. 자신만의 법전이 존재하는 거죠."

"희생자들의 과거를 다시 한번 샅샅이 뒤져봐야겠군. 그건 범석이한테 맡기도록 하지."

"팀장님은요?"

"속는 셈 치고 경찰서 내 직원들에 대해서 조사해봐야지."

*

지한은 책상에 팔꿈치를 대고 손으로 머리카락을 잡아 뜯었다. 지난 사흘간 한원경찰서 내 모든 직원들의 인사 파일을 열람했다. 행정, 사무직원은 물론이고 설비 관리자에서 파견직 청소 노동자에 이르기까지. 수상쩍은 냄새를 풍기는 직원은 찾아볼 수 없었다. 여러 경로를 통해 의심스러운 행적을 보였던 사람이 있는지도 수소문해봤지만 마찬가지였다. 한원경찰서 내 보안 시스템은 훌륭한 편이었다. 통제 구역이나 증거 보관실의 출입 관리도 엄격했다. 특별 수사본부가 설치된 뒤로는 더욱 철저해졌다. 출입 기록을 훑어봐도 형사 외에 일반 직원이 드나든 흔적은 나오지 않았다.

연쇄살인범의 어설픈 추측에 의지하는 것부터가 판단 착오라는 생각이 들기 시작했다. 어쩌면 채윤과 경찰이 한통속인 걸 간파한 걸지도 모른다. 처음부터 그렇게 될 거라 예상했을 수도 있다. 모든 걸 내다보고 일부러 똥개훈련을 시키는 걸지 누가 알겠는가. 자신의 한마디에 이리 뛰고 저리 뛰면서 생고생을 하는 경찰을 상상하며 낄낄대고 있을지도 모를 일이다. 수사에 혼선을 주며 경찰을 갖고 노는 셈이니 놈에게는 일석이조인 셈이겠지. 애초에 이런 걸 노리고 가짜 모방범을 창조해낸 건 아닐까.

그렇게 시름에 젖어 있는데 상황실 너머 한쪽이 소란스러워졌다. 자연스레 눈길이 그쪽으로 갔다. 2팀 형사 한 명이 청소 노동자 아주머니를 상대로 성질을 부리고 있었다.

"그릇만 밖으로 내놔달라는 거잖아요. 그것도 못 치워줘요?"

"내가 무슨 가정부 줄 알아요? 왜 남이 먹던 것까지 치워줘야 되는데!"

아줌마가 고개를 빳빳이 들고 드세게 받아쳤다. 자기 몸집보다 두 배나 큰 형사를 상대로 주눅 든 기색도 없이.

"이게 아주머니가 하는 일이잖아요. 쓰레기통 비우고 사무실 청소하는 거!"

"짜장면을 내가 먹었어요? 자기가 먹은 건 자기가 치워야지. 왜 나한테 치워달래! 별 희한한 양반 다 보겠네."

"뭐요? 희한?"

형사의 얼굴이 사납게 구겨졌다. 가뜩이나 머리가 복잡한데 별것도 아닌 일로 시끄럽게 구니 짜증이 치밀었다. 지한이 일어나서 버럭 소리쳤다.

"여기가 네 집 안방이야! 어디서 소란이야! 네가 먹은 건 네가 직접 치워! 딴 사람한테 시키지 말고!"

평소 조용조용한 지한이 폭발하자 상황실 분위기가 싸해졌다. 형사도 당황했는지 군말 없이 그릇을 치우기 시작했다. 아줌마는 고맙다는 의미로 지한에게 윙크를 날리더니 수사본부를 나갔다.

도로 자리에 앉으려던 지한의 뇌리에 찌릿 전류가 흘렀다. 묘한 기시감이 느껴졌던 것이다. 퍼뜩 경찰청에 강창규를 만나러 갔던 날이 떠올랐다. 그때도 오늘과 비슷하게 복도에서 행정 직원과 청소 노동자가 실랑이를 벌이고 있었다. 그 직원은 무슨 이유로 청소 노동자에게 주의를 줬던 걸까. 단순히 청소를 못해서? 그런 게 아니라 중요 문건이 사라져서 추궁하고 있었던 거라면? 통제 구역에 몰래 들어갔다가 들킨 거라면? 수사본부 보고서는 당연히 상급 기관인 경찰청으로 올라간다. 기밀 자료까지 전부 포함해서. 기밀은 수사본부가 위치한 한원경찰서가 아니라 경찰청에서 유출된 게 아닐까.

*

"그때 무슨 일로 청소 노동자에게 주의를 줬냐고요?"

총무과 직원이 코 옆을 긁적이며 떨떠름하게 반문했다. 그는 당연하게도 복도에서 아주 잠깐 스쳐 지나간 지한을 알아보지 못했다. 소속을 밝히자 더 의아한 얼굴로 눈썹을 꿈틀거렸다. 강력범죄수사대 형사가 자신을 찾아온 영문을 모르겠다는 표정이었다. 말하기 곤란할 때 요긴하게 써먹는 만능의 핑계를 들이댔다. 비공개 수사 중이라 자세한 사항은 말할 수 없다고. 종종 이런 얘기를 듣는 건지 아니면 자신이 관여할 바가 아니라고 생각했는지 더 묻지는 않았다.

"네, 무슨 까닭으로 청소 노동자를 혼내고 있었던 겁니까?"

"혼낸 게 아니라 그저 주의를 좀 준 것뿐입니다."

그가 억울하다는 듯이 우물거렸다.

"청소 노동자가 무슨 실수라도 한 건가요?"

"근데 그때 일이 사건과 무슨 관계가 있는 건지……."

그가 초조하게 말끝을 흐렸다. 괜스레 자신에게 불똥이 튀는 건 아닌지 염려하는 눈치였다.

"관계가 있을지 없을지는 아직 모릅니다. 그래서 다방면으로 조사를 진행 중인 거고요."

"그 아줌마가 그때 일로 감사기관에 청원이라도 넣은 건가요?"

"그런 건 아니니 걱정하지 않으셔도 됩니다."

안심이 됐는지 그의 표정이 한결 편안해졌다.

"그분한테 무슨 억하심정이 있어서 그랬던 건 아닙니다. 저도 그러고 싶지는 않았는데 아시다시피 여기가 워낙 보안에 까다로운 곳이잖아요. 청소 노동자 관리 책임이 저한테 있어서 그런 일이 생기면 제가 된통 깨질 수밖에 없거든요."

"그러니까 그런 일이 뭔데요?"

인내심이 바닥나기 전에 뒷얘기를 재촉했다.

"그분이 부장님 방에 멋대로 들어가서 청소를 했거든요. 이쪽에 종종 오신다니 잘 아실 거 아닙니까? 꼬장꼬장한 부장님들이 원체 많다는 거. 윗분들은 대개 자기 물건에 손대는 걸 질색해요. 보안 자료가 수두룩하다 보니 청소도 아무한테나 안 시키고요. 비서한테만 시키는 부장님들도 적지 않습니다. 그래서 웬만하면 쓰레기통만 비우고 나오라고 하는데 그 아주머니는 책상 정리한다면서 이것저것 건드린 모양이에요. 부장님이 누가 내 서류에 함부로 손을 댔냐며 펄쩍 뛰셨고요."

"어느 부장님 방에 들어갔었는데요?"

"강창규 부장님 방이요."

반사적으로 지한의 주먹에 힘이 들어갔다.

"그때가 처음이었습니까? 아니면 그전에도 들어간 적이 있습니까?"

"그때가 처음이었어요."

네 번째 범행이 벌어진 건 한참 전이다. 부장이 그때까지 자기 방에 연쇄살인사건의 기밀 서류를 허술하게 놔뒀을 리는 없다. 설령 방치해뒀고 그게 유출됐다 하더라도 모방 범행을 벌이기에는 시간이 너무 촉박하다. 단번에 자료를 빼내는 데 성공했을 리도 없다. 그전에도 수차례 몰래 부장 방에 드나들었을 거라고 지한은 추측했다.

"청소 노동자가 그렇게 말했나요? 그때가 처음이었다고?"

"네, 처음이 맞을 거예요. 일한 지 얼마 안 됐거든요."

"그분을 만날 수 있을까요?"

청소 노동자는 50대 초중반으로 보였다. 그날과 비슷하게 잔뜩 주눅 든 어깨를 늘어뜨리고 앉아 있었다. 고개도 푹 수그리고 시선을 피했다. 자신이 뭔가 잘못한 게 있어 책임 추궁차 불려왔다고 여기는 건지, 진짜 켕기는 게 있는 건지 판단이 서지 않았다. 총무과 직원에게 자리를 비워달라고 요청하자 그가 내키지 않는 얼굴로 머뭇대더니 나갔다. 지한은 부드럽게 말을 걸었다.

"저 기억나십니까?"

눈길을 살짝 들었다가 내린 그녀가 고개를 가로저었다.

"그럴 만도 하죠. 복도에서 잠깐 스쳐 지나갔을 뿐이니까요. 여기서 일하신 지 얼마 안 되셨다고요."

"네."

모기만 한 목소리로 그녀가 대답했다.

"부장님 방을 청소했다가 주의를 받으셨다고 들었는데요."

"들어가서 청소해도 되는 줄 알고⋯⋯. 죄송합니다. 제가 잘 몰랐어요. 그 뒤로는 조심하고 있습니다."

"그 방에서 뭔가를 가지고 나오지는 않았고요?"

지한의 질문에 그녀가 눈을 동그랗게 떴다. 놀라움과 두려움이 섞인 표정으로 손사래를 쳤다.

"전 청소만 했어요. 아무것도 안 훔쳤다고요. 그 방에서 뭐가 없어졌대요?"

"그런 건 아닙니다. 사진 같은 걸 찍은 적도 없습니까?"

"무슨 사진이요?"

"그 방에 있는 자료 사진 같은 거요."

"그런 걸 제가 왜 찍어요? 전 그저 청소만 했다니까요."

그녀가 억울하다는 듯이 하소연했다.

"그 방에는 그날 왜 들어가셨죠? 강 부장님 개인실은 치우지 말라는 설명을 들으셨을 텐데요."

"들었죠⋯⋯. 근데 다른 아줌마도 그 방에 들어갔다 나오는 걸 봐서…… 괜찮은 줄 알았어요."

지한은 귀를 쫑긋 세웠다.

"다른 아줌마요?"

"네, 다른 청소 노동자가 그 방에서 나오는 걸 봤었거든요. 그래서 거기는 들어가도 괜찮나 보다, 여겼죠."

"그분도 오늘 출근하셨나요?"

"그만뒀는데요."

"언제요?"

"그 일이 있기 2주일 전쯤에요."

*

총무과로부터 알아낸 그만둔 청소 노동자의 이름은 오영숙이었다. 그녀의 휴대폰 번호로 전화를 걸어봤지만 전원이 꺼져 있었다. 불길한 예감이 들었다. 정보를 빼낸 후 추적당할 것을 우려해 잠적한 게 아닐까 싶었던 것이다. 예전에는 대부분 경찰청에서 직접 계약직 형태로 청소 노동자를 채용했다. 그러나 몇 년 전부터 예산 축소라는 명목 아래 용역을 주기 시작했다. 현재는 대부분 용역 회사와 계약을 맺고 파견직 형태로 청소 노동자를 고용하고 있었다. 지한은 오영숙이 소속됐던 인력 파견 업체를 방문했다. 경찰 신분증을 보여주자 담당자는 오만상을 찌푸리며 귀찮은 티를 팍팍 냈다.

"저희도 모른다고 했잖아요. 자꾸 와봤자 말해줄 게 없다니까 그러시네."

"저 말고 다른 경찰이 왔었습니까?"

담당자가 커다란 눈을 끔뻑거리며 되물었다.

"실종 사건 때문에 오신 거 아니에요?"

실종이란 단어에 지한의 맥박이 고동쳤다.

"실종된 사람이 혹시 오영숙 씨인가요?"

"그런데요. 그 일 때문에 오신 게 아닌가?"

실종보다는 자발적인 잠적일 거라고 여겼지만 뭔가 찜찜했다.

"맞습니다. 추가 조사가 필요해서요. 오영숙 씨에 대해서 좀 여쭤보고 싶은데요."

지한의 말에 담당자가 지겹다는 듯이 볼멘소리를 냈다.

"그때 이미 다 말씀드렸는데요. 그때 왔던 형사님들한테 물어보세요. 저도 바쁜 사람입니다."

"다시 한번만 부탁드리겠습니다. 긴급을 요하는 일이라서요."

그가 마지못해 대꾸했다.

"뭐가 궁금하신데요?"

"일한 지 얼마 안 됐다고 들었는데 갑자기 그만둔 이유가 뭐죠?

"그거야 저도 모르죠."

209

"모른다고요? 그렇게 금방 그만두는데 사유 같은 것도 안 물어본 건가요?"

뭘 모르면 가만히 있으라는 듯이 담당자가 거들먹거렸다.

"이쪽 바닥이 원래 그래요. 뜨내기가 얼마나 많은데요. 일주일도 안 돼서 잠수 타는 인간이 한둘인 줄 알아요? 계약 기간 채우는 인간들이 오히려 손에 꼽을 정도라고요. 오영숙처럼 관두겠다고 통보라도 해주는 게 양반이에요. 실정이 이런데 퇴사 사유 같은 걸 물어볼 필요가 없죠. 잡는다고 계속 다닐 것도 아니고. 솔직히 관심도 없어요. 그리고 물어본다고 사실대로 얘기를 해주겠어요? 나 같아도 적당히 얼버무리거나 둘러댈 거 같은데."

"오영숙 씨와 친했던 사람은 없었습니까?"

"있을 리가 없죠. 출퇴근을 파견 간 곳으로 하니까. 여기는 계약이나 월급 관련 문제로 어쩌다가 한 번 오는 게 전부예요."

"경찰 말고 오영숙 씨를 찾아왔던 사람은요? 오영숙 씨를 찾는 전화가 왔다든지."

"누가 그런 아줌마를 찾겠어요."

"오영숙 씨한테 이상한 낌새 같은 걸 느낀 적도 없어요? 뭔가 불안해한다거나 수상쩍어 보인다거나."

"여기서 일하는 것도 아닌데 그런 걸 어떻게 알겠습니까? 초반에 월급 가불해달라고 왔던 거 말고는 코빼기도 비춘 적 없어요."

가불이라는 얘기에 흥미가 동했다. 돈이 궁했다는 의미다. 궁핍한 처지라면 돈의 유혹에 흔들리기 쉽다. 누군가가 접근해 자료를 빼내는 대가로 상당한 액수의 돈을 주겠다고 제안한 건 아닐까.

"어디에 쓴다던가요?"

"말로는 월세가 밀렸다는데 진짜인지 아닌지는 모르죠. 그렇게 온갖 불쌍한 사연을 늘어놓으며 가불해달라는 인간이 한둘이어야 말이지."

"가불은 해줬나요?"

"방금 말했잖아요. 그런 인간이 한둘이 아니라고. 그런 사정 다 들어줬다간 망하기 십상이에요."

*

용역업체를 나선 지한은 범석에게 연락했다. 실종 사건 담당 부서로 가서 오영숙의 사건 파일을 받아놓으라고 지시했다. 수사본부에 막 도착했을 즈음 범석의 전화를 받았다. 당황한 목소리로 그가 보고했다. 오영숙의 실종 신고를 한 가족이 오정길이라고. 처음 들었을 땐 누군가 싶었는데 이내 생각이 났다. 수사본부로 몰려왔던 실종자 가족 모임의 대표. 여동생이 연쇄 살인마에게 납치됐다는 터무니없는 음모론을 막무가내로 주장했던 남자. 살갗이 묘한 불안감으로 따끔거렸다.

오정길의 집은 시내와 동떨어진 변두리 공장지대에 있었다. 황폐해진 논밭 너머로 소음과 매연을 뿜어대는 굴뚝들이 즐비했다. 주택가는 낡고 꾀죄죄했으며 도로는 여기저기 파손돼 있었다. 한눈에도 쾌적한 주거 환경은 아니었다. 지한과 범석은 누렇게 변색된 담벼락에 차를 대고 내렸다. 집 앞으로 걸어가 녹슬어 군데군데 깨진 대문을 두드렸다. 대문 건너편으로 발소리가 종종대며 다가와선 성가셔하는 투로 물었다.

"누구쇼?"

"오정길 씨 댁 맞습니까?"

"그런데."

"한원경찰서에서 나왔습니다."

경찰서라는 말에 부리나케 대문이 열렸다. 지한과 범석을 알아본 오정길이 버선발로 뛰어나왔다. 그가 떨리는 음성으로 입을 열었다.

"내 동생을…… 찾은 거요?"

"그건 아닙니다. 오영숙 씨에 대해서 여쭤볼 게 있어서 왔습니다."

오정길이 대놓고 실망감을 드러내며 툴툴거렸다.

"이제 와서? 저번에는 내 얘기를 귓등으로도 안 듣더니."

범석이 굽실대며 부탁하자 오정길은 못이기는 척 두 사람을 집 안으로 들였다. 거실로 안내했지만 말이 거실이지, 부엌 싱크대 앞 좁은 공간이었다. 바닥에 마주 앉자마자 오정길이 젠

체했다.

"지금은 동생이 연쇄살인범에게 납치됐다는 내 말을 믿는 거요?"

"아직 뭐라고 말씀드릴 수 있는 단계는 아닙니다. 오영숙 씨가 실종된 정황에 대해 자세히 듣고 싶어서 왔을 뿐입니다."

지한의 대꾸에 오정길이 아니꼽다는 듯이 입을 쌜쭉거렸다.

"쳇, 날 믿지도 않는다면서 내 얘기는 들어서 뭐 하려고?"

"동생분을 찾기 위한 일이니 협조 좀 부탁드리겠습니다."

옆에서 범석이 살살 구슬렸다. 동생을 위해 봐준다는 듯이 오정길이 툭 내뱉었다.

"듣고 싶은 게 뭔데?"

지한이 물었다.

"오영숙 씨의 인간관계가 어땠는지 알고 싶습니다. 오영숙 씨가 자주 만났거나 연락했던 사람을 알고 계신가요?"

"동생이 누구를 만났고 어떻게 살았는지 나도 잘 몰라. 부끄러운 얘기지만 왕래가 거의 없다시피 했거든. 각자 먹고살기 바빠서."

"동생분은 쭉 혼자 사셨던 건가요? 만나는 분도 없이?"

"10년 전에 이혼한 뒤로는 혼자 살았지. 남자 만날 여력도 없었을 거야. 입에 풀칠하기도 힘들었으니까."

"경제적으로 꽤 어려우셨나 봅니다."

"그놈의 빚이 원수지. 전남편이란 새끼가 사업한다고 영숙이 명의로 몰래 빚을 지는 탓에…… 어휴, 빚 갚으려고 안 해본 일이 없을 거야. 닥치는 대로 일했지."

"동생분이 지나가는 말로 언급했던 이름도 없었나요? 일하면서 만난 동료라든가, 인력회사에서 알게 된 사람이라든가."

말귀를 왜 못 알아먹냐는 듯이 오정길이 인상을 썼다.

"귓구멍 좀 파고 다녀! 나도 모른다고 했잖아. 괜히 나한테 폐 끼칠까 봐 명절에도 못 찾아왔던 애라고."

"그동안 어디서 무슨 일을 하셨는지도 모르시고요?"

"물어봐도 얘기를 안 해줬어. 빚쟁이들 때문에 한곳에서 오래 일하지도 못하는 것 같더라고. 짧게 여기저기 옮겨 다니는 눈치였어."

진한 실망감이 밀려왔다. 오영숙의 행적은 수상쩍기 그지없었다. 강창규 부장의 방을 몰래 드나든 정황이 드러났고 그 직후 수사본부의 기밀 자료가 유출됐다. 그와 동시에 경찰청 청소 노동자를 그만뒀고 종적이 묘연해졌다. 암만 봐도 오영숙이 모방범에게 연쇄살인사건 기밀 자료를 건네준 정보 유출자처럼 보였다. 문제는 그녀의 행적이 오리무중이라는 점이었다. 그녀가 속했던 용역업체는 물론이거니와 친오빠조차 행방을 알지 못했다. 지한은 별 기대 없이 질문을 던졌다.

"동생분의 소지품이나 물건을 갖고 계십니까?"

"영숙이가 지내던 월셋집에서 받은 물건들이 있기는 해. 많지는 않지만."

"저희가 살펴봐도 될까요?"

내키지 않아 했지만 살살 구슬려 봐도 된다는 승낙을 받아냈다. 보일러실 겸 다용도실로 간 지한과 범석은 박스 속의 물건들을 뒤져보기 시작했다. 오정길의 말대로 양은 많지 않았다. 자질구레한 생활용품이 대부분이었다. 꼼꼼하게 내용물을 살폈지만 눈길을 잡아끄는 건 나오지 않았다. 마지막 박스를 뒤적이다 네모난 모양의 양철 박스 하나를 발견했다. 원래 과자 박스였던 것에 잡동사니를 넣어놓았는데 그중 수십 장가량의 명함도 포함돼 있었다. 대부분 인력 용역업체의 명함이었다. 지한은 명함들을 바닥에 펼쳐놓고 휴대폰으로 사진을 찍었다. 오영숙이 이쪽 업체들을 통해 일자리를 구했을 수도 있다. 일자리는 얻지 못했더라도 그쪽 관계자들과 안면을 텄을 가능성은 충분하다. 그때 알게 된 인물이 오영숙에게 접촉해 거래를 제안했을지도 모를 일이다. 확인해볼 가치는 있었다. 사실, 이쪽 말고는 달리 기댈 만한 구석도 없었다.

*

지한은 범석과 반씩 나눠서 명함에 나온 인력업체들을 돌았다. 실종 사건을 수사 중이라는 핑계를 대며 오영숙과의 관계를 캐물었다. 대부분은 오영숙이라는 여자를 전혀 알지 못했다. 계약을 하지 않는 이상 누가 오든 말든 신경 쓰지 않는 곳들도 많았다. 서류에 오영숙의 이름이 적혀 있는 곳도 없지는 않았다. 가정부나 식당 청소 혹은 노가다 잡부 등 일용직으로 일했던 기록이 남아 있었다. 하지만 거기서도 쓸 만한 정보는 얻지 못했다. 의심스러운 인물도 눈에 띄지 않았다. 이쪽도 아닌 건가. 어쩌면 엉뚱한 사람을 쫓는 건지도 모르겠다는 생각마저 들었다. 오영숙은 모방범과 아무런 관련이 없는 게 아닐까. 그저 자신의 직분에 충실한 오지랖 넓은 청소 노동자일지도 모른다. 정말 청소만 하러 강창규 방에 들어간 걸 수도 있다. 빚쟁이에게 시달리다 못해 일을 그만두고 잠적한 건지 누가 알겠는가. 방문 업체가 줄어들수록 이런 비관적이지만 현실적인 생각이 머릿속을 지배하기 시작했다.

반포기 상태로 인력업체를 전전하다 들른 곳이 형철인력건설이었다. 다른 데와 비슷하게 직원이 서너 명에 불과한 영세 업체였다. 임형철이란 사장이 직접 지한을 맞이했다. 그는 인상은 부드러웠지만 만만치 않은 사람이라는 게 눈빛과 태도에서 느껴졌다. 무슨 일로 오셨냐는 질문에선 방어적인 기운도 풍겼다. 이제껏 찾아갔던 대부분의 업체 관계자들도 경찰이라고 하면 경계심을 띠거나 말투가 유난히 조심스러워지긴 했지만. 모든 사람을 의심부터 하고 보는 지한의 직업병이 도진 걸수도 있다. 파티션으로 구분해놓은 사장실 옆 작은 회의 테이블에서 직원이 내온 커피를 한 모금 입에 댄 뒤 그가 용건을 물었다.

"실종 사건 때문에 오셨다고요?"

"이분을 보신 적이 있으신가요? 오영숙 씨라고 합니다."

지한이 오영숙의 사진을 건넸다. 임형철이 눈앞으로 사진을 들어 올렸다. 물끄러미 사진을 주시하더니 말꼬리를 길게 늘어뜨렸다.

"오영숙 씨라…… 글쎄요. 처음 보는 분 같은데요."

"여기 찾아왔던 사람들을 전부 기억하십니까?"

임형철이 웃으며 손을 내저었다.

"설마요. 하루에만도 수십 명씩 방문하는걸요. 그 많은 얼굴들을 다 기억하는 건 무리죠. 이분이 면접을 봤을 수도 있겠지만 제 기억에는 없네요."

"면접을 직접 보십니까?"

"그럼요. 보시다시피 저희가 그렇게 큰 업체는 아니라서요. 제가 직접 봐야 마음이 좀 놓이기도 하고요. 한두 번 보는 걸로 그 사람을 속속들이 파악하지는 못하겠지만 그래도 최소한의 필터링은 거쳐야죠."

"오영숙 씨가 여기서 파견된 적이 있는지 확인해주실 수 있을까요?"

지한의 요청에 임형철은 안 될 게 뭐가 있겠냐는 듯이 흔쾌히 수락했다.

"그거야 어렵지 않습니다. 김 실장!"

마른 체형의 남자가 오자 임형철은 오영숙이라는 계약자가 있었는지 확인해보라고 지시했다. 직원이 자리로 돌아가자 임형철이 자못 호기심을 지닌 투로 물었다.

"오영숙이라는 여자가 주로 일용직이나 파견직 일을 했나보죠? 저희 같은 인력용역 업체를 돌아다니시는 걸 보면."

"네, 인력용역 업체 명함을 많이 보관해뒀더군요."

"저희도 그렇지만 인력업체들이 명함을 많이 뿌리기는 합니다. 일자리가 간절한 처지에서는 그런 명함들이 요긴할 테니까 눈에 띄는 대로 가져갔을 겁니다. 오영숙 씨가 용역업체를 많이 거쳤나 보죠?"

"용역업체를 여기저기 전전했더군요."

지한의 대답에 임형철이 알 만하다는 듯 묘한 웃음을 흘렸다.

"뭔가 짚이는 거라도 있으십니까?"

"실종된 게 아닐 수도 있을 것 같다는 생각이 들어서요."

"그렇게 생각하시는 이유는요?"

"형사님도 대충 아시겠지만 이쪽에는 별의별 군상들이 다 모입니다. 사업체가 부도나 하루아침에 알거지가 된 사장님, 대출까지 해서 주식에 몰빵했다가 신용불량자가 된 회사원, 공사 친 다음 포주 돈을 먹고 튄 윤락녀, 상대파 간부를 찌르고 도망 다니는 조폭, 이름도 주민등록증도 없는 유령인간 등등. 사연 없는 인간도 없고, 뒤가 구리지 않은 인간도 없습니다. 한마디로 밑바닥을 전전하는 막장 인생들이 적지 않죠."

"오영숙 씨도 그런 부류라는 겁니까?"

"그렇죠. 곗돈을 떼먹고 잠적한 건지 누가 알겠습니까? 아니면 진짜 질이 안 좋은 놈들과 엮인 걸 수도 있죠."

그럴듯한 얘기였다. 지한은 모방범과 엮였을 쪽에 걸었지만 그게 아닐 가능성도 있다. 그때 직원이 와서 임형철에게 보고했다.

"저희 인사 파일에 오영숙이라는 사람은 없었습니다."

임형철이 여봐란 듯이 어깨를 으쓱였다.

"안타깝지만 저희 쪽에는 오영숙 씨가 찾아온 적이 없었던 모양입니다. 면접을 보러 왔을 수는 있겠지만 채용하지 않았던 것 같고요."

지한의 어깨가 축 처졌다. 아직 갈 곳이 몇 군데 남아 있긴 하지만 그쪽 사정도 별반 다르지 않을 것이다. 다시 원점으로 돌아왔다. 오영숙의 뒤를 쫓는 게 과연 의미가 있을까. 그런 근본적인 의문까지 다시금 고개를 쳐들었다. 감사 인사를 전하고 자리를 뜨려는데 안주머니가 부르르 떨렸다. 휴대폰을 꺼내 보니 서채윤이었다. 혹시나 급한 일이 생겼나 싶어 양해를 구하고 파티션을 돌아 나와 전화를 받았다.

"무슨 일 있습니까?"

"별일은 없어요. 조사가 진전이 있나 궁금해서요."

"그건 이따 들어가서 얘기해드리죠. 그쪽에서 연락은 아직입니까?"

"네, 아직 없네요."

"알았어요. 볼일이 끝나는 대로 그쪽으로 가겠습니다."

그때 어디서 작게 흥얼대는 소리가 들렸다. 파티션 안쪽에서 흘러나오는 걸 보니 임형철이 느긋하게 커피라도 마시며 콧노래를 부르는 모양이었다. 순간 휴대폰 너머로 채윤이 얼어붙는 기색이 전해졌다.

"왜 그래요? 무슨 일 있습니까?"

채윤이 겁먹은 목소리로 말했다. 누가 통화를 엿들을세라 아주 작게.

"지금 어디에 있는 거예요?"

"인력용역 업체에 와 있는데요."

아무 소리도 나지 않아 전화가 끊어졌나 싶은 찰나 채윤이 속삭였다.

"자연스럽게 전화를 끊으세요. 아무 일도 없었다는 듯이. 그리고 거기를 나와서 다시 연락 주세요."

극도로 조심스러운 태도와 뜬금없는 부탁. 이상하기 짝이 없었지만 심상찮은 목소리로 보건대 그럴 만한 이유가 있을 거라 여겼다. 지한은 그녀의 말을 따랐다. 전화를 끊고 안쪽으로 가서 임형철에게 작별을 고했다.

"이만 가봐야겠네요. 협조해주셔서 감사드립니다."

"아닙니다. 별로 도움도 못 돼드렸는데요."

지한은 문밖까지 배웅 나오려는 그를 만류하고 사무실을 나섰다. 건물을 빠져나와 주차장으로 종종걸음을 쳤다. 차에 올라타자마자 채윤에게 연락했다. 기다렸다는 듯이 재깍 전화를 받은 채윤이 다짜고짜 물었다.

"누구예요?"

"네? 누구냐니요?"

"아까 통화할 때 콧노래를 불렀던 사람이요."

"형철인력건설이란 인력용역 업체 사장입니다."

"이름은요?"

"임형철이라고 합니다. 근데 무슨 일 때문에 그런 겁니까? 아까는 왜 그렇게 놀란 거고요?"

"최면 수사 받을 때 제가 주문을 외는 듯한 소리를 들었다고 했었죠?"

난데없는 얘기에 지한은 의아했다. 한편으로는 뭔가 엄청난 게 튀어나올 것 같은 긴장감에 가슴이 팽팽해졌다.

"그랬죠. 그게 왜요?"

"그게 뭔지 통화를 하면서 깨달았어요. 콧노래 소리였어요. 정신을 잃은 척하고 있었을 때 들은 소리는 모방범의 콧노래였다고요."

"확실합니까? 임형철의 콧노래와 모방범이 냈던 소리가 정말 똑같아요?"

"그 콧노래 소리가 확실하다니까요!"

채윤은 몇 번이나 힘주어 강조했다.

*

403호 임시 작전본부에는 지한뿐만 아니라 은경도 함께했다. 채윤의 단호한 주장에도 두 사람은 반신반의하는 기색이었다. 채윤이 거짓말을 할 거라 여기는 게 아니었다. 착각했거나 당시 환경이나 시간에 의해 기억이 왜곡됐을 가능성을 염두에 두고 거듭 확인하고 있었다. 한편으로는 그녀의 말이 사실이라 해도 결정적인 증거가 될 수 없다는 사실에 안타까워하는 것처럼 보이기도 했다. 은경이 심각한 어조로 입을 뗐다.

"채윤 씨 말대로라면 임형철이 모방범이라는 소리인데요."

신중한 태도를 견지하긴 했지만 지한도 일정 부분 동의했다.

"임형철이 모방범이라면 앞뒤가 어느 정도 맞아 들어가긴 합니다. 오영숙으로 하여금 경찰청에서 기밀 자료를 빼내게 한 다음 연쇄살인범의 범행 수법으로 채윤 씨를 죽이려 했던 거죠. 형철인력에 소속됐던 적은 없지만 면접을 봤든, 인력시장에서 알게 됐든 예전부터 오영숙과 아는 사이였을 수도 있고요. 오영숙이 돈이 절실하다는 걸 알고는 회유했을 거예요. 그 바닥에서 잔뼈가 굵으니 경찰청 청소 노동자로 채용되게끔 뒤에서 손을 썼겠죠. 그리고 그녀로 하여금 거기서 연쇄살인사건의 기밀 자료, 즉 비밀의 폭로를 훔치도록 했을 겁니다."

채윤이 말했다.

"임형철은 뭣 때문에 저를 죽이려 했던 걸까요? 연쇄살인마를 흠모해서? 경쟁심을 느껴서? 임형철이 또 다른 연쇄살인범인 걸까요? 아니면 연쇄살인범 말처럼 처음부터 저를 노리고 이 모든 걸 계획했을까요?"

"아직 단언할 단계는 아니지만 연쇄살인마의 주장대로 채윤 씨가 특정 표적일 것 같습니다."

지한이 말했다.

"전 이 사람이 누군지도 모르는데요. 이름은커녕 얼굴 한번 본 적도 없다고요."

임형철의 얼굴 사진에 눈길을 고정한 채 채윤은 답답한 숨을 토해냈다. 이미 수도 없이 봤지만 생전 처음 보는 남자였다. 머릿속으로 임형철에게 발라클라바도 씌워봤지만 동일인인지 아닌지 도무지 판가름할 수가 없었다.

"범석이가 임형철의 과거 전력을 조사해보고 있으니 조금만 기다려보죠. 그나마 가능성 있는 동기라면 아마……."

지한은 말을 하다 말고 입을 다물었다.

"아마 뭐요?"

"아닙니다. 그저 추측에 지나지 않은 생각이라……."

"괜찮으니까 말씀해보세요."

채윤의 재촉에 지한이 조심스럽게 말했다.

"임형철은 어쩌면 채윤 씨 아버님과 연결돼 있을지도 모릅니다."

"제 아버지요? 몇 년 전 실종된 제 아버지가 무슨 상관이 있다고……."

채윤의 목소리에 날이 섰다. 난데없이 아버지를 언급해 저도
모르게 까칠해졌다. 지한이 대꾸하려는 찰나 그의 휴대폰이 울
렸다. 전화를 받은 그는 거의 듣기만 했지만 표정만으로도 심
상치 않은 내용임을 알 수 있었다. 짤막하게 이어진 통화가 끝
난 후 지한이 내막을 밝혔다.

"제 짐작이 맞았습니다. 형철인력건설은 회사명에서 알 수
있듯 일반 용역뿐만 아니라 건설인력 용역도 함께 하고 있습니
다. 형철인력건설의 과거 거래 내역을 살펴봤더니 만백건설과
도 거래를 한 적이 있더군요. 아마 그때 채윤 씨 아버님과도 알
게 됐겠죠. 정확한 사연은 모르지만 그때 무슨 일인가로 둘 사
이가 틀어졌을 수도 있습니다. 어쩌면 서명찬 씨가 거래대금을
떼먹고 잠적한 걸지도 모릅니다. 개인적인 금전거래 중에 심한
다툼이 있었을 수도 있고요. 이 정도면 범행 동기로는 충분합
니다."

"아버지한테 원한이 있다 해도 저는 왜 죽이려 한 건데요?
제가 무슨 상관이 있다고?"

"복수할 대상이 사라져버렸잖아요. 잠적한 서명찬 씨 대신
채윤 씨를 죽이기로 마음먹은 건지도 모르죠. 딸이 살해당하면
가슴이 찢어질 사람이 누구겠습니까? 아버지 아니겠어요? 혹
은 서명찬 씨를 끌어내리는 유인책일 수도 있고요. 딸 장례식
장에는 아버지가 나타날 거라 판단하고 이런 짓을 벌인 건지도

모릅니다."

아연실색한 채윤은 할 말을 잃었다. 아직까진 추측에 지나지 않을 뿐이지만 나름 일리 있는 추론이었다. 종합해보면 연을 끊은 아버지 때문에 목숨을 잃을 뻔했다는 소리였다. 채윤이 입을 앙다물고 허공을 노려보자 은경이 위로조로 물었다.

"채윤 씨, 괜찮아요?"

"네, 괜찮아요. 신경 써줘서 고마워요. 앞으로의 계획은 어떻게 되나요? 임형철을 소환해 조사하실 건가요?"

지한의 입에서 기운 빠진 대답이 흘러나왔다.

"소환할 명분이 없어요. 끽해야 참고인 조사인데 그렇게 소환해봤자 몸 사리고 증거 인멸하라고 조언해주는 꼴밖에 안 됩니다. 소환 조사를 하려면 최소한 놈을 조금이라도 잡아둘 수 있을 만한 증거를 쥐고 있어야 해요. 채윤 씨가 들었다는 콧노래 소리만으로는 어림도 없어요. 그걸 근거로 영장을 내줄 판사도 전무하고요. 그나마 기대해볼 만한 구석이 오영숙인데 실종 상태니 뾰족한 수가 안 보이네요."

"오영숙 씨는 돈을 받고 잠적한 걸까요?"

"음……. 그랬을 수도 있지만 입막음 조로 살해당했을 가능성도 높아요. 공범이면서도 차후 증인이 될지도 모를 유일한 목격자니까요. 그녀를 제거하지 않고서는 발 뻗고 자기 힘들 겁니다."

"아무 방법이 없다는 소리인가요?"

"우선 임형철에게 감시를 붙여봐야죠. 최근 행적과 접촉했던 인물들 그리고 동선까지 철저하게 파헤칠 겁니다. 그러다 보면 뭐라도 나오겠죠."

말은 그렇게 했지만 지한도 자신은 없었다. 더 큰 문제는 임형철에게만 전력으로 매달릴 수 있는 상황이 아니라는 점이었다. 메인은 어디까지나 연쇄살인사건이었다. 만약 임형철이 모방범이 맞는다면 이미 연쇄살인사건이라는 중차대하고도 무거운 짐을 지고 있는 상황에서 또 다른 짐을 떠안게 되는 판이었다. 두 마리 토끼를 쫓을 수 있을까. 그러다 둘 다 놓치게 되는 건 아닐까. 밤잠을 설칠 수밖에 없었다.

*

본부장실로 홀로 불려간 건 실로 오랜만이었다. 지한만 따로 불렀다는 사실에 걱정부터 앞섰다. 심상찮은 일이 기다리고 있는 건 아닐까. 노크를 하자 안에서 들어오라는 말소리가 들렸다. 문을 열고 들어가니 유기환은 업무용 책상이 아닌 소파에 앉아 있었다. 응접 테이블 위에 꽁초가 수북하게 쌓인 재떨이가 보였다. 지한은 눈썹을 추켜세웠다. 어느 땐가 금연한 지 15년이 넘었다고 들은 적이 있기 때문이었다. 뭔지는 몰라도 나쁜 쪽으로 심경의 변화를 겪은 듯싶었다. 유기환이 애써 미소를 띠었다.

"와서 앉지."

그의 오른쪽 자리에 앉자 유기환이 불쑥 담배 한 개비를 내밀었다.

"한 대 피울 텐가?"

지한은 사양하지 않고 담배를 받아 들었다. 유기환에게 공손하게 먼저 불을 붙여준 다음 자신의 담배에도 불을 붙였다. 담배를 한 모금 빤 다음 고개를 돌리고 옆에다 연기를 내뿜었다. 유기환의 입에서 한탄 같은 담배 연기가 길게 뿜어져 나왔다.

"실은 말일세. 15년 넘게 담배를 끊었다고 우쭐댔지만 거짓말이었네."

"그러시면……."

"가슴이 답답할 때면 가끔씩 몰래 피웠어. 아마 집사람은 눈치챘을 거야. 모른 척했던 게지. 나한테도 조금은 숨통을 틔워줄 게 필요했다고 여긴 거겠지. 근데 앞으로는 가짜가 아니라 진짜로 끊게 될 거 같네."

의미심장한 얘기에 지한의 맥박수가 빨라졌다.

"무슨 일이 있으셨습니까?"

유기환이 쓴웃음을 짓더니 말을 돌렸다.

"임형철에 대한 감시는 어떻게 되고 있나?"

"별다른 움직임은 보이지 않고 있습니다."

"눈치를 챈 것 같지는 않고?"

"외부 활동이 적긴 하지만 아직까지 그런 낌새는 없습니다."

"증거나 증인은? 확보할 수 있을 것 같은가?"

"전방위적인 감시에 뒷조사까지 수행 중입니다만…… 의미 있는 성과를 낼 수 있을지는 미지수입니다."

지한은 시선을 내리깐 채 보고했다. 유기환을 볼 낯이 없었다. 얼마 피지 않은 장초를 재떨이에 비벼 끈 유기환이 손으로 연기를 휘휘 날려 보냈다.

"본인이 연쇄살인범이라고 주장하는 자는?"

"아직까지는 모방범에 대해 알아내지 못했다는 말을 의심 없이 받아들이는 것 같습니다."

"그놈을 잡아들일 방법 또한 없나?"

"죄송합니다. 면목 없습니다."

"그런 말 하지 말게. 자네 잘못이 아니니까."

모든 걸 다 내려놓은 것 같은 유기환의 태도에 지한의 불안 감은 갈수록 증폭됐다. 그가 해탈한 듯한 어조로 말을 이었다.

"오전에 강 부장님을 뵙고 왔네. 청장님께서 더는 수사가 지연되는 꼴을 두고 볼 수 없다고 하셨다더군."

당시의 굴욕적인 기억이 떠올랐는지 유기환이 허공 어딘가를 쏘아보았다. 지한은 숨을 죽이고 그의 입만 바라보았다. 나쁜 예감이 들었다.

"수사본부의 최우선 목표는 연쇄살인범 검거라고 하더군. 정체불명의 모방범에게 신경 쓸 때가 아니라는 거지. 설령 모방범이 실재한다 해도 특정인만 노리니 추가 인명 피해는 없겠

지만 연쇄살인범은 다르다는 거야. 잡히지 않는 한 살인 행각
이 계속될 테니까 말이야. 틀린 말은 아니긴 해."

"그래서요?"

"임형철을 미끼로 연쇄살인범을 유인해내라고 하더군."

"뭐라고요? 그건 절대 안 됩니다."

지한이 목에 핏대를 세우며 반대했다.

"나도 그렇게 얘기했네. 위험부담이 너무 크다고. 더욱이 수
사 원칙에도 어긋나는 일이니까."

"맞습니다. 잘못했다간 임형철이 위험에 빠질 수도 있습니
다. 뭣보다 아직 임형철은 유력 용의자일 뿐입니다. 그가 진짜
모방범인지 아닌지도 밝혀지지 않았다고요!"

"강 부장도 그 사실을 모를 리 없지. 상관없다는 식으로 말
하더군. 그 전에 둘 다 잡아들이면 되지 않느냐면서 말이야."

"말이 쉽지, 작전이 성공할 확률이 너무 낮습니다. 통제 불
가능한 돌발변수도 적지 않고요. 청장님께 직접 말씀드리는 게
어떻겠습니까? 본부장님이 강 부장의 명령을 받는 위치도 아
니지 않습니까? 청장님께서 이렇게 무리하고 부적절한 작전을
허락하실 리가 없습니다."

"강 부장이 그러더군. 청장님께서도 암묵적으로 승인했다고
말이야."

지한은 자신의 귀를 의심했다. 기가 차서 말이 나오지 않았다.

"승인하셨다고요?"

"비공식적으로. 공식적으로는 이런 명령은 내리지 않은 거지. 불법 함정수사를 승인한 사실이 드러나면 파면될 게 뻔하니까. 이딴 작전은 들은 적도 허가한 적도 없는 일이 될 거라고 했네. 한마디로 모르쇠로 일관하겠다는 거지. 일이 잘못되면 누군가가 모든 책임을 뒤집어써야 할 테고. 결국 내가 상부 승인 없이 독단적으로 벌인 일이 되겠지."

지한은 펄쩍 뛰며 반발했다.

"말도 안 됩니다. 이런 법이 어디 있습니까?"

"조직이란 게 원래 이렇다네."

"거부하시면 되잖습니까? 이건 부당한 지시입니다."

"자네 말마따나 거부하고 본부장 자리에서 물러날 생각까지 해봤네. 고민 끝에 그냥 받아들이기로 했네."

"이유가 뭡니까? 본부장님이 전부 뒤집어쓰려 하시는 이유가 뭐냐고요?"

"연쇄살인범을 잡을 수 있는 유일한 기회니까. 놈을 잡지 못하면 또 다른 피해자가 생길 테니까. 무모한 도박을 감행하는 것 말고는 다른 대안이 없지 않나?"

지한은 입술 안쪽을 피가 날 정도로 질끈 깨물었다. 그렇지 않다고, 다른 대안이 있다고 말할 수 없는 스스로가 한심하기 짝이 없었다.

"정말 임형철을 미끼로 연쇄살인범을 유인할 작정이십니까? 위험한 건 둘째치고 만에 하나 임형철이 모방범이 아니면 어쩌시려고요. 서채윤 씨에게 접근한 자가 진짜인지 가짜인지 진위도 파악하지 못했습니다. 무모한 작전이라고요."

"그렇다고 가만히 앉아 있을 수만도 없지 않나. 걱정 말게. 모든 책임은 내가 질 테니."

유기환이 지한을 향해 희미하게 웃어 보였다. 처량한 얼굴을 보고 있자니 더 이상 만류할 수가 없었다.

*

"연쇄살인범에게 모방범을 찾았다고 얘기하라고요?"

채윤이 의아한 말투로 재차 확인했다.

"네, 임형철이 모방범이라고 전달해주십시오."

"정말 그래도 괜찮은 거예요? 그랬다가 연쇄살인범이 임형철을 죽이기라도 하면 어쩌려고요?"

"그런 일은 일어나지 않을 겁니다. 그전에 우리가 막을 테니."

지한의 말에서 전과 같은 정당성이나 명분이 느껴지지 않았다. 불순한 의도를 얼핏 눈치챈 채윤이 추궁조로 따졌다.

"설마 임형철을 미끼로 덫을 놓으려는 거예요? 연쇄살인범을 잡기 위해서?"

속일 수 없다고 판단한 건지 지한은 순순히 인정했다.

"맞습니다."

"임형철이 모방범이라는 심증만 있을 뿐이지, 물적 증거는 하나도 없잖아요. 만에 하나 그가 모방범이 아니면 어쩌려고요? 무고한 시민을 연쇄살인범의 먹잇감으로 던져주는 꼴이 되는 거잖아요."

뼈아픈 지적을 지한은 애써 외면했다.

"임형철이 모방범이 확실하다면서요. 콧노래 소리가 모방범과 똑같다고 한 건 채윤 씨 아니었어요?"

"그렇긴 하지만…… 그래도 이러면 안 되는 거 아니에요? 이런 식의 함정수사는 불법 아니냐고요? 설령 임형철이 모방범이 맞다 하더라도 미끼로 이용해선 안 되는 거잖아요!"

"그냥…… 저를 믿고 따라주십시오. 상황이 최악으로 치닫는 일도 임형철이 살해당하는 일도 없게 할 겁니다. 약속할게요. 그전에 어떻게든 놈을 저지하겠습니다. 놈을 잡으려면 이 방법밖에 없습니다."

채윤은 결국 지한의 부탁을 들어주기로 했다. 이렇게까지 굽히고 들어오는 모습을 처음 봐서 그런지는 몰라도 어딘가 안쓰럽게 느껴졌다. 게다가 범인 검거는 경찰의 몫이었다. 일반인인 자신이 이래라저래라 훈수를 둘 처지도 아니었다. 뭣보다 언제까지고 연쇄살인마와 외줄 타는 아슬아슬한 채팅을 할 수도 없는 노릇이었다. 그로부터 이틀 후 자정 즈음에 연쇄살인범의 메시지가 도착했다.

— 여전히 제자리걸음 중인가?

403호에서 긴급 모임이 열렸다. 지한이 독촉의 눈짓을 보냈지만 채윤은 망설였다. 여전히 확신이 서지 않았다. 가짜 미끼로 덫을 놓는 게 옳은 일인지. 주저하다 지한의 레이저 눈빛에 떠밀려 진땀 나는 손을 놀렸다.

— 모방범을 찾은 것 같아.

— 그거 좋은 소식이군. 슬슬 인내심이 바닥날 지경이었는데. 어떻게 찾아낸 거지?

채윤이 고개를 들었다. 뭐라고 대꾸하느냐, 는 눈길로 지한을 바라봤다.

"어설프게 지어내느니 사실대로 얘기하는 게 나을 것 같습니다. 경찰청에서 정보 유출자를 색출해냈다고. 그 정보 유출자의 행방을 뒤쫓다 보니 모방범에 다다르게 됐다고요. 상대를 감쪽같이 속여 넘기는 데에는 진실이 버무려진 거짓말만큼 강력한 무기도 없으니까요."

내키지 않았지만 지한의 말을 그대로 옮겼다.

— 기밀이 수사본부가 아닌 경찰청에서 유출됐다는 걸 알아냈어.

— 역시 경찰의 짓이었나?

— 아니, 청소 노동자의 소행이었어. 기밀을 빼내 모방범에게 전달한 것 같아. 그 후 곧바로 일을 그만뒀고 현재는 실종 상태야. 청소 노동자의 행적을 추적하다 어떤 인력용역 업체의 인물과 연결돼 있다는 걸 알아냈지.

— 그 인물을 모방범이라고 판단한 근거는?

— 콧노래.

— 콧노래?

— 그자가 콧노래를 흥얼대는 걸 우연찮게 들었거든. 모방범이 나를 습격했던 때 흥얼거렸던 콧노래와 소름 끼치게 똑같았어.

— 모방범이 널 죽이려 한 이유는?

채윤은 머뭇거렸다. 이유를 말하려면 아버지 얘기도 꺼내야 한다. 꺼려졌지만 놈의 신뢰를 얻으려면 어쩔 수가 없었다.

— 과거에 아버지와 용역 거래를 한 적이 있었어. 잘은 모르지만 아버지에게 앙심을 품었던 것 같아. 아버지가 사라져버려서 내게 대신 앙갚음을 한 게 아닐까 싶어. 내 죽음으로 잠적한 아버지를 끌어내려 한 건지도 모르고.

— 당신 아버지가 잠적했나?

— 그래, 5년 전 회사가 부도나기 직전에.

— 아버지가 많이 원망스럽겠군. 버린 것도 모자라 살해당할 뻔하게 만들었으니.

채윤이 아무 대꾸도 하지 않자 알 만하다는 듯한 문장이 떴다.

— 역시나 많이 원망스러운가 보네.

채윤은 욱해서 발끈했다.

— 당신 가족관계는 꽤나 화목했나 보지? 사랑과 웃음이 넘치는 가정이었어?

바로 맞받아칠 줄 알았더니 잠잠했다. 한동안 아무 말도 하지 않자 괜히 초조해졌다. 은경에게 도움을 구했다.

"왜 대꾸가 없을까요? 제가 신경을 건드린 걸까요?"

"그런 걸 수도 있어요. 아니면, 정말 애틋했거나. 가족과의 추억을 곱씹는 걸지도 몰라요."

"사람을 네 명이나 죽인 연쇄살인마에게 그런 감정이 있다고요?"

"자신의 가족조차 서슴없이 해치는 연쇄살인범도 있죠. 외국의 사례를 보면 첫 살인 대상이 가족인 경우도 적지 않고요. 반면 자기 가족만큼은 끔찍하게 아끼는 자들도 있어요. 자기 사람에게만큼은 세상 다정하고 좋은 사람인 거죠. 철저하게 이중생활을 하는 거예요. 낮에는 사랑이 넘치는 아빠나 남편으로, 저녁에는 살인마로."

이은경의 설명을 듣는데 왠지 모르게 오한이 일었다. 그녀의 말을 되새기는데 메시지가 떴다.

— 이걸 혼자 힘으로 다 알아낸 건 아닐 테고, 누가 도와줬지?

상대는 말을 돌렸다. 자신의 가족에 대해서는 언급하고 싶지 않은 걸까. 그 부분을 더 파고들까 하다가 자극하지 않는 게 낫겠다는 쪽으로 의견이 모아졌다.

— 당연히 수사본부 형사들이지. 그들은 모방범을 연쇄살인범 용의자로 보고 있어. 당신에 대해서는 아무것도 몰라. 왜? 당신의 존재를 발설했을까 봐 걱정돼?

— 글쎄, 말했을 것 같기도 하고.

등줄기로 식은땀이 흘렀지만 채윤은 배짱 좋게 나갔다.

— 좋을 대로 생각해. 지금 내 곁에 수사본부 팀장과 프로파일러가 딱 붙어 있다고 생각하든 말든 난 신경 안 쓰니까.

— 의외로 재밌는 구석이 있군. 좋아, 모방범의 이름은?

— 그전에 하나 묻고 싶은 게 있어?

— 뭐지?

— 모방범을 죽일 거야?

— 전에 말하지 않았던가? 모방범이 사라져야 너도 두 발 뻗고 잘 수 있다고. 모방범은 널 포기하지 않을 거야. 널 죽이기 위해서라면 무슨 짓이든 할걸. 경찰은 널 돕지 못해. 증거가 없으니까. 내가 죽여준다고 하면 넌 엎드려 절이라도 해야 하는 처지라고.

— 아무리 날 죽이려 했던 자라도 죽게 놔둘 수는 없어.

— 성인군자 납셨군. 좀 솔직해지지그래. 나에게까지 그딴 가식을 떨 필요는 없잖아. 내심 그놈이 고통스럽게 죽길 원하잖아, 아닌가?

— 설령 그렇다 해도 당신과는 아무 상관 없는 일이잖아. 왜 그렇게 모방범을 못 죽여서 안달인 거지?

— 그놈이 내 사명을 더럽혔으니까.

— 사명?

— 쓸데없는 잡담은 그만두지. 어서 놈의 이름이나 말해.

채윤은 마지막으로 지한의 눈을 똑바로 응시했다. 정말 알려줘도 되는지 강렬한 침묵의 질문을 던졌다. 지한이 고갯짓을 했다. 왠지 모르게 확신이 서지 않는, 어찌 보면 체념에 가까운 몸짓으로 보였다.

— 모방범의 이름은 임형철이야. 형철인력건설이라는 업체를 운영하고 있어.

연쇄살인마가 퇴장했다.

*

지한은 블라인드 틈을 손가락으로 살짝 들추고 밖을 내다봤다. 2차선 도로 너머로 4층짜리 상가 건물이 눈에 들어왔다. 3층 벽면에 형철인력건설이라는 간판이 달려 있었다. 창문마다 불투명한 시트지를 붙여놓은 탓에 사무실 내부는 들여다보이지 않았다. 시선을 밑으로 내려 길가를 훑었다. 한 시간 전과 다를 바 없는 일상적인 풍경이 펼쳐져 있었다. 인도를 바삐 지나가는 보행자들, 차도를 쉴 새 없이 내달리는 차량들. 어디서도 수상쩍은 인물이나 차량은 눈에 띄지 않았다. 상가를 드나드는 사람들 또한 감시카메라로 옆방에서 24시간 체크 중이었다. 상가에 입점 중인 가게의 주인이나 종업원은 물론이고 뜨내기손님과 배달 기사들까지. 조금이라도 미심쩍은 낌새가 보이면 지체 없이 형사들이 은밀하게 달라붙어 신원을 확인했다.

상가 왼편 끝에 있는 공영주차장으로 눈길을 돌렸다. 거의 만석인 주차장 구석에 특색 없는 승합차가 한 대 서 있었다. 미행조가 대기 중인 차량이었다. 임형철이 집이나 사무실을 떠나 이동하면 즉각 따라붙어 뒤를 쫓았다. 지한이 머물고 있는 임대 사무실과 옆방에도 10여 명이 넘는 형사들이 쪽잠을 자가며 형철인력을 감시하고 있었다. 임형철의 행보에서 특별한 낌새는 포착되지 않았다. 자택과 사무실을 오가는 게 외출의 전부였다. 그렇다고 누군가가 자신을 미행하고 감시 중이란 사실을 알아챈 것 같지는 않았다. 실종사건 때문이라고는 해도 형사가 찾아와 오영숙에 대해 꼬치꼬치 캐물었으니 경계심이 높아졌을 수도 있다. 캥기는 구석이 있는 데다 경찰이 주변을 기웃거리니 한동안 바깥 활동을 자제하며 몸을 사리려는 걸지도 모른다. 작전에 투입된 형사들은 임형철이 수상한 눈치를 채지 못하게끔 세심한 주의를 기울이고 있었다. 미행팀과 감시팀도 현장 경험이 풍부한 베테랑들로 꾸렸다. 미끼에 문제가 생기면 사냥감도 이상한 조짐을 감지하기 마련이니까.

연쇄살인범에게 모방범이 임형철이라는 사실을 전한 지 벌써 일주일이 지났다. 덫을 놓고 기다렸지만 별다른 기미는 포착하지 못했다. 수상한 자가 상가 일대를 어슬렁대지도 낯선 인물이 임형철에게 접근하지도 않았다. 그 뒤로 채윤에게 메시지를 보내지도 않았다. 언제쯤 행동을 개시하려는 걸까. 당장이라도 모방범을 없애버릴 것처럼 굴더니 뭘 꾸물대는 걸까. 뭔가를 준비 중인 건가. 함정이라는 걸 간파한 건 아니겠지. 경찰이 임형철 주변에 쫙 깔려 있다는 걸 본능적으로 감지한 건가. 나타나기는 할까, 란 의문도 고개를 쳐들었다. 애초에 모방범의 털끝 하나 건드릴 마음도 없었던 건 아닐까. 그저 허세를 부린 건지도 모른다. 허언증이 심한 인간의 말장난에 유린당하는 걸 수도 있고.

온갖 잡념과 근심이 머릿속을 들쑤시고 다녔다. 창가에서 물러나 소파에 등을 기대 따가운 눈두덩을 손끝으로 지압했다. 일주일 넘게 세포 하나하나까지 신경을 예리하게 곤두세웠더니 몸살에 걸린 것처럼 열이 욱신욱신 올랐다. 오늘도 아무 일 없이 지나가려나. 허탈해지는 한편으로 미련하게 나타나지도 않을 놈을 기다리는 건 아닌가 싶어 우울해졌다. 소파에 늘어져 있는데 범석이 문을 열고 들어왔다. 지한을 본 그가 고개를 절레절레 저었다.

"여기서 청승 떨지 말고 집에 가서 눈 좀 붙이시죠."

지한이 기지개를 켜며 목을 돌렸다.

"놈이 언제 나타날지 알고."

"팀장님이 자리 비운 동안에는 절대 안 나타날 테니까 걱정 마세요. 이상한 낌새가 조금이라도 보이면 바로 연락드리겠습니다. 여기 다른 형사들도 많잖습니까. 저희한테 맡기고 좀 쉬다 오세요."

"난 괜찮으니 너부터 쉬고 와. 냄새나는 옷도 좀 갈아입고."

범석이 셔츠를 들어 올려 냄새를 킁킁 맡더니 멋쩍게 웃었다.

"그렇게 냄새가 심합니까?"

"그래, 인마. 잠복하는 형사 티 팍팍 내지 말고 옷 갈아입고 와. 면도도 좀 하고."

"꼴이 말이 아닌 건 팀장님도 마찬가지인데요. 먼저 다녀오시죠. 그럼 저도 갔다 오겠습니다."

지한이 못 말리겠다는 듯이 혀를 찼다.

"고집하고는."

"근데 좀 이상하지 않습니까?"

"뭐가?"

"본부장님 성격에 이렇게 무모한 작전을 감행하실 줄은 몰랐거든요."

그 말을 듣자마자 지한은 체한 것처럼 속이 울렁거렸다. 작전 실행 전 강창규 부장을 찾아갔던 일이 떠올랐다.

*

"여기는 웬일이지? 그날 이후로 날 찾아오는 일은 없을 줄 알았는데."

강창규의 한쪽 입꼬리가 비웃듯이 말려 올라갔다. 지한은 담판을 짓겠다는 듯이 상체를 드밀었다.

"드릴 말씀이 있어 왔습니다."

"무슨 말?"

"이번 작전은 제가 지휘하겠습니다. 제 독단으로 진행하는 작전으로 처리해주십시오. 본부장님은 아무것도 모르는 일로 하고요. 일이 틀어지면 제가 모든 책임을 지겠습니다."

강창규의 한쪽 눈초리가 실룩거렸다. 자못 흥미롭다는 표정이다.

"모든 책임이라……. 목이 날아가도 상관없다는 건가?"

"네, 경찰 배지에 미련이 없어졌거든요."

"본부장을 위해서라면 주저 없이 목까지 걸겠다? 참 눈물겨운 충성심이로군. 그새 그 인간의 매력에 풍덩 빠진 거야? 아니면 뭐라도 받아먹은 건가? 그도 아니면, 자네 뒤를 봐주겠다는 약속이라도 받아냈나 보지?"

"본부장님이 부장님과는 다른 부류의 사람이란 건 누구보다 부장님이 잘 아시지 않습니까?"

"왜 그렇게까지 유기환을 감싸고 도는 거지?"

"저와는 달리 경찰 조직에 꼭 필요한 분이니까요."

지한의 결연한 말에 강창규가 코웃음을 쳤다.

"마치 나는 경찰 조직의 암세포라도 되는 것처럼 말하는군."

지한이 아무 대꾸도 하지 않자 강창규가 일장 연설을 늘어놨다.

"뭔가 착각하는 모양인데 자네 같은 피라미는 아무도 신경 쓰지 않아. 목을 날려봤자 누구 하나 만족시키지 못한다고. 누군가 책임을 져야 한다면 최소 본부장급은 돼야지, 언론이나 국민도 납득해. 이미 국민들의 실망과 분노는 쌓일 대로 쌓였어. 터지기 일보 직전이란 말이야. 성난 민심을 달래려면 그에 걸맞은 희생양을 던져줘야 해. 직급으로 보든 수사본부장이란 현재 직책으로 보든 유기환이 적임자야. 자네가 독단으로 작전을 진행했고 본부장은 몰랐다고 잡아떼면 국민들이 아, 유기환은 아무 책임도 없구나 하면서 넘어갈 것 같은가? 도리어 엄청난 역풍을 맞을걸. 무능력한 것도 모자라 조직 관리도 제대로 못했다고 말이야."

지한은 어금니를 악물었다. 처음부터 유기환을 날릴 작정으로 수사본부장에 앉힌 거라는 확신이 들었다. 작전의 성공 여부에 상관없이 어떻게든 꼬투리를 잡아서 스스로 옷을 벗게 만들거나 좌천시키리라.

"실무자는 저입니다. 실패한다면 그에 따른 책임을 지는 게 마땅하지 않겠습니까?"

"자네는 예외야."

"왜죠?"

지한의 눈매가 의혹으로 가늘어졌다.

"자네는 경찰 조직에 필요한 인력이니까."

욕지기가 치밀었다. 아직은 나름 이용 가치가 있다는 뜻이겠지. 언젠가는 버려지겠지만.

"왜 시작도 하기 전에 실패할 생각부터 하지? 작전이 성공해 연쇄살인범을 검거하게 될지도 모르잖나. 그렇게 되면 자네 위상은 껑충 뛰어오를 테고."

강창규의 음흉한 눈웃음에 지한은 속이 메슥거렸다.

*

"무슨 생각을 그렇게 골똘히 하세요?"

범석의 말에 지한은 현실로 돌아왔다.

"아무것도 아니야. 본부장님도 연쇄살인범 검거가 가장 시급한 문제니까 그러셨겠지."

"아무래도 그렇겠죠? 언제 또 놈이 날뛸지 모르니까요. 그나저나 정말 그놈이 연쇄살인마가 맞을까요. 전 아직까지 긴가민가한데……. 여태 모습을 드러내지 않는 걸 보면 구라를 친 건 아닌지 의심스럽기도 하고요."

지한도 맞장구를 치고 싶은 심정이었다. 부하의 사기를 떨어지게 만들 수도 없는 노릇이라 잠자코 있었지만.

"두고 보면 알겠지."

시계를 힐끔 확인한 지한이 말했다.

"시간이 벌써 이렇게 됐나. 점심 먹고 와."

"팀장님 먼저 다녀오시죠."

"난 별생각 없어. 먼저 갔다 와."

"알겠습니다."

범석이 형사들과 함께 사무실을 나가려는 순간 테이블 위의 무전기가 치직거렸다. 지한이 잽싸게 무전기를 집어 들었다. 범석 일행도 발걸음을 멈추고 지한을 주시했다.

"무슨 일이야?"

"경찰차 두 대가 이쪽으로 오고 있는데요. 지원 병력인가
요?"

길가에서 핫도그 장수로 위장한 형사의 보고였다. 지한이 의
아한 투로 반문했다.

"경찰차 지원 요청을 뭣 하러 해? 감시 중이란 거 광고할 일
있어? 이쪽으로 오는 거 확실해? 딴 데로 이동 중인 거 아니고?"

"그건 아닌 것 같습니다. 저희 목표물이 있는 상가로 접근
중입니다."

지한은 창가로 달려갔다. 블라인드를 급하게 젖히고 밖을 내
다봤다. 순찰차 두 대가 상가 앞 대로로 미끄러져 들어오더니
입구 쪽에 정차했다. 점심을 먹으려고 나가던 범석과 형사들도
얼른 창가 쪽으로 붙었다. 지한의 입에서 절로 고성이 튀어나
왔다.

"저 새끼들 뭐 하는 놈들이야?"

동시에 외부 감시 팀들에게서 연이어 무전이 날아왔다. 그러
나 순찰차가 갑자기 등장한 이유를 아는 사람은 아무도 없었
다. 지한은 누구에게랄 것도 없이 다급하게 소리쳤다.

"어디 소속인지, 뭣 때문에 출동했는지 빨리 가서 확인해봐.
어서!"

같은 건물 1층 카페 창가에서 감시 중이던 형사 두 명이 부
리나케 차도를 건너 경찰차로 접근하는 모습이 보였다. 그들이
경찰차에서 내린 순경과 몇 마디 나누더니 무전기로 교신을 보

냈다.

"동부서 지구대 쪽 애들이라는데요."

"뭐? 동부서?"

"네."

아차 싶었다. 이 구역은 동부서 관할이었다. 평소라면 협조 요청까지는 아니더라도 사전에 양해를 구하고 작전을 펼쳤을 것이다. 그러나 단순한 범인 검거 작전이 아니다 보니 그쪽과 함부로 정보 공유를 할 수가 없었다. 더구나 공식적인 것도 합법적인 작전도 아니지 않는가. 만약 이쪽으로 출동할 일이 생기면 귀띔을 해달라고 얘기라도 해둘걸, 하는 후회가 일었다.

"무슨 일로 출동했다는데?"

"사람이 죽었다는 신고가 들어왔답니다."

"뭐? 사람이 죽어?"

지한의 목소리가 뒤집혀 나왔다. 연쇄살인마가 벌써 첩첩 둘러싸인 감시망을 뚫고 들어가서 임형철을 죽였단 말인가.

"어디서 들어온 신고인지 확인해봐!"

"형철인력이라고 합니다!"

그 말이 끝나기도 전에 지한을 필두로 형사들이 사무실 문을 박차고 튀어 나갔다. 한 떼의 버팔로 무리가 평원을 휩쓸고 지나가듯 복도와 계단을 지나 차도를 질주했다. 여기저기서 경적 소리가 울려 퍼졌지만 아무도 개의치 않았다. 비상사태였다. 가뜩이나 경찰차의 출동으로 주목 받던 상가 입구에 한 무리의 건장한 남정네까지 우르르 몰려들자 지나가던 사람들은 물론 상가 주민들까지 창밖으로 고개를 내밀고 구경했다. 지한은 경찰차를 지나쳐 그대로 상가 입구로 뛰어 들어갔다. 한달음에 3층까지 올라가 복도를 내달려 형철인력 사무소 문을 부술 듯이 열고 들어갔다. 안에 있던 직원이 화들짝 놀라 자리에서 일어섰다.

"누, 누구세요?"

"경찰입니다. 죽은 사람이 누굽니까?"

"네? 죽다니요? 누가요?"

직원의 눈이 튀어나올 듯이 커졌다. 반응을 보건대 무슨 영문인지 모르는 것 같았다.

"경찰에 신고하지 않았습니까?"

"무슨 신고요?"

"사람이 죽었다고 신고하지 않았냐고요?"

"네? 아니요! 저희가 왜 그런 신고를 하겠어요!"

지한은 잠시나마 안도했다. 장난 신고였을까. 하지만 누가, 왜? 형철인력건설을 콕 집어서 거짓 신고를 했을까. 분명 숨겨진 의도가 있을 것이다. 퍼뜩 한 가지 가능성에 생각이 미쳤다. 젠장, 어쩌면 연쇄살인범이 떠본 게 아니었을까. 경찰이 임형철 주변에 깔려 있는지 아닌지 확인하려고? 뒤늦게 사무실 내부를 휘둘러봤다. 임형철의 모습이 보이지 않았다.

"임형철 씨는 어디 있습니까?"

"전화 받고 나가셨는데요."

"언제요?"

"3분 전쯤에요."

3분 전이면 경찰차가 상가 입구에 막 도착했을 때다. 싸늘한 예감이 뒷골을 스쳤다. 지한은 목청을 높여 부하들에게 명령했다.

"임형철을 찾아! 빨리!"

*

10분 전. 책상에 앉은 임형철은 깍지 낀 손에 턱을 괴고 이맛살을 찡그렸다. 출근해서 점심시간이 다 되도록 일도 하지 않고 잡생각에 빠져 있었다. 요 며칠 주변 분위기가 변했다는 느낌이 강하게 들었다. 한마디로 느낌이 싸했다. 집과 사무실을 나설 때마다 누군가가 뒷덜미를 훔쳐보는 듯한 시선도 느껴졌다. 어디를 가든 좌우를 두리번거리며 체크하는 버릇마저 생겼다. 께름칙한 감각에 주위를 재빨리 휘둘러봐도 자신을 주시하는 사람은 없었다. 갑작스럽게 몸을 돌려 근처를 살펴도 오다가 반대로 멀어지거나 눈을 피하며 딴청을 피우는 작자는 보지 못했다. 그럼에도 찝찝한 기운은 좀처럼 사라지지 않았다. 기분 탓일 수도 있다. 얼마 전 경찰이 찾아온 것 때문에 과민해진 건지도 모른다. 크게 염려할 필요는 없어 보였다. 자신을 용의자로 보는 것 같지는 않았으니. 여러 업체를 돌며 단순 탐문을 하고 있는 듯했다. 질문도 특별할 건 없었다. 꼬투리가 잡힐 만한 대답도 하지 않았다. 경찰의 방문을 예상 못 했던 건 아니다. 언젠가는 오지 않을까 내심 마음의 준비를 해뒀던 터라 당황스럽지는 않았다. 그렇지만 그 형사의 방문 이후로 뒤통수가 따끔거리기 시작했다. 육감의 경고를 무시할 수만도 없어서 근래 외출과 약속을 자제하고 있었다. 탈이 날 리는 없겠지만 조심해서 나쁠 건 없으니까. 모니터 하단의 시계를 보니 벌써 점심시간이 다 돼 있었다. 임형철이 파티션 너머로 말했다.

"점심은 시켜 먹자."

"오늘도요?"

자리에서 일어선 직원이 파티션 위로 얼굴을 드밀었다. 배달 음식은 지겨워 죽겠다는 표정이다. 일주일째 시켜 먹고 있으니 나가서 먹고 싶을 만도 했다.

"왜? 싫어?"

"싫다기보다는…… 이번 주부터 느닷없이 내내 배달만 시키니까 이상해서 그렇죠."

"귀찮잖아. 툭하면 줄 서는 거. 기다리는 것도 짜증 나고."

입을 비죽 내민 직원이 체념조로 물었다.

"그럼 뭐로 시킬까요?"

중국집, 이라고 말하려는데 사무실 전화기가 울렸다. 전화를 받은 직원이 수화기를 손으로 막더니 형철을 불렀다.

"사장님을 찾는데요."

"누군데?"

"그냥 친구라고만 하시는데요."

임형철은 고개를 갸웃거렸다. 친구, 라니. 딱히 짚이는 사람이 없었다. 떨떠름한 기분으로 전화를 돌려 받았다.

"여보세요."

"임형철?"

나지막한 톤의 듣기 좋은 목소리였다. 그렇지만 어딘가 모르게 으스스하게 들리기도 했다.

"그런데요. 누구시죠?"

"당신을 도와줄 사람?"

"돕다니? 뭘 돕는데요?"

"그런 걸 물어볼 때가 아니야. 서둘러 거기서 빠져나와야 해. 잡히고 싶지 않으면."

임형철의 목울대가 꿀렁거렸다. 선뜻 이해가 되지 않았지만 무슨 말인지 알 것 같기도 했다. 반말조로 세게 나가봤다.

"무슨 말인지 통 모르겠네. 전화 잘못 건 거 아니야?"

"경찰이 너를 잡으러 오는 중이라니까."

초조함에 입안이 말랐지만 짐짓 시치미를 뗐다.

"뭔 소리야? 경찰이 날 왜 잡으러 오는데?"

"네가 모방범이니까."

임형철은 하마터면 수화기를 떨어뜨릴 뻔했다. 가까스로 배에 힘을 주고 목소리를 끄집어냈다.

"너…… 누구야?"

"내가 누군지는 중요치 않아. 너에게 동질감을 느끼는 인간이라고만 해두지. 그래서 널 돕고 싶은 거고. 서두르는 게 좋을 거야. 경찰이 네가 모방범이란 증거를 확보해서 체포하러 가는 중이니까. 곧 도착할걸."

"그딴 말을 나보고 믿으라고?"

"요즘 분위기가 좀 이상하지 않았어? 누군가 널 지켜보는 듯한 시선을 느꼈을 텐데."

정곡을 찔린 임형철은 말문이 막혔다. 그걸 어떻게 알았지? 상대가 태연하게 설명을 계속했다.

"너도 위화감을 느꼈겠지만 경찰이 네 주변에 쫙 깔려 있었어. 24시간 널 감시하고 미행했지. 못 믿겠으면 창가로 가서 사거리 쪽을 확인해봐. 이쪽으로 오는 경찰차가 슬슬 보일 테니."

임형철은 수화기를 내려놓고 잰걸음으로 창가로 움직였다. 창문을 살짝만 열고 좁은 틈으로 밖을 내다봤다. 전화를 건 놈의 말 대로였다. 사거리를 지나친 경찰차 두 대가 이쪽을 향해 달려오고 있었다. 그럼에도 임형철은 반신반의했다. 그저 이 지역을 순찰 중인 건지도 모르지 않은가. 그러나 바람과 다르게 순찰차는 건물 입구 앞에 멈춰 섰다. 동시에 길 건너 건물에서 범상치 않은 분위기를 풍기는 사내들이 쏟아져 나오더니 이쪽으로 달려왔다. 한눈에도 강력계 형사들처럼 보였다. 지나가던 행인들도 무슨 일인가 싶어 걸음을 멈추고 돌발사태를 구경하기 시작했다.

뱃속에서 욕지기와 함께 불안감이 터질 듯 부풀어 올랐다. 도망쳐야 하나. 아니면 일단 순순히 경찰서로 따라갈까. 잡아떼기만 하면 되지 않을까. 증거 같은 게 남았을 리 없을 텐데. 하지만 전화를 건 작자가 단언하지 않았던가. 증거를 확보했다고. 이렇게 경찰이 눈앞에 떼거리로 몰려온 걸 보니 믿지 않을 도리가 없었다. 만약 지금 잡혔다간 다시는 세상 밖으로 나올 수 없게 될지도 모른다. 대책을 마련할 수도 없다. 딴 데로 불똥이 튈지도 모른다. 끝내 도주하는 게 최선이라는 결론을 내렸다. 부리나케 자리로 돌아온 임형철은 수화기를 들고 재촉했다.

"뭘 어떻게 하면 되지?"

"이제야 믿음이 좀 생겼나 보네. 걱정 마. 내 말만 잘 따르면 무사히 빠져나올 수 있을 테니까."

"이제 와서 무슨 수가 있긴 한 거야? 알려줄 거면 진작 알려줬어야지. 어떻게 도망치라는 거야? 벌써 경찰이 상가 주변을 물샐틈없이 포위했는데!"

"아까는 그렇게 여유 만만하더니 발등에 불이 떨어지셨나 보네."

전전긍긍하는 임형철과 달리 상대는 느긋하기 짝이 없었다. 긴박하고 절박한 상황에 말장난하는 걸 듣고 있자니 부아가 치밀었다.

"헛소리 작작 하고 빨리 도망칠 방법이나 알려줘! 경찰과 형사들이 진입하기 일보 직전이라고."

"좀 기다려봐. 어차피 상가 내에 경찰이 쫙 깔려 있어야 되니까."

"이 새끼가! 지금 날 놀리는 거야?"

임형철이 버럭 화를 내자 상대가 키득거렸다.

"희한하네. 어떻게 이딴 머리로 그런 계획을 다 세웠을까. 좋아, 슬슬 때가 됐으니 탈출 방법을 알려주지. 우선 화장실로 가."

"화장실 창문으로 뛰어내리라고? 여긴 3층이야. 게다가 화장실은 대로변을 마주 보고 있다고. 경찰들 앞에서 자살 소동이라도 벌이라는 거야?"

"설명 끝까지 들어. 화장실 비품 칸에 청소용구 박스가 있을 거야. 그 박스를 뒤져보면 검은색 비닐봉지가 나올 거고. 비닐봉지 안에는 경찰 제복이 들어 있어. 이 정도 얘기했으면 알아들었겠지?"

임형철의 눈이 희망으로 반짝였다.

"경찰로 위장해서 빠져나오라는 건가?"

"그래, 아까 타이밍이 중요하다고 했잖아. 상가 내부에 경찰들이 바글대면 아무도 너한테 신경 쓰지 않을 거야. 상가 주민들은 물론이고 같은 경찰이나 형사들까지. 출입문으로 당당하게 나와서 유유히 사라지면 돼."

위험부담이 없는 건 아니지만 충분히 먹힐 것 같았다.

"누군지 몰라도 고맙군. 언제가 될지는 모르겠지만 나중에 꼭 사례하지."

"사례 따윈 필요 없어. 네가 경찰의 포위망에서 무사히 빠져나오는 것만으로도 충분하니까."

그 말을 끝으로 난데없이 전화가 끊어졌다. 임형철은 얼떨떨한 눈으로 수화기를 내려다봤다. 희한한 놈이었다. 이자의 정체는 대체 뭘까. 그는 어떻게 내가 한 짓을 알고 있을까. 뭣보다 아무 대가도 받지 않고 날 도와주는 이유가 뭘까. 갖가지 물음표가 머릿속을 맴돌았지만 무엇 하나 깔끔하게 해답을 도출해낼 수가 없었다. 머리를 흔들며 잡념을 밀쳐냈다. 지금은 그딴 걸 따지고 있을 때가 아니었다. 수화기를 내려놓고 책상 서랍을 열었다. 현금다발을 챙겨 안주머니에 쑤셔 넣은 다음 급히 사무실을 나섰다. 어디를 가느냐는 직원의 말에 대꾸도 하지 않은 채.

*

임형철은 고통스러운 신음을 흘리며 눈을 떴다. 눈꺼풀을 깜빡거렸는데도 눈앞이 캄캄했다. 처음에는 불 꺼진 방 안에 있는 건 줄 알았다. 곧 착각이라는 걸 깨달았다. 실내에 누워 있는 게 아니었다. 서늘한 밤바람이 뺨을 할퀴고 지나갔다. 어디선가 불길한 새소리도 희미하게 들려왔다. 몸을 뒤척이다가 손발의 자유를 빼앗겼다는 사실도 알아차렸다. 팔다리가 밧줄로 억세게 결박돼 있었다. 풀어보려고 안간힘을 썼지만 애벌레처럼 꿈틀거리는 게 고작이었다. 어둠에 다소 적응되자 시야가 조금씩 트이기 시작했다. 빼곡한 나무와 잡목들의 그림자가 자신을 음침하게 내려다보고 있었다. 내가 왜 숲속에 있는 거지. 자연스레 그날 밤이 연상됐다. 그때와는 처지가 완전히 뒤바뀌었지만. 사냥꾼에서 사냥감으로. 그날 일이 망하긴 했지만 그래도 지금처럼 최악은 아니었다. 결박당하지만 않았으면 그년처럼 도망이라도 쳐볼 텐데. 무슨 일이 벌어진 건지 파악해보려는 와중에 지독한 통증이 엄습했다. 누가 도끼로 정수리를 쪼개기라도 한 건지 머리통이 빠개질 것처럼 욱신거렸다. 의식이 또렷해질수록 통증 또한 선명해졌다. 엿 같은 상황을 조금이라도 이해해보려고 시간을 거슬러 올라가보기 시작했다.

탈출은 친구라는 작자의 장담대로 순조로웠다. 상가 화장실에서 경찰 제복으로 갈아입은 다음 나갈 타이밍을 쟀다. 문에 붙어서 바깥 동정을 살피는데 급박한 발소리들이 우르르 화장실 앞을 지나쳤다. 모자까지 챙겨 쓰고 복도로 나와 잰걸음으로 밑으로 내려갔다. 계단에서 형사와 순경 몇이 그를 스쳐 지나갔지만 어느 누구도 그에게 관심을 갖지 않았다. 상가 앞 인도는 경찰과 구경꾼들이 뒤섞여 북새통이었다. 그야말로 도망가라고 판을 깔아준 셈이나 다름없다. 인파 속에 섞이려고 발을 돌리는데 누군가가 어깨를 잡았다. 제기랄, 들통난 건가. 머리를 푹 떨구는데 조폭 뺨치게 생긴 남자가 지시했다.

"빨리 군중 통제 안 하고 뭐 하고 있어? 어리바리하게 서 있지 말고 사람들 상가로 못 들어가게 막아."

"아…… 네, 알겠습니다."

웃음이 나려는 걸 꾹 참고 경례까지 붙인 다음 돌아섰다. 한동안 번잡한 현장을 통제하는 척하다가 은근슬쩍 그곳에서 벗어났다. 뛸 필요도 없었다. 그를 눈여겨보는 사람도 저지하는 사람도 없었으니까. 대로를 빠져나와 인적이 없는 골목길로 진입했다. 주위에 사람이 없는 걸 확인하고 대포폰을 꺼냈다. 전화를 걸려는 순간……. 그때부터 필름이 끊긴 사람처럼 기억이 없었다. 대체 누구 짓이지? 경찰은 아닐 테고. 당최 짚이는 사람이 없었다. 혹시……. 그때 나직한 목소리가 귓전을 울렸다.

"정신이 좀 드셨나?"

화들짝 놀란 임형철은 어깨를 움찔했다. 주위에 아무도 없는 줄 알았는데……. 목을 바짝 쳐들고 음성의 진원지를 노려봤다. 달빛도 비치지 않는 숲속의 밤은 숯덩이 같았다. 사람의 실루엣만 겨우 알아볼 수 있을 뿐 얼굴은 전혀 보이지 않았다. 더럭 겁이 났지만 약한 모습을 보여선 안 된다고 스스로를 타일렀다. 조직에 있을 때를 떠올려봐. 소싯적엔 배때기에 칼이 들어와도 눈 하나 깜짝 안 했잖아. 이를 갈며 정체를 물었다.

"너, 이 새끼 누구야?"

"섭섭한데. 그새 친구 목소리를 잊다니."

"헛수작 부리지 말고……."

욕지기가 치미는 와중에 생각났다. 얼떨떨한 음성으로 입을
벌렸다.

"친구라면…… 혹시 내게 전화했던……."

"이제야 은인이 기억났나 보군."

"이거 당장 풀지 못해! 내가 누군지 알고 감히 이딴 짓을 벌
여?"

"알 만큼은 알지. 임형철. 형철인력건설 사장. 전직 조폭."

그가 담백하게 신상을 읊었다.

"내게 무슨 원한이라도 있는 거야?"

"그런 게 있을 리가. 난 오늘 당신을 처음 봤어. 일주일 전만
해도 임형철이란 인간의 존재 자체를 몰랐고."

점잖지만 억양에 높낮이가 없는 말투였다. 살아 있는 인간의
목소리처럼 느껴지지 않아 기괴했다.

"근데 나한테 왜 이러는데?"

"네가 한원시 연쇄살인사건의 모방범이니까."

임형철은 나오지도 않는 침을 꼴깍 삼켰다. 이자는 내가 모
방범이란 사실을 어떻게 알았을까. 혹시 부패한 경찰인가. 돈
을 뜯어내려고 이런 짓을 벌이고 있는 건가. 그러나 형사라기
에는 분위기가 어딘지 괴상했다. 더욱이 푼돈을 받아먹고 덮어
주기에는 사건의 스케일이 무지막지하게 크지 않은가. 퍼뜩 의
심 갈 만한 인물이 한 명 떠올랐다.

"너, 설마…… 서채윤이 보냈냐? 그년과 한패냐고?"

"한패라……. 뭐, 그렇게 볼 수도 있겠군."

"그년에게 청탁을 받은 거야? 홍신소? 아니면 청부살인업자?"

남자의 입에서 같잖다는 듯한 웃음이 흘러나왔다.

"난 진짜지. 넌 가짜고."

뜬구름 잡는 소리에 눈살을 찌푸리던 임형철은 뒤늦게 행간의 의미를 깨닫고 입을 떡 벌렸다. 놀란 가슴을 다잡은 뒤에야 겨우 말문을 뗄 수 있었다.

"당신…… 한원시 연쇄살인사건의…… 진범이야?"

"그래, 내가 바로 당신의 우상이야. 그 악명 높은 한원시 연쇄살인마."

"믿을 수가 없네. 그 유명한 연쇄살인마가 눈앞에 있다니……."

잠시 감상에 빠졌던 임형철이 항의인지 회유인지 모를 말을 늘어났다.

"그건 그렇고 나한테 대체 왜 이러는 거야? 내 범행이 너한테도 득이 됐으면 됐지, 해가 되지는 않았을 텐데. 모방범의 등장으로 수사에 혼선을 가중시켰잖아."

"지금 생색내는 건가? 내게 감사 인사라도 받고 싶나 보지? 어쩌지. 하나도 고맙지 않은데."

"당신 흉내를 낸 게 괘씸해서 그래? 아니면 서채윤도 당신이

257

노리던 먹잇감이었던 거야? 뺏긴 게 분해서 이러는 거냐고?"

"애초에 네가 주제넘게 끼어들 일이 아니었어. 서채윤을 죽이려거든 네 방식대로 죽였어야지. 오직 나만의 사명을 욕보일 게 아니라. 멋대로 내 선을 넘지 말았어야 했다고."

남자가 싸늘하게 대답했다. 정확히 무슨 말인지는 알 수 없었지만 원초적인 두려움으로 임형철의 턱이 덜덜거렸다. 이 새끼는 진짜 미친놈이다. 날 잔인하게 죽일 것이다. 그런 절망의 갈고리가 심장을 덥석 움켜쥐었다.

"이봐. 잠깐만 내 얘기부터 좀 들어봐. 사실 서채윤을⋯⋯."

"서채윤 얘기는 관심 없어. 그보다 더 궁금한 게 있는데."

"뭔데? 원하는 건 뭐든지 말해줄게. 대신 목숨만 살려줘. 목숨만 살려주면 뭐든 다 시키는 대로 할 테니."

임형철이 절박하게 목숨을 구걸했다. 남자가 곰곰이 생각해보는가 싶더니 고갯짓을 했다.

"좋아, 내가 알고 싶은 걸 말해주면 네 몸에 손끝 하나 안 대도록 하지."

"그 말 정말이지? 진짜 약속하는 거지?"

"물론."

"좋아, 알고 싶은 게 뭔데."

"경찰청에서 기밀 자료를 빼낸 청소 노동자. 어디에 묻었지? 위치를 털어봐. 시치미 뗄 생각은 안 하는 게 좋을 거야. 거짓말 한마디에 네 사지도 하나씩 분리될 테니까."

검은 그림자가 다가와 임형철은 흠칫 놀랐다. 그가 바닥에 펜과 노트를 내려놓는 걸 보고 안도의 숨을 내뱉었다. 임형철은 그가 도로 원래 있던 자리로 돌아갈 때까지 시선을 내리깔았다. 그의 얼굴을 쳐다보지 않으려고 기를 썼다. 연쇄살인범의 낯짝을 알게 되면 죽어야만 할 테니까. 낑낑대며 몸을 뒤집은 임형철은 엎드린 자세로 펜을 잡았다. 깜깜한 데다 양손이 묶인 상태라 글을 쓰기가 쉽지 않았지만 유일한 생명줄인 만큼 무슨 수를 써서라도 적어야 했다. 주소를 쓰고 지도까지 그려준 후에 펜을 내려놨다.

"다 됐……."

임형철은 말을 끝맺지 못했다. 코코넛 열매가 깨지는 것 같은 소리와 함께 임형철의 머리가 축 늘어졌다. 검은 그림자가 의식을 잃은 임형철을 내려다보며 말했다.

"약속은 지켜. 손은 일절 안 댈 거야. 손은."

남자가 둔기를 높이 치켜들었다.

*

사흘 후 홀연히 자취를 감췄던 임형철이 시체로 발견됐다. 그가 연쇄살인마로 위장해 채윤을 죽이려 했던 숲속에서. 그 소식을 접했을 때 채윤은 모골이 송연해졌다. 왠지 연쇄살인범이 채윤의 복수를 해준 것처럼 느껴졌기 때문이었다.

난데없이 소름 끼치는 상상이 뇌리를 덮쳤다. 혹시 임형철을 죽인 게 잠적한 아버지가 아닐까. 정말 그런 거라면 아리송했던 의문들도 어느 정도 해소된다. 버린 자식이라도 자식은 자식이다. 더구나 하나밖에 없는 딸이 본인 때문에 임형철에게 억울하게 살해당할 뻔했잖은가. 이 사실을 알게 된 아버지가 대신 위험요인을 제거해준 게 아닐까.

채윤은 마른침을 삼켰다. 그 말은 서명찬이 곧 연쇄살인범이란 뜻이 된다. 잦았던 출장. 아버지를 대하던 엄마의 태도가 돌변했던 점 등이 아버지가 살인마라는 점을 뒷받침하는 근거가 아닐까. 경악으로 벌어진 입을 손으로 틀어막았다. 엄마가 교통사고를 당해 돌아가신 것도 아버지의 짓이 아닐까 싶었던 것이다. 자신의 정체를 알아차린 엄마를 뺑소니로 위장해 제거한 게 아닐까. 어느 날 갑자기 종적을 감춘 것도 부도 위기 때문이 아니라 실은 경찰의 추적이나 신변의 위협 때문이었다면? 채윤은 머리가 떨어져 나갈 것처럼 고개를 세차게 흔들었다. 터무니없는 억측이다. 지나친 비약이다. 아무리 아버지가 싫어도 그렇지, 연쇄살인마라니. 그럼에도 가슴 한구석에는 작지만 아주 단단한 불안감이 자리를 잡아버렸다.

이런 말은 어느 누구에게도 하지 못한다. 연쇄살인마의 가족으로 사느니, 부도를 내고 도망친 루저의 딸로 사는 게 백배 낫다. 아버지가 연쇄살인범이라는 증거는 어디에도 없다. 채팅 말투도 아버지와 전혀 달랐다. 하기야 제대로 된 대화를 나눠

본 적도 없잖은가. 아버지의 말투가 어떤지, 무슨 말버릇을 갖고 있는지 무엇 하나 아는 게 없었다. 아니다, 아닐 것이다. 연쇄살인범은 그저 모방범이 눈에 거슬렸던 것뿐이다. 그래서 해치운 것이 분명하다. 그게 타당하고 논리적인 해석이었다. 그게 진실일 것이다.

다른 피해자와 마찬가지로 임형철의 사체 역시 한 군데도 성한 데가 없었다. 눈 뜨고 보기 힘들 지경이었다고 한다. 하지만 그의 손등에는 꺽쇠 모양의 트레이드마크가 없었다. 수사본부 내에서도 그 때문에 의견이 분분한 것 같았다. 이전의 표적들과는 살인 동기 자체가 다르기 때문에 트레이드마크를 새기지 않았다는 둥, 자신의 흉내를 냈기 때문에 괘씸죄로 처형했다는 둥, 어쩌면 모방범과 연쇄살인범은 전부터 아는 사이로 사제관계였다는 둥, 처음부터 둘이 공범인데 사이가 틀어졌거나 의견이 갈려 죽였다는 둥, 갖가지 주장이 쏟아져 나왔다고 은경에게 전해 들었다.

그의 바지 주머니에서 접힌 종이도 한 장 나왔다. 필적 감정 결과 임형철이 직접 그린 지도였다. 한원시 외곽에 위치한 야산의 한 지점에 X자 표시가 돼 있었다. 경찰은 수색 끝에 암매장된 오영숙의 시신을 발굴해냈다. 정황상 연쇄살인범이 임형철을 협박해 모방 범죄를 실토하게 만든 게 분명했다. 왜 이렇게 번거로운 짓을 했을까. 추측만 난무할 뿐 진실을 아는 자는 아무도 없었다.

수사본부의 분위기는 상당히 침체됐다고 한다. 그럴 수밖에 없는 게 미끼로 이용했던 모방범은 살해됐고, 연쇄살인범은 여전히 거리를 활보하고 있으니까. 수사본부장은 이번 사태에 책임을 지고 자리에서 물러났다. 다들 표정이 밝지 않았지만 지한의 안색이 유독 어두웠다. 무슨 말 못 할 속사정이 있는 것 같았다.

임형철의 죽음으로 경찰청은 어쩔 수 없이 그동안 기밀에 붙였던 모방범의 존재와 새로운 살인사건에 대해 발표했다. 엄청난 파장을 고려해 최대한 축소해 발표했는데도 비난이 쇄도했다. 연쇄살인범이 채윤에게 접근했던 일은 발표 내용에서 제외됐다. 채윤은 내심 안도했다. 또다시 플래시 세례를 받으며 파파라치들에게 쫓겨 다니고 싶지는 않았다.

임형철의 범행 동기는 서명찬에 대한 원한인 걸로 잠정 결론을 내렸다. 오영숙의 유해는 오정길에게 인도됐다. 언론 인터뷰에 나선 오정길은 경찰이 자기 동생을 죽인 거나 다름없다며 비난에 불을 붙였다. 오영숙이 경찰청으로부터 기밀 자료를 빼낸 경위는 보안을 이유로 밝히지 않았다. 그러나 며칠 뒤 신문사로 익명의 제보가 들어왔다. 경찰청 강모 부장의 방에서 오영숙이 기밀 자료를 빼냈다는 내용의 제보였다. 그 일로 강모 부장은 중징계를 받았다고 한다. 왠지 그 투서를 보낸 사람이 지한이 아닐까 싶었지만 굳이 캐묻지는 않았다.

채윤의 신변 보호 해제 여부에 대한 회의도 열렸다. 연쇄살인범이 채윤을 해칠 가능성을 두고 갑론을박이 오갔다. 연쇄살인범이 채윤을 노릴 확률이 높다는 의견이 지배적이었다고 한다. 약속을 깬 데다 경찰과 내통해 본인을 잡을 덫을 놨으니까. 심기를 거슬렀으니 가만두지 않을 거라는 논리였다. 그로 인해 임시숙소 생활은 연장됐다. 채윤은 그 결정이 탐탁지 않았다. 연쇄살인범이 자신을 건드리지 않을 거라는 막연한 확신 같은 걸 갖고 있었다.

그러던 어느 날 연쇄살인범으로부터 메시지가 도착했다. 지한과 은경은 동분서주하며 뒷수습을 하느라 자리를 비운 상태였다. 다른 형사가 옆방에 대기 중이었지만 채윤은 그를 부르지 않았다. 단둘만의 사적인 대화를 나누고 싶었기 때문이었다.

— 그동안 수고 많았어.

첫마디부터가 뜻밖이었다. 경찰과 짜고 덫을 놓은 장본인에게 수고 많았다니. 맹렬히 화를 내며 폭발해야 정상 아닌가. 이자는 정말……. 채윤의 전신이 부르르 떨렸다. 아니야, 그럴 리 없어. 채윤은 흔들리는 멘탈을 부여잡고 침착하게 메시지를 보냈다.

— 의외네. 나를 죽이겠다고 할 줄 알았는데.

— 왜?

— 당신을 속였잖아.

— 네 배신은 처음부터 예견된 일이었어. 네가 엉뚱한 짓을 하는데 경찰이 눈치 못 챌 리도 없고. 들키지 않더라도 언젠가는 털어놓을

263

거라 생각했지.

— 임형철이 미끼라는 것도 알고 있었던 거야?

— 내가 경찰이었어도 덫을 놓을 테니까. 날 잡을 수 있는 유일한 방법이잖아. 애초에 너 혼자 힘으로 모방범의 정체를 밝혀내는 게 가당키나 할 거 같아? 턱도 없지. 경찰이 개입하지 않고서는 불가능한 일이야.

채윤은 속이 부글거렸다. 처음부터 끝까지 놈의 손바닥 안에서 벗어나지 못했던 것이다.

— 내 배신은 물론이고 경찰의 함정까지 전부 계산에 넣고 모든 걸 계획했던 거군.

— 칭찬으로 받아들이지.

— 모방범을 죽인 건 그렇다 쳐. 임형철에게 모방 범죄를 저지른 이유를 듣고 싶은 것도 이해가 가. 근데 왜 오영숙을 죽인 것까지 자백하게 만들었지? 시신 위치까지 남긴 까닭이 뭐냐고? 경찰이 풀지 못한 사건을 해결했다고 우쭐대려고? 설마, 오영숙 씨의 유가족을 위해서 그랬다고 말하려는 건 아니겠지.

— 경찰이 시킨 건가? 이유를 물어보라고. 지금 옆에서 질문지를 들이대고 있는 거야?

— 지금은 나 혼자야. 아무도 없어. 당신은 믿지 않겠지만.

— 왜 경찰을 부르지 않았지?

— 당신한테 개인적으로 물어보고 싶은 게 있어서.

— 이거 영광인데. 내게 다 관심을 가져주다니. 오영숙의 시신 위치

를 알려준 건 임형철이 모방범이란 사실을 명확히 밝히고 싶어서 그랬던 것뿐이야. 별다른 이유는 없어. 꺼림칙한 점도 조금 있었고. 으스대고 싶거나 동정심을 느껴서 그런 건 아니야.

— 체포당할 위험을 감수하면서까지 모방범을 찾아서 죽일 필요가 있었나?

채윤은 마지막에 날 위해서 그런 거냐고 쓰다가 지웠다. 그렇게 물어봤다가 연쇄살인마가 자신이 아버지라고, 채윤을 딸이라고 부를 것 같아 무서웠기 때문이었다.

— 내게는 해야 할 일이 있어. 아주 신성하고도 고귀한 일이지. 근데 난데없이 모방범이 나타나 내 행세를 한 거야. 내 사명에 억지로 널 끼워 넣으려 했지. 내 일을 더러운 구둣발로 짓밟아버린 거야. 그런 걸 가만히 내버려둬선 안 돼. 그랬다간 다른 놈이 또 선을 넘으려 할 테니까. 그래서 본보기를 보여준 거야. 내 사명은 오롯이 나만의 것이라고. 어느 누구도 내 일을 방해해서는 안 된다고.

— 사람들을 죽이는 게 사명이라니……. 어처구니가 없네. 임형철은 그렇다 치고 다른 희생자들은 대체 무슨 잘못을 저지른 건데?

— 그건 노코멘트야. 사명은 계속돼야 하거든.

채윤의 손가락이 휴대폰 액정 위에서 머뭇거렸다. 당신이 서명찬이냐고, 내 아버지냐고, 대놓고 물어보기가 겁이 났다. 뭐라고 돌려 말할까 고심하는데 적당한 질문이 떠올랐다.

— 당신에게도 가족이 있나? 아내라든가, 자식이라든가.

답장은 금세 오지 않았다. 내가 알아챘다는 걸 눈치를 챈 걸까. 정체를 밝힐지 말지 고민하는 걸까. 너무 응답이 없어 왜 말이 없냐고 메시지를 작성하던 와중에 그가 대꾸했다.

— 예전에는 있었지.

남보다 못한 사이가 됐다는 비유적인 표현인 건가.

— 지금은 없다는 건가?

— 느닷없이 호구조사는 왜 하는 거지? 조금이라도 나에 대한 정보를 수집하려는 수작인가?

까칠한 반응에 채윤은 본심을 숨기고 적당히 둘러댔다.

— 아니, 당신의 사명이 뭔지는 모르겠지만 이제 제발 그만둬. 당신이 자수할 리는 없으니까 이렇게 부탁하는 거야. 당신에게도 가족이 있었다면서? 그럼 가족을 잃는 상실감과 고통에 대해서도 어느 정도 알 거 아냐. 누군가의 가족을 해치는 짓은 이제 제발 멈추라고.

— 그딴 어쭙잖은 설교로 날 교화시킬 수 있을 거라 생각했나?

— 대체 언제까지 무고한 사람들을 죽일 건데?

— 말했잖아. 내 사명은 끝나지 않을 거라고.

— 제발, 그러지 마.

— 아니, 제발 그래야만 해.

그 무엇보다 단호하고 결연한 메시지. 이자는 절대 멈추지 않는다. 잡힐 때까지, 아니 목숨이 붙어 있는 한 살인 행각을 계속하겠다는 확신이 들었다. 그가 마지막 메시지를 보냈다.

— 모방범을 제거해줘서 고맙다는 인사 정도는 받을 줄 알았더니. 하긴, 널 위한 일이 아니었으니 감사 인사를 받는 것도 염치없는 짓이

겠네. 이제 작별 인사를 해야겠군. 이번 일로 네 운은 다 썼어. 한 번 더 이런 일에 쓸데없이 나서면 그땐 질긴 명줄도 끊어질 거란 소리야. 그러니 앞으로는 오지랖 부리지 마. 내게도 관심 끄고.

*

채윤은 임시숙소 생활을 끝내고 집으로 돌아왔다. 숙소를 떠나기 전 연쇄살인범과의 마지막 대화를 지한에게 보여줬다. 아버지를 연쇄살인범이라 유추할 만한 내용이 없었기에 가능한 일이었다. 채팅 내용을 분석한 수사본부는 연쇄살인범이 채윤을 노릴 가능성이 희박하다고 결론 내렸다. 채윤에 대한 위협이 사라졌다고 여겨 신변 보호 조치도 해제했다. 그간 나름대로 미운 정 고운 정이 들었던 수사본부 팀원들과도 작별을 고했다. 건강 잘 챙기라는 상투적인 인사말이 서로 오갔다. 채윤의 케이스만 종료됐을 뿐 지한과 은경을 비롯한 수사본부 형사들에게는 여전히 진행 중인 사건이었다. 앞으로 영영 끝나지 않을 수도 있다. 그런 그들에게 섣불리 범인을 꼭 잡을 거라는 말을 건넬 수가 없었다.

집으로 돌아오자마자 열두 시간을 내리 잤다. 일어났을 땐 밤 10시가 다 돼 있었다. 배에서 꼬르륵 소리가 나 라면을 끓여 먹었다. 대충 허기를 채운 뒤 차 한잔을 마시며 상념에 빠져들었다. 다 끝났지만 끝난 것 같지가 않았다. 후련하기는커녕 찜

267

찜한 기분만 더 커졌다. 그와 나눴던 대화들을 끊임없이 되새
김질한 후 아버지가 아니라고 판단을 내렸지만 혹시나 하는 두
려움에서 벗어날 수가 없었다. 마지막 대화 때 툭 털어놓고 물
어볼걸 그랬나, 싶은 후회마저 들었다. 이제 그만 떨쳐버리자
고 수없이 되뇌어도 아버지가 연쇄살인마일지도 모른다는 우
려는 마음 한구석에 타르처럼 시꺼멓게 들러붙어 떨어지질 않
았다.

잠을 자야 했다. 내일은 아침 일찍 일어나 아저씨의 별장에
가야 한다. 두 부부와는 임시숙소에서 나오기 전부터 연락을 취
했다. 언론에 공식 발표가 나기 전에 그동안 있었던 일들도 대
략 알려줬다. 아버지와 원한 관계로 추정되는 자가 연쇄살인범
으로 위장해 채윤을 죽이려 했다고. 고민호는 경악했다. 말을
잇지 못하다가 더듬더듬 위로의 말을 건넸다. 안주희도 이 무슨
기구한 운명이냐며 훌쩍였다. 숙소에서 나오는 대로 얼굴을 봐
야겠다며 별장으로 초대했고 채윤도 기꺼이 수락했던 것이다.

청바지에 면티를 걸친 캐주얼한 차림으로 집을 나섰다. 고민
호가 집까지 와서 태워 가겠다는 걸 완곡하게 사양했다. 폐를
끼치는 것도 싫었지만 오랜만에 대중교통을 이용하며 여행 기
분도 내보고 싶었다. 두 사람은 채윤을 여전히 물가에 내놓은
어린애 보듯 했다.

별장은 한원시와 명음시 경계에 있어 터미널에서 시외버스
를 타고 교외로 이동했다. 날씨는 구름 한 점 없이 화창했다.

창밖으로 회색빛 콘크리트 빌딩 숲 대신 탁 트이고 푸르른 임야가 펼쳐지자 막혔던 가슴이 뻥 뚫리는 기분이었다. 약 한 시간 후 시외버스 정류장에서 내린 채윤은 비포장도로를 따라 걷기 시작했다. 한동안 모텔에만 갇혀 있었더니 간만에 맛보는 자유가 감격스러울 지경이었다. 따사로운 햇빛에 광합성을 하며 상쾌한 공기를 마음껏 들이마셨다. 버스를 타고 오길 잘했다는 생각이 들었다. 차도에서 벗어나 샛길로 들어서자 실개천이 나타났다. 개천 너머로 띄엄띄엄 자리 잡은 농가들이 보였다. 어디서 소를 키우는지 구수한 소똥 냄새도 풍겼다.

10분 정도 걸어가자 농가와 개천은 사라지고 눈앞에 꽤 넓은 개나리 꽃밭이 펼쳐졌다. 채윤의 입가에 미소가 번졌다. 목적지가 얼마 남지 않았다. 샛노란 꽃밭을 통과해 오솔길로 진입하자 고풍스러운 양식의 대문이 앞을 가로막았다. 대문 양쪽으로 콘크리트가 아닌 정겨운 돌담이 쭉 이어져 있었다. 채윤은 초인종을 눌렀다. 인터폰 화면이 켜지더니 안주희가 등장했다. 채윤을 본 그녀의 얼굴이 대번에 웃는 상으로 바뀌었다.

"채윤이 왔구나. 얼른 열어줄게."

열린 대문 안으로 들어간 채윤의 입에서 저도 모르게 감탄사가 흘러나왔다. 별장 부지는 생각보다 광활했다. 대문에서 본 채까지 족히 50미터는 돼 보였다. 리조트에 온 기분이었다. 잔디밭 사이로 난 길을 따라 걸어 들어가는데 오른쪽에 지면 위로 툭 튀어나온 출입구가 눈길을 끌었다. 문 뒤쪽은 봉분처럼

둥그스름한 모양을 띠고 있다. 신기하게 바라보고 있으려니 고민호와 안주희가 본채 현관문을 열고 마중을 나왔다.

"어서 와라."

고민호가 고생 많았다는 듯이 채윤의 어깨를 가볍게 두드렸다. 안주희는 감정이 울컥 치솟았는지 입을 앙다물었다가 채윤을 와락 끌어안았다.

"그동안 얼마나 힘들었을까."

채윤도 코끝이 찡해졌다. 고민호가 주책 좀 그만 부리라고 농담조로 타박을 주는데도 안주희는 채윤의 손을 놓지 않았다.

"찾아오기 힘들지는 않았니? 아저씨 차 타고 같이 오라니까."

"힘들긴요. 날씨도 좋고 경치도 예뻐서 호강하면서 왔는걸요. 덤으로 맑은 공기도 듬뿍 마셨고요."

"좋았다니 다행이네. 배고프지? 들어가서 밥부터 먹자."

채윤의 손을 잡아끄는 안주희에게 고민호가 말했다.

"난 와인 좀 챙겨 갈게."

"그래요."

별안간 뭔가 생각났는지 고민호가 돌아서다 말고 채윤을 불렀다.

"채윤이도 같이 가는 게 어떠니? 와인 저장고 구경시켜줄테니."

"배고플 텐데 우선 밥부터 먹여요. 구경은 나중에 시켜줘도 되잖아요."

안주희는 탐탁지 않다는 투였다.

"이왕 밖에 있는 거 보고 들어가는 게 낫지 않아? 들어갔다가 다시 나오는 것보다."

"알았어요. 밥 식기 전에 얼른 와야 돼요."

안주희는 바로 밥을 먹이지 못하는 게 안타까운지 뒤를 힐끔대다 본채로 들어갔다. 고민호가 지상 위로 튀어나온 출입구를 가리켰다.

"저게 뭔지 궁금했지? 아까 보니 눈여겨보는 거 같던데."

"안 그래도 여쭤보려고 했어요. 지하실이나 창고 입구 같은 건가요?"

"벙커란다."

"벙커요?"

"전쟁이나 자연재해에 대비해 구축한 방공호지. 예전 집주인이 만들어놓은 건데 별장을 팔면서 해체시킨다는 걸 그냥 놔두라고 했다. 이것저것 손보는 데 돈이 좀 들기는 했다만 식품 및 와인 저장고로 아주 잘 쓰고 있지."

채윤이 감탄사를 내뱉었다.

"와, 멋진데요. 벙커로 된 와인 저장고라니. 비상시에는 벙커로도 쓸 수 있는 거예요?"

"물론이지. 그럴 일은 없겠지만 비상사태가 발생하면 벙커로 대피하면 된단다. 지금은 와인 한 병만 꺼내오면 되지만."

말하면서도 고민호는 내심 뿌듯해했다. 그를 따라가 벙커 입구에 서서 출입구를 훑어봤다. 철문은 머리를 숙이고 들어가야 할 정도로 아담했지만 굉장히 견고해 보였다. 웬만한 타격에는 끄떡도 하지 않을 것 같았다. 고민호가 키패드에 비밀번호 네 자리를 입력하자 철문이 철컹하고 열렸다. 묵직한 철문을 열어 젖히자 지하로 통하는 계단이 모습을 드러냈다. 고민호가 벽에 달린 스위치를 켜자 천장 전구에 불이 들어왔다. 뒤따라오라는 고민호의 손짓에 채윤은 계단으로 발을 내디뎠다.

좁고 짤막한 계단은 금세 끝이 났다. 바닥으로 내려서자 벙 커의 내부 전경이 한눈에 들어왔다. 천장은 손을 뻗으면 닿을 만큼 낮았지만 면적은 보기보다 넓었다. 지하라 그런지 기온도 바깥보다 서늘했다. 과연 와인이나 식료품을 저장하기에 이보 다 적당한 곳도 없을 것 같았다. 벽을 따라 나란히 배치된 선반 에는 이름 모를 와인이 빼곡했다. 식자재와 각종 양념, 라면과 통조림 박스도 원목 테이블 위에 종류별로 쌓여 있었다. 주방 용품과 식기들도 구역별로 보기 좋게 정리돼 있었다. 미술관에 온 것처럼 천천히 이동하며 주위를 둘러보는데 고민호가 소감 을 물었다.

"어떠냐? 이 정도면 나쁘지 않지?"

"나쁘지 않은 정도가 아니라 꽤 훌륭한데요. 가구만 들여놓 으면 여기서 살아도 되겠어요."

"물탱크랑 정화조도 있으니 몇 달 거주하는 정도야 거뜬하 지."

고민호가 아이처럼 우쭐거렸다. 안쪽에는 문 없이 구획이 나뉜 공간도 있었다. 목을 빼 안을 들여다봤다. 각종 생활용품이 공간의 반 가까이 차지하고 있었다. 그중에 간이침대와 침구류도 보였다. 반대편에는 업소용 대형 냉장고가 자리를 차지하고 있었다.

"여기는 원래 침실 공간이었단다. 우리는 문을 뜯어내고 창고로 쓰고 있지만. 주로 집사람이 쓰는 물건들을 보관하고 있지."

"여기서 가끔 주무시기도 하세요?"

채윤의 눈길이 간이침대에 고정된 걸 알아챈 고민호가 피식거렸다.

"그럴 리가. 별장에 방이 몇 개인데. 보관만 해둔 거야. 부부싸움하고 여기로 쫓겨난 적은 없으니 걱정 말거라."

내려온 지 제법 시간이 흐른 것 같았다. 안주희가 오매불망 기다릴 모습이 눈에 선해 채윤이 재촉했다.

"이제 그만 올라갈까요?"

"와인은 골라야지. 귀한 손님이 오셨으니 비싸고 맛있는 걸로."

와인을 고르는 데도 시간을 꽤 잡아먹었다. 좋은 와인을 맛보게 해주겠다며 고민호가 이것저것 재보고 비교하느라 한참 뜸을 들인 탓이었다. 벙커에서 나왔을 땐 어느덧 노을이 하늘을 벌겋게 물들이고 있었다.

본채로 들어가자 현관에서부터 군침 도는 냄새가 진동했다. 거실 천장은 벙커와는 비교도 안 되게 높았다. 최소 2층 높이는 될 것 같았다. 바닥의 대리석에서도 광택이 촬촬 흘렀다. 인테리어에 쓰인 목재는 수입산인지 고급스러워 보였다. 장식용이 아닌 실제로 불을 뗄 수 있는 벽난로도 거실 중앙에 자리 잡고 있었다. 부엌도 일반 주택의 거실 크기였다. 널따란 원목 식탁 위에 상다리가 부러질 정도로 음식들이 푸짐하게 차려져 있었다. 갈비와 잡채, 샐러드, 각종 전과 나물들, 조기, 오징어 숙회, 세 가지 종류의 김치와 젓갈까지. 호텔 뷔페를 온 것 같은 상차림에 채윤의 입이 떡 벌어졌다.

"뭘 이렇게 많이 준비하셨어요? 너무 고생 많으셨겠다."

앞치마를 두른 안주희가 전골냄비를 들고 왔다. 그녀가 식탁 한가운데 냄비를 놓으며 윙크를 했다.

"우리 채윤이 온다는데 이 정도는 기본이지. 그리고 아줌마가 원래 손이 좀 커. 자, 어서 앉아. 식기 전에 얼른 먹자."

채윤은 목이 멨다. 엄마의 정성이 가득 들어간 생일상을 받은 기분이었다. 눈물이 나려는 걸 입을 앙다물며 꾹 참았다.

"감사합니다. 잘 먹을게요."

식탁에 둘러앉아 식사를 하며 도란도란 대화를 나눴다. 근황을 주고받는 중에 자연스레 모방범 사건으로 화제가 옮겨갔다. 물을 마시고 목청을 가다듬은 고민호가 조심스럽게 운을 뗐다.

"그, 모방범이란 자 말이다. 네 아버지에게 어떤 원한을 품었

274

던 건지는 밝혀지지 않은 거니?"

"네, 연쇄살인범에게 살해당하는 바람에 영영 알 수 없게 돼버렸어요."

"혹시 이름이 뭔지 말해줄 수 있니? 어쩌면 내가 아는 사람일 수도 있을 것 같은데."

잠깐 고민하던 채윤은 말해주기로 마음먹었다. 이미 종결된 사건인 데다 가족이나 다름없는 분들이니 알려줘도 괜찮을 거라 여겼다.

"임형철이라고 해요. 형철인력건설이라는 회사를 운영했대요."

고민호가 눈을 휘둥그레 떴다.

"임형철이라고?"

"당신도 아는 사람이에요?"

안주희가 물었다.

"알다마다. 가까운 사이는 아니지만 일 때문에 두어 차례 본 적이 있어. 당신도 예전에 중소기업 행사 만찬장에서 만난 적이 있을걸."

"어머, 그래요?"

안주희가 소름 끼친다는 듯이 어깨를 부르르 떨었다.

"맙소사……. 임형철이 모방범이었다니……."

충격이 제법 큰지 고민호가 넋 나간 얼굴로 중얼거렸다.

"네 아버지에게 앙심을 품은 것까지는 그럴 수 있다고 쳐도…… 갑작스레 모습을 감추는 바람에 그쪽도 피해를 입었을 테니까. 근데 뭣 때문에 채윤이 너까지 해치려 했을까?"

"저도 그 점이 의아하긴 하더라고요. 경찰은 아버지 대신 보복하려고 한 것 같다는데 추측일 뿐이라 뒷맛이 썩 개운치는 않아요. 진실을 아는 유일한 사람이 죽어버렸으니 영원히 미궁으로 남겠죠."

"그냥 미친놈이겠죠. 아무리 원한이 깊어도 그렇지 사람을 죽인다고? 그것도 당사자가 아닌 가족을? 천벌을 받아 마땅하지."

안주희가 분기탱천한 목소리로 규탄했다. 고상한 그녀의 입에서는 좀처럼 나오지 않을 과격한 발언이었다. 그만큼 화가 났다는 뜻이리라. 채윤이 말했다.

"마음속 어딘가가 비틀린 사람이었는지도 모르죠. 별것도 아닌 일로 앙심을 품게 됐을 수도 있고요."

고민호가 반론조로 대꾸했다.

"연쇄살인범으로까지 위장했잖니. 그렇게 교활하고 치밀하게 준비한 걸 보면 뭔가 더 절실한 동기가 있을 법도 한데."

"연쇄살인마가 사람을 해치는 데도 별다른 이유가 없잖아요. 임형철도 똑같은 부류겠죠. 그런 놈들은 인간의 탈을 쓴 괴물일 뿐이라고요."

안주희가 독설을 내뱉었다. 그녀의 논리도 일리가 있다고 채윤은 생각했다. 평범한 인간의 눈으로는 괴물의 심연을 절대 들여다보지 못할 것이다. 고민호가 채윤의 눈치를 보며 입을 달싹거렸다. 말을 할지 말지 머뭇거리는 기색이 뚜렷했다.

"괜찮으니까 편히 말씀하세요."

"아버지가 많이 원망스럽니?"

채윤은 선뜻 대답할 수가 없었다. 예전 같았으면 그렇다고 즉답이 튀어나왔을 것이다. 원체 감정의 골이 깊었던 데다 이번에는 심지어 죽음의 문턱에까지 끌어들였으니까. 증오와 독기 어린 말을 모질게 내뱉었을 것이다. 그러나 현재 심경은 복잡했다. 이 사태를 전적으로 아버지 탓으로만 돌릴 수 있을까. 어느 정도 정상참작의 여지가 있지 않을까. 잘못이 없는 건 아니지만 아버지 또한 미친개에게 재수 없게 물린 건지도 모른다. 그런 연민이 가슴속에 스며들었다. 더불어 아버지가 날 위해 임형철을 죽인 게 아닐까 하는, 즉 연쇄살인마가 서명찬일지도 모른다는 무서운 가설이 머릿속을 떠나지 않았다.

"뭐라고 말을 해야 될지 모르겠어요……. 얼마 전까지만 해도 보복 살인에 빚까지 떠넘긴 아버지가 죽도록 미웠어요. 저주받은 피를 물려받은 제 신세가 불쌍하기도 했고요. 근데 지금은 아버지도 어쩔 수 없었겠다는 생각이 들어요. 사태가 이렇게까지 꼬이면서 최악으로 치달을 줄은 예상 못 했겠죠. 원하지도 않았을 테고요. 아버지도 그저 불운의 거친 풍랑에 휘말린 가여운 인간이 아니었을까요."

채윤은 틈을 뒀다가 질문을 던졌다.

"아버지는…… 어떤 분이셨어요?"

고민호가 눈썹을 추켜올렸다. 웬일로 아버지에 대해서 다 물어보지, 하는 표정이었다. 안주희도 마찬가지였다. 입을 오므리고 채윤을 주시했다.

"어떤 분이라니?"

"아버지가 어떤 사람이었는지 궁금해서요. 저는 아버지와 대화 한번 제대로 해본 적이 없거든요. 아저씨는 동창인 데다 일도 함께하셨으니 잘 아실 거 같아서요."

"좋은 사람이었지. 매너 좋고 배려 넘치고. 일할 때도 그 누구보다 열정적이었단다."

"친구라고 너무 포장해주시는 거 아니에요? 제 앞이라고 좋은 얘기만 해주시지 않아도 돼요. 흉보셔도 되는데."

"친구라서 그런 게 아니라 정말 성실한 인성의 소유자였단다. 채윤이 네 바른 심성도 아버지를 닮은 걸 게다."

"유별난 점 같은 건 없었어요?"

채윤은 억양에 신경을 썼다. 날씨 얘기를 하듯 대수롭지 않게 들리도록.

"유별난 점?"

"유난히 예민해질 때가 있다거나, 뭔가에 과도하게 집착한다거나, 별것도 아닌 일에 욱한다거나, 속내를 통 알 수 없다거나, 특정 환경에서 딴 사람처럼 변한다거나 뭐, 그런 가까운 사람이 아니면 알 수 없는 기질 같은 것들 있잖아요."

고민호의 머리가 사선으로 기울어졌다.

"글쎄다. 딱히 튀거나 모난 성격은 아니어서……. 지나치게 일밖에 모르는 것 말고는 딱히 유별나다고 느꼈던 적은 없었는 데……."

아버지에게 연쇄살인범의 성향이나 패턴 같은 게 내포돼 있지는 않았는지 확인하고 싶어 던진 질문이었다. 진짜 연쇄살인범이라면 철저하게 정체를 감췄겠지만 친한 친구는 그런 낌새를 미세하게나마 감지하지 않았을까. 고민호가 뭔가 퍼뜩 생각난 듯 말을 꺼냈다.

"가끔씩 연락이 안 될 때가 있었단다. 잠수를 타는 것까지는 아닌데 휴대폰 전원이 꺼져 있을 때가 있었어. 한참 지나서야 연락이 오곤 했지."

"그런 일이 자주 있었나요?"

"종종 그랬지. 무슨 일이 있었냐고 물으면 머리를 식히러 교외로 드라이브를 다녀왔다거나, 생각할 게 좀 있어서 혼자 등산을 다녀왔다는 식이었지. 그래서 가끔 혼자만의 시간이 필요한 녀석이구나 하고 여겼었지."

그 혼자만의 시간이라는 게 실은 인간 사냥을 위한 시간이었던 건 아닐까. 사냥감을 물색하거나 살인을 저지르거나 증거를 없애려고 연락을 끊고 잠수를 탄 건지도 모른다. 문득 한 가지 생각이 뇌리를 강타했다. 임형철은 아버지의 정체를 알고 있었던 게 아닐까. 그걸 빌미로 아버지를 협박했던 게 아닐까. 그래서 정체가 발각되기 전에 종적을 감춘 걸 수도 있지 않을까. 혹은 아버지와 함께 살인을 저지른 건지도 모른다. 그러다 모종의 계기로 사이가 틀어진 걸 수도 있다.

아니다. 그랬다면 굳이 오영숙을 시켜 경찰청에서 범행 수법을 빼돌릴 까닭이 없다. 하지만 아버지가 잠적한 후에 범행 수법을 바꿨다면? 임형철이 나를 노린 건 아버지에게 보여주기 위해서였나. 아니면 아버지를 유인해내기 위한 방편이었나. 이건 너무 갔다. 망상의 영역이다. 채윤은 고개를 가로저었다. 아버지가 연쇄살인마일 리 없다. 그저 사업에 실패하고 도망친 루저일 뿐이다. 꼬리를 잇는 의혹 탓에 머리가 깨질 것 같았다. 더 이상 아버지와 관련된 일은 털끝만큼도 떠올리고 싶지 않았다. 회피하는 걸 수도 있지만 이만하면 족했다.

"그런 분이셨군요. 얘기해주셔서 감사해요."

신경을 곤두세운 탓인지 관자놀이 부근이 지끈거렸다. 물을 들이켜고 컵을 내려놓는데 안주희가 걱정스러운 투로 말을 꺼냈다.

"이제 정말 안전한 거니?"

"그럼요. 임형철은 죽었잖아요."

채윤이 구김살 없이 웃어 보였는데도 안주희는 안심이 되지 않는 모양이었다.

"연쇄살인범이 아직 안 잡혔잖니. 그놈이 널 노릴 수도 있는 거 아니니? 네가 연쇄살인범과 접촉한 유일한 사람이라면서."

"그러게 말이다. 널 목격자라고 생각할지도 모르잖니?"

고민호도 심각한 어조로 맞장구를 쳤다.

"채팅만 했을 뿐인걸요. 범인 얼굴도 목소리도 몰라요. 걱정하지 마세요. 그자가 저를 해칠 리 없어요. 경찰도 그렇게 결론 내렸고요."

"단순 범죄자도 아니고 연쇄살인마잖니. 이유도 없이 사람을 몇 명이나 죽인 살인귀라고. 언제 어디로 튈지 모르는 거 아니니? 어느 날 갑자기 너를 해코지하고 싶은 마음이 들지 누가 알겠니?"

그럴 가능성이 제로라고 할 수는 없지만 그의 일을 방해하지 않는 한 그가 채윤을 건드리는 일은 없을 터였다.

"결코 그런 일은 일어나지 않을 거예요. 걱정하지 않으셔도 돼요."

채윤의 장담에도 안주희의 근심은 줄어들지 않았다.

"당분간 해외에 나가 있는 건 어떻겠니?"

"네? 해외요? 그건 좀 무리일 것 같아요. 굳이 해외에 체류할 필요도 없고요."

"비용 때문에 주저하는 거라면 걱정하지 않아도 돼. 아줌마가 대줄게. 살인마가 잡힐 때까지만이라도. 네가 안전한 곳에 있어야 내 마음이 편할 거 같아서 그래."

고민호도 적극 찬성했다.

"그거 좋은 생각인데? 그동안 많이 힘들었을 텐데 기분 전환할 겸 여행을 다니는 것도 괜찮지 않겠니?"

채윤은 손이 안 보일 정도로 빨리 내저으며 사양했다.

"저 정말 안전하다니까요. 연쇄살인범이 저를 해치는 일은 절대 없을 테니까 안심하셔도 돼요. 경찰에서도 계속 신경 써 준다고 했고요."

"알았다. 네가 그렇게 질색하니 없던 일로 하자꾸나."

못내 섭섭하다는 듯이 안주희가 입을 삐죽거렸다.

"질색한 게 아니에요. 걱정해주시고 챙겨주시는 건 정말 감사하죠. 근데 진짜 해외로 피신할 정도는 아니라서 그래요. 기분 나쁘셨다면 죄송해요."

채윤이 쩔쩔매며 미안해하자 안주희가 어린아이처럼 깔깔거렸다.

"장난친 거야. 아줌마가 왜 삐치겠니. 채윤이가 이렇게나 순진하다니까."

고민호가 곁에서 왜 애를 놀리느냐며 핀잔을 줬다. 채윤도 그제야 이마의 식은땀을 손등으로 훔치며 실없이 따라 웃었다. 식사를 마친 후에는 핑거푸드와 함께 와인을 마셨다. 안목 높은 고민호가 고른 것답게 와인은 하나같이 훌륭했다. 화기애애한 분위기 속에서 대화는 끊이지 않았고 연방 웃음꽃이 피었다. 한 시간쯤 지났을 때 고민호가 난데없이 자신의 옆머리를 두드리며 탄식했다.

"내 정신 좀 봐. 통돼지 바비큐를 해준다는 걸 깜빡했네."

"저번에 말씀하셨던 거요?"

"그래, 정말 끝내주게 맛있거든. 그걸 먹였어야 했는데."

"아까 먹은 음식들도 다 맛있었는데요."

채윤이 괜찮다는데도 고민호는 못내 아쉬워했다.

"그래도 바비큐 분위기란 게 있잖니. 야외서 장작불에 구워 먹으면 얼마나 맛있는데. 미리 주문해놨었어야 했는데 미처 생각을 못 했구나. 주문하면 오는 데 삼사 일은 걸리거든. 다음에 오면 그땐 아저씨가 꼭 통돼지 바비큐를 해주마."

"네, 기대할게요."

안주희가 장난기 어린 눈웃음을 치며 고민호를 놀렸다.

"너무 큰 기대는 하지 말렴. 삼겹살 구워 먹는 거랑 별 차이 없을 수도 있단다."

"무슨 소리야? 당신도 내가 구운 바비큐 먹어봤잖아."

"맛있었죠. 왜 그런지 알아요? 정작 당신보다 내가 바비큐 굽는 데 신경을 더 많이 썼으니까요."

"그래도 메인 셰프는 나였다고!"

갑자기 깜빡 잊고 있던 일이 생각났는지 고민호가 손가락으로 딱, 소리를 냈다.

"맞다, 돼지 한 마리 남아 있지 않아? 당신이 전에 주문했던 거 말이야. 그거 아직 안 먹지 않았나?"

"아, 그건…… 냉동시킨 지 오래돼서 맛이 많이 떨어질 거예요. 해동하려면 시간도 오래 걸리고요. 다음에 채윤이 올 때 바로 주문해서 신선한 고기를 먹이는 게 낫지 않겠어요?"

안주희는 갑작스러운 바비큐 파티가 내키지 않는 눈치였다. 고기의 신선도 문제도 있지만 손이 많이 가는 작업이니 준비해야 하는 입장에서는 달갑지 않으리라. 그런 아내의 속내를 모르는지 고민호가 눈치 없이 밀어붙였다.

"채윤이가 또 언제 올 줄 알고. 잘 굽기만 하면 육질이 그렇게 나쁘지는 않을 거야. 내일은 시식 삼아 먹여보고 다음에 또 하면 되지."

"저 때문에 괜히 무리하지 않으셔도 돼요."

채윤의 만류에도 고민호는 고집을 부렸다.

"무리는 무슨? 채윤이는 먹을 준비만 하고 있으렴. 아저씨가 천상의 맛을 보여줄 테니."

끝내 졌다는 표정으로 안주희가 고개를 절레절레 흔들었다.

"아무튼 못 말린다니까. 알았어요, 내일 아침 일찍 준비해놓을게요."

"당신 또 저번처럼 초벌구이 한답시고 토치로 겉만 그슬려놓으면 안 돼. 그렇게 해봤자 겉만 타지, 안은 하나도 안 익으니까."

"흥, 내 걱정은 말고 당신 할 일이나 제대로 하시죠. 채윤이 자고 갈 거지?"

결국 하룻밤 눌러앉기로 결정했다. 원래 자고 갈 계획은 없었지만 미안해서라도 오늘 가겠다는 말을 꺼낼 수가 없었다.

마음 놓고 술잔을 기울이는 와중에 고민호가 전화를 받고 서재로 사라졌다. 한참 만에 등장한 그가 머쓱하게 입을 뗐다.

"미안해서 어쩌지? 급한 일이 생겨서 잠깐 나갔다 와야겠는데."

그의 말이 끝나기도 전에 안주희가 잔소리를 늘어놨다.

"주말에는 웬만하면 일 좀 안 하면 안 돼요? 귀한 손님 초대해놓고 어딜 간다는 거예요?"

"그렇게 됐어. 채윤아, 정말 미안하다."

채윤이 말했다.

"저는 괜찮으니 편히 볼일 보고 오세요. 서두르신다고 운전 급하게 하지 마시고요."

"이해해줘서 고맙구나. 후딱 해치우고 오마."

그가 별장을 떠난 후 채윤은 안주희와 단둘이 와인을 마시며 담소를 나눴다. 술을 제법 마셨는지 정신이 알딸딸했다. 안주희는 낯빛 하나 변하지 않았다. 본인 말로는 아무리 마셔도 얼굴이 빨개지지 않는 체질이라고 했지만 술은 약한 듯했다. 점점 혀가 꼬이고 눈이 풀렸다. 자세도 조금씩 흐트러지더니 어느샌가 소파에 누워 잠들어버렸다. 날밤을 새우자고 큰소리칠 때는 언제고 먼저 뻗어버리다니, 채윤의 입에서 절로 유쾌한 실소가 삐져나왔다. 담요를 가져와 그녀의 몸 위에 덮어줬다. 쌕쌕대며 곤히 잠든 안주희의 모습에 문득 엄마의 얼굴이 겹쳐졌다. 눈물샘이 터지기 전에 서둘러 식탁으로 자리를 옮겨 집에서도 해본 적 없는 혼술을 하기 시작했다. 안전한 장소에 믿을 수 있는 사람과 함께 있어서 그런지 술이 술술 들어갔다.

거푸 와인을 잔에 따르던 채윤은 멋쩍게 입맛을 다셨다. 병을 아무리 기울여도 와인이 나오지 않았다. 다른 병들도 흔들어봤지만 텅 비어 있었다. 어느새 고민호가 가져온 와인 세 병이 동나버린 것이다. 이대로 끝내기엔 왠지 아쉬웠다. 신기했다. 평소 술은 거의 입에 대지도 않는데 오늘따라 술이 계속 당기다니. 부엌 냉장고와 찬장을 뒤져봤지만 알코올 비슷한 것조차 보이지 않았다.

채윤은 잠깐 고민하다 현관으로 향했다. 안주희가 깨지 않도록 발뒤꿈치를 들고 거실을 지나 집 밖으로 나갔다. 밖은 칠흑 같았다. 주변에 가로등도 네온사인도 없는 시골의 밤은 마치 블랙홀 같았다. 채윤은 벙커 쪽으로 휘청휘청 걸어갔다. 고민호에게 전화해 허락을 구할까 하다가 그만뒀다. 나중에 오면 말하기로 했다. 바쁘게 일하는데 방해할지도 모르니까. 벙커 출입문 앞에 선 채윤은 서슴없이 키패드에 비밀번호를 입력했다. 비밀번호는 안주희의 생일 네 자리였다. 아까 고민호가 키패드를 누를 때 본의 아니게 어깨너머로 엿봤다. 비밀번호를 와이프 생일로 설정한 걸 보고 역시 잉꼬부부는 다르구나 싶어 묘하게 감동받았던 것이다.

철문이 덜컹 열렸다. 묵직한 문을 밀어젖히고 벽을 더듬어 스위치를 켰다. 술기운에 발을 헛디디지 않도록 발밑을 확인

하며 조심조심 계단을 내려갔다. 벙커 내부로 진입하자 서늘한
공기가 피부를 감쌌다. 채윤은 상체를 두 팔로 껴안고 어깨를
부르르 떨었다. 혼자서 밀실이나 다름없는 곳에 있어서 그런지
오싹했다. 선반 앞으로 가 눈으로 와인을 훑었다. 종류도 가짓
수도 많아서 뭐가 뭔지 알 수가 없었다. 너무 비싸지 않으면서
적당히 맛있어 보이는 라벨로 두 병을 골라 품에 안았다. 나가
려는 순간 치즈도 떨어졌다는 데 생각이 미쳤다. 안쪽으로 발
길을 돌렸다. 식자재 구역에는 갖가지 식료품이 쌓여 있었지만
치즈는 보이지 않았다. 냉장고에 보관했을라나. 채윤은 업소용
냉장고의 문을 잡고 들어 올렸다. 싸한 냉기가 흘러나와 팔뚝
에 닭살이 돋았다. 냉장고는 칸막이로 나눠져 있지 않고 하나
의 큰 통으로 돼 있었다. 불투명 비닐로 포장된 내용물이 내부
를 꽉 채우고 있다. 치즈나 다른 식자재는 보이지 않았다.

　무심코 포장물을 훑어보던 채윤은 반사적으로 마른침을 삼
켰다. 비닐로 똘똘 싸맨 것이 사람의 형태와 비슷해 보였기 때
문이었다. 다리를 구부리고 팔을 접으면 사이즈가 얼추 맞지
않을까. 채윤은 머리를 세차게 좌우로 흔들었다. 무슨 터무니
없는 생각을 하는 거야? 흉악 범죄에 엮였던 탓인지 상상력이
끔찍한 데로 뻗어나갔다. 아저씨의 별장 냉장고에 시체가 들어
있을 까닭이 없잖은가. 그대로 냉장고 문을 닫으려던 채윤은
비닐에 시선을 고정한 채 망설였다. 강렬한 호기심과 함께 원
인 모를 공포가 뱃속을 기어 다녔다. 무서웠지만 확인하지 않

으면 더 섬뜩한 일이 닥칠 것 같은 예감이 들었다. 냉장고 문을
활짝 열어 벽에 기대났다. 비닐에 쌓인 물건을 뚫어지게 응시
하다 쭈뼛쭈뼛 손을 뻗었다. 꽁꽁 언 데다 어찌나 겹겹으로 싸
맸는지 풀기가 쉽지 않았다. 끙끙대며 비닐을 한 겹 한 겹 벗겨
내던 채윤은 소스라치게 놀라 뒷걸음질을 쳤다. 사람의 살결을
언뜻 본 것 같았다. 심장이 미친 듯이 팔딱거렸다. 두려움에 사
로잡힌 다리는 주저앉을 듯 후들거렸다. 비명을 지르며 당장이
라도 뛰쳐나가고 싶은 충동을 기를 써서 참고 떨리는 손으로
비닐 끝을 잡았다. 뜸을 들이다 단숨에 비닐을 들춰봤다. 드러
난 물체를 본 채윤의 입에서 맥 빠진 한숨이 새어 나왔다. 돼지
였다. 내일 요리해준다던 바비큐 재료가 이거였나 보다. 그럼
그렇지. 여기 사람 시체가 있을 리가 없지.

　모방범에게 살해당할 뻔하고, 연쇄살인범과 채팅을 나누다
보니 뭔가에 씌었던 모양이다. 자조적인 쓴웃음을 지으며 비닐
을 도로 덮으려던 순간 멈칫했다. 비닐 안쪽의 뭔가가 얼핏 시
야 끝에 잡혔던 것이다. 무심코 비닐을 좀 더 걷어내봤다. 돼지
의 상체 부위가 드러난 순간 채윤은 얼어붙었다. 돼지의 피부
에 칼자국이 나 있었다. 채윤의 손등에 난 것과 똑같은 표식이.
네 명의 목숨을 앗아간 연쇄살인마의 'ㄱ' 트레이드마크가. 이
게 어떻게 된 일일까. 왜 연쇄살인범의 트레이드마크가 사람
이 아닌 돼지 피부에 새겨져 있는 걸까. 혼란스럽기 짝이 없었
다. 성급하게 비닐을 완전히 걷어냈다. 숨통이 막혀왔다. 돼지

의 상반신은 유사한 모양의 칼자국으로 빼곡했다. 삐뚤빼뚤 제대로 긋지 못한 것, 각도가 V자처럼 벌어져 있는 것, 한쪽 획이 짧은 것 등 원래 모양과 차이가 나는 것들도 적지 않았다. 반면 채윤의 손등에 난 자국과 판박이인 것들도 제법 보였다. 크기와 모양이 자로 잰 듯 일정했다. 이게 뭘 의미하는 거지? 머리가 좀처럼 돌아가지 않았다. 연쇄살인범은 사람 말고 동물도 죽여왔던 걸까. 인간 사냥감 물색에 실패하면 꿩 대신 닭으로? 그건 아닐 것이다. 그런 목적이었다면 트레이드마크를 하나만 그었을 테니까.

수없는 마크는 마치 연습을 한 듯 보였다. 서명을 위조하기 위해 노트에 타인의 사인을 수없이 따라 한 것처럼. 모방범이 연쇄살인범의 범행 수법을 똑같이 흉내 낼 목적으로 트레이드마크를 연습한 게 아닐까. 포유류 중에서도 돼지가 인간의 생체 구조와 가장 흡사한 동물이라고 언뜻 들은 적이 있다. 사람의 몸에 칼집을 내가며 연습할 수는 없으니 차선책으로 돼지를 이용한 게 아닐까. 그렇다 하더라도 이게 왜 아저씨의 별장에 있단 말인가. 모방범인 임형철의 집이 아니라.

순간 먹구름이 잔뜩 꼈던 머릿속에 번개가 쾅 쳤다. 어둠 속에 숨겨져 있던 진실의 형체가 환하게 드러났다. 임형철에게 공범이 있었던 거다. 혹은 임형철은 실행범에 불과할 뿐이고 뒤에서 범행을 사주한 배후가 존재하든지. 과거 형철인력과 만백건설 사이에 거래 내역이 존재했다고 지한은 말했다. 고민호도 임형철과 만난 적이 있었다고 밝혔다. 아저씨는 늘 아버지 걱정에 여념이 없었다. 틈만 나면 채윤에게 연락이 오진 않았냐고 물어봤다. 친구의 안위를 염려했던 게 아니라 실은 빚쟁이나 원수를 쫓는 심정이었던 건 아닐까. 우정은커녕 원망이나 살의에 기반한 추적이었을 수도 있다. 아버지가 아저씨의 돈을 떼먹고 잠적한 거라면? 무슨 수를 써서라도 잡아내 찢어 죽일 작정이었다면? 아버지를 찾지 못하자 내 죽음을 미끼로 유인해낼 계획이었다면? 아버지 대신 내게 화풀이를 하려 했던 거라면?

아무리 친구의 딸이라고 해도 피 한 방울 섞이지 않은 남을 가족처럼 챙겨주는 건 쉽지 않은 일이다. 그저 타고난 인품이 훌륭해서, 혹은 아버지에 대한 신의 때문에 그동안 날 보살펴준 줄 알았다. 처음부터 아버지의 소재를 파악할 목적으로 접근한 걸 수도 있겠다는 생각이 들자 오한이 일었다.

그러고 보니 임형철의 습격을 받은 날, 응급실에서 연락했을 때 고민호는 지방 출장 중이라고 했었다. 실은 임형철과 만나 차후 대책을 논의하고 있었던 게 아닐까. 무서운 상상에 채윤은 몸서리를 쳤다. 아니, 상상이 아니다. 눈앞에 이렇게 뚜렷한 증거가 있지 않은가. 트레이드마크 연습 증거를 없앨 목적으로 바비큐 파티를 시작하게 된 건지 누가 알겠는가. 둘이 어떤 계기로 범행을 공모하게 됐는지는 모르지만 고민호는 별장의 벙커를 연습실로 제공했다. 임형철이 연쇄살인마의 트레이드마크를 똑같이 흉내 낼 수 있도록. 채윤을 연쇄살인사건의 다섯 번째 피해자로 위장하기 위해서. 연쇄살인범이 뭔가 찜찜하게 여겼던 것도 임형철 외에 제2의 인물이 있을 거란 육감 때문이었는지도 모른다. 임형철은 왜 살인마에게 고민호의 존재를 실토하지 않았을까. 충성심이나 의리 때문에? 받을 돈이 있어서? 고민호가 무서워서? 목숨이 왔다 갔다 하는 판국에 그딴 것들을 지킬 여력이 있을까, 하는 의문도 들었다. 두 사람의 관계는 고민호를 통해 듣지 않는 한 정확히 파악하기 힘들 것이다.

냉장고 문을 닫은 채윤은 홀린 듯이 벙커 내부를 뒤지기 시작했다. 또 다른 증거가 있을지도 모른다. 연쇄살인범의 범행 수법이 찍힌 문건이나 사진 같은 게. 혹은 그날 임형철이 썼던 칼이나 발라클라바가 어딘가에 숨겨져 있지 않을까. 임형철의 집에서는 흉기나 범행 도구가 발견되지 않았다고 했으니 여기 있을지도 모른다. 와인 저장고와 식료품 구역을 이 잡듯이 수색했지만 의심스러운 물건은 나오지 않았다.

이미 없애버린 걸까. 안타까워하며 포기하려는 찰나 환기구가 눈에 들어왔다. 선반 위에 있는 공구통에서 드라이버를 가져온 채윤은 환기구 커버를 뜯어냈다. 목을 최대한 빼서 안을 들여다봤지만 어두워서 아무것도 보이지 않았다. 손을 집어넣어 안쪽을 더듬는데 손끝에 뭔가가 만져졌다. 까치발을 들고 팔을 쭉 뻗어 물건을 끄집어냈다. 검은색 스포츠백이었다. 흥분을 가라앉히고 앞쪽 지퍼를 연 순간 채윤은 숨을 삼켰다. 발라클라바가 보였다. 임형철이 썼던 것과 같은 종류였다. 그 밑에 접이식 나이프도 있었다. 그걸 보니 손등이 욱신거리는 느낌이 들었다.

앞쪽 공간은 그게 전부였다. 다른 물건은 없었다. 뒤쪽 지퍼도 열어봤다. 낡은 체크무늬 셔츠와 남색 양복바지가 들어 있었다. 꺼내서 펼쳐보는데 낯익은 느낌이 들었다. 옷가지를 내려놓고 가방 입구를 더 벌렸다. 밑바닥에 지갑과 휴대폰이 보였다. 채윤은 손을 떨며 지갑과 휴대폰을 꺼냈다. 지갑을 펼쳐 운전면허증을 확인해봤다. 서명찬의 사진이 붙어 있었다. 휴대폰도 아버지의 것이었다. 옷도, 지갑도, 휴대폰도 모두 서명찬이 잠적 당시 지니고 있었던 소지품이었다. 아버지의 물건이 왜 벙커 환기구에 감춰져 있는 걸까. 잠적 후 아저씨에게 몸을 의탁했던 걸까. 아저씨는 아버지를 숨겨줬으면서도 내게는 모른 척했던 걸까.

아니다. 앞뒤가 맞지 않는다. 고민호가 이 별장을 구매한 건 2년도 채 되지 않았다. 옷가지에는 혈흔도 묻어 있잖은가. 무서운 결론에 다다랐다. 서명찬은 잠적 당시 이미 사망한 게 아닐까. 고민호의 손에 목숨을 잃은 건지도 모른다. 그렇다면 왜 그렇게 아버지를 찾는 척했던 걸까. 자신이 의심받게 될 상황에 대비해 미리 연막을 뿌려놓은 걸까. 설령 고민호가 아버지를 살해했다 치더라도 왜 이제 와서 나까지 죽이려 한 거지. 두 사람 사이에 내가 모르는 채무나 원한 관계가 있다 해도 나는 무슨 상관이라고? 물려받을 거액의 유산이나 타먹을 보험금이 있는 것도 아닌데. 원한의 연좌제라고 보기에도 석연찮은 구석은 있다. 뭣 때문에 그렇게 복잡하고 번거롭게 연쇄살인범의 피해자로 위장해서 죽이려 했을까.

채윤은 퍼뜩 정신을 차렸다. 여기서 이렇게 넋 놓고 있을 때가 아니었다. 고민호가 돌아오기 전에 별장에서 빠져나가야 한다. 벙커에서 꽤 오래 머물렀다. 가방에 도로 증거들과 아버지의 물건들을 집어넣는데 묵직한 철문 경첩이 삐걱대는 소리가 희미하게 들렸다. 채윤의 몸이 그 자세 그대로 경직됐다. 계단을 내려오는 발소리도 공기를 타고 전해졌다. 스포츠백을 원위치시키고 환기구 커버를 씌우기에는 이미 늦었다. 순간적으로 식자재 선반 안쪽에 가방을 쑤셔 넣은 다음 재빨리 창고 구역을 벗어났다. 막 와인 선반 앞에 섰을 때 고민호가 내려왔다. 그가 의아한 눈으로 채윤을 바라봤다.

"여기서 뭘 하고 있는 거니?"

키다리 아저씨의 탈을 쓴 살인범이 코앞에 있었다. 심장이 벌렁거리고 오금이 저렸다. 온몸의 땀구멍에서 공포가 분비돼 나왔다. 추악한 진실을 몰랐던 때의 자세와 목소리를 뽑아내려고 안간힘을 썼다. 절대 동요하거나 겁먹은 티를 내서는 안 된다. 조금이라도 이상한 낌새를 풍겼다간 끝장이었다. 채윤은 뻣뻣해진 입꼬리를 억지로 잡아당겼다.

"와인이 떨어져서요. 죄송해요. 허락도 없이 멋대로 들어와서. 연락드릴까 하다가 일하시는 데 방해될까 봐 안 했어요."

"아줌마는 뭘 하고? 귀한 손님한테 심부름을 시키다니 안 되겠구나."

"아줌마는 살짝 취하셨는지 주무시고 계세요."

"그랬구나. 근데 비밀번호는 어떻게 안 거니? 아줌마가 자기 전에 알려줬니?"

"아니요, 아까 아저씨가 비밀번호 누르실 때 어깨너머로 살짝 보였어요. 아줌마 생일이랑 같아서 기억하고 있었고요."

"그랬구나."

고민호의 입가에 인자한 미소가 번졌다. 뭐든 네 하고 싶은 대로 해도 된다는 듯이. 가증스러운 그의 태도에 피가 차갑게 식었다. 아버지에 이어 나까지 죽이려 했으면서 어찌 저리 뻔뻔하게 웃을 수 있을까. 한 번 실패했다고 해서 포기할 리 없다. 이번 실패를 밑거름 삼아 다음 번엔 더 빈틈없이 계획을 짜고 완벽하게 실행에 옮기겠지.

"와인은 골랐니?"

"네? 아, 네. 이걸로 마시려고요."

채윤은 아까 골라놨던 와인 두 병을 가리켰다. 그걸 본 고민호가 마뜩찮게 입맛을 다셨다.

"그것보다 더 좋은 것들도 많은데."

안쪽 선반으로 걸어가려는 고민호의 팔을 채윤이 냅다 붙들었다. 그쪽으로 가려면 식자재 창고 입구를 지나쳐야 한다. 지나가다 커버가 사라진 환기구가 눈에 띄기라도 한다면 죽은 목숨이리라.

"이것도 괜찮아 보이는데요. 아까는 아저씨가 추천해주시는 걸 마셨으니까 이번에는 제가 고른 걸로 마셔볼게요."

"그래? 뭐, 그렇게 와인을 고르는 안목을 키워가는 것도 나쁘지 않지. 그럼 올라갈까."

별달리 미심쩍어하거나 의심하는 기색은 없었다. 채윤은 가슴을 쓸어내렸다. 뒤처리는 고민호가 잠든 후 몰래 와서 할 작정이었다. 고민호와 함께 계단 쪽으로 발을 옮긴 순간 철퍼덕, 하고 뭔가가 땅바닥에 떨어지는 소리가 벙커를 울렸다. 고민호가 몸을 멈추더니 발길을 돌렸다.

"뭐지?"

말릴 새도 없었다. 아니, 채윤은 정신이 반쯤 나가서 못 박힌 듯 서 있었다. 한발 늦게 움직였을 땐 고민호가 이미 식자재 구역으로 사라진 뒤였다. 허둥대며 뒤따라간 채윤의 시야에 바닥에 떨어진 스포츠백이 보였다. 난간 끝에 아슬아슬하게 걸쳐져 있다가 떨어진 모양이었다. 허겁지겁 대충 쑤셔 넣은 대가를 톡톡히 치르게 생겼다. 고민호가 스포츠백을 주시하며 다가갔다. 가늘게 뜬 눈으로 고개를 갸웃거렸다.

하얘졌던 채윤의 머릿속에서 유일한 대응책이 불쑥 떠올랐다. 채윤은 턱이 얼얼해질 정도로 어금니를 악물었다. 와인 한 병을 집어 들고 그의 등 뒤로 접근했다. 고민호가 허리를 숙여 스포츠백을 줍는 순간 와인으로 힘껏 뒤통수를 후려쳤다. 병이 깨지면서 고민호가 앞으로 털썩 자빠졌다. 꽤 충격을 받은 듯했지만 정신을 잃지는 않았다. 붉은 웅덩이를 손으로 짚고는 비틀대며 일어서려고 기를 썼다. 채윤은 쏜살같이 달아났다. 미친 듯이 계단을 뛰어올라 밖으로 나간 다음 벙커 문을 닫았다. 화단에 있는 벽돌을 갖고 와 키패드를 몇 번이고 내리쳤다. 액정이 깨지고 키패드가 망가지면서 전원이 꺼졌다. 입구가 완전히 폐쇄되는지 어떤지는 알 수 없었지만 갇히기를 바라는 수밖에 없었다. 경찰이 출동할 때까지만이라도 시간을 벌어주기를.

채윤은 본채로 헐레벌떡 달려 들어갔다. 거실 소파에서 자던 안주희는 보이지 않았다. 식탁에 놔뒀던 채윤의 휴대폰도. 와인병과 잔 그리고 안줏거리도 깨끗하게 치워진 상태였다. 아줌마가 자다 깨서 정리한 걸까. 휴대폰을 찾기 위해 손님방으로 가려는데 뒤에서 인기척이 났다. 채윤은 어깨를 움찔 떨었다. 고민호가 이렇게 빨리 쫓아왔나. 절망하는 가운데 가녀린 목소리가 귓가를 울렸다.

"바람 쐬고 온 거니?"

안주희를 본 채윤은 안도했다. 한편으로는 잔인한 운명의 소용돌이에 휘말린 그녀가 가엾게 느껴졌지만 감상에 빠져 있을 때가 아니었다. 채윤은 조급하게 물었다.

"제 휴대폰 어디에 치우셨어요?"

"2층 방에다 놔뒀는데."

말이 끝나기도 전에 몸을 돌리는데 안주희가 옷깃을 잡았다. 평소와 다른 채윤의 태도에서 심상찮은 분위기를 느낀 듯했다.

"무슨 일 있니? 얼굴이 하얗게 질렸는데."

선뜻 말이 나오지 않았다. 뭐라고 얘기를 한단 말인가. 당신 남편이 알고 보니 모방범과 한패였다고? 모방범의 배후였다고? 아버지도 모자라 나까지 죽이려 했던 살인마라고? 충격적인 진실과 마주했을 때 안주희가 어떤 반응을 보일지 상상도 되지 않았다. 그렇다고 마냥 덮어둘 수만도 없잖은가. 언젠가는 밝혀질 일이다. 뭣보다 고민호가 벙커에서 빠져나온다면 안주희의 목숨 또한 위태로워질 게 뻔했다. 힘을 합쳐 고민호를 상대해야 할 수도 있다. 그녀도 고민호의 정체를 알아야 했다. 에둘러 얘기하거나 말을 고를 여유 따윈 없었다. 채윤은 그녀의 손을 부여잡고 단번에 내뱉었다.

"아저씨가 모방범이었어요. 벙커에 가둬놓긴 했는데 언제 빠져나올지 몰라요. 경찰에 빨리 신고해야 돼요."

안주희의 이마와 미간에 주름이 진하게 잡혔다. 해석 불가능한 외계어를 들은 것 같은 표정이었다. 한참 만에야 그녀의 입에서 쉰 목소리가 새어 나왔다.

"그게…… 무슨…… 소리니? 모방범은 죽었잖아……. 임형철이라는 사람이 모방범이라고 하지 않았니?"

"임형철은 실행범일 뿐, 아저씨가 배후에 있었어요. 아버지도 잠적한 게 아니라 아저씨에게 살해당했던 것 같아요."

안주희가 실신할 듯 휘청거렸다. 채윤은 얼른 그녀를 부축해 소파에 앉혔다. 고민호가 금방이라도 뒤쫓아 올 것 같아 똥줄이 탔지만 잠깐이라도 안정을 취하게 해줘야 할 것 같았다. 말 없이 등을 토닥이며 가혹한 처지를 위로하는데 그녀가 별안간 머리를 내저으며 중얼거렸다.

"그럴 리가 없어. 그이가 모방범이라니. 개미 한 마리도 못 죽이는 사람이 친구를 죽였다고? 모방범으로 위장해 채윤이까지 죽이려 했다고? 우리 그이가 얼마나 모범적이고 정의로운 사람인데."

불신과 반감으로 충혈된 눈자위가 돌연 채윤을 향했다.

"뭣 때문에 아저씨를 모함하는 거니? 우리 그이가 너를 얼마나 예뻐해줬는데."

남편 친구의 딸보다는 평생 신뢰하고 의지했던 내 편으로 마음이 기우는 게 당연했다.

"벙커에서 아버지의 유류품을 발견했어요."

"명찬 씨의 유류품?"

"네, 아버지가 실종 당시 지니고 계셨던 지갑과 옷이 벙커에 있었어요."

"그게 왜 우리 별장에……."

당황해 말문이 막혔던 안주희는 금세 자기합리화라는 탈출구를 찾아냈다.

"명찬 씨가 남편과 몰래 연락을 취했었나 보지."

"그럼 저를 볼 때마다 아버지에게서 연락이 오지는 않았는지 왜 자꾸 물어봤을까요?"

"네 아버지가 부탁했을 수도 있잖니. 널 볼 면목이 없으니 절대 말하지 말아달라고. 아니면 무슨 다른 사정이 있었든가."

답답하다기보다는 안타까웠다. 무슨 말을 해도 맹목적으로 부정하리라. 눈을 뜨게 해줄 증거를 계속해서 들이미는 수밖에 없었다.

"연쇄살인범의 트레이드마크. 벙커 냉장고에 보관된 돼지에 수없이 새겨져 있었어요."

"뭐라고?"

어떤 말에도 동요하지 않았던 안주희가 흔들리고 있었다. 채윤은 더 강하게 밀어붙였다.

"바비큐용 돼지에 연습했던 거예요. 연쇄살인범의 트레이드마크를 똑같이 흉내 내려고. 내 손등에 동일한 표식을 남겨야 하니까."

그녀가 거세게 도리질을 쳤지만 몸짓에서는 불안한 아지랑이가 피어오르기 시작했다. 굳건했던 믿음에 가느다란 균열이 생기고 있었다.

"말…… 말도 안 돼……. 그런 게 여기 있을 리가 없어. 살인마의 마크가 왜 우리 별장 돼지에……."

"여기가 모방범의 훈련장이었으니까요. 아저씨가 임형철에게 훈련 도구와 장소를 제공했던 거예요."

안주희가 난데없이 벌떡 일어섰다.

"어디 가시려고요?"

"내 눈으로 직접 확인해봐야겠어. 그전까지는 아무것도 못 믿겠어."

"거기 가시면 안 돼요. 너무 위험해요. 아저씨가 벙커에 있다고요. 경찰에 신고부터 해요. 경찰이 온 후에 확인해도 늦지 않잖아요."

강한 만류에 안주희가 입술을 깨물더니 결국 수긍했다.

"알았다, 그렇게 하자꾸나."

"잠깐만 여기 앉아 계세요. 휴대폰 금방 가져올게요."

서둘러 계단으로 향하는데 부엌 조리대에 놔둔 토치가 눈에 들어왔다. 내일 있을 바비큐 요리를 위해 꺼내놓은 듯했다. 그걸 보자 진저리가 날 만큼 울분이 솟구쳤다. 모방범의 마지막 증거를 없애버릴 목적으로 바비큐 파티를 하자고 했겠지. 그것도 채윤에게 증거를 직접 먹여서.

턱을 악다물고 발걸음을 옮기던 채윤은 퍼뜩 멈춰 섰다. 식사할 때 고민호가 했던 말이 느닷없이 뇌리를 비수같이 파고들었기 때문이었다. 분명 안주희에게 자꾸 초벌구이를 한답시고 토치로 돼지를 그슬리지 말라고 했었다. 속은 안 익고 겉만 탄다고. 뭣 때문에 토치로 겉만 태웠을까. 아무리 생각해도 답은 한 가지로만 귀결됐다. 돼지 피부에 무수히 새겨진 칼자국을 숨겨야 하니까. 싸늘한 식은땀이 등골로 흘러내렸다. 무의식적으로 떨리는 몸을 다잡으며 뒤를 돌아봤다. 충격과 혼란에 빠졌던 안주희의 모습은 온데간데없었다. 생글생글 눈웃음을 치며 아쉽다는 듯이 입맛을 다셨다.

"저런, 들통난 모양이네."

그 한마디로 확실해졌다. 완전히 잘못 짚었던 것이다. 모방범은 고민호가 아니라 안주희였다. 쓰라린 전율이 발바닥부터 머리끝까지 관통해 흘렀다.

"아줌마였군요. 임형철을 사주해 연쇄살인범의 피해자로 위장해 날 죽이려 했던 게."

"끝까지 속일 수 있었는데, 좀 아쉽네. 맞아, 나야. 임형철은 나의 충실한 꼭두각시였지."

채윤이 떨리는 음성으로 물었다.

"아버지도 아줌마가 죽인 거예요?"

"내 입으로 직접 듣고 싶어서 묻는 거야? 그렇다면 못 해줄 것도 없지. 그래, 네 아버지도 내가 죽였어."

머리가 핑 돌며 현기증이 일었다. 아버지는 회사와 날 버리고 도망친 게 아니었다. 절친했던 친구의 부인에게 허무하게 살해당했던 것이다.

"도대체 왜……. 이유가 뭐예요? 대체 우리 집안에 무슨 억하심정이 있기에……. 돈 때문이에요? 아니면 뿌리 깊은 원한이라도 있었던 거예요?"

채윤이 절규했다. 안주희는 서글프다는 표정으로 부인했다.

"그럴 리가. 난 그 사람을 사랑했어."

"뭐라고요? 사랑이요?"

얼토당토않은 헛소리에 채윤이 눈을 부릅떴다.

"그래, 그 사람도 날 사랑했고."

"두 사람이 불륜관계였다는 소리예요?"

"그딴 세속적인 말로 우리 관계를 규정짓지 말아줬으면 좋겠는데. 우리의 사랑은 그 무엇보다 순수하고 고결했거든."

아련했던 추억을 회상하는지 안주희의 시선이 오른쪽 허공을 향했다. 역겨웠다. 채윤의 입에서 가시 돋친 추궁이 튀어나왔다.

"언제부터요?"

"네가 어렸을 때부터."

아버지가 가정에 소홀했던 이유를 이제야 알 것 같았다. 왜 그렇게 출장이 잦았는지도. 허구한 날 야근을 한 까닭도. 엄마의 얼굴에 짙은 그늘이 지고 아버지를 대하는 태도가 냉담해진 연유도. 아빠에게 딴 여자가 있다는 걸 육감적으로 알아차린 것이리라. 아버지의 옷에서 나는 여자 향수 냄새나, 액세서리를 산 카드내역 등으로 바람피운다는 걸 눈치챘을지도 모른다. 불륜 상대가 안주희란 것도 알았을까. 몰랐을 것이다. 그것도 친구의 와이프일 줄은 꿈에도 몰랐겠지.

"사랑했다면서 왜 죽였는데요? 아버지가 다른 여자랑 놀아나기라도 했어요? 그래서 홧김에 죽인 거예요?"

"나를 배신하려 했거든. 우리 관계를 끝내려 했지."

채윤의 콧구멍에서 어처구니없는 콧바람이 새어 나왔다.

"헤어지자고 해서 사람을 죽였다고요?"

"가족을 챙겨야겠다는 둥 같잖은 핑계를 대지 뭐야. 이제 그만 만나야겠대. 가장 노릇을 제대로 해본 적이 없다면서 말이야. 친구에 대한 죄책감도 크다고 했지. 날 떠나려 했던 게 그때가 처음은 아니었어. 그전에도 일방적으로 이별 통보를 한적이 있었거든. 아내가 눈치챈 것 같다면서 말이야. 아무리 붙잡고 애걸복걸해도 들은 척도 하지 않았지. 그래서 어떻게 했는지 알아? 근본적인 문제점을 제거했지."

채윤은 입을 앙다물고 안주희의 말을 곱씹었다. 근본적인 문제를 제거했다는 게 무슨 뜻일까. 곰곰이 생각하던 중에 채윤이 막 대학교에 입학했을 즈음의 사건이 떠올랐다. 비명과도 같은 새된 외침이 채윤의 목에서 터져 나왔다.

"설마, 엄마를 돌아가시게 만든 뺑소니 교통사고가……."

안주희가 박수를 쳤다. 유치원생에게 참 잘했어요, 도장을 찍어주는 선생님 같은 표정을 지으며.

"눈치 빠른 건 엄마를 닮은 모양이네. 그래, 네 엄마를 뺑소니 교통사고로 위장해서 죽여버렸어. 아내가 눈치를 챈 것 같다고? 눈치챈 아내를 없애버리면 돼. 가정으로 돌아가고 싶다고? 돌아갈 가정을 부서뜨리면 되는 거야. 심플하면서도 확실한 해결책 아냐?"

채윤은 피가 거꾸로 솟는 기분이었다. 뺑소니 교통사고가 아버지를 차지하기 위한 내연녀의 소행이었다니. 단지 불륜관계를 유지하기 위해 엄마를 빼앗아 갔다니. 주체할 수 없는 분노와 증오가 한데 뭉쳐 몸속에서 맹렬하게 폭주했다. 이성을 잃은 채윤은 괴성을 지르며 막무가내로 덤벼들었다. 안주희를 들이받으려는 찰나 채윤은 숨을 헉 들이키며 돌덩이처럼 굳어버렸다. 불에 덴 것 같은 통증이 옆구리를 예리하게 파고들었다. 고개를 숙여 옆구리를 내려다봤다. 흰색 셔츠 위로 진한 적갈색 핏자국이 번지기 시작했다. 시선을 올려보니 안주희가 피 묻은 식칼을 들고 있었다. 채윤은 칼에 찔린 부위를 손으로 움켜쥐고 비틀비틀 뒷걸음질을 쳤다. 안주희가 해맑게 웃었다.

"아줌마한테 버릇없게 굴면 쓰나. 내가 우리 채윤이를 얼마나 예뻐했는데."

채윤은 숨을 할딱이며 성토했다.

"아버지도 알고 있었어? 당신이 엄마를 죽인 사실을 알고 있었냐고?"

"글쎄, 그건 나도 잘 모르겠네. 알고 있었던 것 같기도 하고 몰랐던 것 같기도 하고. 그게 뭐가 중요해. 날 버리지 않았다는 사실이 중요하지."

"두 번째로 관계를 정리하려 했을 때는 왜 아버지를 죽인 건데? 엄마를 죽였을 때처럼 왜 날 처리하지 않은 거냐고?"

"그땐 정말 끝났다고 생각했으니까. 내게서 완전히 마음이 떠났다는 걸 알았으니까. 네가 없어져도 그 사람의 마음을 되돌릴 수 없다는 걸 뼈저리게 느꼈지."

"아저씨와 이혼하고 아버지와 결혼이라도 할 작정이었던 거야?"

뭐가 그리 우스운지 안주희는 배를 잡고 끅끅거렸다.

"결혼? 우리 채윤이 나이만 먹었지 아직 애구나. 남편과 헤어질 생각은 추호도 없었어. 그건 지금도 마찬가지야. 완벽하진 않더라도 난 내 결혼생활에 만족하거든."

어이없는 궤변에 채윤의 얼굴이 일그러졌다.

"그러면서 아버지는 왜 질척대며 붙잡은 건데? 그것도 엄마까지 죽이면서! 그냥 놔줬으면 됐잖아. 다 묻어버리고 각자의 가정으로 돌아갔으면 됐잖아! 왜 죽인 건데? 왜?"

"서명찬은 내 거니까. 내 걸 빼앗는 건 누구든 용서 못 하지. 그게 설령 본인이라 할지라도."

웃으면서 말하는 안주희의 눈동자가 희번덕거렸다. 난생처음 접하는 광기에 채윤은 온 피부에 닭살이 돋았다. 안주희는 마음 여리고 정 많은 인간의 껍데기를 뒤집어썼던 괴물이었다. 몇 년 동안이나 병적인 소유욕과 집착욕을 지닌 사이코패스의 연기에 놀아났던 것이다.

"당신이 직접 아버지를 죽인 거야?"

"그럴 리가 없잖아. 그래도 한때는 죽을 만큼 사랑했던 사람인데. 이별에 대한 최소한의 예의는 지키고 싶었어. 임형철에게 시켰지."

채윤은 콧방귀를 뀄다.

"지고지순한 사랑 나셨네. 임형철과도 불륜관계였어?"

무슨 소리냐는 듯이 안주희가 오만상을 썼다. 감히 급도 안
되는 남자를 자신의 상대로 점찍었다는 것 자체가 불쾌하다는
얼굴이었다.

"임형철은 나의 충직한 개일 뿐이야. 먹이만 제때 챙겨주면
쉴 새 없이 꼬리를 흔드는. 그를 처음 만났을 때가 아직도 생
생해. 부부 동반으로 참석한 중소기업 만찬장에서였지. 남편이
소개를 해주는데 내게서 한시도 눈을 떼지 못하더라. 바로 알
아차렸지. 이 남자는 내 노예가 될 거라는 걸. 자랑 같지만 남
자들은 내게 한 번 빠지면 헤어 나오질 못하거든. 아니나 다를
까 내 몸을 한 번 맛보더니 정신을 못 차리더군. 내 말이라면
불구덩이에라도 뛰어들 것처럼 굴었지."

"아버지를 죽인 다음 어떻게 한 거야?"

"시 외곽 야산에 암매장했어. 아무도 찾지 못하게 아주 깊
게 구덩이를 팠지. 그 뒤에는 너도 알다시피 잠적한 것처럼 꾸
몄고."

"아무리 생각해도 이해가 안 가. 나는 뭣 때문에 노린 거지?
왜 이제 와서 연쇄살인범의 피해자로 위장해 죽이려 한 거냐
고? 옛 연인의 판박이를 보니 증오와 살의가 되살아난 거야?
아버지의 핏줄이라면 씨를 말리고 싶었던 거냐고? 아니면 나

까지 대를 이어 당신의 소유물이 된 건가?"

안주희가 히죽거리며 손을 내저었다.

"그럴 리가. 그때나 지금이나 채윤이한테는 아무 감정도 없
단다."

채윤이 헛웃음을 쳤다.

"악감정도 없는데 죽이려 했다고?"

"네 아버지가 모습을 드러내는 바람에 어쩔 수 없었어."

"아버지가 모습을 드러냈다니, 그게 무슨 소리야? 죽여서 암
매장했다고 했잖아?"

채윤은 열이 뻗쳐서 버럭했다가 이내 옆구리를 부여잡고 끙
끙거렸다.

"충분히 깊게 파묻었지. 망할 비가 화근이었어. 자연 앞의 인
간이 얼마나 초라하고 무력한 존재인지 아니? 폭우로 산비탈
이 무너져 내려 시신이 발견된 거야. 다행히 한참 전에 백골이
진행된 터라 신원을 밝혀낼 수는 없었지. 소지품은 물론 신원
을 확인할 만한 건 완벽하게 치웠으니까. 서명찬은 그저 신원
미상의 백골 변사체일 뿐이었어. 신원을 밝혀내지 못하면 경찰
수사가 날 향할 일도 없을 테고."

얼핏 암매장됐던 백골 변사체가 발견됐다는 뉴스를 접한 기
억이 났다. 타살 흔적이 명백해 경찰이 수사 중이라는 얘기도.
이 부부와 만났던 음식점 옆 테이블에서도 백골 변사체가 연쇄
살인범의 소행인지 아닌지 여부로 난상토론을 벌였었다. 그 백

골이 아버지였단 말인가. 안주희가 덧붙였다.

"며칠 지난 후에야 네가 내 발목을 잡을 수도 있다는 걸 깨달았지."

"내가? 뭣 때문에?"

"서명찬은 암묵적으로 잠적한 걸로 돼 있었어. 사업이 망할 위기에 처하자 가족과 회사, 친구를 모조리 버리고 달아난 겁쟁이로 말이야. 문제는 실종신고가 접수돼 있다는 점이었지."

"실종신고가 어쨌다는 건데?"

"신원 미상의 변사체가 발견되면 경찰이 제일 먼저 뭘 할 거 같아? 신원 확인이야. 백골화된 사체의 신원을 알아내는 건 쉽지 않아. 지문이나 머리카락 따윈 진작 흙이 돼버렸으니까. 치과 진료기록을 대조해보려 해도 치료 이력이 없다면 말짱 도루묵이지. DNA 채취가 가능하다면 그나마 기대해볼 만한 부분이 있어. 그건 바로 실종자 가족의 DNA와 비교해보는 거야. 즉, 경찰이 조만간 네 DNA를 채취해 백골 변사체와 대조해볼 수도 있다는 거지. 그렇게 되면 타살돼 암매장된 백골 변사체가 서명찬인 걸로 밝혀지겠지. 잠적한 인간이 타살된 걸로 드러나면 경찰도 본격적으로 수사에 뛰어들 테고. 추적의 손길이 내게 뻗쳐오는 것도 시간문제가 될 거야. 그래서 네가 죽어줘야만 했던 거야."

자신이 표적이 된 까닭을 알게 된 채윤은 아연실색했다. DNA를 대조해볼 수 있는 유일한 혈육을 제거하기 위해 살인을 도모했던 것이다. 이 모든 사태가 아버지의 DNA를 물려받은 탓이었다니. 머리가 어질어질했다. 동시에 석연찮은 의문도 고개를 쳐들었다.

"뭣 때문에 연쇄살인마의 피해자로 위장해 죽이려 했던 거지? 막대한 리스크를 감수하면서까지 날 연쇄살인사건의 희생자로 만들 필요가 있었어? 엄마처럼 뺑소니 교통사고로 위장하든지, 아버지처럼 죽여서 암매장하면 됐잖아. 단순 사고나 실종처럼 보이도록 꾸미는 게 훨씬 손쉽지 않나?"

"그렇게 되면 일가족 세 명 모두가 의문의 사건에 휘말리게 돼. 너까지 석연찮은 사고나 실종, 어설픈 살인사건에 휘말리면 경찰의 의심을 사지 않겠어? 당연히 잠적한 서명찬과의 연관성도 조사해보겠지. 그렇지만 불특정 다수를 살해하는 연쇄살인마의 희생자가 된다면? 그 누구도 서명찬과 네 죽음을 연결시키지 못할 거야."

모든 진실을 알게 된 채윤은 맥이 쭉 빠졌다. 왠지 모르게 허탈했다. 출혈이 멈추지 않기 때문에 그런 걸 수도 있지만.

"아저씨는 당신이 한 짓을 전혀 몰랐던 거야?"

"그이는 아무것도 몰랐어. 똑똑한 척은 혼자 다 하지만 실제로는 둔하기 짝이 없거든. 얌체 짓을 좀 하긴 했지. 경영 상태가 나빴던 만백건설을 헐값에 팔아넘겨 돈을 챙겼으니까. 그래서 그렇게 네 아버지 소식에 촉각을 곤두세웠던 거야. 서명찬이 돌아오면 본인이 꿀꺽 삼킨 돈을 죄다 토해내야 할 테니."

이야기를 마치듯 짧게 숨을 내뱉은 그녀가 입꼬리를 올렸다.

"일이 이렇게까지 꼬일 줄은 몰랐어. 임형철의 실패는 그렇다 쳐도 진짜 연쇄살인범이 깜짝 등장할 줄 누가 상상이나 했겠어. 정말이지, 사람 일이란 알 수가 없다니까."

말은 그렇게 하면서도 안주희는 즐거워 보였다.

"하지만 제법 스릴 있고 신나긴 하더라. 아무것도 모르는 척하며 구경하는 맛도 일품이었고. 더는 내 일을 방해할 연쇄살인범이나 경찰도 없으니까 됐지, 뭐. 네가 눈치채는 바람에 계획을 예정보다 앞당겨야 하지만 후딱 처리해버리는 게 낫겠다 싶기도 해."

채윤은 받은 숨을 몰아쉬며 저주를 날렸다.

"네가 무슨 신이라도 된 것 같지? 웃기지 마. 넌 그저 미친 범죄자일 뿐이야. 인간이기를 포기한 살인마일 뿐이라고. 네 미래는 둘 중 하나밖에 없어. 평생 교도소에서 썩든지, 누군가의 손에 참혹하게 살해되든지."

가소롭다는 듯이 안주희가 키득거렸다.

"과연 그럴까. 난 앞으로도 존경받는 사모님으로 살 거 같은데. 미망인으로 동정심도 듬뿍 받으면서 말이야."

"뭐? 미망인?"

"임형철의 배후는 나 대신 우리 그이가 될 테니까. 네가 처음에 착각했던 것처럼. 서명찬의 살인을 사주한 것도, 연쇄살인범의 피해자로 위장해 서채윤을 살해하려 한 것도 고민호의 짓이 될 거라고. 이 별장에서 끝내 서채윤을 죽인 것 또한 고민호고."

"아저씨를 죽인 다음 다 뒤집어씌울 속셈이군."

"부부 관계를 지속시키는 데 있어 제일 중요한 게 뭔지 알아? 사랑이나 애정, 믿음? 아니야. 그건 바로 헌신이야. 그이가 날 위해 헌신할 차례가 온 것뿐이야. 시나리오는 간단해. 고민호는 서채윤에게 자신이 모방범이란 사실을 들켜버려. 그래서 서채윤을 죽여버리지. 자신의 정체를 알아버린 아내까지 없애려 했지만 필사적으로 저항하던 아내에게 거꾸로 당하고 말아. 당연히 정당방위로 인정받겠지. 게다가 흉악 살인범을 잡았잖아. 안주희가 영웅으로 칭송받으며 끝나는 해피엔딩이 될 거야. 어때? 꽤 개연성 높은 각본 아냐?"

채윤은 이를 갈았다. 비로소 그녀가 했던 말과 행동들이 하나의 선으로 연결돼 있었다는 걸 깨달았다. 요즘도 조깅을 하냐고 물었던 건 습격 장소와 시간을 체크할 목적으로 던진 질문이었다. 고수를 먹는 걸 보고 아버지 식성을 닮았다고 말할 수 있었던 건 아버지와 단둘이 식사를 많이 해봤기 때문일 터였다. 응급실에서 경찰서로 진술하러 갈 때 기어이 따라가겠다고 고집을 피웠던 건 경찰의 수사 동향을 파악하기 위함이었을 것이다. 임시숙소 위치를 캐물었던 것도 후속 범행을 실행할 수 있는지 가늠해보려 한 것일 테고. 당분간 해외에 나가 있는 게 어떠냐고 권유했던 것도 국내보다는 해외에서 채윤을 더 손쉽게 처치할 수 있기 때문일 터였다. 국내법과 치안이 미치지 않는 곳이니 실종되든 사고로 사망하든 원인 규명도 어려울 테니까.

식칼 손잡이를 쥔 안주희의 손에 힘이 들어갔다. 그녀는 서두르지 않고 한 걸음씩 채윤에게 접근했다. 도마 위 생선을 손질하려는 것처럼. 채윤은 재빨리 주위를 곁눈질했다. 현관으로 가는 길목은 안주희에게 차단된 상태였다. 통유리로 된 거실 창문은 웬만한 방탄유리보다 튼튼하다고 고민호가 얘기했었다. 어디든 퇴로는 보이지 않았다. 무기가 될 만한 것도 눈에 띄지 않았다. 미리 테이블 위의 포크며 나이프 등을 치운 것도 그 때문이리라.

안주희는 채윤을 코너 쪽으로 몰며 신중하게 거리를 좁혔다. 위층으로 올라가는 계단이 시야 언저리에 잡혔다. 그쪽 또한 안주희의 사정거리 안이었다. 최상의 컨디션이더라도 따돌릴 수 있을지 미지수인데 부상까지 당한 상태니 어림도 없으리라. 아무리 중년 여성이라고는 해도 칼을 든 사람에게 맨손으로 덤벼봤자 칼받이만 될 게 뻔했다. 그때 소파의 쿠션이 눈에 들어왔다. 없는 것보다는 낫겠지. 냉큼 쿠션을 집어 들고 방패처럼 상체를 막았다. 안주희의 눈꼬리가 비웃음으로 일렁였다.

"쓸데없이 용쓰지 말고 편하게 가족 상봉이나 하러 가."

안주희와 대치하며 타이밍을 재던 채윤은 창가 쪽으로 날쌔게 튀어 나갔다. 안주희가 따라붙는 순간 반대쪽으로 몸을 틀었다. 페이크였다. 역동작에 걸린 안주희가 주춤하는 사이 채윤은 계단을 향해 내달렸다. 갑작스러운 방향 전환에 부상 부위가 찢어지는 게 아닐까 싶을 만큼 격렬한 통증이 일었다. 순간 주저앉을 뻔했지만 이를 악물고 발을 놀렸다. 계단 앞에 다다른 찰나 등 뒤에서 거친 바람 소리가 일었다. 몸을 돌리자 식칼이 가슴을 향해 찔러 들어왔다. 기겁한 채윤은 반사적으로 쿠션을 들어 막았다. 칼날이 쿠션을 찢으며 밀고 들어왔다. 안간힘을 써서 엎치락뒤치락하다 가까스로 안주희를 옆으로 밀쳐냈다. 안주희가 넘어진 틈을 타 채윤은 계단을 뛰어올라갔다.

2층으로 올라가자마자 주위를 휘둘러봤다. 골프채나 야구방망이 같은 게 보이길 고대했지만 아무것도 눈에 띄지 않았다. 가장 가까운 방으로 달려가 문을 부술 듯이 열고 들어갔다. 급하게 방 안을 살폈다. 책상 선반 한쪽에 2단짜리 우산이 있었다. 급한 대로 우산을 집어 들었다. 우산대만 길게 편 다음 거실로 나갔다. 안주희는 아직 올라오지 않은 상태였다. 채윤은 계단 벽 옆에 몸을 숨겼다. 올라올 때를 노려 기습할 작정이었다. 칼만 떨어뜨린다면 어느 정도 승산이 있을 것이다. 기척을 숨기고 기다렸지만 안주희는 올라올 기미가 보이지 않았다. 대체 뭘 꾸물대는 거지? 설마 이대로 도망친 건가. 그럴 리가 없었다. 평생 쫓겨 다니면서 수배자로 사느니 미완성이었던 살인 계획을 마무리 짓는 편이 백배는 나을 테니까.

그때 아주 희미한 소리가 났다. 계단을 올라오고 있다. 채윤은 미동 없이 긴장의 끈을 조였다. 칼을 든 손목을 일격에 후려쳐야 한다. 실패하면 저승행 KTX를 타게 되리라. 2층으로 다가오던 발소리가 계단참 앞에서 뚝 끊어졌다. 왜 멈춘 거지? 매복 중인 걸 눈치챘나. 초긴장 상태라 자꾸 입안에 침이 고였다. 침 넘기는 소리가 날까 봐 삼키지도 못하고 그대로 머금었다.

이내 그림자가 모습을 드러냈다. 우산을 머리 위로 쳐드는데 알싸한 냄새가 진동했다. 뭔가 잘못됐다는 생각이 든 찰나 맹렬한 화염이 안면을 향해 덮쳐왔다. 대경실색한 채윤은 벼락같이 뒤로 몸을 굴려 피했다. 뜨거운 열기가 피부를 뒤덮었고 탄내가 콧속을 후볐다. 손을 대보니 앞 머리카락이 사라졌다. 눈썹은 반이나 그슬렸다. 손등과 팔에도 벌겋게 물집이 잡혀 있었다. 안주희는 왼손에는 식칼을, 오른손에는 가스통을 낀 토치를 들고 있었다. 토치 앞에 화력을 높이는 보조도구가 두툼하게 부착돼 있었다. 화염방사기가 따로 없다.

채윤의 무릎이 부들부들 떨려왔다. 칼도 모자라 화염방사기라니. 불에 타 죽는 게 가장 고통스러운 죽음이라고 들은 적이 있다. 안주희의 얼굴은 환희로 빛나고 있었다. 즐기고 있다. 이 추격전을. 채윤을 사냥하는 것을. 인간 바비큐 요리를 하는 것을. 손에 든 우산이 무척이나 초라하게 느껴졌다. 토치 때문에 접근조차 불가능하니 있으나 마나 한 무기였다. 좁은 공간에서 토치를 분사하면 불지옥이 따로 없을 것이다.

안주희의 거침없는 전진에 채윤은 베란다로 내달렸다. 3층

옥상으로 통하는 계단을 딛고 위로 올라갔다. 옥상 문을 박차고 나가 재빨리 문을 닫았다. 문을 잠그려고 손을 뻗는데 절망감이 몰려왔다. 바깥쪽에는 잠금장치가 없었다. 옥상 난간으로 뛰어가 밑을 내려다봤다. 3층 높이였다. 머리부터 잘못 떨어지면 죽을 수도 있는 높이. 운이 좋다 해도 발목이나 다리 골절을 입기에는 충분한 높이. 막다른 절벽이었다. 안주희는 여유로웠다. 궁지에 몰린 쥐를 갖고 놀다 죽이려는 고양이처럼. 바람을 쐬며 산책하듯 생글생글 웃으며 다가왔다. 채윤은 그녀가 함부로 접근하지 못하게 위협적으로 우산을 휘둘렀다.

"오지 마! 더 이상 다가오지 말라고!"

"술래잡기는 이제 그만할까. 더 이상 도망칠 데도 없잖니."

"난 아버지처럼 개죽음을 당하지는 않을 거야!"

안주희가 안타깝다는 듯이 혀를 끌끌 찼다.

"부전여전이네. 부녀가 하나같이 지지리도 말을 안 들으니!"

"누가 연쇄살인마 뺨치는 살인귀 말을 듣겠어?"

"한번 만나보고 싶긴 하네. 임형철을 죽인 연쇄살인마 말이야."

도발을 해봤지만 먹히지 않았다. 오히려 안주희의 눈은 호기심으로 번득였다. 그녀가 덧붙였다.

"늘 그랬듯이 아버지를 원망해. 그 사람이 처신을 잘했으면 네가 죽을 필요는 없었을 테니까. 그게 아니면 시체를 발굴한 자연재해를 원망하든지."

"미친년!"

"예의 바른 애인 줄 알았더니 입이 참 험하구나. 그간의 정을 생각해서라도 고통 없이 보내주려고 했는데. 말하지 않았나. 내가 우리 그이보다 바비큐를 잘 굽는다고 말이야."

안주희가 토치 조절 장치를 돌리자 화력이 더욱 거세졌다. 조금 과장해서 허공으로 뿜어져 나오는 불길이 1미터는 돼 보였다. 삼사 미터 넘게 떨어진 채윤에게까지 불의 열기가 전해졌다. 채윤은 난간 뒤를 힐끔 곁눈질했다. 더 이상 물러날 데는 없었다. 어떻게 하면 절체절명의 위기에서 벗어날 수 있을까. 필사적으로 머리를 굴리는데 우산과 토치의 불꽃이 한 앵글에 잡혔다. 그 순간 한 가지 아이디어가 번뜩였다. 무모하면서도 도박성 짙은 계획이지만 달리 뾰족한 수도 없잖은가.

기회는 단 한 번뿐이다. 채윤은 재빨리 우산의 묶음끈을 풀었다. 우산이 활짝 펴지는 것과 동시에 화염을 향해 돌진했다. 토치의 불꽃에 우산을 들이대자 삽시간에 우산 천에 불이 달라붙었다. 뜻밖의 전개에 당황한 안주희가 주춤대며 뒷걸음질하는 순간 채윤은 불붙은 우산을 그녀에게 조준해 냅다 던졌다. 안주희가 피하려고 했지만 이미 늦었다. 불붙은 우산에 맞은 그녀의 입에서 돼지 먹따는 소리가 튀어나왔다. 불꽃은 춤추듯 그녀의 머리카락으로 옮겨붙었다. 토치와 칼을 바닥에 내던진 그녀는 미친 듯이 날뛰면서 손으로 머리를 털었다. 불을 끄려고 했지만 불길은 더 커져만 갔다. 더 이상 채윤은 안중에도 없었다. 안주희가 불덩이와 씨름하는 사이 채윤은 옥상 출입구 쪽으로 도망쳤다.

그때였다. 뒤에서 후다닥 빠르게 달려오는 소리가 들렸다. 뒤를 돌아보자 머리카락과 피부가 녹아내린 안주희가 악귀처럼 달려들었다. 피할 틈은 없었다. 그녀는 양팔로 채윤의 몸통을 꽉 껴안더니 난간 바깥으로 몸을 날렸다. 같이 죽기로 작정한 게 분명했다. 두 사람의 몸이 뒤엉킨 채 추락했다. 2초 남짓한 짧은 시간이 영원처럼 길게 느껴졌다. 안주희에게 깔린 자세였던 채윤은 반사적으로 그녀의 어깨를 잡고 상체를 뒤집었다. 수박 깨지는 소리와 함께 연약한 육체가 돌바닥에 내리꽂혔다. 대자로 누운 안주희의 입에서 피가 한 움큼 쿨럭 솟구쳤다. 뒤통수와 닿은 지면에도 핏물이 웅덩이를 이루기 시작했다. 안주희를 에어매트 대용으로 쓰긴 했지만 채윤이 받은 충격도 만만치 않았다. 일순간 숨이 턱 막혔지만 잠시 후 숨구멍이 뚫렸다. 비틀대며 일어선 채윤은 싸늘한 시선으로 안주희를 내려다봤다. 안주희가 입을 벙긋거렸지만 피거품만 올라올 뿐 아무 소리도 내지 못했다. 이윽고 그녀의 머리가 옆으로 푹 떨어졌다.

*

채윤은 빈소 벽에 기대앉아 영정 사진을 물끄러미 바라봤다.

언제나 그랬듯 영정 사진 속 아버지는 낯설었다. 상주 자격으로 자리를 지키는 것도 어색했다. 마치 친구의 부친상에 조문을 온 것 같은 기분이었다. 엄마가 돌아가셨을 때 홀로 빈소를 지켰던 날이 떠올랐다. 그날에 비하면 힘든 편은 아니었다. 영혼이 무너져 내리지도 오열하다 실신하지도 않았으니. 이래도 되나 싶을 정도로 덤덤했다. 조문객의 발길은 뜸했다. 밤 11시가 됐을 무렵 입구에서 인기척이 났다. 채윤은 낑낑대며 몸을 일으켰다. 갈비뼈에 금이 가서 움직일 때마다 가슴이 욱신거렸다.

빈소로 들어선 사람들을 본 채윤의 안색이 밝아졌다. 지한과 은경 그리고 범석이었다. 정신없이 바쁠 텐데도 여기까지 와준 그들이 고맙기 짝이 없었다. 왠지 모를 동지애가 느껴졌다. 영정 사진 앞에서 두 번 절한 그들이 채윤에게 몸을 돌렸다. 채윤도 엉거주춤 맞절을 하려는데 지한이 만류했다.

"채윤 씨는 그냥 있어요. 아직 몸도 성치 않은데."

채윤은 미소를 띠며 그의 배려를 받아들였다. 상주에게 절을 하고 일어난 최지한이 조의를 표했다.

"삼가 고인의 명복을 빌겠습니다. 기운 내세요. 많이 늦긴 했지만요."

"바쁘실 텐데 이렇게 와주시고 정말 감사드려요."

채윤의 답례 인사에 이은경이 말했다.

"당연히 와봐야죠. 몸은 좀 어때요? 괜찮아요?"

"많이 좋아졌어요. 수술한 데도 빨리 아물고 있고요. 무리하지 않고 몸조리만 잘하면 금방 회복될 거래요."

"잘됐네요. 하루빨리 완쾌되길 빌게요."

"고마워요. 아직 식사 안 하셨죠?"

썰렁한 식당에 조문객은 세 사람뿐이었다. 채윤은 그들에게 육개장과 반찬을 내준 뒤 마주 앉았다.

"술도 한잔 드릴까요?"

"괜찮습니다. 또 나가봐야 돼서요."

지한이 사양했다. 채윤은 밤낮없이 뛰어다니는 그들이 안쓰러웠다.

"좀 쉬기는 하는 거예요?"

"쉴 틈이 어디 있겠어요? 그놈도 아직 안 잡혔는데."

김범석이 쓴웃음을 지으며 자조적으로 대꾸했다.

"그자가 남긴 흔적이나 단서는 전혀 없는 건가요?"

"아무것도 못 찾았습니다. 벌써 다섯 번째 범행을 저질렀는데도."

지한이 밥알을 젓가락으로 깨작대며 침울하게 말했다.

"힘내세요. 언젠가는 꼭 잡을 거예요."

"그래야죠. 또 다른 희생자가 나오기 전에."

이은경이 각오를 다졌지만 얼굴에서 예전 같은 생기나 의지는 찾아보기 힘들었다. 지한이 불쑥 말을 꺼냈다.

"혹시 놈이 채윤 씨에게 접촉해온다면 즉시 연락 부탁드리겠습니다."

"물론이죠. 근데 그자가 저한테 다시 연락을 해올까요?"

"그럴 확률은 희박해 보이지만 워낙 예측 불가능한 놈이니까요."

차라리 연쇄살인범이 채윤에게 연락을 해주길 바라는 듯한 뉘앙스였다. 어쩌면 이 부탁을 하러 장례식장에 온 게 아닐까 하는 생각마저 들었다. 지한이 뜸을 들이다가 입을 열었다.

"감시받는 듯한 시선을 느낀 적은 없었나요? 아니면 미행당하는 것 같다거나."

뜻밖의 질문에 채윤은 눈썹을 추켜세웠다.

"그런 느낌을 받은 적은 없는데요. 그건 왜 물어보시죠? 모방범의 배후까지 이미 다 밝혀진 마당에……. 아저씨가 저를 해코지 할까 봐 그러시는 거예요? 그런 걱정은 안 하셔도 돼요. 그분은 저한테 미안한 마음뿐이라고 했으니까요. 진심으로 느껴졌고요."

"그게 아니라…… 그놈이 채윤 씨를 지켜볼 가능성도 없지는 않아서요."

채윤의 목울대가 절로 꿀렁거렸다.

"저를 노릴지도 모른다는 건가요?"

"채윤 씨를 해치지는 않을 거예요."

이은경이 바통을 이어받으며 진화에 나섰다.

"그게 아니면 제 주변을 얼씬거릴 이유가 뭔데요?"

"그에게 채윤 씨는 흥미로운 존재일 수도 있거든요. 모방범의 배후에 대해서 궁금해할 수도 있고요. 모두 추측에 불과할 뿐이지만요. 새로운 사냥을 준비하느라 채윤 씨는 안중에도 없을 수도 있어요."

그랬다. 희귀한 놈을 점찍어뒀었다고 했었다. 아니나 다를까 그 질문도 이어졌다.

"놈이 점찍었다던 목표에 대해서 달리 생각나는 건 없나요?"

"네, 팀장님도 보셨다시피 그 얘기를 한 건 그때 한 번뿐이었으니까요. 단지 저를 겁주려고 허세를 부린 걸 수도 있지 않을까요?"

"물론이에요. 협조를 끌어내려 거짓 협박을 했을 가능성도 충분해요."

채윤은 은경의 추측이 맞기를 바랐다. 지한이 바로 찬물을 뿌렸지만.

"단순한 허세가 아닐 수도 있습니다. 정말 다음 사냥감에 대해 언급한 걸 수도 있어요. 어차피 우리가 밝혀내지 못할 거라 자신해서."

"희귀한 놈이라는 게 무슨 뜻일까요?"

채윤이 누구에게랄 것 없이 물었다. 답을 듣기 위한 질문이 아니었다. 어차피 답을 아는 사람은 없었다. 연쇄살인범 말고는. 그저 답답한 심경을 조금이나마 해소하고 싶어 던진 말이었다. 은경이 말했다.

"특이한 외모나 직업을 가진 사람을 일컫는 걸 수도 있어요.

아니면 일관되게 선에 대해 언급했으니 선을 넘은 방식이 희귀했던 건지도 모르죠."

"그렇겠죠? 아무래도 놈이 누차 강조했던 선과 관련된 거겠죠?"

"문제는 그 선이 뭔지 통 알 수가 없다는 점이에요."

지한이 긴 한숨과 함께 말을 토해냈다. 연쇄살인범이 말하는 선이 뭔지 밝혀낼 수 있기나 할까. 어떤 선을 넘었기에 피해자들은 목숨을 잃어야만 했던 걸까. 법이나 사회규범을 어긴 건 아니다. 신의를 저버리거나 예의에 어긋난 짓을 한 사람도 없었다. 좌절과 체념의 정적이 테이블 위에 내려앉았다.

세 사람은 10분 정도 더 머무르다 장례식장을 떠났다. 어깨가 축 처진 뒷모습을 보니 채윤도 기운이 빠졌다. 그들을 배웅하고 빈소로 돌아와 벽에 기대앉았다. 눈을 붙이려고 애썼지만 연쇄살인범과 희생자들에 대한 상념으로 잠을 이룰 수가 없었다. 한 10분쯤 지났을까. 바닥을 때리는 구둣발 소리에 눈꺼풀을 들어 올렸다. 검정색 양복을 단정하게 차려입은 남자가 입구에서 서성이고 있었다. 채윤은 얼른 일어나서 조문객을 맞이했다. 얼굴을 알아본 채윤의 눈이 커졌다. 연쇄살인사건 피해자 유족 중 한 명이었던 정상진이었다. 그가 올 줄은 예상도 못했기에 채윤은 얼떨떨했다.

"여기는 어쩐 일로?"

"조의를 표하고 싶어서 왔습니다."

빈소에서 조문을 마친 그에게 식사를 권했지만 그는 정중하게 사양했다. 저녁을 먹은 데다 시간도 늦었으니 돌아가보겠다고 했다. 채윤은 다시 한번 깊이 머리를 숙였다.

"정말 감사드려요. 생각지도 못했는데 이렇게 먼 곳까지 발걸음해주셔서요."

"와봐야 할 것 같았습니다. 채윤 씨도 제 형을 위해 애써주셨잖아요."

처음에는 비꼬는 건가 싶었다. 채윤이 연쇄살인사건과 아무 관련 없다는 걸 그 역시 모르지 않을 테니. 연쇄살인범의 협박에 굴해 모방범 색출에 나섰던 것뿐이었다. 유족들을 의심한 데다 불순한 의도로 그들과 접촉하지 않았던가. 정상진이 따지러 온 건가 싶은 생각마저 들었다. 그러나 표정을 보니 진심으로 한 소리라는 걸 알 수 있었다. 그의 선의를 오해한 스스로가 부끄러워졌다.

"그건……."

"알고 있습니다. 담당 형사님이 다 말씀해주셨습니다. 저는 고맙게 생각하고 있습니다. 채윤 씨가 범인의 협박을 거절했다면 형 같은 사람이 또 희생됐을지도 모르니까요."

"기분 나쁘지는 않으셨어요? 모방범으로 의심받았다는 사실이요."

정상진이 엷은 미소를 지었다.

"만나보고 아니라고 판단하셨잖아요. 결국 다른 사람으로 밝혀졌고요. 그럼 된 거죠. 마음 잘 추스르시고 기운 내세요. 이만 가보겠습니다."

그만 들어가라는 거듭된 만류에도 채윤은 주차장까지 그를 배웅했다.

"차는 어디에 대셨어요?"

"저쪽에 있습니다. 이제 그만 들어가시죠."

"가시는 거 보고 들어갈게요."

"안 그러셔도 됩니다. 피곤하실 텐데 들어가서 좀 쉬세요."

그러나 채윤은 끝내 고집을 부려 차가 있는 곳까지 따라갔다. 새벽이라 야외 주차장은 한산했다. 장애인 주차구역을 지나칠 때 정상진이 별안간 멈춰 섰다. 그러더니 앞에 주차된 검은색 차량을 빤히 응시했다. 고급형 세단인 스플랜더였다. 채윤은 대수롭지 않게 생각했다. 차에 관심이 많은 건가, 하고. 혹은 아는 사람의 차량인가 싶었다. 그는 좀처럼 스플랜더에서 시선을 떼지 못했다. 눈빛 또한 볼수록 아련해졌다.

"아는 분 차세요?"

"아, 죄송합니다. 제가 딴 데 정신이 팔려 있었네요. 아는 사람 차는 아니고요. 형이 이 모델을 좋아했거든요. 언젠간 꼭 살거라고 큰소리를 치곤 했었죠. 형의 현실적인 드림카라고나 할까요. 가끔씩 렌트만 해서 탔지만요. 스플랜더를 보니 문득 형생각이 나서요."

애잔한 비하인드 스토리에 절로 숙연해질 법도 하건만 채윤은 고개를 모로 기울였다. 정상진의 말이 머릿속 어딘가를 자극했기 때문이었다. 뭔가 중요한 일인 것 같은데 기억날 듯 기억이 나지 않았다. 채윤은 이내 별거 아니겠거니 여기고 넘어갔다.

*

화장을 마치고 추모공원에 유골을 안치한 후 집으로 돌아왔다. 현관문을 닫고 나서야 무릎이 풀렸다. 통로에 주저앉아 하염없이 눈물을 흘렸다. 왜 울음이 터지는지 스스로도 알 수가 없었다. 눈물샘이 겨우 마르자 이번에는 잠이 밀려왔다. 침대에 죽은 듯이 누워 반나절을 꼬박 곯아떨어졌다. 깨어나자 온몸이 식은땀으로 끈적거렸다. 심장은 파닥거리며 뛰었다. 지독히도 기분 나쁜 악몽을 꿨다. 꿈에서 아버지는 화장돼 납골당에 안치되지 않고 묘지에 매장됐다. 좀비처럼 무덤을 파헤치고 나온 아버지가 연쇄살인범이 돼서 사람들을 죽이는 꿈이었다. 연쇄살인범이 검거되지 않는 한 비슷한 악몽을 계속 꿀 것 같은 예감이 들었다. 지한의 말대로 언젠가 다시 놈이 채윤 앞에 나타날지도 모른다. 무용담을 늘어놓고 싶거나, 갖고 놀다 죽이고 싶을 때.

찌뿌듯한 기분을 떨쳐내고 싶어 샤워를 하고 커피를 내렸다. 커피 향이 집 안을 가득 채우자 기분이 한결 나아졌다. 거무튀

튀한 커피색은 왠지 모르게 검은색 세단을 연상시켰다. 그 생각이 든 찰나 채윤은 하마터면 커피잔을 떨어뜨릴 뻔했다. 불현듯 장례식장에서 정상진이 했던 말이 떠올랐기 때문이었다. 형이 검은색 스플랜더를 사고 싶어 했다는 말이.

다른 기억들도 줄줄이 망각 속에서 끌려 나왔다. 김정숙의 자택 마당에 주차돼 있던 차도 검은색 스플랜더였다. 천준식을 만난 직후 느꼈던 위화감의 정체도 깨달았다. 그가 타고 왔던 차 또한 검은색 스플랜더였던 것이다. 한 줄기 전율이 등골을 타고 흘러내렸다. 첫 번째 희생자 이선미는 부모님 차를 끌고 다니지 않았을까. 마찬가지로 네 번째 희생자 김진희도 남편 차인 천준식의 스플랜더를 종종 몰았을 가능성이 높다. 정상진도 언급했었다. 형 정기수가 검은색 스플랜더를 종종 렌트해서 탔다고. 어쩌면 희생자들의 공통점을 발견한 건지도 모른다. 채윤은 떨리는 손으로 휴대폰을 집었다. 지한에게 전화를 걸었지만 받지 않았다. 은경에게 연락하려는데 벨소리가 울렸다. 지한이었다. 채윤은 흥분을 주체 못 하고 말을 쏟아냈다.

"검은색 스플랜더예요! 검은색 스플랜더가 공통점일지도 몰라요!"

"스플랜더라니요? 대관절 그게 무슨 소리입니까?"

지한이 어리둥절한 투로 반문했다.

"네 명의 희생자들이요. 이제껏 아무런 공통점도 발견하지 못했잖아요."

"그렇죠."

"있어요. 차예요!"

"차량이요?"

최지한이 의뭉스러운 투로 되물었다.

"네, 검은색 스플랜더요. 장례식 때 정상진 씨가 조문을 왔었어요. 세 번째 희생자 정기수 씨의 동생이요. 주차장까지 배웅을 나갔는데 검은색 스플랜더를 아련하게 보고 있더라고요. 무슨 사연이라도 있는 것처럼. 알고 보니 정기수 씨가 스플랜더를 사고 싶어 했대요. 근데 형편이 안 돼서 렌트만 했었다고 하더라고요."

"나머지 세 명도요?"

"이선미 씨 자택 마당에 검은색 스플랜더가 주차돼 있었어요. 김진희 씨의 남편 천준식 씨도 우리와 만날 때 검은색 스플랜더를 몰고 왔었고요."

"그러니까 네 명의 희생자 모두 스플랜더를 운전했을 거란 말인가요?"

"맞아요."

"스플랜더는 매년 베스트셀링카 순위권에 오르는 차예요. 도로에 널린 게 스플랜더라고요."

지한이 시큰둥하게 대꾸했다. 다소 회의적인 투였다.

"그건 저도 알아요. 하지만 색깔까지 검은색으로 똑같잖아요."

"고급 대형 세단은 대부분 검은색입니다."

"권석천 씨만 확인을 해주세요. 만약 권석천 씨까지 검은색 스플랜더를 타고 다녔다면 우연으로만 치부할 수는 없다고요."

생각에 잠겼는지 말이 없던 지한은 결국 채윤의 요청을 받아들였다.

"확인해볼 필요는 있을 것 같군요. 임성희 씨한테 연락해서 물어보겠습니다. 권석천 씨의 스플랜더 소유 여부를요."

"김정숙 씨와 천준식 씨에게도 여쭤봐주세요. 이선미 씨와 김진희 씨가 스플랜더를 몰고 다녔는지에 대해서요."

"확인 후 바로 연락드리죠."

전화를 끊은 뒤 채윤은 초조하게 방안을 서성였다. 만약 권석천 명의의 차량이 스플랜더가 아니라면 이 가설은 쓰레기통에 처박히게 될 터였다. 반대로 권석천도 스플랜더를 운전했다면 피해자들의 공통점을 찾아낸 건지도 모른다. 그렇다면 이들이 표적이 된 까닭도 차량이나 운전과 관련된 것일 가능성이 높다. 신호위반을 저지른 걸까. 과속? 불법주정차? 보복운전? 사소한 시비? 별안간 선을 넘는다, 라는 표현이 뇌리를 관통했다. 은유적 표현인 줄 알았는데 말 그대로 선을 넘은 것일지도 모른다. 횡단보도 정지선을 넘었다든가, 하는 식으로. 그렇게 연쇄살인범의 심기를 거스른 걸 수도 있다. 입안이 바싹 말라들어갔다. 한시라도 빨리 지한의 연락이 오길 고대했지만 휴대폰은 울리지 않았다. 10분이 지나고 30분이 지나도록 감감무

소식이었다. 조바심이 나서 가만히 앉아 있을 수가 없을 지경이었다. 인내심이 바닥나 전화해보려는 순간 액정이 번쩍거렸다. 통화 아이콘을 터치하고 성마르게 물었다.

"어떻게 됐어요?"

"채윤 씨 예상이 맞았어요. 권석천 씨도 검은색 스플랜더로 출퇴근을 했다고 합니다. 남편이 변을 당한 후 처분했다고 하더군요. 자기는 면허도 없고 해서."

지한이 열띤 어조로 설명을 이어갔다.

"이선미 씨는 사건 발생 전 한 달가량 검은색 스플랜더를 빌려 탔다고 김정숙 씨가 진술했습니다. 천준식 씨도 아내 김진희 씨가 마트에 장을 보러 갈 때나 친정에 갈 때 종종 차를 썼다고 했고요. 정기수 씨가 차를 렌트한 시기도 렌트카 업체에 확인해봤습니다. 사건 발생 약 한 달 전에 2주가량 빌렸더군요. 드디어 희생자들의 공통점을 찾아낸 것 같습니다. 무슨 까닭인지는 몰라도 연쇄살인범은 검은색 스플랜더 운전자를 표적으로 삼는 것 같습니다."

지한의 목소리에서 전에 없던 의지와 비장함이 전해졌다.

*

"희생자 네 명이 모두 검은색 스플랜더를 몰았다? 연쇄살인범은 검은색 스플랜더 운전자만 노린다?"

강창규가 지한을 올려다보며 냉소적으로 되물었다. 유기환이 물러난 뒤 수사본부장으로 내정된 인물은 놀랍게도 강창규였다. 독이 든 성배인 수사본부장을 맡으려는 간부가 전무했던 것이다. 경찰청장이 후보 몇 명을 지명했지만 건강이나 일신상의 이유를 들어 고사했다. 누가 봐도 핑계였다. 결국 공석이었던 본부장 자리는 정보 유출 건으로 징계를 받은 강창규에게 돌아갔다. 전화위복의 기회로 삼으려 자처한 건지, 울며 겨자 먹기로 어쩔 수 없이 받아들인 건지는 모르겠지만. 그의 속내를 알 수도 없었고 신경 쓰고 싶지도 않았다. 매일같이 그의 얼굴을 봐야 한다는 게 고역이지만 어쩔 도리가 없었다. 그 또한 지한이 자신을 찌른 걸 알고 있을 테지만 전혀 티를 내지 않았다. 분명 속으로는 이를 갈고 있을 것이다. 그의 책상 앞에서 열중쉬어 자세로 서 있던 지한이 확신에 찬 어조로 대답했다.

"그럴 가능성이 커 보입니다."

"연쇄살인범이 정말 검은색 스플랜더 운전자만 죽인다고 생각하는 건가? 경찰청 주차장만 봐도 태반이 검은색 스플랜더야."

"굉장히 흔한 차에 흔한 색이라는 건 인정합니다. 그렇다고 네 명 모두 살해당하기 전에 검은색 스플랜더를 운전했다는 사실을 간과해서는 안 된다고 생각합니다. 조사해볼 만한 가치는 충분합니다."

"알았어, 그렇게 자신 있으면 진행해봐."

갑작스러운 태세 전환에 지한은 얼떨떨했다. 강창규가 곧바로 조건을 내걸었다.

"단, 아무리 사소한 일이라도 보고하고 컨펌받아. 개인행동은 절대 안 돼. 그게 내 조건이야. 이전 본부장 밑에서는 어땠을지 모르지만, 난 부하가 멋대로 설치는 꼴은 용납 못 해."

지한은 어처구니가 없었다. 본인이 시켜놓고선, 이제 와서 제멋대로 날뛰는 망나니 취급을 하다니.

"그럴 일은 없을 겁니다. 누구처럼 은밀히 불러서 압력을 행사하지만 않으면요."

재밌는 농담을 듣기라도 한 것처럼 강창규가 폭소를 터뜨렸다.

"걱정 말게. 자네를 부려먹을 수 있는 사람은 나 말고는 없을 테니."

나가려는 지한의 등에 대고 강창규가 덧붙였다.

"모든 일에는 책임이 뒤따른다는 것 정도는 잘 알고 있겠지. 이번 작전이 실패로 돌아갈 경우 그에 상응하는 책임을 져야 할 거야. 수사본부에서 경질될 수도 있다는 점도 알아두게."

"이제는 제가 필요 없어진 모양이군요. 폐기 처분하려는 걸 보니."

"오해하지 말게. 자네한테 악감정은 없어. 명확한 상벌주의가 내 신조일 뿐이니까."

"그 신조, 본인에게도 꼭 적용시켰으면 좋겠군요."

*

수사본부는 희생자들이 스플랜더를 타고 다녔던 기간의 행적을 집중적으로 조사했다. 권석천을 제외한 이선미, 김진희, 정기수는 본인 명의의 차량이 아니었다. 가족의 차량이거나 렌트카였다. 이로 미루어보건대 차량 소유주를 타깃으로 보기는 힘들었다. 그렇다면 희생자들이 스플랜더를 몰고 있을 때 연쇄살인범과 맞닥뜨렸다는 뜻이 된다. 희생자들의 목적지와 이동 경로 중에서 겹치는 지역을 뽑아내면 연쇄살인범과 조우했던 지점을 파악할 수 있을 거라고 판단했다.

문제는 그들이 운전했던 시점으로부터 짧게는 몇 개월, 길게는 1년이 지나 운행 정보를 알아내기가 어렵다는 점이었다. 차량의 블랙박스 저장기간은 길어야 보름 정도다. 짧은 건 하루만 저장되는 제품도 있다. 메모리 용량이 꽉 차면 기존 영상에 새 영상이 덮어씌워진다. 다른 기록매체에 별도로 저장하지 않는 이상 당시 블랙박스 영상이 남아 있을 리가 없었다. 주기적으로 블랙박스 메모리를 백업해놓은 가족들도 없었다. 수사진이 의존할 수 있는 건 내비게이션 목록이 전부였다. 자주 가는 장소를 즐겨찾기 해놨거나 예전에 검색했던 내용이 남아 있기를 바라야 했다. 그나마 김정숙 같은 경우는 차를 거의 몰지 않아서 이선미의 검색키워드가 남아 있었지만 나머지는 그마저도 없었다. 게다가 정기수는 렌트카를 이용했기에 운행 정보

확보가 불가능했다. 유족이나 지인 및 친구의 진술에서 정보를 얻는 수밖에 없었다. 불확실한 기억력과 단편적인 자료로부터 추출해낸 데이터였기에 정확성이 많이 떨어질 수밖에 없었다.

그런 악조건에도 불구하고 네 명의 희생자들이 스플랜더를 타고 다녔던 장소와 목적지를 어느 정도 재구성할 수 있었다. 사무실, 마트와 유흥가, 교회, 거래처, 친정집, 친구 집 등등. 공통 장소도 몇 군데 특정해냈다. 이선미와 정기수는 스플랜더를 타고 술집 밀집 지역인 신연동에 간 적이 있었다. 김진희와 권석천은 스플랜더로 문방동의 대형 마트를 몇 차례 오갔었다. 이처럼 둘이나, 셋이 동일 지역을 방문한 적은 있지만 네 명 모두가 같은 장소를 방문한 경우는 찾지 못했다. 운행 일시도 제각각이었다. 그들의 행선지 일대를 샅샅이 뒤져보고 대대적인 탐문을 해봤지만 실마리는 좀처럼 나오지 않았다.

조사는 지지부진했다. 지한도 범석과 한 조로 움직이며 쉼 없이 목적지를 둘러봤지만 작은 단서도 찾아내지 못했다. 쓰디쓴 무력감과 패배감이 목구멍으로 솟구쳤다. 피해자 네 명이 살해당하기 전에 검은색 스플랜더를 몰았던 건 순전히 우연인 걸까. 우연에 기대 엉뚱한 곳을 파고 있는 건지도 모른다. 아니다. 분명 스플랜더와 범인은 어떤 식으로든 엮여 있을 것이다. 주차 문제로 시비가 붙었던 걸까. 행선지 근처의 공영주차장은 물론 불법주정차 구역을 돌며 주차 문제로 시비나 다툼이 있었는지 조사해봤지만 별다른 수확은 없었다. 그런 자잘한 분쟁은 하루가 멀다 하고 숱하게 벌어진다. 스플랜더를 몰고 있을 때 그들은 연쇄살인범이 정한 선을 넘었다. 과연 그게 뭘까. 채윤은 선을 넘었다는 표현을 비유가 아니라 말 그대로 해석하는 게 맞지 않을까 하는 견해를 피력했다. 그럴듯한 얘기였지만 왠지 그건 아닐 것 같다는 직감이 들었다.

희생자들이 차를 끌고 갔던 목적지에서 성과가 나오지 않자 조사 범위를 경유지 및 이동 경로까지 확장시켰다. 날짜별로 출발지부터 시작해 종착지까지 각 희생자들의 이동 경로를 쭉 그려봤다. 수많은 이동 경로들 중 겹치는 길목은 세 군데뿐이었다. 한원시 중앙교차로와 동부순환로 인터체인지 그리고 강변대로였다. 세 곳 모두 워낙 차량 통행이 많은 지역이라 하루에도 수십만 대의 차량이 해당 장소를 지나쳤다. 피해자 네 명이 스플랜더를 타고 그곳들을 지나갔다 해도 하등 이상할 게 없다는 소리였다. 그럼에도 지한은 공통 경유지에 대한 면밀한 조사가 필요하다고 여겼다. 범인이 그중 한 곳에 덫을 놓고 사냥감을 기다렸던 걸 수도 있으니까.

세 지역 주변에 있는 상가를 대상으로 탐문을 실시했다. 검은색 스플랜더가 연루됐던 갈등이나 말썽이 있었는지. 어디서도 의미 있는 답변은 듣지 못했다. 해당 시기 세 군데서 발생했던 교통사고 기록도 뒤져봤지만 검은색 스플랜더와 관련된 사고는 없었다. 신고 되지 않은 교통사고가 있었던 걸까. 어쩌면 검은색 스플랜더는 범인에게 투우의 빨간 보자기 같은 게 아닐까. 검은색 스플랜더가 보이기만 하면 본능적으로 쫓아가는 걸 수도 있다. 검은색 스플랜더를 쫓게 된 동기가 분명 있을 텐데. 검은색 스플랜더에게 보복운전이라도 당했던 건가. 그래서 검은색 스플랜더만 보이면 쫓아가서 죽이기 시작한 걸까. 지한은 미간을 손끝으로 누른 채 윗입술을 깨물었다. 단서나 정황에 기초한 추리가 아니었다. 망상과 다를 바 없는 가설일 뿐이었다. 검은색 스플랜더 운전자가 범인의 표적이 맞기는 한 건지 의구심이 들기 시작했다. 또 헛발질을 하고 있는 건 아닌지 초조했다. 조수석 유리창에 옆머리를 기댄 채 이맛살을 찌푸리는데 휴대폰이 진동했다. 채윤이었다.

"어떻게 됐어요? 성과는 좀 있나요?"

"아무것도요. 피해자들의 행선지와 이동 경로는 물론이고 경유지까지 샅샅이 훑었는데 눈여겨볼 만한 게 없어요. 스플랜더가 연루된 사고나 사건도 찾아내지 못했고요. 피해자들이 보복운전이나 주차 시비 등에 휘말린 정황조차 찾을 수가 없으니……."

"사고나 보복운전 같은 게 아닐 수도 있어요. 범인이 말하는 선을 넘었다는 건, 정상적인 사람이 보기에는 너무나 사소하고 하찮은 것일지도 몰라요."

"채윤 씨가 예전에 언급했던 정지선 위반 같은 거요?"

"네."

"그 가설이 맞는다면 수사는 더 큰 난관에 봉착하게 될 겁니

다. 정지선 위반은 어떤 도로에서든 일상적으로 벌어지는 일이
니까요. 정지선 위반이든 뭐든 하고 많은 차량 중에 스플랜더
만 표적으로 고른 까닭을 알아내지 못하면 놈을 잡기는 쉽지
않을 겁니다."

지한의 힘 빠진 목소리에 채윤이 격려의 말을 보냈다.

"의기소침해하지 말아요. 팀장님하고는 안 어울리니까."

"그거 칭찬이죠? 고마워요. 어떻게든 힘을 내야죠."

"지금도 이동 중이신 거예요?"

"네, 한원교차로 쪽으로 가는 중입니다. 요즘은 차 안에서 살
다시피 하고 있어요. 그제는 강변대로, 어제는 동부순환로. 피
해자들이 공통적으로 차를 몰고 지나갔던 이동 경로를 계속 훑
어보고 있습니다."

"피해자들이 그중 어딘가에서 연쇄살인범과 맞닥뜨린 걸까
요?"

"그럴 확률이 높지 않을까요? 이동 경로가 겹치는 곳은 여기
세 군데뿐이니까요. 뭐, 한원시에 사는 운전자라면 안 지나간
적이 없는 길이긴 하겠지만."

"한원교차로에서 각자 다른 방향으로 갈라진 거예요?"

채윤의 질문에 지한은 아무 생각 없이 대답했다.

"교차로에서 뿔뿔이 흩어진 건 아닙니다. 다들 우회전을 한
다음에……."

설명을 하던 지한은 말을 잇지 못했다. 급작스러운 깨달음이

폐부를 찌릿 관통했기 때문이었다.

"왜 그래요? 무슨 일 있어요?"

"연쇄살인마의 꺾쇠 모양 트레이드마크 말이에요. 우회전을 뜻하는 게 아닐까요?"

지한의 열띤 목소리에 채윤이 낮은 탄성을 흘렸다.

"아, 생각도 못 해봤는데 그럴듯하게 들리네요. 꺾쇠가 우회전 신호와 똑같이 생긴 데다 네 명의 피해자 모두 교차로에서 우회전을 했으니까요."

"만약 트레이드마크가 정말로 우회전 신호를 의미하는 거라면 놈은 이곳 한원교차로에서 목표물을 고른 걸지도 몰라요. 분명 여기서 무슨 일이 벌어졌던 거예요. 우회전하던 검은색 스플랜더와 사고가 났다든가."

"교차로에서 검은색 스플랜더와 관련된 사고는 없었다고 하지 않았어요?"

채윤의 지적에 대답이 궁했던 지한은 이내 또 다른 가능성을 찾아냈다.

"경미한 접촉사고는 경찰이나 보험사에 신고하지 않고 알아서 처리하는 경우도 많잖아요."

"그러네요. 괜찮으니까 그냥 가라고 한다거나 보험료 할증을 우려해 현장에서 현찰로 무마하는 경우도 종종 있으니까요."

"그래서 아무리 기록을 뒤져도 나오지 않는 걸 수도 있어요."

"그런 케이스라면 찾기가 더 힘들어지는 거 아닌가요?"

지한은 입술 끝을 초조하게 씹었다. 채윤의 말이 옳았다. 그런 사례라면 범인과의 연결고리를 찾아내는 건 불가능하다고 봐야 했다.

"어렵겠지만 무슨 수든 써봐야죠. 아무튼 고마워요. 채윤 씨 덕분에 중요한 실마리를 발견한 것 같아요."

"도움이 됐다니 다행이에요. 제가 필요한 일이 생기면 언제든 연락 주세요."

통화를 끝내자마자 옆에서 운전대를 잡은 범석이 성마르게 입을 열었다.

"트레이드마크가 우회전 표시라고요?"

말꼬리가 미적지근하게 내려간 걸 보니 선뜻 공감이 되지 않는 모양이었다.

"아직은 추측에 불과할 뿐이지만 왠지 그럴 것 같은 느낌이 들어."

"교차로서 우회전 중에 접촉사고 같은 게 났다 해도 그게 네 명이나 죽일 만한 일이었을까요?"

"놈의 사고를 일반적인 잣대로 재단하면 안 돼. 우리에겐 사소한 경범죄도 놈에게는 죽어 마땅한 대역죄일 수도 있으니까."

"보복운전이라도 당한 걸까요?"

"그럴 수도 있지. 보복운전까지는 아니더라도 주행 중 시비가 붙었던 건지도 모르고. 혹은 부주의한 운행 때문에 열이 받았을 수도 있어. 깜빡이도 안 켜고 무리하게 끼어들기를 했다든가. 칼치기로 차선 변경을 해서 사고가 날 뻔했다든가, 하는 식으로 말이야."

"운전 중 시비 붙는 건 그럴 수 있다 쳐도 그 차량들이 하필 죄다 검은색 스플랜더라니, 너무 공교로운 거 같은데요."

지한의 생각도 같았다. 동일한 장소에서 시비 붙은 네 대의 차량이 모조리 검은색 스플랜더일 확률이 얼마나 될까? 로또 맞을 확률보다 낮지 않을까. 첫 번째 희생자인 이선미와만 시비가 붙고 나머지는 스플랜더를 몬다는 이유만으로 살해당한 걸까. 정녕 신호위반이나 보복운전 혹은 주행 중 시비가 연쇄 살인사건의 동기인 걸까. 아직 뭔가 한끝이 부족한 느낌이었다. 퍼즐의 마지막 조각을 찾지 못하니 애가 탔다. 문득 연쇄살인범이 채윤에게 바늘을 찾는 중이라고 했던 말이 떠올랐다. 모래사장에서 바늘 찾기. 난데없이 떠오른 추론에 지한의 눈꺼풀이 파르르 경련했다. 범인은 특정한 검은색 스플랜더를 찾고 있는 게 아닐까. 하지만 그 운전자가 누군지 정확히 모르는 게 아닐까. 그래서 한원교차로에서 우회전하는 검은색 스플랜더 운전자를 닥치는 대로 죽이고 있는 건지도 모른다. 그런 생각에 골몰하는데 차량이 천천히 우회전을 하더니 정차했다. 신호가 바뀌고 보행자들이 횡단보도를 건너기 시작했다. 보행자들이 반 이상 건넜을 때 뒤차에서 빵빵대며 경적을 울렸다. 범석이 백미러를 흘겨보며 혀를 찼다.

"저 양반이 경찰한테 신호위반을 하라고 종용하네. 보행자가 횡단보도에 있을 때 지나가면 안 되는 건 모르나?"

범석이 꿈쩍도 하지 않자 더 요란하게 경적을 울려댔다. 범석이 인상을 구겼다.

"어떻게 할까요? 가서 주의 좀 줄까요?"

"사이렌이나 한번 올려줘. 그럼 알아듣겠지."

"네."

범석이 사이렌을 운전석 지붕에 올리자 뒤차는 언제 그랬냐는 듯 더없이 얌전해졌다. 보행자가 다 건너고 신호가 바뀌었다. 범석이 액셀을 서서히 밟는데 지한이 소리쳤다.

"잠깐 스톱!"

화들짝 놀란 범석이 급브레이크를 밟았다. 꽁무니를 물고 따라오던 뒤차와 하마터면 충돌할 뻔했다. 범석은 얼른 비상등을 켜고 먼저 지나가라고 손짓했다. 뒤차 운전자가 범석을 째려보며 지나쳤다.

"갑자기 왜 그러세요? 사고 날 뻔했잖아요."

범석의 푸념에도 지한은 딴 데 정신이 완전히 팔린 눈으로 지시했다.

"서로 복귀해. 당장!"

*

지한은 회의실에 모인 수사진들을 둘러봤다. 범석이 포함된

1팀 인원들과 은경은 물론 허기동까지 불러 모았다. 허기동이 혼잣말로 툴툴거렸다. 일부러 다 들으라는 듯이 크게.

"또 무슨 똥개훈련을 시키려고 가뜩이나 바쁜 사람을 불렀을까."

지한은 그의 말을 못 들은 척하고 지시를 내렸다.

"여러분들이 급히 해줘야 할 일이 있습니다. 지난 5년간 한원교차로에서 발생했던 교통사고를 전수조사해주십시오."

1팀 형사 한 명이 손을 들었다.

"연쇄살인범의 표적이 검은색 스플랜더 운전자라는 건 확인된 사실입니까?"

"아직까지는 가설일 뿐이야. 하지만 조사해볼 만한 가치는 충분하다고 생각한다. 설령, 가능성이 낮다 하더라도 모든 단서를 조사하고 검증하는 게 우리 일이고."

또 다른 형사가 질문을 던졌다.

"교통사고에서 뭘 찾아내면 되는 겁니까?"

"우회전 중 발생한 교통사고를 중점적으로 살펴봐."

"우회전 중에 일어난 사고요?"

"그래, 범인의 트레이드마크는 우회전 표시를 의미하는 것일 가능성이 높다. 범인은 우회전하다 난 교통사고와 어떤 식으로든 관련돼 있을 거야."

허기동이 픽, 실소를 터뜨리더니 딴죽을 걸었다.

"그 트레이드마크가 우회전 표시란 건 최 팀장만의 근거 없는 상상일 뿐이잖아? 안 그래도 할 일이 태산인데 터무니없는 가설을 증명하는 데 시간을 낭비하라고?"

지한은 허기동에게 시선을 고정한 채 강조했다.

"네 명의 피해자들이 살해당하기 직전 검은색 스플랜더를 몬 건 사실입니다. 그렇다면 운전 중 시비나 교통사고와 관련된 모종의 이유로 표적이 됐다고 여길 만한 근거는 충분하다고 생각되는데요. 허 형사님은 이런 단서가 나왔을 때 쳐다보지도 않고 넘어가십니까? 확인조차 안 해보고 덮느냐고요!"

"에이, 그거랑 이거랑 같나……. 뭐, 암튼 자신만만한 모양이니 어디 한번 마음대로 해보슈. 나야, 명령받는 입장이니 따르는 수밖에."

할 말이 궁해졌는지 허기동은 꼬리를 내렸다. 지한의 강렬한 눈빛이 도로 좌중을 향했다.

"경미한 사고도 놓쳐서는 안 되겠지만 특히 대형 사고와 심각한 인명 피해가 난 사고를 집중적으로 살펴보도록."

"스플랜더나 검은색 차량 위주로 살펴보면 되는 거죠?"

막내급 형사가 우렁차게 물었다.

"우선순위는 없다. 그 외의 차량들도 철저하게 살펴봐."

뜻밖의 주문에 형사들이 수군거렸다. 범석도 이해가 안 가는지 고개를 갸웃거리며 물었다.

"검은색 스플랜더가 범인의 타깃 아닌가요?"

"맞아. 하지만 범인이 검은색 스플랜더를 노리게 된 동기는

다른 차량의 사고로부터 유발된 것일 수도 있어. 스플랜더를
포함한 모든 차량의 교통사고를 꼼꼼하게 조사하도록."

*

조별로 나눠서 방대한 분량의 교통사고 데이터베이스를 뒤
졌다. 조금이라도 의심스러운 구석이 보이면 즉각 토스하라고
도 일렀다. 반나절 만에 검토해야 할 사건 보고서가 수백 건이
쌓였다. 확인 작업은 새벽까지 이어졌다. 다들 쉴 때에도 지한
은 보고서에 매달렸다. 경미한 접촉사고부터 보복운전, 졸음운
전, 운행 중 시비와 다툼, 뺑소니, 음주운전 사고까지 무수한 교
통사고 보고서를 열람했다. 눈이 침침하고 목이 뻐근했지만 쉴
틈은 없었다. 놈이 언제 활동을 재개할지 모른다는 조바심이
정신력을 극한으로 끌어올렸다. 식사도 책상에서 샌드위치로
때우며 자료를 훑는 데 몰두했다.

시간 가는 줄 모르고 서류더미에 파묻히던 와중에 지한의 눈
이 날카롭게 번득였다. 3년 전 교통사고 한 건이 흥미를 끌었던
것이다. 중형 세단 한 대가 신호를 무시하고 우회전하다가 일
곱 살 아동을 친 사건이었다. 안타깝게도 아이는 그 자리에서
즉사했다. 과실치사였지만 진심으로 반성하고 있고 피해자 부
모와 합의한 점 등을 인정받아 가해자는 집행유예 판정을 받았
다. 우회전하다 보행자를 치는 사고는 심심찮게 발생한다. 신

호를 안 지키거나 횡단보도 앞에서 일시정지를 하지 않는 차량들이 숱하기 때문이었다. 가해 차량은 스플랜더도 검은색도 아니었다. 연쇄살인사건과 무관한 교통사고처럼 보였지만 지한의 눈길을 확 잡아끈 대목이 가해자의 진술 중에 있었다. 운전자는 원래 신호가 완전히 바뀐 후 지나갈 생각이었다고 한다. 그러나 뒤차가 하도 빨리 가라며 경적을 울려대는 통에 등 떠밀리듯 우회전을 하다가 사고를 냈다는 것이다. 해당 가해자의 이름은 윤은석이었다. 신상정보를 파악한 뒤 그를 만나러 가기 전 은경, 범석과 함께 대책 회의를 했다. 강창규에게는 보고하지 않았다. 아직 검은색 스플랜더와 우회전 트레이드마크 가설은 검증 초기 단계였다. 윤은석 또한 용의자로 올리기에는 턱없이 부족했다. 보고해봤자 뜬구름 잡는 주장 말고 확실한 증거를 가져오라며 면박이나 줄 터였다. 범석이 말했다.

"보고서에는 뒤에서 빨리 가라고 클랙슨을 울린 차종이 뭔지 적혀 있지 않은데요."

"왠지 검은색 스플랜더일 것 같은 느낌이 들어."

지한이 확신에 찬 어조로 말했다. 이은경도 거들었다.

"팀장님 추측이 맞는다면 윤은석이 검은색 스플랜더 운전자를 죽이고 싶을 만큼 증오했다 해도 이상할 게 없어요. 그의 입장에선 뒤차가 재촉하는 바람에 사고가 났다고 해도 과언이 아니니까요."

"몹시 원망스럽겠지. 가벼운 교통사고도 아니고 자신을 아이를 죽인 살인자로 만들었으니까. 살인 동기로는 충분하지."

범석이 물었다.

"뒤차 운전자가 이선미 씨였던 걸까요?"

"이선미 씨가 면허를 딴 건 2년 전이야. 3년 전에는 차를 몰지도 못했어. 더욱이 이선미 씨를 죽였으면 그걸로 복수를 한 거잖아. 다른 스플랜더 운전자들을 죽일 필요가 없지."

"나머지 세 명 중 한 명이 경적을 울렸던 건지도 모르죠. 살인 동기를 숨기기 위해 아무 관련 없는 세 명을 더 죽인 거고요. 불특정 다수를 노리는 연쇄살인사건처럼 보이도록."

이은경의 의견에 범석이 그럴듯하다는 듯 맞장구를 쳤다.

"아, 그거 말 되는 거 같은데요. 서채윤 씨와 비슷한 사례라는 거죠?"

"그렇죠."

지한은 실눈을 뜨고 머리를 좌우로 흔들었다.

"그럴 거면 굳이 스플랜더 운전자만 골라서 죽일 필요가 없지. 말 그대로 아무나 죽이는 게 훨씬 편해. 경찰의 눈을 속이기도 쉽고."

"그도 그러네요."

범석은 여전히 감을 못 잡겠다는 듯 뒷머리를 벅벅 긁적였다.

"검은색 스플랜더만 보면 살인 충동을 느끼는 걸까요?"

"글쎄, 그런 것도 아닌 것 같아."

"동기야 심문을 해보면 나올 거 같은데……. 윤은석을 유력한 용의자로 봐야 할까요?"

"만나보면 어느 정도 견적이 나오겠지. 만약 윤은석이 범인
이라면 우리가 교통사고 얘기를 꺼내는 것만으로도 눈치를 챌
거야. 현재로선 중요 참고인으로 봐야겠지만 만일의 상황에 대
비해 가게 주변에 병력을 배치시키도록 하지."

"서로 연행할 거죠?"

"알리바이부터 확인해보고. 조사가 더 필요하다 싶으면 임
의동행을 요구해야지. 돌발행동을 일으킬지도 모르니 마음 단
단히 먹고."

*

지한은 상가 1층에 있는 햄버거 가게 간판을 올려다봤다. 처
음 보는 브랜드지만 프랜차이즈 같았다. 테이블이 단 네 개뿐
인 자그마한 규모의 식당이었다. 원래 파리만 날리는 곳인지,
아니면 이 시간대만 횅한 건지는 몰라도 손님은 한 명도 보이
지 않았다. 들어오려던 손님도 텅 빈 매장을 보고 발길을 돌릴
것 같은 분위기였다. 사장 입장에서는 속이 타들어가겠지만 탐
문을 하기에는 안성맞춤이었다. 범석과 지한이 문을 열고 들어
가자 카운터에서 지루한 표정으로 스마트폰을 들여다보던 주
인이 벌떡 일어나 반색했다. 손님인 줄 안 모양이었다. 어쩌면
오늘의 개시 손님일지도 몰랐다. 조금은 미안한 마음으로 지한

이 경찰 신분증을 내밀었다.

"한원서에서 나왔습니다. 윤은석 씨 맞으시죠?"

경찰이라는 말에 윤은석의 눈가에 짙은 경계심이 서렸다. 3년 전보다 살이 더 빠졌고 헤어스타일은 짧게 변했지만 사진으로 본 얼굴과 똑같았다. 긴장한 기색이 다분한 투로 그가 입을 뗐다.

"그런데요. 저한테는 무슨 일로……."

"3년 전 교통사고에 대해 여쭤보고 싶어서 왔습니다."

"네? 옛날 일을 왜 지금 와서……."

"저희가 현재 수사 중인 사건과 연관돼 있을 수도 있어서요."

윤은석이 억울하다는 듯이 볼멘소리를 냈다.

"예전에 이미 다 끝난 일인데요. 제 잘못을 인정하고 충분히 반성했습니다. 합의도 원만히 이루어졌고요. 근데 뭣 때문에 또 그 일을 들쑤시는 겁니까? 설마 그쪽에서 뭔가를 더 요구하는 겁니까?"

"그런 게 아닙니다. 저희는 단지 당시 사고 상황에 대해 확인하려는 것뿐입니다."

"확인하고 말고 할 게 없다니까요. 그리고 사건 기록이 남아 있을 거 아닙니까? 그때 일에 대해서는 생각도 하기 싫습니다. 그 사고 때문에 제 인생이 완전히 망가졌다고요. 용서받지 못할 실수였고 죽은 아이에 대해서는 입이 열 개라도 할 말이 없습니다. 아이 부모님께 씻을 수 없는 고통을 안겨드린 것도 죄송하고요. 그렇지만……."

넌더리가 난다는 듯이 머리카락을 헝큰 윤은석이 나가달라고 요구했다.

"죄송합니다만 제발 그냥 가주세요. 저는 더 이상 할 말도, 하고 싶은 말도 없습니다. 그 사고는 제게도 너무나 고통스러운 기억이에요."

범석이 나서려는 걸 지한은 눈짓으로 제지했다. 윤은석에게서 연쇄살인범의 특징을 찾아볼 수는 없었지만 겉보기로는 그 무엇도 판단해선 안 된다. 알리바이 확인이 우선이었다.

"5월 29일에 어디서 뭘 하고 계셨습니까?"

네 번째 연쇄살인사건이 벌어진 날이었다. 뜬금없는 질문에 윤은석이 황당하다는 표정을 지었다.

"그건 왜 물어보시는 거죠? 그게 교통사고랑 무슨 상관이 있는데요?"

"큰 관련은 없습니다. 다만, 저희 사건에서 윤은석 씨의 혐의를 배제하기 위해서 여쭤보는 겁니다."

놀란 윤은석의 동공이 크게 확장됐다.

"제가 지금 용의자가 된 건가요?"

"아닙니다. 윤은석 씨는 참고인일 뿐입니다. 누구에게나 여쭤보는 질문이고요."

"그렇다면 꼭 대답할 의무는 없겠네요."

윤은석이 반항기 어린 얼굴로 입술을 삐죽였다.

"물론 그럴 의무는 없습니다만 나중에 더 귀찮아지실 수도 있습니다. 경찰서 출두 명령이나 소환 조사를 받으실 수도 있거든요. 지금 말씀해주시는 게 덜 번거로우실 겁니다."

그가 손바닥으로 얼굴을 쓸어내리더니 마지못한 투로 내뱉었다.

"일정표를 좀 확인해보겠습니다. 오래전 일이라서 기억이 안 나는군요."

윤은석은 휴대폰에 있는 달력의 일정표를 살폈다. 잠시 후 그가 거리낌 없는 어조로 그날은 가게 문을 일찍 닫고 친구 청첩장 모임에 참석했다고 답변했다. 술자리는 늦게까지 이어져 새벽 3시쯤 모임을 파했다고 한다. 지한은 모임 장소가 어딘지 묻고 만난 친구들의 연락처를 받았다. 추후 확인해봐야겠지만 윤은석의 말은 사실일 공산이 컸다. 첫인상에 대한 육감이 맞을 것이다. 윤은석은 연쇄살인범은커녕 범죄자 타입으로도 보이지 않았다. 그가 퉁명스럽게 말했다.

"다 됐으면 이제 그만 나가주시죠. 형사님들 때문에 들어오려는 손님도 다 나가게 생겼으니."

"마지막으로 하나만 더요. 사고 진술에서 뒤차가 경적을 울리는 바람에 우회전을 했다고 하셨던데요. 그 뒤차의 차종이 뭔지 보셨나요?"

"스플랜더였어요."

지한은 물론 범석의 귀도 쫑긋 세워졌다.

"차량 색깔도 보셨습니까?"

"검은색이요."

"번호판이나 운전자는 못 보셨고요?"

"그게 보였겠어요? 백미러로 언뜻 봤을 뿐인데. 사고가 났을 땐 이미 그 차는 떠난 후였고요."

"운전자가 남자인지 여자인지도 못 보셨다는 말씀이죠?"

"선팅을 워낙 진하게 해놔서 성별 구분은커녕 안에 사람이 있는지 없는지도 알아볼 수 없었어요."

"이 얘기를 경찰 말고 딴 사람에게 하신 적이 있으신가요?"

"아이 아빠한테 했었죠."

"아이 아빠라면?"

"제 차에 치여서 죽은 아이 아빠요. 그분이 꼬치꼬치 묻더라고요. 형사님처럼. 그래서 있는 그대로 얘기해줬어요. 뒤차가 빨리 가라고 경적을 울리며 성화를 부리는 탓에 우회전을 할 수밖에 없었다고. 아드님은 보지 못했다고. 정말 죄송하다고. 죽을죄를 지었다고. 참 너그러운 분이었어요. 결국 제 사과를 받아주시고 용서해줬으니까요."

*

긴급히 피해자 가족에 대한 조사에 착수했다. 사고 기록을 토대로 신원은 어렵지 않게 파악할 수 있었다. 피해 아동인 박선우의 부모는 박도겸과 이미현이라는 사람들이었다. 당시 박도겸은 국내 유수의 연구소에서 일하는 연구원이었고, 이미현은 프리랜서 번역가였다. 불의의 사고로 자식을 가슴에 묻은 부부는 얼마 지나지 않아 이혼했다. 박도겸은 잘 다니던 연구소까지 그만뒀고 이미현은 언니가 사는 미국으로 떠났다. 출국 후 귀국한 적이 없는 이미현은 용의자에서 제외시켰다.

박도겸의 평판은 좋은 편이었다. 전 직장동료는 해외 유명 연구소에서 앞다퉈 스카우트 제의를 받을 정도로 촉망받던 인재였다며 박도겸의 퇴사를 진심으로 안타까워했다. 주변인들도 그를 규율이나 약속을 칼같이 지키는 강직한 사람으로 기억하고 있었다. 그들을 아는 모든 이들이 하나같이 화목한 가정이었다고 입을 모았다. 특히 아들을 끔찍이 아끼며 애지중지했다고 한다. 그도 그럴 것이 선우는 4년간의 불임 치료와 두 번의 유산 끝에 얻은 아들이었다. 교통사고가 하루아침에 한 집안을 풍비박산 내버린 것이다. 선우를 잃은 후 박도겸은 모든 인간관계를 일시에 끊어버렸다. 어떤 이도 그와 연락이 닿지 않았고 소식도 알지 못했다. 스플랜더의 경적 소리 때문에 아들이 허망하게 죽었다는 사실을 알고 나서 아들의 이름을 걸고 맹세한 것인지도 모른다. 스플랜더 운전자를 찾아 죽이는 데 여생을 바치겠다고. 그 결심을 지키기 위해 아내와 헤어지고 회사도 그만둔 게 아닐까.

현재 오토바이 배달 기사로 일하고 있다는 점도 그 추측을 뒷받침해주는 듯 보였다. 수시로 교차로를 지나다니며 스플랜더를 물색하기에는 배달 기사만큼 적절한 직업도 없을 테니.

박도겸과 계약을 맺은 배달 대행업체의 협조를 받아 지난 1년간의 배달 내역을 살펴봤다. 네 건의 연쇄살인사건이 발생했던 범행 추정 시간대에는 배달 기록이 없었다. 채윤이 연쇄살인범과 채팅을 했던 때나 임형철이 살해당했던 시각에도 일을 하지 않았다. 아직 물적 증거는 확보하지 못했지만 정황상 박도겸이 유력한 범인으로 보였다. 문제는 거주지가 일정치 않아 소재 파악이 쉽지 않다는 점이었다. 서류상으로는 한원교차로 근처에 위치한 단독주택 반지하에 살았지만 실제로 주거는 하지 않는 듯했다. 집주인의 말로는 1년 전부터 박도겸이 집에 드나드는 모습을 본 적이 없다고 했다. 빈집으로 놀리는 게 의아하긴 했지만 월세는 꼬박꼬박 입금돼서 신경 쓰지 않았다고 덧붙였다. 박도겸의 친척이나 친분이 있던 지인에게 수소문을 해봤지만 연락이 두절된 지 오래라 어디서 어떻게 지내는지 모른다는 대답뿐이었다. 여러 차례 시도 끝에 전 부인이었던 이미현과 어렵게 연락이 닿았다. 지한이 경찰이라고 신분을 밝히자마자 수화기 너머에서 묘한 말이 흘러나왔다.

"그 사람이 무슨 짓이라도 저지른 건가요?"

희한하기 짝이 없는 질문이었다. 대개 경찰에서 전화가 오면 무슨 일을 당했는지 걱정부터하지, 무슨 짓을 저질렀는지 반문하지는 않으니까.

"왜 그런 말씀을 하시죠? 혹시 박도겸 씨가 무슨 언질이라도 줬던 겁니까?"

"아니오, 전 단지 그 사람이 극단적인 선택을 한 건 아닐까 싶어서……. 그 사람 일에 대해서는 아무것도 몰라요."

"연락을 주고받지도 않으셨고요?"

"미국에 온 뒤로는 일절 연락한 적 없어요. 연락처도 모르고요. 그 사람도 마찬가지일 거예요."

"지인을 통해 소식도 못 들으셨나요?"

"네, 한국과 관련된 것들은 일부러 멀리했거든요. 그게 여기까지 온 목적이니까요."

덤덤하게 말했지만 어딘지 모르게 애달프게 들렸다. 의도적으로 한국의 인맥과 소식을 차단했다면 연쇄살인사건에 대해서도 모를 것 같았다. 얼핏 관련 뉴스를 접했다 하더라도 자신의 전남편이 연관돼 있을 거라고는 상상도 못 했을 것이다.

"예전에 박도겸 씨가 아드님 사고와 관련해 의미심장한 얘기를 꺼낸 적도 없었나요?"

숨 막힐 듯한 침묵. 이대로 전화가 끊어지는 건 아닐까 싶어 가슴을 졸이는데 이미현이 나지막하게 대꾸했다.

"선우 얘기는 단 한 번도 한 적이 없어요. 선우가 하늘나라로 간 뒤로는…… 저도…… 그 사람도. 우리 둘 다 심장이 도려내진 사람처럼 살았죠. 선우 아빠한테 무슨 일이 생긴 건가요?"

"아직 확실한 건 아니지만 강력 사건에 연루돼 있을 가능성이 있습니다."

"그렇군요."

놀라거나 당혹스러운 기색은 없었다. 마치 이렇게 될 줄 알고 있었다는 듯한 반응이었다.

"박도겸 씨가 의지할 만한 친구나 갈 만한 장소를 알고 계십니까?"

"연구소와 집밖에 몰랐던 사람이었어요. 낚시나 골프 같은 취미 생활은 일절 하지 않았죠. 친구와 술 약속을 잡는 법도 없었고요. 일 외에 남는 시간은 선우와 놀아주는 데 온통 할애했으니까요. 선우는 그 사람의 전부였어요."

지한은 꺼끌꺼끌해진 입천장을 혀로 쓸었다. 슬슬 통화를 마무리 짓고 싶었다. 중요 단서가 나올 만한 건더기가 없어 보이기도 했지만 계속 듣고 있기도 괴로웠다. 자식을 잃은 부모의 평온한 절규와 담담한 통곡이 끊임없이 가슴 안쪽을 후려쳤다.

"그렇군요. 협조해주셔서 감사합니다. 뭔가 여쭤볼 게 생기면 또 연락드리겠습니다."

전화를 끊으려는데 불쑥 옛 기억이 떠올랐는지 그녀가 덧붙였다.

"그러고 보니…… 출국하기 전 마지막으로 만났을 때 이상한 얘기를 한 적이 있었어요."

"무슨 얘기요?"

지한은 귀의 신경을 곤두세웠다.

"연구소도 그만두고 앞으로 뭘 할 거냐고 물어봤었거든요. 텅 빈 눈으로 아무 말도 안 하더라고요. 대답을 못 들을 것 같아서 인사를 건네고 돌아서는 데 조용히 혼잣말을 했어요. 바늘을 찾을 거라고."

*

지한은 강창규에게 유력한 용의자를 찾았다고 보고했다. 강창규는 당장 박도겸의 소재를 파악한 뒤 신병을 확보하라고 명령했다. 소재 파악에 진전은 없었다. 그의 명의로 발급된 신용카드나 체크카드는 없었고 휴대폰도 배달 용도로만 제한적으로 사용하는 것 같았다. 영장을 청구할 물적 증거도 부족해 섣불리 행동에 나설 수도 없었다. 이상한 낌새를 감지하고 잠적해버리면 신병확보는 더욱 막막해진다.

머리를 짜낸 끝에 배달 대행업체의 도움을 받아 덫을 놓기로 했다. 박도겸에게 가짜 배달 콜을 보내달라고 요청한 것이다. 형사들이 진을 치고 있는 배달 장소로 박도겸을 유인해 체포한다는 계획이었다. 너무 으슥하거나 외진 곳은 의심할 여지가 있기에 기사들이 자주 배달을 다니는 주택가를 함정을 팔 장소로 정했다. 작전 장소는 한원교차로에서 차로 15분 정도 떨어진 역세권에 속하는 지역이었다. 재개발 붐이 휩쓸고 지나갔는지 신축 빌라들이 곳곳에 우후죽순 들어서 있었다. 일반 주택

사이사이로 소규모 식당과 카페들도 군데군데 눈에 띄었다. 번화가처럼 번잡하지는 않았지만 완연한 주택가처럼 고즈넉하거나 조용한 분위기도 아니었다.

배달 장소는 단독주택 2층으로 대문과 담이 제법 높았다. 집안에는 집주인으로 위장한 형사들 네 명이 대기 중이었다. 마당의 나무 뒤쪽과 담 안쪽에도 병력을 배치시켰다. 그뿐만 아니라 주택을 마주 보는 카페와 거주자 우선 주차구역에 댄 승합차 안에도 형사들이 잠복 중이었다. 주택으로 들어오는 길목에 있는 편의점 테이블에도 정찰조 둘이 음료수를 홀짝이고 있었다. 보행자로 위장한 수사관들도 집 주변 골목길을 서성거렸다. 지한은 골목길 주차 행렬 끝에 박아둔 승용차 안에 범석과 함께 있었다. 준비 완료됐다는 대기조들의 무전을 받은 지한은 배달 대행업체로 전화를 걸었다. 잠시 후 박도겸에게 콜을 줬고, 그가 수락했다는 관제사의 회신이 돌아왔다. 족발 가게에서 상품을 픽업해 이곳까지 오는 데 20분 정도 걸릴 것이다.

"물고기가 미끼를 물었다. 20분 후에 도착하니 다들 준비하도록."

무전으로 전달하자 여기저기서 긴장과 결의가 뒤섞인 짤막한 답변이 돌아왔다. 20분은 더디게 흘렀다. 지한은 전방을 주시하며 입술 끝을 씹었고 범석은 손을 가만 놔두지 못하고 틈만 나면 운전대를 두드렸다. 도착 시간이 가까워질수록 긴장의 끈이 목덜미를 옥죄었다. 지한의 시선이 센터페시아에 박힌 시계로 향하는데 무전기가 치직거렸다.

"배달 오토바이 한 대가 방금 편의점 앞을 지나쳤습니다."

얼른 무전기를 집어 들고 응답했다.

"신원 확인했어?"

"헬멧을 쓰고 있어 안면 식별은 불가합니다. 번호판은 박도 겸의 것이 맞습니다."

지한은 긴급하게 지시를 내렸다.

"용의자 접근 중. 작전 개시한다."

지한과 범석은 차에서 내렸다. 샛길을 벗어나 모퉁이를 돌자 한 블록 건너편에서 다가오는 오토바이가 보였다. 패딩과 조끼를 겹쳐 입었는데도 체격이 탄탄해 보였다. 두 사람은 대화를 주고받으며 산책하듯 작전 장소로 이동했다. 맞은편에 주차된 승합차 뒷문이 열리더니 잠복 중이던 형사들이 모습을 드러냈다. 보행자로 위장한 수사관들도 포위망을 좁히며 도주로를 차단하기 시작했다. 박도겸의 위치에서는 그들이 보이지 않을 터였다. 박도겸이 주택 내로 완전히 진입할 때까지 기다렸다가 덮칠 작정이었다. 임의동행을 요청하면 어떤 반응을 보일지 궁금했다. 순순히 응할지, 황당한 표정으로 거부할지, 아니면 필사적으로 저항할지.

동네 주민인 척 오토바이 쪽에는 눈길도 주지 않고 범석과 잡담을 나누며 어슬렁어슬렁 걸었다. 박도겸과의 거리는 고작 30미터 정도밖에 남지 않았다. 두 사람을 향해 정면으로 다가

오던 오토바이가 느닷없이 길 한가운데서 정지했다. 느낌이 좋지 않았다. 헬멧에 가려 보이지는 않았지만 그 안의 눈빛이 지한을 뚫어질 듯 노려보는 것 같았다. 덫을 향해 발을 뻗고 있다는 걸 동물적인 감각으로 알아차린 걸까. 뭔가 꺼림칙한 조짐을 느낀 것만은 분명했다. 별안간 박도겸이 핸들을 꺾더니 스로틀을 끝까지 당겼다. 지한이 소리쳤다.

"튄다! 어서 잡아!"

접근 중이던 형사들이 사방에서 뛰쳐나왔다. 지한과 범석도 젖 먹던 힘을 다해 오토바이를 쫓았다. 불법 주차 차량들의 점거로 가뜩이나 비좁아진 골목길을 오토바이는 민첩하게 빠져나갔다. 추격을 뿌리치며 도주하는 오토바이를 편의점 앞에 진을 쳤던 정찰조가 가로막고 섰다. 더 이상 빠져나갈 구멍은 없었다. 잡았다는 확신에 지한은 주먹을 불끈 부르쥐었다. 박도겸은 속력을 줄이기는커녕 더 높이더니 무섭게 내달렸다. 그대로 인간 바리케이드를 뚫고 나갈 작정인가. 차라면 모를까 오토바이라면 정면 돌파하기가 쉽지 않을 텐데. 지한이 목청이 터져라 외쳤다.

"어떻게든 막아! 절대 놓쳐선 안 돼!"

형사들이 삼단봉을 꺼내서 쫙, 펼쳐 들었다. 치이기 직전 옆으로 피하면서 박도겸을 후려칠 생각인 것 같았다. 오토바이가 그대로 형사들을 향해 돌진하나 싶더니 돌연 좌측으로 핸들을 꺾었다. 길가 한쪽에 주차된 차량과 담벼락 사이의 비좁은 틈으로. 사람도 통과하기 힘들어 보이는 좁은 틈새를 오토바이가 무작정 뚫고 지나갔다. 벽과 차량 사이에 끼다시피 한 오토바이의 백미러가 양쪽 다 부러져나갔다. 쇳덩이가 갈리는 소름 끼치는 소음도 고막을 찔러댔다. 허를 찔린 형사들이 허겁지겁 달려갔다. 출구로 몸을 날렸지만 간발의 차로 손이 닿지 않았다. 이대로 놓치나 싶었는데 형사 한 명이 슬라이딩을 하며 삼단봉을 던졌다. 삼단봉이 바퀴살에 낀 순간 오토바이가 스프링처럼 튕겨 올랐다. 공중에서 한 바퀴 돈 오토바이가 굉음을 내며 바닥에 떨어졌다. 그사이 총알처럼 튕겨 나간 박도겸은 쓰레기봉투 배출 장소에 처박혔다.

*

채윤은 범석의 안내를 받아 참관실로 입장했다. 두려워할 까닭이 없다며 속으로 연신 되뇌었지만 가슴이 부정맥 환자처럼 두근거렸다. 어두운 참관실 안에는 50대 남자 한 명뿐이었다. 팔짱 낀 자세로 매직미러를 통해 취조실을 들여다보고 있던 그가 다가와 인사를 건넸다.

"반갑습니다. 이제야 뵙게 되는군요. 수사본부장 강창규라고 합니다."

깍듯했지만 어딘지 모르게 냉혹한 느낌을 주는 남자였다. 얼음송곳을 연상케 하는 인상이랄까. 채윤은 꾸벅 고개를 숙였다.

"안녕하세요."

"오시면서 설명을 들으셨겠지만 몇 시간 전 진범으로 추정되는 자를 체포했습니다. 서채윤 씨가 봐주셨으면 해서 여기까지 모셨습니다. 연쇄살인범과 대화를 나눈 유일한 분이니까요."

수사본부로 오는 차 안에서 용의자의 신상과 체포 과정 등을 간략하게 전해 들었다. 전혀 예상하지 못했던 범행 동기도.

"아시겠지만 직접 대면한 건 아니라서요. 채팅만 해본 게 다인데 제가 진범 여부를 가려낼 수 있을지……."

자신 없는 어조로 말끝을 흐리자 강창규가 부담 갖지 말라는 듯이 손을 내저었다.

"범인을 지목해달라는 게 아닙니다. 말씀대로 얼굴을 본 것도, 목소리를 들은 것도 아니니까요. 용의자가 쓰는 어휘나 말버릇, 분위기 같은 것에 포커스를 두고 전반적인 감상만 말씀해주시면 됩니다. 그때와 비교해서 유사성이 있는지요. 그 정도만 말씀해주셔도 수사에 큰 도움이 될 겁니다."

"최선을 다해볼게요."

"감사합니다. 이쪽으로 오시죠."

강창규를 따라 벽면 상단을 반 이상 차지한 매직미러 앞에 섰다. 휑한 취조실 내부는 눈이 시릴 정도로 밝았다. 참관실이 어두워 상대적으로 더 쨍하게 느껴지는 걸 수도 있겠지만. 테이블을 사이에 두고 세 사람이 앉아 있었다. 왼쪽에는 채윤도 익히 아는 지한과 은경이 보였다. 오른쪽이 용의자인 박도겸이라는 40대 남자였다. 자신에게 모방범을 쫓으라고 협박했던 연쇄살인범일지도 모를 사람. 턱이 좁고 갸름한 얼굴형에 은테 안경을 썼다. 체격은 크지 않았지만 자기 관리에 철저한지 몸이 다부져 보였다. 이마를 드러낸 헤어스타일은 깔끔했고 인중에도 거뭇한 자국 하나 보이지 않았다. 체포 과정의 험난함을 보여주듯 광대 부위에 시퍼런 멍 자국이 있었다. 바람막이 점퍼 팔소매도 길게 찢어진 상태였다.

그를 처음 본 채윤의 입술이 떨렸다. 무섭거나 잔인하게 생겨서가 아니었다. 정반대였다. 자신처럼 지극히 평범하게 보여서 충격이었다. 길거리나 지하철 혹은 카페 등 일상에서 흔히 마주칠 수 있는 외형. 이마에 연쇄살인마라거나 사이코패스라고 대문짝만하게 쓰여 있을 거라고 여긴 건 아니지만 그럼에도 상상 속의 몽타주와 무척이나 달랐다. 이 정도로 선량하고 모범적으로 생겼을 줄이야. 여려 보이기까지 하는 저 남자가 네 사람을 잔인하게 때려죽였다니, 도저히 믿기지가 않았다. 지한의 준엄한 목소리가 뒤숭숭했던 정신을 일깨웠다.

"박도겸 씨, 지금 이 자리에 앉아 있는 이유는 알고 있죠?"

"모르겠는데요."

작지만 명료한 목소리였다. 경찰서 취조실에 끌려왔으니 주눅들 법도 한데 위축되거나 겁먹은 기미는 엿보이지 않았다.

"체포 당시 분명히 고지했을 텐데요. 살인 혐의로 긴급체포한다고."

"뭔가 커다란 착오가 있는 것 같네요. 이해합니다. 경찰도 사람인데 실수할 때도 있겠죠. 오인 체포도 모자라 체포 과정에서 상해까지 입었지만 괜찮습니다. 당장 풀어주신다면 더는 문제 삼지 않겠습니다."

옆에 있던 강창규가 어처구니가 없는지 콧방귀를 꼈다.

"살인 혐의를 부인하는 겁니까? 그럼 왜 도망친 거죠?"

"도망친 게 아닙니다. 도망칠 이유도 없고요. 배달 음식을 픽업할 때 양념을 빼놓고 온 게 문득 생각나서 돌아간 것뿐입니다."

"경찰의 추격을 피해 도망쳤잖습니까?"

"경찰인 줄 몰랐습니다. 동네 양아치들이 떼거리로 덤비는 줄 알고 피한 것뿐입니다. 종종 라이더에게 별 이유 없이 시비를 걸어오는 부류들이 있거든요."

지한이 콧김을 내뿜었다. 어디서 말도 안 되는 변명이냐는 듯이. 그가 서류철에서 자료를 꺼내더니 테이블 가운데에 차례대로 깔았다. 한원시 연쇄살인사건 피해자인 이선미, 권석천, 정기수, 김진희 그리고 모방범 임형철의 사진이었다.

"이 사람들 누군지 알죠?"

지한과 은경의 예리한 시선이 박도겸에게 꽂혔다. 채윤도 눈에 힘을 주고 그를 뚫어지게 관찰했다. 어떤 반응이나 신호라도 포착해내려고 안간힘을 썼다. 그러나 박도겸은 난공불락의 요새 같았다. 미세한 표정 변화는커녕 몸짓의 동요조차 찾아볼 수 없었다. 무심한 눈으로 사진을 내려다보던 그가 일면식도 없다는 듯이 턱을 가로저었다.

"다들 처음 보는 사람들인데요. 혹시 이분들 중에 피해자가 있는 건가요?"

아무도 박도겸이 쉽게 자백할 거라 여기지 않았으리라. 장기 전을 예견한 듯 지한은 흔들림 없는 자세로 질문을 이어갔다.

"2주 전 화요일 12시경에 어디서 뭘 하고 계셨습니까?"

임형철이 친구라는 사람의 전화를 받은 후 상가에서 홀연히 사라졌던 시간대였다.

"글쎄요, 일할 시간대니 아마 배달을 했을 겁니다."

"그래요? 배달 대행업체로부터 받은 자료에 의하면 그날 박 도겸 씨 배달 내역이 한 건도 없던데요."

"그럼 집에서 쉬었나 봅니다. 내킬 때만 일하자는 주의라서 요. 프리의 특권이랄 수 있죠."

"지난 1년간 빈집이나 다름없었다고 집주인이 진술했습니 다. 전기나 가스 사용 기록도 거의 없더군요."

"집에서는 잠만 자거든요. 그러니 불을 켤 필요도 가스를 쓸 일도 없죠. 바쁠 땐 이동 시간을 줄이려고 모텔에서 자는 경우 도 많고요."

잇따른 공세에도 박도겸은 당황하지 않고 천연덕스럽게 응 수했다. 뭘 믿고 이렇게 자신만만한 걸까. 지켜보는 채윤이 도 리어 수세에 몰린 것처럼 초조해지기 시작했다.

"그날은 집에서 잤다?"

"그렇습니다."

"그 사실을 확인해줄 사람이 있습니까?"

"혼자 사는데 그런 사람이 있을 리 없죠."

"결국 알리바이가 없다는 얘기군요."

"알리바이 같은 게 필요할 이유가 없잖습니까. 아무 죄도 짓지 않았는데."

"아무 죄도 없다고요?"

이제껏 냉정한 태도를 유지했던 지한의 억양에 감정이 실렸다.

"네, 저는 아무런 죄도 짓지 않았습니다."

거리낌 없다 못해 세상 누구보다 떳떳하다는 듯 목을 빳빳하게 세웠다. 이글거리는 눈빛으로 박도겸을 쏘아보던 지한이 사진을 가리키며 다그쳤다.

"여기 있는 사람 누구도 해치지 않았다는 겁니까?"

"물론입니다. 근데 이 다섯 명이 전부 살해당한 건가요?"

대꾸를 안 했지만 인정의 침묵이나 진배없었다. 박도겸이 탄식을 흘렸다.

"그렇다면…… 제가 그 악명 높은 한원시 연쇄살인사건의 용의자가 된 겁니까? 허, 살다 보니 별일을 다 겪는군요. 사람을 다섯이나 죽인 연쇄살인범으로 의심받다니. 그렇다면 이중 한 명은 모방범이겠군요."

"잘 아는군요. 누가 모방범일 것 같습니까?"

"제가 그걸 어떻게 알겠습니까. 어찌 됐든 잘못 짚으셨습니다. 전 평범한 배달 기사일 뿐입니다. 아무 죄도 없는 시민들을 닥치는 대로 죽일 이유가 없지요."

"죄가 있다면요?"

잠자코 있던 이은경이 불쑥 질문을 던졌다. 채윤도 박도겸의 말에서 미묘한 뉘앙스를 알아챈 참이었다. 죄를 지은 자들은 죽일 수도 있다는 해석도 가능하지 않을까.

"죄가 있다면 법의 심판을 받아야겠죠."

"선을 넘었는데도 법으로 처벌할 수 없는 경우라면요?"

자못 흥미롭다는 듯이 박도겸의 입꼬리가 슥 올라갔다. 냉방 중인데도 채윤은 손바닥에 땀이 고이는 걸 느꼈다.

"선을 넘는다라……. 글쎄요……. 인간의 규율로 벌할 수 없다면 천벌을 받길 비는 수밖에요. 하지만 신이란 종자는 불의를 보고 잘 참는 성격이긴 하더군요."

"3년 전 한원교차로에서 교통사고로 아들을 잃으셨죠?"

훅 치고 들어온 말에 찰나였지만 여유롭고 냉철했던 박도겸의 안면이 찌그러진 것처럼 보였다. 그러나 곧 다 지난 일이라는 듯이 아련한 표정을 지었다.

"선우 얘기는 언제 들어도 아프군요. 맞습니다. 3년 전 교통사고로 사망했습니다. 설마 그 사고를 살인 동기로 몰고 가려는 건 아니겠죠? 죽은 아들의 복수를 위해 닥치는 대로 시민들을 살육한다는 식으로요. 저보다 더 잘 아시겠지만 제 아들은 사고로 사망했습니다. 피의 복수나 원한이 끼어들 여지가 없다는 뜻입니다."

"그렇다면 가해자에게 왜 경적을 울린 차에 대해 꼬치꼬치 캐물었죠?"

"자식이 죽었습니다. 부모라면 응당 자세한 사고 경위를 알아야 하지 않겠습니까? 혹시, 피해자들이 검은색 스플랜더를 몰았던 겁니까? 그래서 제가 용의자가 된 겁니까?"

박도겸은 황당하다는 표정이었다.

"피해자들의 유일한 공통점. 그건 바로 검은색 스플랜더를 몰고 한원교차로에서 우회전을 했었다는 점입니다. 넷 모두 우회전 신호 대기 중에 경적을 울렸겠죠."

"상상력이 지나치게 풍부하시네요. 경적을 울렸다는 이유만으로 사람을 죽인다고요? 그것도 한 명도 아니고 넷이나요?"

"그 경적 소리 때문에 혈육을 잃었으니까요."

"저는 미치광이가 아닙니다."

지한은 연신 박도겸의 숨통을 조여 들어갔다.

"바늘을 찾아야 한다. 그렇게 얘기했었죠? 이미현 씨한테?"

"제가 정말 요주의 인물이긴 한가 보네요. 이미 오래전에 한국을 뜬 사람까지 끌어들이는 걸 보니."

"그렇게 말한 거 기억하죠?"

"3년 전에 했던 말을 어떻게 기억합니까? 더욱이 아들 일로 정신이 온전치 않았을 때였는데요. 설령 그런 식으로 말했다 해도 자식 잃은 아비의 정신 나간 헛소리에 불과했을 겁니다. 큰 의미를 두지 않으시는 게 좋을 겁니다."

"의미를 둘 수밖에 없죠. 최근에 박도겸 씨와 똑같은 얘기를 한 사람이 있거든요."

"그게 누굽니까?"

"연쇄살인범이요."

한심하다는 듯이 박도겸이 실소를 내뱉었다.

"어쩌다 비슷한 얘기를 했다는 이유만으로 연쇄살인범으로 몰아가는 겁니까? 모래사장에서 바늘 찾기라는 속담은 누구나 흔히 쓰는 말입니다. 똑같은 말을 했다 해도 이상할 건 없죠. 이제 슬슬 지겨워지는군요. 제가 연쇄살인범이라는 증거를 가져오시든가, 그게 아니면 빨리 보내주시죠."

*

"지켜본 소감이 어때요?"

취조실 옆에 있는 조사실로 자리를 옮기자마자 지한이 물었다. 박도겸의 신문은 범석과 다른 형사가 이어받아 강도 높게 진행 중이었다. 강창규는 뒤에서 팔짱을 낀 채 목이 빠져라 대답을 기다리고 있었다. 채윤은 틈을 뒀다가 신중하게 입을 뗐다.

"음……. 비슷한 어휘나 말투를 구사하지는 않는지 꼼꼼히 지켜보긴 했는데…… 눈에 띄는 유사점은 발견하지 못했어요."

"박도겸이 채윤 씨와 채팅을 했던 자가 아니라는 겁니까?"

"뭐라고 말씀을 드려야 될지……. 채팅 글투와 실제 말투가 완전히 다른 경우도 많잖아요. 본인이 의심받는 상황이니 그때 말투가 나오지 않도록 조심하는 걸 수도 있고요."

"결국 모르겠다는 얘기군요."

"아직은요……."

답변이 성에 차지 않는지 강창규가 쓰게 입맛을 다셨다. 채윤의 도움을 얻기는 글렀다고 판단한 건지 지한을 닦달했다.

"가택수색은 어떻게 돼가고 있지?"

"세 개 팀이 철저하게 박도겸의 집을 수색 중입니다. 결과는 좀 기다려봐야 할 것 같습니다."

"이제 40시간도 채 안 남았어! 그 안에 구속영장이 안 나오면 풀어주는 수밖에 없다고! 나중에 과잉 체포니 강압 수사니 하는 손가락질 받고 싶지 않으면 무슨 수를 써서라도 증거를 확보해. 자백을 받아내든지. 알았어?"

강창규가 찬바람을 일으키며 조사실을 나갔다. 갑갑한 콧숨을 내쉬는 지한에게 채윤이 조심스럽게 건의했다.

"제가 한번 얘기를 해볼게요."

지한의 동공이 확장됐다.

"설마…… 박도겸을 만나겠다는 건 아니죠?"

"박도겸이 진범이라면 저를 보고 동요할지도 몰라요. 평정심을 잃고 말실수를 할 수도 있고요."

절대 안 된다고 말하려던 지한은 아랫입술을 질끈 씹었다. 실은 조사실에 들어오기 전 가택수색 중인 팀원의 연락을 받았었다. 집 내부가 입주 전의 아파트처럼 텅 비어 있다시피 하다는 보고였다. 범행 도구나 피해자들의 유류품 같은 결정적인 증거가 나올 가능성은 없다고 봐야 했다. 취조실에서 담판을 지어야 한다는 뜻이지만 시원치 않은 건 이쪽 역시 마찬가지였다. 뭐든 흐름을 바꿀 변수가 절실한 시점이긴 했다. 안 된다는 걸 알지만 거부할 수 없는 제안이었다.

"정말 괜찮겠어요?"

"네, 한 번쯤은 만나봐야 할 것 같다는 생각이 들어요."

*

취조실 문 앞에 서자 무릎에 힘이 빠졌다. 주먹도 제대로 쥘 수 없었다. 굳은 다짐과 달리 몸은 강한 거부반응을 보이고 있었다. 잠수 직전의 다이버처럼 채윤은 깊이 심호흡을 했다. 곧 연쇄살인범의 심해로 다이빙을 해야 한다. 순간 눈앞이 깜깜해졌다. 바닥도 알 수 없고 햇빛도 비치지 않는 연쇄살인마의 심연으로 들어갔다가 영영 떠오르지 못하는 건 아닐까.

그때 안에서 지한이 벌컥 문을 열었다. 취조실로 발을 들이

자마자 박도겸과 눈이 마주쳤다. 누군가 목구멍에 걸레를 쑤셔 박은 느낌이었다. 숨이 쉬어지지 않았다. 늑대 앞의 토끼처럼 옴짝달싹할 수도 없었다. 곁에 있던 은경이 남몰래 등을 다독여주지 않았다면 그대로 주저앉았을지도 모른다. 내 몸에서 나는 공포를 상대가 맡게 해선 안 된다. 오줌을 지릴 만큼 겁먹은 걸 알아채면 거리낌 없이 물어뜯으려 할 테니까. 채윤은 안간힘을 써서 태연함을 가장했다. 박도겸은 이내 심드렁하게 눈길을 거뒀다. 채윤을 처음 본 것 같은 태도였다. 추가 투입된 형사로 여기는 건지 일체 관심을 보이지 않았다. 놀라거나 동요한 기색도 티끌만큼도 찾아볼 수 없었다. 진짜 내 얼굴을 모르는 걸까. 모르는 척하는 걸까. 얼굴이 공개된 적은 없었다. 그러나 조금만 시간을 투자하면 인터넷이나 SNS에서 사진을 찾아내는 건 일도 아닐 터였다. 그에게 채윤은 모방범을 쫓는 사냥개에 불과했을 테니 어떻게 생겼는지 따위는 안중에 없었을 수도 있다. 지한이 가운데 앉고 채윤과 은경이 나란히 그의 옆에 앉았다. 지긋지긋하다는 듯이 목을 뒤로 젖혔다가 바로 세운 박도겸이 불평을 늘어놨다.

"대체 언제까지 저를 잡아둘 생각입니까?"

"조사가 끝나려면 아직 멀었습니다. 휴대폰 좀 보여줄 수 있을까요?"

"싫습니다."

박도겸이 단칼에 거절했다.

"휴대폰에 보여주면 안 되는 거라도 있나 보죠?"

"없습니다. 그런 거. 사생활을 침해받는 게 불쾌한 것뿐입니다. 제 휴대폰을 보고 싶으면 영장을 가져오시죠."

둘이 말씨름을 벌이는 사이 채윤은 오른손을 슬그머니 테이블에 올려놨다. 손등의 반창고를 뗀 채로. 연쇄살인범의 트레이드마크인 꺽쇠 흉터가 고스란히 드러났다. 박도겸의 눈길은 지한에게 고정돼 있었지만 야릇한 기운이 느껴졌다. 보고 싶어 죽겠는데 보지 않으려 기를 쓰는 것 같은 그런 느낌. 눈동자를 아래쪽으로 힐끗 굴리고 싶은 걸 굉장한 자제력으로 참고 있다. 그런 확신이 들었다. 채윤이 불쑥 말을 걸었다. 손등을 그의 눈앞에 들이대며.

"어때요? 꽤 그럴듯하죠? 마치 당신이 새긴 것 같지 않아요?"

그제야 박도겸은 채윤의 손등을 주목했다. 무슨 소리인지 모르겠다는 듯 고개를 갸웃댔지만 눈 속에서 순간 번뜩인 살기를 채윤은 놓치지 않았다. 지한은 지금 뭘 하는 거냐는 힐난의 눈초리를 보냈다. 채윤은 아랑곳하지 않고 말을 계속했다.

"박도겸 씨도 임형철의 솜씨를 보고 싶어 했잖아요. 수사본부마저 감쪽같이 속여 넘겼다고 감탄하면서."

"무슨 말씀을 하시는지 하나도 못 알아듣겠네요."

"나 몰라요?"

"네, 누구신지……?"

"서운하게 왜 이래요? 임형철을 당신 앞에 물어다 주기까지 했는데. 이제 와서 모른 척하기예요?"

"아무래도 사람을 잘못 보신 것 같네요. 전 그쪽 분을 처음 뵙니다."

"얼굴이야 처음 보겠지만 모바일 메신저로 속 깊은 대화를 많이 나눴었잖아요."

박도겸이 비릿한 웃음을 흘렸다.

"누구신지는 모르지만 딴 사람이랑 착각하신 것 같습니다. 저는 배달 일 외에는 메신저를 쓰지 않아요."

"당신 입장에서는 극구 부인할 수밖에 없겠죠. 지금 잡히면 사명을 완수하지 못할 테니."

말이 안 통한다고 여겼는지 박도겸은 채윤을 무시하고 지한에게 물었다.

"이분은 누구신데 자꾸 저를 안다고 우기는 겁니까?"

지한은 체념조로 대답했다.

"모방범의 피해자인 서채윤 씨입니다. 연쇄살인범에게 모방범의 정체를 알아내라는 협박을 받았던. 즉, 연쇄살인범과 소통했던 유일한 사람이죠."

어처구니없다는 듯이 박도겸이 머리를 절레절레 저었다.

"별의별 꼼수를 다 동원하는군요. 피해자를 취조실로 불러내 무고한 사람과 대질시키다니. 왜 그렇게 생각하시는지는 모르겠지만 전 서채윤 씨와 대화를 나눴던 자가 아닙니다. 무슨 근거로 제가 연쇄살인범이라고 판단하시는 거죠?"

"그냥 감이에요."

채윤의 서슴없는 답변에 지한이 앓는 소리를 냈다.

"감이요?"

"네, 본능적으로 육식동물을 탐지하는 초식동물의 감. 참관실 너머에서 봤을 때는 긴가민가했어요. 그렇지만 여기 이렇게 당신의 영역에 들어와 얼굴을 맞대고 나니 확신이 섰어요. 온몸의 말초신경이 박도겸 씨에게 반응하고 있거든요. 당신과 채팅했던 때의 감각도 오롯이 깨어났고요."

박도겸의 입에서 실소가 삐져나왔다. 더 이상 채윤과 상대할 가치도 없다는 듯 지한에게 항의했다.

"형사님, 설마 이런 망상이나 다름없는 진술로 무고한 시민을 엮어 넣을 수 있다고 생각하는 건 아니겠죠?"

"채윤 씨, 이제 그만……."

나가달라고 부탁하려던 지한의 말을 채윤이 잘랐다. 채윤의 강렬한 눈빛은 박도겸에게 못 박혀 있었다.

"선우를 잃게 만든 원흉. 검은색 스플랜더 운전자를 미치도록 죽이고 싶었겠죠. 문제는 그 운전자가 누군지 모른다는 점이었어요. 이름도, 성도, 번호판도, 연락처도 아무것도 알아내지 못했어요. 유일하게 아는 거라고는 경적을 울린 차량이 검은색 스플랜더라는 것뿐이었어요. 그래서 똑같은 짓을 하는 검은색 스플랜더를 처형하기로 결심한 거예요. 교차로에서 우회전할 때 앞차에게 경적을 울리는 검은색 스플랜더를요. 운전 습관은 쉽게 바뀌지 않으니까요. 그런 식으로 신호위반을 종용하는 검은색 스플랜더 운전자를 죽이다 보면……."

지한이 뒷말을 완성했다.

"언젠가는 자기 아들을 죽게 만든 원흉도 죽일 수 있을 테니까?"

"맞아요. 그래서 제게 바늘을 찾아야 한다고 말했던 거예요. 모래사장에서 바늘을 찾는 격이었을 테니. 눈여겨봤다는 희귀한 놈도 검은색 스플랜더 운전자죠? 그렇죠?"

"아까부터 황당한 얘기만 늘어놓으시는데 더는 못 들어주겠네요. 저는 이만 가보겠습니다."

자리를 박차고 일어서려는 박도겸에게 채윤이 말했다.

"만약 선우를 죽게 만든 그 운전자를 찾아준다면 살인 행각을 멈출 건가요?"

취조실 내부가 순식간에 진공상태로 바뀐 것 같았다. 경악할 만한 제안에 지한과 은경이 입을 떡 벌리고 채윤을 바라봤다. 박도겸도 내심 놀란 듯 보였지만 곧 진지한 얼굴로 생각에 잠겼다. 마치, 그 제안을 심사숙고하기라도 하는 것처럼. 자신의 머리카락을 헝큰 지한이 채윤의 어깨를 잡고 화를 억누른 목소리로 속삭였다.

"밖에 나가서 얘기 좀 하시죠."

채윤은 지한의 말을 외면한 채 박도겸에게 외쳤다.

"난 모방범도 찾아냈어요. 그러니 그 운전자도 찾아낼 수 있을지도 몰라요. 날 믿고 맡겨봐요. 전에 그랬던 것처럼."

지한이 참다못해 팔을 강제로 잡아끄는데 채윤이 뿌리치면서 슬쩍 눈짓했다. 박도겸에게 눈을 돌리자 그의 입술이 미세하게 달싹거리고 있었다. 심경의 변화가 생긴 걸까. 무모한 도발이 먹힌 걸까. 박도겸이 눈을 지그시 감았다 뜨더니 말했다.

"당신은 못 찾아요. 설령 운 좋게 찾아낸다 해도 뭘 어쩔 수 있는데요? 벌을 줄 수 있나? 그 자식이 법적 처벌을 받을까요? 경적 울린 것에 대한 죗값을 치를 수 있느냐고? 감옥에서 썩게 만들 수 있느냐고? 없잖아. 내가 그 운전자를 죽이고 싶다 해도 여기 계신 분들이 손 놓고 수수방관할 것 같아요? 어림도 없지. 뭣보다 난 그 운전자를 해코지하고 싶은 마음이 손톱만큼도 없어요. 아들을 친 가해자까지 용서한 마당에, 뒤에서 고작 경적 울린 사람을 죽이고 싶겠어요? 형사님들도 그렇습니다. 부끄럽지도 않으십니까? 치료받아야 할 피해자를 이용해 불법 거래까지 제안하게 만들다니. 충분히 했으니 이제 그만 합시다. 엉뚱한 사람한테 누명 씌우려 하지 말고."

*

1밀리미터 단위로 집 안을 샅샅이 뒤졌는데도 증거 확보에는 실패했다. 자백을 받아내지도 못했다. 당연히 구속영장 신

375

청은 기각됐다. 풀려난 박도겸에게 3개 조를 투입했다. 24시간 감시를 붙였으니 당분간은 섣불리 행동에 나서지 않을 거라 계산했다. 증거 부족으로 털끝 하나 건드리지 못하니 도주할 이유도 없을 거라 판단했다. 엄청난 판단 미스였다. 박도겸은 배달 중에 미행조를 따돌리고 홀연히 종적을 감췄다. 주요 도로에 바리케이드를 설치하고 검문검색을 강화했지만 어디서도 그의 흔적을 찾을 수 없었다. 강창규는 불같이 화를 냈다. 일을 이딴 식으로 할 거면 때려치우라면서, 어떻게 주요 용의자를 놓치는 실수를 하느냐면서 난리를 쳤다. 무슨 수를 써서라도 박도겸을 찾아내라고 들볶았다.

일부 형사들은 박도겸을 진범이라고 볼 만한 근거가 약하다며 회의적인 의견도 내비쳤다. 연쇄살인사건과 무관한 다른 켕기는 구석이 있어서 도망쳤을 거라는 논리였다. 그러나 지한은 채윤의 감을 믿었다. 박도겸이 연쇄살인범이었다. 그가 곧 끔찍한 짓을 저지를 것 같은 막연한 불안감도 뱃속을 기어 다녔다. 갑갑한 마음에 채윤에게 연락을 취해봤다.

"놈이 이대로 잠적할까요?"

"그럴 것 같지는 않아요."

"쫓기는 형편이니 한동안 몸을 사릴 수도 있잖습니까?"

"좋지 않은 상황이긴 하지만 그렇다고 살인 행각을 멈출 것 같지는 않아요. 마지막까지 자신의 사명을 다하려 할 거예요. 잡히는 한이 있어도 어떻게든 한 명이라도 더 죽이려 하겠죠.

전에 점찍어뒀다던 희귀한 사냥감이 다음 타깃일지도 몰라요."

박도겸의 잔혹한 집착에 절로 몸서리가 쳐졌다.

"희생자가 또 나오기 전에 한시라도 빨리 잡아야 할 텐데……."

"검은색 스플랜더 차주들에게 경고를 해주는 건 어떨까요? 연쇄살인범이 노리고 있을지도 모른다고."

지한은 난색을 표했다.

"이 사실을 공개했다간 사회에 막대한 혼란과 불안만 일으킬 겁니다. 아직 박도겸이 연쇄살인범이라는 확실한 물증도 나오지 않았고요. 그가 검은색 스플랜더를 노린다는 증거가 부족해요. 이런 상황에서는 섣불리 공표할 수도 없어요."

"그도 그렇겠네요. 박도겸을 찾는 일이 쉽지 않겠어요. 제가 도와드릴 일이 있으면 언제든 연락 주세요."

"고마워요."

*

전화를 끊은 채윤은 깊은 한숨을 토해냈다. 박도겸에게 복잡다단한 감정이 들었다. 사람을 넷이나 죽인 극악무도한 연쇄살인마라는 점은 부인할 수 없다. 용서받을 수 없는 죄를 저지른 것도 명백한 사실이다. 아무리 죽은 아들의 복수를 위해서라고는 해도, 단 한 명을 죽이기 위해 무관한 다수의 인명마저 희생시키는 짓은 미쳤다고밖에 볼 수 없다. 그런 한편으로 자식의 죽음이 얼마나 원통했으면 이런 짓까지 벌일까, 하는 안타까운 생각도 들었다. 서명찬과는 완전히 정반대에 위치한 아버지라서 더 연민의 마음이 드는 건지도 모르겠다. 그의 행위를 옹호하거나 정당화할 생각은 눈곱만큼도 없다. 더 이상의 살육을 막기 위해서라도 그를 꼭 잡아야 했다.

채윤은 취조실에서 그와 나눴던 대화 내용을 곱씹어봤다. 메신저 채팅 내용도 다시 한번 쭉 훑어봤다. 꼬리를 잡을 수 있는 실오라기 같은 단서라도 나올까 싶어서. 눈알이 빠질 만큼 대화 내용을 살펴봤지만 딱히 시선을 잡아끄는 부분은 나오지 않았다. 이미 다음 타깃을 정해놨다는 대목도 집중해서 정독했지만, 아주 작은 힌트조차 얻을 수 없었다. 그저 경찰이 박도겸을 최대한 빨리 검거하도록 기도하는 수밖에 없는 걸까. 박도겸이 다시 내게 연락해올 가능성은 없을까. 채윤은 힘없이 고개를 저었다. 채윤에게 연락할 이유도 없었고 온다 해도 딱히 뾰족한 수가 있는 것도 아니었다. 그를 설득하는 건 불가능할 테니까. 어느 누구도 그를 멈추지 못할 것이다. 죽은 아들이 살아 돌아오지 않는 이상에야.

하도 골똘히 생각에 잠겼더니 두통이 일었다. 머리를 식히고 저녁도 먹을 겸 집 밖으로 나왔다. 가까운 백반집에 가서 꾸역꾸역 식사를 마친 뒤 대로를 따라 슬슬 걸었다. 아직은 인적이 드문 곳으로는 발길이 떨어지지 않았다. 조깅은 시작할 엄두조차 못 내고 있다. 사건 전의 일상으로 돌아갈 수 있을지 자신이 없었다. 걷다 보니 동네 마트에 가야 한다는 데 생각이 미쳤다. 텅 빈 냉장고를 채워야 했다. 근처 마트로 가기 위해 공영주차장을 가로지르던 채윤은 별안간 우뚝 멈춰 섰다. 귀신을 본 것 같은 얼굴로. 그녀의 시선이 주차장에 세워진 한 차량의 뒷유리창에 못 박혔다. 왼쪽 하단에 차량 스티커가 붙어 있었다.

위급 시 아이 먼저 구해주세요.

아빠 O+, 엄마 B+, 아들 B+

흔히 볼 수 있는 차량 스티커 중 하나였다. 채윤은 두 번째 줄에서 눈을 떼지 못했다. 긴급 수혈에 대비해 적어놓은 탑승자 혈액형 정보에. 얼빠진 모습으로 스티커를 쳐다보다가 급히 휴대폰을 꺼냈다. 박도겸과 나눴던 대화 내용을 재차 훑어봤다. 빠르게 스크롤을 내리던 채윤의 손가락이 멈췄다. 여기 있다. 희귀한 놈을 점찍었다고 나와 있다. 지금까지는 선을 넘은 사람을 지칭하거나 별생각 없이 주절거린 말인 줄 알았다. 차량 스티커를 보고 무심결에 내뱉은 거였다면? 희귀한 놈이란게 Rh- 같은 희귀한 혈액형을 가진 사람을 두고 한 말이라면? 박도겸의 다음 사냥감이 검은색 스플랜더 뒷유리에 희귀 혈액형 스티커를 붙인 운전자라면? 희귀 혈액형 스티커를 단 검은색 스플랜더를 찾으면 희생을 막을 수 있지 않을까. 운이 좋다면 박도겸도 잡을 수 있지 않을까. 채윤은 핸드폰으로 스티커 사진을 찍어서 지한에게 보낸 다음 전화를 걸었다. 연결되자마자 다급하게 물었다.

"사진 봤어요?"

지한이 얼떨떨하게 대답했다.

"네, 이게 뭡니까?"

"그 스티커가 붙은 차량이 다음 목표일지도 몰라요."

"그게 무슨 소립니까?"

지한은 여전히 영문을 모르겠다는 투였다.

"박도겸이 다음 표적을 점찍어놨다고 했었잖아요."

"희귀한 놈이라고 했던 거요?"

"네, Rh- 같은 희귀한 혈액형을 보유한 사람을 일컫는 게 아닐까요?"

"아, 그러면…….."

"검은색 스플랜더에 희귀 혈액형 스티커를 붙인 사람을 찾아야 해요."

지한은 말없이 애매한 탄식을 흘렸다. 뜨뜻미지근한 반응에 채윤은 애가 탔다.

"왜요?"

"좀 더 확실한 단서가 필요해요. 박도겸이 스티커를 보고 그런 말을 했다는 건 채윤 씨 혼자만의 추측일 뿐이잖아요. 불확실한 추측에 인력과 시간을 할애할 수는 없습니다. 더구나 현재 가용 가능한 인력은 모조리 박도겸의 소재를 파악하고 추적하는 데 투입돼 있어요. 인력을 빼주는 건 고사하고 조사도 허

380

락하지 않을 겁니다."

"추측일 뿐이긴 하지만 일말의 가능성이라도 있다면 확인은
해봐야 되는 거 아니에요? 박도겸이 벌써 타깃에게 접근했을
수도 있어요. 시간이 없다고요. 제발요! 부탁이에요."

채윤의 간절한 호소에 지한은 마음이 움직였다. 객관적으로
봐도 조사해볼 만한 가치는 있어 보였다. 문제는 조사를 진행
시키고 싶어도 그럴 여력도 권한도 없다는 점이었다. 강창규는
절대 승낙하지 않으리라. 지금도 눈 밖에 나 있는데 그의 명령
을 무시하고 멋대로 움직였다가는 가벼운 징계 정도로 끝나지
않을 터였다. 지한은 쓴웃음을 지었다. 내 한 자리 지키겠다고
수수방관할 셈인가. 가만히 있어선 안 된다. 애먼 희생자가 더
나오기 전에 뭐든 시도해봐야 한다. 자를 테면 자르라지. 곧게
가슴을 편 지한은 결연하게 입을 뗐다.

"알겠습니다. 제가 어떻게든 해보겠습니다. 많은 인원을 동
원할 수는 없겠지만요. 시간도 없으니까요."

"시간이 없다고요? 왜요?"

"내일이 바로 박선우가 사고로 사망한 날입니다."

채윤의 입이 반쯤 벌어졌다. 그제야 지한의 말이 이해가 갔
다. 제물을 바치기에 아들의 제삿날만큼 안성맞춤인 날도 없을
테니.

"저도 도울게요."

"그렇지만 채윤 씨는……."

"인원도 모자란다면서요? 지금 이것저것 가릴 때가 아니잖아요."

"알겠습니다. 그럼 전에 머물렀던 임시숙소로 오세요. 거기서 머리를 맞대고 전략을 짜보죠."

지한은 은경과 범석을 긴급 호출했다. 어슬렁거리던 허기동까지 불러 모았다. 미덥지는 않았지만 찬밥 더운밥을 가릴 때가 아니었다. 그에게 공로를 세울 기회를 주겠다며 살살 꼬드기자 쉼 없이 투덜대면서도 동참했다. 은경에게 한원시에 등록된 201X년형 스플랜더의 소유주 신상정보를 확보하라는 명령을, 범석에게는 임시숙소에 전화기와 책상 등의 비품을 설치하라고 지시했다. 두 시간 후 지한과 은경, 범석과 허기동 그리고 채윤까지 403호에 모였다. 채윤을 본 허기동이 인상을 찡그렸다.

"민간인이 여기 왜 있어?"

지한이 말했다.

"채윤 씨는 단순한 민간인이 아닙니다. 얼마 전까지 사건 수사에 협조를 해줬던 분이에요. 박도겸과 유대감을 형성했던 유일한 사람이고요. 게다가 우리는 지금 단 한 사람의 도움이 절실할 때입니다."

허기동은 탐탁지 않은 듯했지만 그도 상황이 좋지 않은 걸 모르지 않기에 더는 구시렁거리지 않았다. 지한이 두꺼운 자료 뭉치를 들어보였다.

"이건 한원시에 등록된 201X년형 스플랜더의 리스트입니다. 소유주 전화번호도 옆에 기재돼 있습니다. 각자 할당된 양을 맡아서 소유주에게 확인 전화를 해주시면 됩니다. 뒷유리창에 해당 스티커를 붙였는지 여부를요."

범석은 벌써부터 질린다는 표정이었다.

"최소 수백 대에서 수천 대가 될지도 모르는데 그걸 일일이 다 전화를 걸어서 확인한다고요?"

"더 좋은 방법이 있으면 얘기해봐."

지한의 말에 범석이 군말 없이 수화기를 들었다. 각자 할당받은 자료를 갖고 간이 테이블에 자리를 잡았다. 전화기와 휴대폰을 귀에 대고 스플랜더 소유주들에게 전화를 걸기 시작했다. 시간과의 싸움이었다. 천금 같은 시간을 낭비하는 것일 수도 있지만. 확인 작업은 생각보다 더디게 진행됐다. 일단 전화를 받지 않는 경우가 속출했다. 부재중 전화가 온 걸 뒤늦게 확인하고 그쪽에서 거는 경우도 있었지만 그렇지 않은 사람들이 훨씬 많았다. 모르는 번호는 아예 안 받는 인간들도 부지기수였다. 그런 경우 보류하고 다음으로 넘어갔다.

어느 정도 익숙해지자 확인 절차에 탄력이 붙었다. 경찰이라고 소개하고, 차량에 혈액형 스티커를 붙였는지 물어본다. 이유를 물으면 범죄에 연루된 수배 차량을 확인 중이라고 적당히 둘러댄다. 없으면 협조에 감사드린다 하고 바로 끊는다. 이런 단순 작업의 반복이었다. 한 시간이 지났을 때 해당 스티커를 붙인 차량 한 대가 확인됐다. 차주의 이름은 이차운. 31세 남자였다. 그에게 추가 질문을 던졌다. 한원교차로를 자주 이용하거나 지나간 적이 있느냐고. 한원교차로 쪽으로는 가본 적이 없다는 얘기에 그를 제외시켰다. 작업은 쉴 새 없이 계속됐고 다섯 시간 정도 걸려서 대부분의 스플랜더 차주와 통화를 완료했다. 그중 혈액형 스티커를 부착한 사람은 두 명이었다. 두 명 다 한원교차로를 자주 통과하는 편이었다. 최근 찜찜한 일을 겪었거나 수상쩍은 사람이 접근한 적이 없느냐고 묻자 이상한 낌새는 느끼지 못했다고 대답했다. 한원교차로에서 우회전을 하다가 경적을 울린 적이 있냐는 질문에는 둘 다 애매하게 대꾸했다. 한 명은 클랙슨을 웬만하면 잘 누르지 않는다고 했고, 다른 한 명은 클랙슨을 가끔 사용하지만 우회전 중에 그랬는지는 기억이 안 난다고 했다. 지한은 신변 경호를 위해 두 사람에게 범석과 허기동을 각각 붙이기로 결정했다.

문제는 통화 연결이 되지 않는 차주가 세 명이나 남아 있다는 점이었다. 전화를 수차례 해보고 문자도 보내봤지만 응답이 없었다. 은경이 남아서 연락을 계속 시도해보기로 하고 지한과 채윤은 차주들의 주소지로 출발했다. 벌써 하루가 꼬박 지나 박도겸의 디데이가 되었다. 마음이 급할 수밖에 없었다. 한원교차로와 인접한 산진동에 거주하는 진영미의 집부터 방문하기로 했다. 지한이 운전대를 잡고 채윤이 조수석에 탔다. 채윤이 풀 죽은 목소리로 운을 뗐다.

"이중에 정말 박도겸이 점찍은 타깃이 있을까요?"

지한이 힐끔 채윤을 쳐다봤다.

"그렇게 약한 모습을 보이면 어떡해요? 이 가설을 강하게 주장한 건 채윤 씨잖아요."

"자꾸 자신이 없어져요. 엉뚱한 짓을 하고 있는 건 아닐까, 하고요."

"걱정하지 말아요. 수사라는 게 원래 엉뚱한 짓의 결정체니까."

지한의 격려에 채윤이 희미하게 웃었다.

"고마워요. 기운을 북돋아줘서."

지한은 신호를 무시하고 질주했다. 규정 속도도 지키지 않았다. 차 지붕에 사이렌을 올리지도 않았다. 행여나 목표물에게 접근하던 박도겸이 경찰차를 보고 꽁무니를 빼면 곤란했다. 아파트 주차장에 아무렇게나 차를 대고 입구로 재게 움직였다. 공동현관에 도어록이 설치돼 있었다. 701호를 호출한 뒤 기다리고 있으려니 인터폰에서 남자 목소리가 들렸다.

"누구세요?"

"경찰입니다. 진영미 씨 계십니까?"

"경찰이요?"

남자의 말꼬리가 올라갔다. 흐트러진 음성으로 그가 되물었다.

"제 아내한테 무슨 일이라도 생긴 겁니까?"

덩달아 지한과 채윤의 마음도 조급해졌다.

"진영미 씨가 어디 가셨습니까?"

"목욕탕에 갔다가 마사지를 받고 온다고 했는데요. 무슨 사고라도 당한 거예요?"

채윤은 가슴을 쓸어내렸다. 그래서 전화를 안 받았구나.

"아닙니다. 걱정하지 않으셔도 돼요. 소유하고 계신 차량이 스플랜더 맞죠?"

"네, 그런데요."

"스플랜더 뒷유리창에 혈액형 스티커를 붙이셨습니까?"

"스티커요?"

남자가 황당한 어조로 대꾸했다. 왜 그딴 걸 묻는지 모르겠다는 투였다.

"위급 시 아이 먼저 구해달라는 스티커요. 가족 구성원 혈액형도 표기돼 있고요."

"제 차에는 스티커 같은 건 안 붙였는데요. 그건 왜 물어보시는지······."

"없으면 됐습니다. 수사 중인 사건 때문에 여쭤봤습니다. 협조 감사드립니다."

"근데 제 아내는 정말 괜찮은 거죠?"

"아무 문제 없습니다."

진영미는 표적이 아니었다. 이제 남은 사람은 두 명이었다. 다른 두 명의 신변을 지키고 있는 허기동과 범석으로부터 별다른 특이사항은 없다는 문자가 들어왔다. 이제 두 명만 확인

하면 된다. 차를 돌려 출발하려는데 은경으로부터 전화가 걸려
왔다.

"다른 한 명과 연락이 닿았어요. 초저녁부터 몸이 안 좋아
서 일찍 잤다고 하더라고요. 그분도 스티커를 붙이긴 했는데
다른 종류래요. 양보 운전을 해주셔서 감사하다는 일반적인
내용이요."

"그 사람도 제외해야겠군요."

"이제 윤희용이라는 사람만 남았어요. 연락을 수도 없이 해
봤는데 계속 불통이에요."

"문자를 보내는 건 어떨까요? 경찰이라고 하고 급히 연락 바
란다고요."

"그렇게도 해봤는데 답장이 없는 건 마찬가지예요."

불길한 예감이 들었다. 이미 박도겸에게 살해당한 건 아닐
까. 채윤의 목소리가 급해졌다.

"저희가 곧장 윤희용 씨 집으로 가볼게요."

전화를 끊자 지한이 무거운 어조로 물었다.

"마지막 한 사람만 아직 연락이 안 되는 겁니까?"

"네, 빨리 가봐야 할 것 같아요. 제발 아무 일도 없어야 할 텐
데……."

핸들을 돌린 지한은 가속페달을 끝까지 밟았다. 윤희용이 사
는 고급 빌라는 도심에서 떨어진 교외에 위치했다. 단지는 녹
음이 우거진 산기슭에 둘러싸여 있었다. 조용하고 공기가 맑

은 데다 경치도 좋아서 한적하고 여유로운 전원생활을 꿈꾸는 입주민에게는 최고의 주거지로 보였다. 문제는 먹잇감을 노리는 괴물에게도 최적의 환경이라는 점이었다. 럭셔리를 지향하는 브랜드답게 단지 내 부대시설 및 편의시설은 리조트를 방불케 했다. 각 세대마다 전용 테라스와 개인 정원까지 갖춰져 있었다. 단지 입구의 경비실마저 으리으리했다. 출입 통제도 까다로운 편이었다. 거주자의 승인 없이는 방문자를 안으로 들여보내주지 않았다. 경찰 신분증을 내보이고 거주민인 윤희용을 찾아왔다고 밝히자 경비원이 205호로 연락했다. 잠시 후 집주인의 허락이 떨어졌는지 차단기가 올라갔다. 차를 타고 205호 앞으로 가자 전용 주차장에 세워진 검은색 스플랜더가 보였다. 지한이 시동을 끄기도 전에 채윤은 차 밖으로 뛰쳐나갔다. 차체 주위를 돌아가 뒷유리창을 살폈다. 여지없이 스티커가 붙어 있었다.

위급 시 아이들 먼저 구해주세요.

Dad A-, Mom A+, Brother A+, Sister O+

가족의 가장, 즉 윤희용만 희귀 혈액형인 Rh-였다. 채윤은 한쪽 주먹을 불끈 말아 쥐었다. 천만다행으로 박도겸의 마수가 뻗쳐오기 전에 표적을 찾아냈다. 채윤은 차에서 내린 지한을 향해 의미심장한 고갯짓을 해보였다. 지한은 곧장 205호 현관문으로 향했다. 채윤도 그의 뒤를 따랐다. 경비실의 연락을 받아서인지 초인종을 누르기 전에 현관문이 열렸다. 40대 후반으로 보이는 여자가 안경 너머로 두 사람을 미심쩍게 쳐다봤다. 지한이 용건을 밝혔다.

"한원경찰서에서 나왔습니다. 윤희용 씨를 뵙고 싶은데요."

"우리 바깥양반은 무슨 일로 찾으시는데요?"

"윤희용 씨한테 직접 말씀드리는 게 좋을 것 같습니다. 계속 휴대폰으로 연락을 드렸는데 전화를 안 받으셔서 직접 왔습니다."

"그건 아마 업무용 번호라서 그럴 거예요. 귀가하면 그 휴대폰은 서재에 놔두고 쳐다보지도 않거든요."

"남편분을 좀 뵐 수 있을까요?"

그녀의 머리가 좌우로 돌아갔다.

"지금 집에 없는데요. 개 데리고 산책 갔어요."

지한과 채윤의 불길한 눈빛이 허공에서 마주쳤다.

"언제쯤 가셨는데요?"

"한 시간쯤 된 거 같아요."

지한이 성마르게 요청했다.

"남편분 개인 휴대폰으로 연락을 부탁드려도 될까요?"

지한의 위급한 표정과 급박한 말투에 여자도 덩달아 동요했다.

"무슨 일 때문에 그러시는데요? 우리 바깥양반한테 무슨 나쁜 일이라도 생긴 건 아니죠?"

채윤이 그녀를 진정시켰다.

"별일 없을 테니 걱정하지 마세요. 저희가 우선 남편분하고 통화할 수 있도록 전화를 걸어주시겠어요?"

"잠시만요."

종종걸음으로 거실로 간 그녀가 손에 휴대폰을 쥐고 돌아왔다. 단축번호를 누르자마자 전화기가 꺼져 있다는 멘트가 새어 나왔다. 채윤은 아랫입술을 깨물었다. 한층 불안해진 억양으로 윤희용의 아내가 말했다.

"어떡하죠? 전화기가 꺼져 있대요. 이런 적이 없었는데……."

"저희가 남편분을 찾아보겠습니다. 어느 쪽으로 산책을 갔는지 아시나요?"

그녀의 손가락이 빌라 후문 쪽을 가리켰다.

"후문으로 가면 왼쪽에 오솔길이 하나 있을 거예요. 그쪽으로 올라가다 보면 운동기구가 몇 개 구비된 작은 체육공원이 나오는데 보통 거기까지 다녀와요. 그 위로는 정상으로 향하는 가파른 등산로라 잘 가지 않고요."

그들은 윤희용의 아내를 안심시킨 뒤 집으로 들여보냈다. 남편에게 연락이 오면 전화를 해달라는 당부도 덧붙였다. 두 사람은 빌라를 가로질러 후문까지 뛰어갔다. 후문으로 나가자 그녀 말대로 왼편에 산기슭과 연결된 오솔길이 보였다. 자정이 가까운 시각이라 숲과 산 위쪽은 칠흑처럼 어두웠다. 각자 본인의 휴대폰 손전등을 켜 앞길을 비췄다. 뛰다시피 오르막길을 오르기 시작했다. 윤희용은 이미 살해당한 게 아닐까. 그런 조바심에 갈수록 발걸음이 빨라졌다. 체육공원까지는 은근히 멀었다. 둘레길치고는 노면 상태도 좋지 않았다. 숨이 차고 종아리가 당겼지만 이를 악물고 발을 놀렸다. 체육공원 입구에 다다랐을 때는 이마를 타고 내린 구슬땀이 턱 밑으로 뚝뚝 떨어졌다.

스산한 분위기를 풍기는 체육공원에는 아무도 없었다. 두 사람은 구역을 나눠 체육공원을 둘러보기 시작했다. 주의 깊게 걸음을 옮기며 손전등으로 주변을 훑어보던 채윤의 입에서 헉, 하고 외마디 신음이 터져 나왔다. 지한이 부리나케 달려왔다.

"왜 그래요? 뭐가 있습니까?"

채윤이 덜덜 떨며 손전등으로 철봉 밑바닥을 비췄다. 마르티스로 보이는 소형견 한 마리가 피칠갑된 상태로 널브러져 있었다. 한눈에 죽었다는 걸 알 수 있었다. 지한이 가까이 다가가 쪼그려 앉더니 유심히 살펴봤다.

"둔기로 당했군요. 죽은 지 얼마 안 됐어요."

"박도겸의 짓이겠죠?"

"아마도요. 빨리 찾아야 해요. 윤희용 씨가 살해당하기 전에."

두 사람은 체육공원을 벗어나 등산로 안내 팻말이 박혀 있는 오솔길로 진입했다. 전력으로 내달리느라 손전등 불빛이 사방으로 튀었다. 얼마 가지 않아 지한이 난데없이 멈춰서는 바람에 채윤은 하마터면 그와 충돌할 뻔했다.

"무슨 일이에요?"

난감한 표정으로 비켜선 지한의 앞에 두 가지 갈림길이 나 있었다. 양쪽을 번갈아 본 지한이 낭패감 짙은 투로 중얼거렸다.

"젠장, 어느 쪽이지?"

채윤이 결단을 내렸다.

"팀장님은 저쪽을 맡아요. 제가 이쪽으로 갈게요."

"그게 무슨 소리입니까?"

"두 갈래 길이잖아요. 찢어져서 찾자고요."

말도 안 된다는 듯이 지한의 목청이 커졌다.

"채윤 씨 혼자 연쇄살인범을 쫓겠다고요? 박도겸과 맞닥뜨릴지도 모르는데? 절대 안 됩니다."

거센 반대에도 채윤은 뜻을 굽히지 않았다.

"그럼 어떡해요? 둘이 뭉쳐서 한쪽 길로 갔다가 그쪽이 아니면요. 다른 쪽에서 살육이 벌어지고 있으면요? 이렇게 말다툼하고 있을 때가 아니에요. 윤희용 씨의 목숨이 경각에 달렸다고요."

"그래도 안 됩니다. 너무 위험해요. 심지어 채윤 씨는 경찰도 아니잖습니까."

"원칙 같은 걸 따질 때가 아니잖아요. 그리고 제 쪽이 아니라 형사님이 간 쪽에 박도겸이 있을 수도 있다고요. 설령 제가 박도겸을 발견한다 해도 지켜보기만 할게요. 아무 짓도 안 하고 멀리서 감시만 하면 되잖아요. 즉시 연락하겠다니까요. 한시가 급하다고요!"

입술 안쪽을 초조하게 씹던 지한은 결국 채윤의 의견을 수용할 수밖에 없었다.

"좋습니다. 대신, 박도겸을 찾아도 절대 나서지 않겠다고 약속해주십시오."

"걱정 마요. 저승 문턱을 넘나드는 짓은 한 번으로 족하니까."

"저한테 연락하는 것 외에는 어떤 행동도 하시면 안 됩니다. 그리고 이거."

지한이 허리 뒤춤에서 꺼낸 건 삼단봉이었다. 주저하던 채윤은 삼단봉을 쓸 일이 없기를 바라면서 건네받았다. 지한은 채윤을 혼자 보내는 게 좀처럼 안심이 안 되는 모양이었다. 연신 힐끔대며 한참을 꾸물대다가 채윤이 재촉해서야 출발했다. 그를 보낸 후 발걸음을 서두르는데 별안간 시야가 좁아졌다. 큰소리를 치긴 했지만 막상 홀로 묫자리가 될지도 모를 곳에 들어가려니 공포가 심장을 짓눌렀다. 크게 숨을 내뱉었다 들이마시며 평정심을 되찾으려 노력했다. 맥박수가 다소 안정을 되찾았을 때 다리를 잡아끄는 트라우마를 걷어내며 앞으로 움직였다.

오솔길 오른편은 경사가 심한 비탈면이었다. 발을 헛디뎠다간 그대로 절벽 못잖은 곳으로 굴러떨어질 터라 조심해서 이동했다. 손전등으로 발밑을 비추며 최대한 빠르게 발을 놀렸다. 주변 환경에 촉각을 곤두세웠지만 인간의 형체 같은 건 눈에 띄지 않았다. 수상한 기척도 들리지 않았다. 짙고 암울한 숲의 음영만이 으스스하게 깔려 있을 뿐이었다. 이쪽이 아닌 걸까. 박도겸은 지한이 간 쪽에 있는 걸까. 이쪽 길에는 박도겸이 없을지도 모른다는 생각에 긴장이 풀리면서 안도감이 들었다. 한결 가벼워진 걸음걸이로 오솔길을 돌아 나가자 산세가 변했다. 경사면이 완만한 구릉지로 진입한 듯했다. 걷기는 수월해졌지만 채윤은 목이 졸리는 기분이었다. 산길과 숲의 전체적인 모양새가 임형철에게 끌려갔던 장소를 빼다 박았던 것이다. 박도겸, 즉 연쇄살인범이 살인을 저지르기에 적당한 장소처럼 보인다고나 할까.

진행 방향으로 쭉 가면 오솔길은 끝나고 가파른 등산로가 시작된다. 의식을 잃은 성인 남성을 들쳐 메고 그쪽으로 올라갔을 리는 없다. 등산객과 마주칠 일이 없고 평지를 낀 숲속으로 들어갔을 것이다. 채윤은 바싹 마른 입술을 핥으며 숲 쪽으로 몸을 돌렸다. 휴대폰 손전등은 껐다. 칠흑 같은 어둠 속에서는 휴대폰 손전등도 태양처럼 밝게 빛날 테니. 최대한 기척과 발소리를 죽이면서 숲 안쪽으로 전진했다. 마른 나뭇가지를 밟지 않도록 주의했고 수풀이 무성한 곳은 웬만하면 피했다. 수풀을 헤치고 나아가면 부스럭대는 소음이나 덤불이 흔들리는 모습이 눈에 띌 터였다. 굼뜨게 이동하면서 주의 깊게 주변을 살폈지만 개미 새끼 한 마리 보이지 않았다. 새 울음소리나 풀벌레 같은 자연의 소리만 종종 귓가를 울릴 뿐이었다.

발을 들던 채윤은 무의식적으로 동작을 멈췄다. 옴짝달싹하지 않고 상체를 수그린 채 온몸의 말초신경을 곤두세웠다. 숲이나 자연과는 어울리지 않는, 인위적인 기척과 소리가 미세하게 감지됐던 것이다. 살금살금 앞으로 이동해 나무 뒤에 몸을 숨겼다. 약 20여 미터 떨어진 곳에 검은 실루엣이 희미하게 솟아 있었다. 사람의 그림자였다. 미간에 주름이 잡힐 정도로 실눈을 뜨고 그림자를 주시했다. 땅바닥에 실루엣이 하나 더 보였다. 누군가가 누워 있는 것 같은 자세였는데 꼼짝도 하지 않았다. 박도겸과 윤희용이 분명했다. 간이 팍 쪼그라들었고 턱은 덜덜 떨렸다.

서둘러 핸드폰을 꺼냈다. 지한에게 문자를 보내자마자 전송 실패 메시지가 떴다. 안달복달하며 액정 상단을 확인해보니 안테나가 잡히지 않았다. 제기랄. 속으로 온갖 비속어를 남발하며 입술 끝을 질겅댔다. 지원 요청이 불가능해지니 막막하기 짝이 없었다. 머릿속이 백지가 돼버린 상태로 망연자실한 와중에 쪼그려 앉아 있던 그림자가 느긋하게 일어섰다. 그가 옆으로 한 걸음 물러서더니 바닥에 있던 뭔가를 집어 들었다. 퍼뜩 박도겸이 뭘 하려는 건지 깨달았다. 손등에 우회전을 뜻하는 트레이드마크를 새길 작정이리라. 그 후에 본격적으로 윤희용의 목숨을 앗아가겠지. 일촉즉발의 상황이지만 긴급사태를 전할 수도 SOS를 칠 수도 없다. 지한이 이상을 감지하고 오는 중이라 해도 늦는다. 그사이 윤희용은 참혹하게 도륙당할 터였다.

안절부절못하는 와중에 문득 스마트폰에 달린 호신용 스프레이와 경보기가 시야에 잡혔다. 동시에 한 가지 생각이 뇌리를 꿰뚫었다. 채윤은 재빨리 스트랩을 풀어 스프레이와 경보기를 떼어냈다. 5분 후에 울리도록 알람을 설정한 다음 스마트폰을 나무 뒤쪽 덤불이 우거진 곳에 쑤셔 넣었다. 그러고는 상체를 납작 숙이고 기척을 죽인 채 반대쪽으로 돌아갔다. 천신만고 끝에 들키지 않고 두 사람을 지켜볼 수 있는 수풀에 자리를 잡았다. 그 틈에 준비를 마친 박도겸은 둔기를 들고 윤희용 앞에 서 있었다. 금방이라도 피가 튀고 뼈가 으스러지는 죽음의 난타가 시작될 것 같았다.

채윤은 애타는 눈으로 반대편 덤불을 응시했다. 왜 울리지 않는 거지? 무참한 살육이 벌어지기 전에 알람이 울려야 할 텐데. 속으로 전전긍긍하는데 박도겸이 어깨 위로 둔기를 치켜들었다. 뛰쳐나가 막아야 하나 갈등하는 순간, 박도겸의 목이 돌아갔다. 스마트폰을 놓아둔 곳을 향해. 알람 소리를 들은 모양이었다. 뚫어지게 그쪽을 노려보던 그가 경계 태세를 취한 채 조심스럽게 움직이기 시작했다. 박도겸이 어둠 속으로 빨려 들어가자 채윤은 기다시피해서 바닥에 쓰러진 시커먼 인영으로 다가갔다. 윤희용은 의식을 완전히 잃은 상태였다. 뒤통수와 꺽쇠 모양의 칼자국이 난 오른쪽 손등에서는 피가 나고 있었다. 채윤은 윤희용의 몸통을 흔들며 황급히 속삭였다.

"윤희용 씨! 윤희용 씨! 일어나세요. 도망쳐야 해요. 정신 차려요! 어서요."

아무리 부르고 깨워도 그는 시체처럼 꿈쩍도 하지 않았다. 일으켜서 업어보려고도 했지만 턱도 없었다. 임시방편으로 수풀에라도 숨겨놔야겠다는 생각에 겨드랑이에 손을 집어넣고 끌어당겨봤다. 움직인 거리는 고작 몇십 센티미터에 불과했다. 의식을 잃은 성인 남성의 무게는 상상을 초월했다. 이제 곧 박도겸이 속았다는 걸 알아채고 돌아올 텐데. 윤희용을 데리고 도망치는 건 불가능했다. 놔두고 가면 개죽음을 당하겠지.

채윤의 스마트폰을 발견한 박도겸이 겁을 집어먹고 줄행랑을 칠 리는 없었다. 극도로 경계하고 있겠지만 오히려 이쪽의 약점을 여실히 드러낸 꼴인지도 모른다. 수적 우위에 있거나 유리한 상황이면 대놓고 덮치면 그만이다. 잔꾀로 바깥으로 유인해낼 필요가 없다. 고심 끝에 그나마 쥐어짜낸 유일한 대책이 기습이었다. 갖은 수를 따져봐도 희망적인 그림은 그려지지 않았다. 시체 한 구만 더 늘리는 일이 될 수도 있다. 죽음의 공포와 양심 사이에서 갈팡질팡하던 채윤은 손톱이 피부를 뚫고 들어갈 정도로 주먹을 꽉 움켜쥐었다. 도망치고 싶은 충동을 가까스로 이겨내고 서둘러 발밑을 훑었다. 적당한 곳에 호신용품을 얕게 파묻고 나뭇잎과 풀로 덮었다. 땀으로 흥건한 이마를 팔뚝으로 훔친 다음 삼단봉을 길게 펼쳤다. 제발 이 작전이 먹혀야 할 텐데. 실패는 생각도 하기 싫었다. 길목 옆 수풀에 바짝 엎드려 몸을 숨겼다. 박도겸이 지나갈 때를 노려 뒤에서 덮칠 작정이었다.

잠시 후 수풀이 부스럭대고 자잘한 돌멩이들이 밟히는 소리
가 가까워졌다. 채윤은 호흡을 멈추고 근육을 바짝 수축시켰
다. 심장이 드럼 치듯 쿵쾅거렸다. 들킬까 봐 조마조마했지만
다행히 상대는 채윤의 매복 지점을 그대로 지나쳤다. 걸려들었
다. 채윤은 삼단봉을 있는 힘껏 움켜쥐고 박도겸을 향해 돌진
했다. 뒤통수를 겨냥하고 삼단봉을 휘둘렀다. 단 한 번의 일격
으로 상대를 제압해야 했기에 젖 먹던 힘을 다했다. 삼단봉으
로 머리통을 후려치기 직전 박도겸의 허리가 눈 깜짝할 사이에
반으로 접혔다. 삼단봉은 그대로 허공을 갈랐다. 즉각 매서운
반격이 돌아왔다. 박도겸이 둔기로 채윤의 팔목을 무지막지하
게 내려쳤다. 채윤은 외마디 비명을 내지르며 삼단봉을 떨어뜨
렸다. 뼈가 부러진 듯한 격통이 팔에서 전신으로 퍼져 나갔다.
팔을 부여잡고 고통스러운 신음을 흘리며 엉거주춤 서 있는데
눈앞에 하얀 섬광이 번쩍였다. 세상이 뒤집히면서 흙바닥에 얼
굴을 처박았다. 박도겸이 둔기로 옆머리를 후려친 것이다. 의
식은 잃지 않았지만 일순간 음소거 버튼을 누른 것처럼 정신이
멍했다. 팔목은 돼지족발처럼 땡땡 부어올랐고 옆머리에서는
진득한 피가 묻어나왔다. 일그러진 표정으로 끙끙거리는데 박
도겸이 앞에 서서 빤히 내려다봤다. 그가 살갑게 말을 붙였다.
우연히 길에서 동창이라도 만난 것처럼.

"반가워요. 서채윤 씨. 여기까지 날 따라올 줄은 몰랐네."

채윤이 괴로운 신음을 헐떡대며 애원했다.

"그만…… 제발 멈춰요……. 부탁이에요……."

"당신도 잘 알 텐데. 멈출 수 없다는 걸. 내가 죽기 전까지는 그만두지 못할 거라는 걸 말이야."

"원통하게 자식을 잃은 부모의 심정을 어느 누가 감히 헤아릴 수 있겠어요. 그래도 이건 아니에요. 클랙슨을 울려 사고를 유발한 게 죽을 만큼의 죄인지는 둘째치고 원인 제공자와 아무 상관도 없는 엉뚱한 사람들을 죽이고 있잖아요. 한 명의 범인을 찾기 위해 무고한 사람들을 너무 많이 희생시키고 있다고요."

박도겸이 코웃음을 쳤다.

"그때 그놈만 죽일 수 있다면 백 명이든 천 명이든 죽일 수 있어. 그리고 죽은 자들이 아무 죄도 없다고 할 수 있을까? 무고하다고? 과연 그럴까?"

"피해자들이 무슨 잘못을 저질렀는데요?"

"몰라서 묻는 건가. 그들 또한 선을 넘은 자들이야. 우회전 신호를 기다리지 않았잖아. 빨리 가라고 경적을 울리면서 앞차에게 범법 행위를 종용했다고. 그런 자들 또한 잠재적 가해자인 셈이야. 지금까지는 운이 좋았을 뿐이지. 언젠가는 사고를 일으킬 게 뻔하다고. 결국 아이들도 죽어나가겠지. 그딴 인간들 때문에 선우 같은 선의의 피해자가 나오는 거야. 내 사명은 선우를 죽게 만든 인간을 찾는 것이기도 하지만 훗날의 사고를 미연에 방지하기 위한 것이기도 해."

말도 안 되는 논리와 허무맹랑한 비약에 채윤은 할 말을 잃었다. 그런 속내를 읽었는지 박도겸이 장황한 설교를 덧붙였다.

"아무리 사소한 행동이라 하더라도 선을 넘어선 안 되는 거야. 규범을 깨뜨렸기 때문에 선우가 죽은 거라고. 늘 그래왔어. 공동체의 약속과 룰을 우습게 여기는 자들 때문에 선량하고 성실한 사람들이 피해를 입어 왔다고. 선을 지키는 사람들을 구하려면 선을 넘는 자들을 처벌하는 수밖에 없어. 한 명이라도 더 제거해야만 된다고."

"말도 안 되는 헛소리 집어치워요! 선우가 사람을 죽이는 걸 원할 것 같아요? 아빠가 연쇄살인마가 된 걸 좋아할 것 같으냐고요?"

일순 말문이 막힌 그는 우울한 잿빛 눈동자로 어딘가를 응시했다. 그러나 곧바로 마음을 다잡았는지 힘차게 부르짖었다.

"당연하지. 하늘에서 소리쳐 응원하고 있을걸. 역시 우리 아빠밖에 없다고!"

박도겸의 눈빛이 집념과 회환으로 얼룩졌다. 마치 돌아올 수 없는 강을 건넌 것 같은 표정을 보고 있자니 목구멍 안쪽에서 쓴맛이 느껴졌다.

"이제는 나도 어쩔 수가 없어. 너도 선을 넘었으니까. 내 사명을 방해하는 자는 살려둘 수 없다고. 내게 신경 끄라고 누누이 충고했건만 왜 말을 안 들은 거야?"

박도겸이 진심으로 안타깝다는 듯이 고개를 절레절레 흔들더니 둔기를 고쳐 잡았다. 겁에 질린 채윤은 등을 대고 기며 뒤로 피했지만 소용없었다. 그를 떨쳐낼 수 있을 리가 없었다. 죽을힘을 다해 기어도 박도겸은 목숨을 거둬들이러 온 저승사자마냥 여유롭게 따라왔다.

기력이 다하고 더는 도망칠 데도 없게 됐을 때 거무튀튀한 하늘 위로 둔기가 치솟았다. 마침내 집행의 시간이 온 것이다. 둔기가 하강곡선을 그리기 직전 채윤은 벼락같이 잡초로 팔을 뻗었다. 감춰뒀던 호신용 스프레이를 낚아챈 다음 박도겸의 얼굴을 향해 뿌렸다. 아니, 뿌렸다고 여긴 찰나 강력한 킥이 먼저 손을 날려버렸다. 발길질에 채여 날아간 스프레이가 흙바닥에 나뒹굴었다. 한심하다는 듯한 비웃음이 귓전을 때렸다.

"그딴 얄팍한 수법에 내가 당할 줄 알았나? 난 허접한 모방범이 아니야."

박도겸이 재차 둔기를 힘차게 어깨 위로 들어 올렸다. 이제 다 끝났구나. 눈을 감고 죽음을 각오한 순간 고막을 찢을 듯한 총성이 밤하늘을 갈랐다. 박도겸이 상체를 흠칫 떨더니 얼어붙었다. 이윽고 지한의 우렁찬 목소리가 뒤따랐다.

"박도겸, 무기 버려! 당장!"

채윤과 연락이 닿지 않자 이쪽으로 달려온 모양이었다. 희색이 만면한 얼굴로 돌아보자 지한이 소리쳤다. 총구와 시선은 박도겸에게 못 박은 채.

"채윤 씨, 괜찮아요? 어디 다친 데는 없어요?"

"네, 얻어맞긴 했는데 죽을 정도는 아니에요."

다행이라는 듯이 턱짓을 한 지한이 재차 박도겸에게 경고했다.

"더 이상 경고 사격은 없어. 두 번 말하지 않겠다. 빨리 무기 버려!"

"쳇, 별수 없지."

항복의 표시로 한 손을 들어 올린 박도겸이 천천히 허리를 굽혔다. 지한은 그가 바닥에 둔기를 내려놓는 모습을 예의주시하면서 조심스럽게 접근했다. 채윤은 일어나보려고 했지만 뇌진탕 탓인지 몸을 가누기가 힘들었다. 끙끙대며 상체를 일으키는데 별안간 박도겸이 달려들었다. 그가 뒤에서 사납게 끌어안더니 어느 틈에 꺼낸 칼을 목에 들이댔다. 금방이라도 연약한 살결을 뚫고 들어올 듯한 예리한 이질감에 채윤은 다리가 후들거렸다. 방심이 자초한 인질극이 못내 분했는지 지한의 총구가 부들부들 떨렸다.

"뭐 하는 짓이야? 당장 놔주지 못해?"

그와 달리 박도겸은 차분했다.

"상황 파악이 안 되시나. 경찰 나리 끗발은 진작 떨어졌어. 지금부터 명령은 내가 하지. 총 내려놔. 안 그러면 이 여자는 죽어."

지한의 악다문 잇새로 노기가 새어 나왔다.

"그 여자가 죽으면 너도 죽어."

"난 죽어도 여한이 없어. 그렇지만 너는 인질이 죽게 놔두면 안 될 텐데. 경찰이니까. 기왕이면 빨리 결정을 내리는 게 좋을 거야. 손에 점점 힘이 들어가고 있거든."

박도겸이 지그시 칼을 눌렀다. 채윤의 목에 생채기가 나면서 새빨간 선혈이 흘러내렸다. 어쩔 수 없이 총을 버리려는 지한에게 채윤이 외쳤다.

"안 돼요! 총을 버리면 우리 둘 다 죽일 거예요! 저는 신경 쓰지 말고 그냥 쏴버려요."

지한이 갈피를 잡지 못하자 박도겸이 회유에 나섰다.

"내 관심사는 당신들이 아니야. 총을 버리면 여자를 놔주지. 그리고 홀연히 사라질 거야. 어때? 나쁘지 않은 거래일 텐데."

채윤이 소리쳤다.

"이 사람 말 믿지 말아요. 이자는 아직 윤희용 씨를 죽이지 못했어요. 사명을 완수하지 못한 채로 얌전히 물러날 리가 없다고요. 설령 그냥 간다 해도 이번에 놓치면 영영 잡지 못할 거예요."

"허튼수작 부리지 말고 가만히 있어. 죽고 싶지 않으면."

"어차피 날 죽일 거잖아. 당신의 사명을 방해했으니까."

저항하려고 몸부림을 치는 척하며 채윤은 반보 앞으로 슬쩍 움직였다. 박도겸이 팔로 몸통을 강철처럼 조이면서 으르렁거렸다.

"조준하기 좋은 위치로 끌고 가려는 모양인데 어림없지. 그딴 잔머리는 내게 통하지 않아."

박도겸이 채윤을 잡아끌면서 뒤로 서너 발자국 물러났다. 조롱 섞인 야유가 채윤의 귀에는 들어오지 않았다. 고개를 숙이지 않고 시선만 내리깐 채 오른쪽 옆에 있는 잡초더미를 눈여겨보느라 여념이 없었다. 지한이 총구를 겨눈 채 거리를 좁혀오자 박도겸이 엄포를 놨다.

"그만! 더 이상 다가오지 않는 게 좋을 거야."

"박도겸, 이제 그만 자수하는 게 어때?"

지한이 일정한 간격을 유지한 채 설득에 나서자 박도겸이 콧방귀를 꼈다.

"자수할 마음이 있었으면 진작 했겠지. 서로 아까운 시간 낭비하지 말자고. 다섯만 세지. 그때까지 총을 버리지 않으면 칼날이 눈앞에서 사라지는 마법을 보게 될 거야. 하나, 둘……."

악다문 지한의 턱이 눈에 띄게 흔들렸다. 권총 손잡이를 다부지게 움켜잡았지만 이내 총구가 밑으로 처지기 시작했다. 채윤을 살리기 위해 총을 버릴 작정이리라. 넷이라는 숫자가 귓가를 파고들었을 때 채윤은 전광석화처럼 오른발을 쭉 뻗었다. 그러고는 한 걸음 옆에 떨어진 수풀 바닥을 꾹 밟았다. 귀청이 떨어져 나갈 듯한 요란한 경보음이 밤공기를 갈기갈기 찢었다.

예상 못 한 굉음에 박도겸은 자지러질 듯 놀랐고 억셌던 팔 결박도 헐거워졌다. 채윤은 그의 손을 뿌리치며 날쌔게 상체를 숙였고 지한은 그 틈을 놓치지 않았다. 거침없이 발포된 한 발의 총성이 어두운 숲을 뒤흔들자 박도겸의 허리가 뒤로 확 젖

혀졌다. 하지만 이내 씨익, 웃는 게 아닌가. 빗나갔나 싶은 순간 그가 앞으로 고꾸라졌다. 다리가 풀린 채윤은 그대로 제자리에 주저앉았다. 괜찮으냐고 외치면서 지한이 달려왔다. 다 끝났다. 긴장이 풀린 순간 죽은 줄 알았던 박도겸이 괴성을 지르며 벌떡 일어서는 게 아닌가. 눈 깜짝할 사이에 채윤에게 덤벼들더니 난도질을 할 것처럼 오른팔을 번쩍 치켜들었다. 연이어 총소리가 울렸다. 한 방, 두 방, 세 방. 박도겸이 감전된 것처럼 움찔움찔대다가 옆으로 픽 쓰러졌다. 재빠르게 달려와 칼부터 걷어차려던 지한은 머쓱하게 입맛을 다셨다. 박도겸의 손에 칼이 없었던 것이다. 저만치 바닥에 떨어져 있었다. 첫 일격을 맞았을 때 진작 떨어뜨린 것 같았다. 두 번째로 채윤을 노렸을 때는 손에 아무것도 쥐고 있지 않았다. 죽으려는 시늉만 했던 것이다. 지한이 채윤 곁에 한쪽 무릎을 꿇고 앉았다.

"괜찮아요? 어디 다친 데 없어요?"

"네, 크게 다친 데는 없어요. 박도겸은요?"

옆에서 희미하게 앓는 소리가 들렸다. 둘의 시선이 박도겸을 향했다. 그가 쓰러져 있는 땅의 흙과 수풀이 온통 검붉게 물들고 있었다.

"119를 불러야 되지 않을까요?"

채윤의 질문에 지한이 고개를 가로저었다. 살아날 가망이 없다는 뜻이었다. 생기가 빠져나간 동공과 잘게 경련을 일으키는 사지. 총상을 입은 부위에서는 힘겹게 그르렁거릴 때마다 펌프처럼 피가 뿜어져 나왔다. 그의 입에서 헛바람과 함께 알아들을 수 없는 웅얼거림이 새어 나왔다.

"가게…… 아빠가…… 갈…….”

그 말을 끝으로 끊어질 듯 말 듯 이어지던 호흡이 뚝 끊겼다.

*

회사 앞 카페는 점심시간이면 늘 그렇듯 빈자리 없이 꽉 차 있었다. 채윤은 매장 내부를 두리번대며 손님들을 훑어봤다. 고민호는 구석진 자리에 죄인처럼 어깨를 푹 수그리고 앉아 있었다. 테이블 앞으로 가자 그가 고개를 들었다. 냉큼 일어나더니 어색하게 인사를 건넸다. 눈도 제대로 마주치지 못했다. 채윤이 맞은편 자리에 앉자 그가 모기만 한 목소리로 우물거렸다.

"마실 건…… 뭐로?”

"전 됐어요. 커피 마신 지 얼마 안 돼서요.”

"그, 그렇구나……. 일은 좀 어떠니……? 많이 바쁘지?”

"조금요. 새로운 환경에 적응하고 업무를 익히느라 정신이 없네요.”

"바쁜데 괜히 불러낸 것 아닌지 모르겠구나…….”

"괜찮아요. 하실 말씀이란 게…….”

한참 뜸을 들이던 고민호가 테이블에 머리가 닿을 정도로 깊이 머리를 숙였다.

"뭐라고 사죄의 말을 해야 될지 모르겠구나. 정말…… 정말 미안하다. 그 사람이 그렇게 흉악한 짓을 저질렀을 줄은 꿈에도 몰랐다. 믿어다오……."

"믿어요. 그리고 저한테 사과하실 필요는 없어요. 어찌 보면 아저씨도 피해자나 마찬가지니까요."

채윤이 사무적인 투로 대꾸했다. 고민호가 입을 앙다물며 눈을 꾹 감았다. 말로 형언할 수 없는 감정이 북받친 것 같았다.

"말이라도 그렇게 해줘서 고맙구나……. 그래도 내 책임이 없다고는 할 수 없지. 네 아버지 회사도 멋대로 팔아먹었잖니……."

"그렇게 따지면 아버지도 잘한 건 없어요. 오랫동안 친구의 와이프와 바람을 피우면서 친구를 기만했으니까요."

"그래도 죽을 만큼 큰 죄를 저지른 건 아니니까. 뭣보다 자신의 범죄를 은폐하기 위해 너까지 죽이려고 했잖니……."

"아저씨는 두 사람의 관계를 전혀 눈치채지 못했던 거예요?"

기운 없이 머리를 까딱거린 그가 끝내 울음을 터뜨렸다. 채윤이 티슈를 건네주자 눈가를 훔쳤다. 울고 나자 다소 후련해졌는지 한결 편안해진 표정으로 통장을 꺼내 내밀었다.

"네가 받아야 할 돈이다……. 급하게 집과 별장을 팔아 준비했어."

"전 받을 수 없어요. 어차피 제 돈도 아니었는걸요."

"네 아버지 돈이니까 네 돈이지."

채윤은 끝내 사양했다.

"그때 회사 부도로 피해를 입었던 직원과 거래처 사람들에게 주세요. 이 돈의 주인은 그분들이니까요."

뭔가 할 말이 남은 듯했지만 고민호는 머리를 작게 끄덕이더니 자리에서 일어섰다. 그는 마치 삶의 의지를 잃은 사람처럼 바닥에 시선을 두고 터덜터덜 카페를 나섰다.

*

채윤은 운동화 끈을 단단히 조이고 일어섰다. 인생을 뒤바꿔놓은 숲길 도로가 눈앞에 펼쳐져 있었다. 가로등이 추가로 설치된 길은 예전보다 훨씬 밝았다. 연쇄살인사건이 해결된 뒤로는 밤늦게까지 산책이나 조깅을 하는 주민들도 많아졌다. 채윤은 깊이 숨을 들이마셨다 내뱉으며 떨리는 마음을 진정시켰다. 그 일을 겪은 후 이곳에 오기는 처음이었다. 용기를 내서 첫발을 앞으로 내디뎠다. 걷듯이 뛰다가 슬슬 속도를 붙였다. 금방 숨이 찼지만 기분은 상쾌했다. 얼마 안 가 지옥이나 다름없었던 장소에 도달했다. 안주희의 사주를 받은 임형철에게 습격을 받았던 곳. 하마터면 연쇄살인마의 다섯 번째 피해자로 뉴스에 나올 뻔했던 곳. 저도 모르게 움찔했지만 멈추지 않고 마의 구간을 통과했다. 예상보다 나쁘지 않았다. 몸을 돌려 도망치지도 패닉을 일으키지도 않았으니까. 여전히 숲 쪽으로는 얼씬도 못 하고 있지만 언젠가는 그마저 극복해낼 거라 믿었다.

문득 박도겸과 사투를 벌였던 날이 떠올랐다. 박도겸은 칼을 놓쳤으면서도 왜 내게 덤벼들었을까? 날 죽이지 못할 걸 뻔히 알면서도, 본인이 죽을 걸 알면서도 왜 그런 연기를 했을까. 교도소에서 평생 썩는 것보다 죽는 게 낫다고 여긴 걸까. 그런 의문에 지한은 이렇게 대답했다. 박도겸도 이제 그만 자신의 굴레에서 벗어나고 싶었던 건지도 모른다고. 살인이 지긋지긋해진 걸 수도 있다고. 다 그만두고 아들의 곁으로 가고 싶었던 건지도 모른다고. 어쩌면 본인의 의지로는 멈출 수 없게 된 자신 안의 괴물을 누군가 죽여주길 바란 걸 수도 있다고. 브레이크 고장으로 미친 듯이 질주하는 폭주기관차를 일부러 탈선시키듯이.

피해자 유족들은 각양각색의 반응을 보였다. 그나마 연쇄살인범이 죽어서 다행이라는 유족도 있었고, 죽은 가족의 한을 풀어줬다며 오열하는 유족도 있었다. 반면에 죗값을 치르지도 않고 편하게 죽었다며 분통을 터뜨리는 이들도 있었다. 모두가 이해가 갔고 모두가 안쓰러웠다. 그들은 평생 슬픔과 분노, 원망과 애한의 멍에를 짊어지고 살아갈 것이다. 채윤은 어둑어둑한 숲 쪽을 힐끔 쳐다봤다. 속으로 피해자들의 명복을 빌며 도로를 스쳐 지나갔다.

우선 서점에서 《불특정 다수》를 선택해주신 독자분들께 깊은 감사의 말씀을 올립니다. 종이책으로는 두 번째 출간작입니다만 작가의 말은 처음인지라 횡설수설하더라도 양해 부탁드리겠습니다.

제목과 표지를 보고 진작 눈치채셨겠지만 《불특정 다수》는 스릴러 소설입니다. 대부분의 작가와 독자가 꼽는 스릴러 소설의 첫 번째 미덕은 다름 아닌 재미겠지요. 제가 이 작품을 쓴 의도도 마찬가지입니다. 손에서 책을 놓을 수 없을 정도로 몰입감 넘치면서 심장 쫄깃하게 만드는 이야기를 들려드리고 싶은 욕구 때문이었습니다. 이상과 현실은 엄연히 다르겠지만요.

이 작품은 사회를 관통하는 거창한 메시지를 전달한다거나 읽고 난 후에도 한참동안 여운이 가시지 않는 울림을 주지는 않습니다. 오로지 이 책을 읽은 다음 "재밌네." 한마디만 해주시길 바랄 뿐입니다. 더도 말고 덜고 말고 킬링타임용으로서의 본분을 다해주길 빌어봅니다.

글을 쓰는 건 늘 어렵고 힘들지만 《불특정 다수》는 유독 저에게 많은 스트레스를 선사해준 작품입니다. 지금 쓰고 있는 작가의 말을 포함해서요. 언젠가부터 연쇄살인마에 대한 이야기를 써보고 싶다는 소망을 가슴 한구석에 품고 있었습니다. 자칭 스릴러 작가의 버킷리스트 같은 것이었지요. 그러던 어느 날 얄팍한 생각이 머리를 스쳐 지나갔습니다. 경찰이 연쇄살인마를 추적하거나 연쇄살인마가 먹잇감을 사냥하는 스토리는 발에 치일 정도로 많으니, 생존자가 연쇄살인마를 구하거나 돕는 이야기를 써보면 어떨까? 제 딴에는 발상의 전환이라고 여긴 유치한 아이디어였죠. 그때부터 머리카락을 쥐어뜯는 나날의 연속이었습니다. 초기 구상 시에는 반짝이는 다이아몬드처럼 보였던 아이디어에 막상 이야기의 뼈대를 붙여보려 하니 쉽게 진도가 나가지 않았습니다. 기승전결의 '기'에서만 수없이 헛발질만 해댔지요. 쓰고 버리고 뒤집어엎기를 다람쥐 쳇바퀴 돌듯 반복했습니다.

작품의 초기 배경과 설정은 지금과는 백팔십도 달랐습니다. 설산을 배경으로 폭설로 산장에 고립된 연쇄살인마가 구조 신호를 보냅니다. 그러나 혹독한 날씨 탓에 구조대 파견은 불가능한 상황입니다. 연쇄살인마는 정체를 밝히고 구조대를 보내면 자신이 마지막으로 납치한 여성의 위치를 알려주겠다는 거래를 제안합니다. 경찰은 고심 끝에 그의 제안을 수락합니다. 더불어 구조대에 연쇄살인마의 유일한 생존자인 주인공을 포함시킵니다. 그녀에게는 구조 대상자가 연쇄살인마라는 사실을 숨기고요. 이렇듯 초기 설정은 연쇄살인마의 유일한 생존자가 연쇄살인마를 구조하러 간다는 내용이었기에 제목도 직관적으로 '연쇄살인마 구하기'로 정했었습니다. 영화 〈라이언 일병 구하기〉의 스릴러 버전 같은 거였죠.

그 외에 말 목장을 배경으로 한 시놉시스도 다른 폴더에 고이 저장돼 있습니다. 이 버전에서는 연쇄살인마의 트레이드마크가 껵쇠 기호가 아닌 말편자 모양인 ⓒ자로 설정돼 있답니다.

제3의 자아가 변덕을 부리고 줄거리가 오락가락할 때마다 제목도 계속해서 바뀌었습니다. 뭣보다 그놈의 필이 딱 오지 않는다는 이유가 컸죠. 막판에 '불특정 다수'라는 마음에 쏙 드는 제목을 짓지 못했다면 여러분은 책 표지에서 '연쇄살인마 구하기'나 '비밀의 폭로' 혹은 '암적 존재'라는 제목을 봤을지도 모릅니다.

현재 이야기의 토대를 구축할 수 있었던 건 자료 조사 중에 본 기사 덕분이었습니다. 변사체가 심하게 부패하거나 백골화되면 DNA 검출이 어렵고, DNA가 검출된다 해도 그것을 맞춰볼 대조군이 없으면 신원 확인이 불가능하다는 내용이었죠.

여기에서 힌트를 얻어 살인 동기의 얼개를 짰고 우여곡절 끝에
《불특정 다수》를 완성할 수 있었습니다. 써놓고 보니 '작가의
말'이 아니라 '작가의 푸념'이나 '작가의 생색'이 된 것 같아 부
끄럽네요.

집필 과정에 난관이 적지 않았다고 엄살을 떨긴 했지만 이야
기를 만들고 쓰는 재미가 없었다면 여기까지 오지 못했을 겁니
다. 더불어 '리노블 공모전'에 당선되어 이렇게 독자분들과 만
날 수 있게 된 것도 크나큰 행운이라고 생각합니다.

《불특정 다수》가 출판될 수 있도록 성심성의껏 애써주시고
고생해주신 해피북스투유 대표님 및 관계자분들께도 머리 숙
여 감사드립니다. 출판사 분들의 조언과 관심 덕분에 훨씬 더
완성도 높은 작품을 만들 수 있었습니다. 제 이야기가 재미있
다고 용기를 북돋워주며 고슴도치 같은 응원과 격려를 아끼
지 않았던 가족과 친구들에게도 애정을 담아 감사의 말씀을
드립니다.

재미를 최우선 목표로 두고 썼지만 얼마나 재미를 느끼실지
는 잘 모르겠습니다. 독자분들이 《불특정 다수》를 읽는 모습
을 상상하면 한없이 가슴이 뛰는 한편으로 한없이 작아지기도
합니다. 마지막으로 원고를 다시 보니 군데군데 빈틈도 보이
고 아쉬운 부분도 눈에 밟힙니다. 그런 빈틈을 메워보려고 있
는 힘껏 발버둥 쳤음에도 여러모로 부족한 점이 눈에 띌 거라
생각합니다. 그렇지만 《불특정 다수》만의 매력과 장점 그리고

재미도 분명 존재한다고 믿습니다. 아무쪼록 그 숨겨진 매력과 재미를 발견하시어 즐겁게 시간을 죽이셨으면 좋겠습니다.

언제 어디서든 안녕하시길.

염유창

불특정 다수

초판 1쇄 인쇄 2023년 8월 25일
초판 1쇄 발행 2023년 9월 15일

지은이 염유창
펴낸이 김문식 최민석
총괄 임승규
책임편집 조연수 명지은
기획편집 박소호 김재원 이혜미 김지은
　　　　　정혜인 김민혜 신지은 박지원
디자인 배현정

펴낸곳 (주)해피북스투유
출판등록 2016년 12월 12일 제2016-000343호
주소 서울시 성북구 종암로 63, 5층 (종암동)
전화 02)336-1203
팩스 02)336-1209